60岁，
我们去环球旅行

刘军/著

新 华 出 版 社

图书在版编目（CIP）数据

60岁，我们去环球旅行 / 刘军著.
—北京：新华出版社，2021.6
ISBN 978-7-5166-5884-0

Ⅰ.①6… Ⅱ.①刘… Ⅲ.①游记—作品集—中国—
当代 Ⅳ.①I267.4

中国版本图书馆CIP数据核字（2021）第102828号

60岁，我们去环球旅行

作 者：	刘 军		

责任编辑： 蒋小云		**封面设计：** 中尚图	

出版发行：新华出版社
地 址：北京石景山区京原路8号　　邮 编：100040
网 址：http：//www.xinhuapub.com
经 销：新华书店
　　　　新华出版社天猫旗舰店、京东旗舰店及各大网店
购书热线：010-63077122　　中国新闻书店购书热线：010-63072012

照 排：中尚图
印 刷：天宇万达印刷有限公司
成品尺寸：240mm×165mm，1/16
印 张：27.25　　　　字 数：390千字
版 次：2021年10月第一版　　印 次：2021年10月第一次印刷
书 号：ISBN 978-7-5166-5884-0
定 价：69.00元

环球旅行对于普通人来说，无疑是一件有意义、快乐、富有成就感的事。当你决定来一次环球旅行并准备出发的时候，你已经成功了一半。

自　序

　　环球旅行就是进行一次环绕地球一周的旅行。这是一件多么令人向往、令人振奋的事情，然而，要想成为现实那是非常困难的，以至于人们把环球旅行当作美好的梦想。随着时代的变迁，随着中国国力的增强，环球旅行这种看似遥不可及的旅行方式，正在越来越接近每个中国人，梦想成真的时刻已经到来。

　　自2016年11月1日至2018年12月16日，在这两年多一点的时间里，在我60岁的时候，我独自一人进行了三次环球旅行，累计旅行410天，到访全球七大洲的59个国家和地区，环球总行程达到25万公里，相当于环绕地球赤道6圈以上。

　　在410天的环球旅行中，我亲身感受到我们所在的这个星球的壮美，感受到时间与空间频繁变换，感受到洲际和季节不断转换，感受到各国文化多姿多彩，感受到世界各国民众热情友好，品尝到世界各地的美食，感受到大千世界的精彩，同时也使我感受到这个世界存在的动荡、战乱、贫穷、偏见、霸道和丑陋。

　　独自一人的环球旅行，使我每次都面临着未知、艰辛、孤独和一些恐惧，但更多的是美景、惊喜、愉悦、震撼和感动。三次环球使我收获丰厚，感慨万分，这段非常珍贵的经历，留给我的是无价的精神收藏，是一生中最值得回忆的美好时光。正因为如此，我觉得千万不能独享这般美好，不能让环球的精彩闷在自己的肚子里，应该让更多的人分享环球的美好，让更多的中国人也能纷纷走出国门，畅游世界，享受环球旅行的精彩。这样我就有了写这本书的想法和动力。

退回到20年前，即使你再有钱，当再大的官，做再大的老板，外语水平再高，旅行经验再丰富，几乎没有哪个中国人可以独自一人进行环球旅行。时至今日，国家强盛起来，可以说任何一个普通的中国人，只要有环球的想法，只要有一些勇气，谁都可以进行环球旅行，谁都可以实现环球的梦想。

人生进入60岁，无须再去考虑如何工作，如何赚钱，应该从繁忙的工作中解脱出来，充分享受一下人生剩余的时光，这几乎是一段仅有的美好时光，再往后只能是老得哪儿也去不了。享受生活未必追求过多的物质享受，房子再大也只能住一间卧室；开再好的车不过是为了显摆；吃得再多、再好，容易产生富贵病，不利于健康；收藏再多的物品迟早会变成遗产。而多一些精神享受，才是明智之举，才能更加快乐，更加有益于健康。

经常外出旅游会带来快乐和健康，是一种很好的消费和生活方式。但是，一般的跟团游显得不够精彩，不够惬意，不够刺激，不如来一次激动人心的自助环球旅行。60岁的人进行自助环球旅行，会有不少困难，对于大多数人来说是一件难以想象的事情，但也有一些优势：有着大把的时间，有着丰富的阅历，有着一些积蓄，有着各种生活经验。当你从头至尾细致地看完这本书，一定会对环球旅行有比较全面的了解，有可能信心倍增，跃跃欲试。只要有一颗年轻的心，有干一件大事的勇气，再加上全面细致的准备，一定可以实现环球旅行的梦想。如果60岁的人能够完成环球旅行，那么具有语言和体能优势的年轻人就更不在话下。

相对于我们所在的这个星球，人的一生真是太短暂了，年龄越大越能体会到人生苦短。既然如此，我们应该珍惜能够来到这个世界上，用一次环球旅行丰富自己的人生。

希望这本书能够有助于更多的人实现环球旅行的梦想。

刘　军

2021年5月于南京

目录

60 岁，
我们去环球旅行

1

第一篇

环球旅行与梦想成真

一、从梦想到梦想成真

"环球旅行"一个梦幻般的名称，听起来并不陌生，然而要想成为现实却是一件非常困难的事情，似乎无法触及。就中国大陆而言，完成环球旅行的人为数很少，独自一人完成环球旅行的人就更少了，而60岁以上的人，独自完成环球旅行的更是少之又少。

独自一人进行环球旅行，对于普通中国人来说，在30年前是无法想象的，在20年前也只能是个梦想，即使在不远的10多年前，仍然是一个有梦难圆的事情。如今，随着时代的发展和变迁，随着中国不断富裕和强大起来，已经到了梦想成真的时候，我甚至做到了环球旅行说走就走。如此巨大的变化，得益于我们国家改革开放以来所取得的巨大成就，得益于我国GDP的快速增长，得益于我们生活水平大幅度提高，得益于我国综合国力大幅度提升，使我们每个中国人得以实现自己心中的梦想。

1986年，我所在的单位从英国引进大型公路施工机械设备，我们单位的3位同事才有了首次出国的机会。当时，有这种出国机会的人少之又少，我根本就沾不上边，只有羡慕的份儿。那时出国的人都是因公出国，如果谁能围着地球绕上一圈，恐怕只有远洋公司的船员。所以，那时环球旅行对于普通中国人来说是一件无法想象的事情，自然也就不可能有梦想。

10年后的1995年11月，单位安排我到北京参加一次桥梁管理技术培训。通过这次培训，从中选拔出少数人员再到加拿大继续进行短期培训和学习。这是一次十分难得的机会，每个参加培训的人都想借此机会走出国门，亲眼看看外面的世界。然而由于英语水平低下，我在看似平静的竞争中败下阵来，第一次出国梦就此破灭。那时，想以个人名义出国，门都没有，因为那时中国人有因私护照的寥寥无几，环球旅行对于一个普通中国人来说只能是个梦想。

又过了10年，即2006年，我有了自己的第一本护照。同年，我第一次使用因私护照开启了独自出国旅行。

2007年，中国国际航空公司正式加入国际航空联盟——星空联盟。当时，报纸上进行了报道，醒目的标题是"一张环球机票，让你实现环球旅行的梦想"。我当时就为之心动，立刻来到位于南京黄浦路上的国航南京营业部，咨询购买环球机票的事情。然而，工作人员对此一无所知，更别说售票了。其实就算当时能够买到环球机票，环球旅行也是无法实现的，因为那时很难申请到诸如美国、加拿大、英国，申根国家及大洋洲、南美洲国家的个人旅游签证，就算能够申请，后面的签证还未拿到手前面申请到的已经过期了。所以，那时环球旅行对于普通中国人来说仍然遥不可及。

现在，作为一名普通中国人，进行环球旅行的外部障碍已经基本消除，到了梦想成真的时候。2016年，我已经有了10年独自出国旅行的经验，进行环球旅行已然是水到渠成。2016年11月1日，在我即将60岁的时候，开始了独自一人为期120天的、一次说走就走的环球旅行。对我来说，这是一次伟大的旅行，在艰辛与困难重重的情况下，取得了圆满成功。2017年10月3日，我又独自一人开始了为期181天的超级环球旅行，一次走遍了世界七大洲，对我来说这又是一次令人难忘的壮举。2018年8月29日，我第三次独自一人开始了为期110天的五星级环球旅行，一次走遍了世界六大洲。

三次环球旅行的成功，让我感受到环球旅行的精彩，收获非常丰厚，有了引以为豪的成就感。这是一个从无法想象，到有梦难圆，继而梦想成真的划时代变迁，令人感慨万分，难以忘怀。

二、环球旅行的含义

"环球旅行"也就是通常所说的环球之旅，与"周游世界"是有区别的。我在"百度词典"中分别以"环球旅行""环球""旅行""周游世界"为关键词进行查询，得到的基本概念是：环球旅行——进行一次环绕地球的旅行；周游世界——到世界各处游历，走遍全球。由此可知，环球旅行必须是环绕地球一周（从东向西或者从西向东），终点与出发地点相闭合，时间少则一两个月，多则半年甚至一年的一次超长距离的旅行。如果时间少于两个月，或只涉足两三个大洲的几个国家，将如同蜻蜓点水一般，根本无法从容地观赏、体验我们所在的这个星球。周游世界是用若干年或者十几年，乃至更长的时间，分多次到世界各处游历，并走遍全球。

旅行与旅游的含义有所不同，旅行指远行，去外地行走，去外地办事或游览，利用有限的资金和时间，尽可能多地去一些地方或国家，积累人生阅历。旅行涉及社会的政治、经济、文化、历史、地理、法律等各个社会领域。旅行和旅游的区别就在于：旅行是在观察身边的景色和事物，旅行的过程应该带有一定探索性、体验性、学习性，旅行主要是指个人，是行走。世界旅游组织对旅行的定义是：某人外出最少离家55公里。旅游是指游玩，通常是团体出行，在时间上是短暂的，旅游就是旅行游览活动。旅游也是一种娱乐活动，任何去外地游玩的活动都算。旅行比旅游具有更多的内涵，所以旅行的难度要大于旅游，旅行需要做的准备工作是多方面的，环球旅行更是如此。旅行往往是自主自助出行，旅游往往是由导游带着游玩。

就难易程度来说，我认为"环球旅行"较"周游世界"难度要大一些。周游世界可以把时间拉得很长，可以持续10年、20年或更长，每次可以只到一两个国家或几个国家，每次可以十天半月或更短，也可以用时一两个月，每次的费用可丰可俭。可以说周游世界是若干年间，所有出国游的总和。而环球旅行是花费较大，跨越洲际较多，涉足国家较多，持续时间较长，旅行难度较大的一次环绕地球一周的旅行。如果是独自一人进行环球旅行，需要具备相关国家政治、经济、文化、历史、地理、交通、安全等方面的基本知识，否则，将会困难重重。综上所述，一个人的环球旅行，具有较大难度和挑战性，正因为如此也就更加具有魅力。

对于普通中国人来说，环球旅行只有在互联网时代才能够得以实现，这是因为环球旅行需要各种信息和电子商务的支持，依靠互联网、笔记本电脑或手机才能解决和应对各种问题，确保环球旅行的顺畅。

三、环球旅行分级

环球旅行——进行一次环绕地球的旅行。按照这个说法，如果从中国上海出发，第一站飞往美国的纽约，第二站由纽约飞往英国的伦敦，然后由伦敦飞回上海，这样就完成了一次环球旅行。只是这样的旅行仅涉及亚洲、北美洲和欧洲，以及除中国以外的两个国家。如果同样从中国上海出发，第一站飞往澳大利亚的悉尼，第二站飞往美国的纽约，第三站飞往墨西哥的墨西哥城，第四站飞往智利的圣地亚哥，第五站飞往巴西的里约热内卢，第六站飞往英国的伦敦，第七站飞往埃及的开罗，第八站飞往肯尼亚的内罗毕，第九站飞往印度的新德里，最后由新德里飞回上海，这样也完成了一次环球旅行。这样的环球旅行涉及大洋洲、北美洲、南美洲、欧洲、非洲和亚洲在内的六个大洲，以及除中国以外的9个国家。以上两个行程同样都是环球旅行，但由于线路不同，所涉及的费用、时间、收获、难易程度等各个方面都存在很大的差异。因此，为了便于比较和区分，我为环球旅行进行简单的分级：

环球旅行分级

★★★★★★　超级环球旅行（足迹涉及世界七大洲，每洲至少到达一个国家，本国不计）

★★★★★　五星级环球旅行（足迹涉及世界六大洲，每洲至少到达一个国家，本国不计）

★★★★　四星级环球旅行（足迹涉及世界五大洲，每洲至少到达一个国

家，本国不计）

★★★ 三星级环球旅行（足迹涉及世界四大洲，每洲至少到达一个国家，本国不计）

★★ 二星级环球旅行（足迹涉及世界三大洲，每洲至少到达一个国家，本国不计）

按照环球旅行分级，以上列举的第一个环球旅行连二星级都算不上，原因就是所到达的大洲和国家太少。所以，这种环球旅行的意义不大，只是得到一个环球旅行的标签而已。以上所列举的第二个环球旅行则属于五星级，一路走下来可不那么容易，感受会完全不同。总的来说，星级越高，难度越大，花费也会越高，越具有挑战性，收获也会越大，成就感也会越强。

四、与环球旅行有关的人物

谁是世界上环球旅行的第一人？历史教科书上的答案是：麦哲伦。

麦哲伦，葡萄牙人，航海探险家，为了实现环球航行的意愿而为西班牙国王效力。16世纪初，西班牙国王为了获得更多财富，支持麦哲伦进行航海探险活动，为麦哲伦装备了远航探险船队。该探险船队由5艘远洋海船，200多名船员组成，最大的远洋帆船排水量110吨，其他4艘船均不足百吨。

从1519年至1522年的3年时间里，麦哲伦率领探险船队从西班牙出发，由东向西渡过大西洋，沿着南美洲南下，穿过麦哲伦海峡（当时由麦哲伦发现此海峡，便以他的名字命名）进入太平洋，横渡太平洋后到达菲律宾。随后渡过印度洋，绕过好望角，越过佛得角群岛后回到出发地，完成了人类首次环球航行，创造了世界航海史上的一大成就，麦哲伦就此成为第一个完成环球航行的人。

麦哲伦环球航行的成功，不仅开辟了新航线，还通过他的探险航行证明了地球是圆的，地球是个圆球，世界各地的海洋是连成一体的。麦哲伦环球航行航线全长达60 440公里。

首次环球航行所付出的代价是巨大的，麦哲伦船队的5艘远洋海船最后只剩下1艘帆船，出发时的200多名船员只剩下18名船员圆满返回。麦哲伦环球途中，在菲律宾卷入部族冲突，客死他乡。船上的水手在他死后继续向西航行，渡过印度洋，绕过好望角后，于1522年9月6日，回到西班牙，最终完成了人类历史上首次环球航行。麦哲伦虽然没能亲历全部航程，但没有他，就不可能取得这次环球航行的成功，所以他成为环球旅行第一人。

此后，完成环球旅行的人还有：

1930年6月，22岁的中国人潘德明，用7年时间，靠徒步和骑自行车先后到达世界上40多个国家，他在世界上开辟了徒步和骑车环球旅行的先河，成为近代第一个靠徒步和骑自行车环游世界的人。

1994年7月，27岁的英国人贾森·刘易斯从英国格林尼治本初子午线（0经度线）出发，开始全部依靠"人力"的环游旅行。在历时13年的旅程中，他不借助任何机械动力，只靠踏板船、轮滑、自行车、皮艇等人力方式，环球旅行74 000公里，成为世界上第一个不借助任何现代化交通工具、完全依靠人力环球旅行第一人。

1995年7月，26岁的日本人石田裕辅开始骑自行车环游世界。他用了7年半的时间，纵贯北中南美洲，从北极圈南下穿过欧洲和非洲，最后再横越南欧、中东和亚洲。花费5300美金，骑行95 000公里，获得单车环游世界第二名的世界纪录。

2002年5月，32岁的中国人朱兆瑞开始环球之旅，历时77天，游览了11个国家和地区，完成了一次单人环球旅行。加上之前他游历过的欧洲一些国家，创造了用3305.27美元游历世界四大洲28个国家和地区的先例。朱兆瑞将自己的亲身经历写成了《3000美金，我周游了世界》一书。

2002年7月，58岁的美国百万富翁、冒险家史蒂夫·福塞特，用13天的时间，乘坐热气球成功完成了环球旅行，成为世界上单人乘坐热气球完成环球旅行的第一人。

2004年5月，38岁的中国人李峰独自一人驾驶1.6升排量的轿车，历时100天，花费14万元人民币，环球旅行45 000公里，游览22个国家，成为中国单人单车环球旅行第一人。

以上所述的环球旅行，多数属于极限环球旅行或极致环球旅行，对于当今普通中国人来说，是无法复制或难以复制的，没有多少借鉴意义。即使像朱兆瑞和李峰所经历的环球旅行，其示范意义也比较有限。朱兆瑞以经济旅游、高性价比旅游见长。他所实现的3000美金周游世界是有许多前提条件的：其一，他在英国攻读MBA，专业是市场营销，既有语言优势，又有专业相助；其二，他以伦敦为基地，很容易收集到来自网络、当地报纸以及一些街头广告的特价信息，并且可以就近游览欧洲各国；其三，他所说的3000美金包括住宿费、机票、火车票等必要的交通费，但不包括餐费、国际机票税、保险费、签证费、电话费、购物费以及其他因个人行为发生的费用，也就是说旅行中许多必需的开支没有计算在内。仅从以上三点足以说明《3000美金，我周游了世界》是一个非常吸引人的书名，谁都无法复制。当然，我们可以从此书中学到经济旅游的理念和相关经验。

李峰所实现的环球旅行是单人单车自驾环球旅行，这种形式的环球旅行具有难度大、风险高、费用高、异常艰辛等特点。他为了准备这次环球旅行而辞职，花费了大量的前期准备时间。一路上，他所经历的各种境遇与求助，充分说明独自一人自驾环球旅行非常艰辛。李峰大学所学的专业是英语，具有语言上的优势，这有助于他克服一些困难。环球旅行本来难度就比较高，如果采取单人单车自驾的形式，无疑是难上加难，仿效与复制的意义不大。

时至今日，对于普通中国人来说，借助移动互联网和现代化交通工具进行环球旅行，已经成为最现实、最方便、最经济、最舒适的旅行方式，普通中国人实现环球梦想的时代已经到来。

五、60岁，我们去环球旅行

为什么是60岁？而不是20岁、30岁，或者40岁？作为20岁的年轻人，正在上大学，或者刚刚参加工作，既没有经济实力，也缺乏相应的阅历，综合知识水平相对比较低，对世界的认知非常有限。这个年龄段的人，正处于学习和增长知识的阶段，正处于刚刚开始工作的阶段，在国内的旅行经历大多非常有限，不如抓紧时间努力学习，有了学识和积蓄，积累了生活和国内外旅行经验后，再进行环球旅行会更加合适。

三四十岁的人，体力与精力正处于旺盛期，具有一定的阅历和知识水平，又有了经济实力，是进行环球旅行最好的年龄段，但是，真要来一次环球旅行恐怕并不容易。有一首歌词是这样写的："我想去桂林呀，我想去桂林，可是有时间的时候我却没有钱；我想去桂林呀，我想去桂林，可是有了钱的时候我却没时间。"这首歌表明时间和金钱对于到遥远的地方旅行是多么的重要，缺一不可。如果没有时间去桂林，哪里还有时间去环球呢？如果没有钱去桂林，那就更别提环球旅行了。30岁、40岁乃至50岁，正是人生干事业的黄金时段，有几个人能够挤出两个月以上的时间呢？又有几个人有决心放下工作和家庭，用很长一段时间去旅行呢？除非辞去工作，那样的话代价就显得比较大。

60岁是退休的年龄，此时多数人既有时间又有钱，以上提到的两个障碍都消失了，是进行环球旅行的大好时机。而且，很可能是最后一次难得的机会，再往后拖只会变得越来越老，身体状况越来越差，困难越来越多，越来越难以成行。所以才有了"60岁，我们去环球旅行"这样的话题。

　　我本人就是在60岁即将到来的时候，开始独自一人进行环球旅行，并且在两年多一点的时间内连续进行了三次环球旅行，累计环球410天，并且每次都取得了圆满成功。我觉得人到60岁，完全可以放下工作，让身心放松下来，变换一种生活方式，享受一段难得的、有激情的生活。

　　对于绝大多数中国人来说，每个人所从事的工作都很平凡，几十年的努力工作与辛勤忙碌，很难创造出引以为豪的业绩，很难成为一名成功人士。退休以后，为何不做一件有意义的大事呢？环球旅行无疑就是一件有意义、快乐、健康、富有成就感的大事。一个人辛勤工作了一辈子，在退休的时候，用一次令人难忘的环球旅行来犒赏自己，我认为这是最好的自我回报。

六、中国人环球旅行所面临的障碍

60岁以上的中国人有2.5亿之多，既有钱又有时间的太多了，他们已经纷纷走出国门，领略域外的风采。2019年，中国人出境游已经接近1.55亿人次，2020年由于新冠肺炎疫情的影响，出境游按下了暂停键。然而，在这么多出境游的中国人当中，参加环球旅行的人却非常少，这是由于环球旅行难度比较大，除了时间与费用外，还有许多障碍。

对于热爱旅游的欧美人来说，进行环球旅行早已不是什么新鲜事，因为作为西方发达国家的人，早就有了自己的护照，而且他们的护照非常好用，到世界上许多国家旅行都是免签或者落地签，即使需要申请他国签证，手续也很简单。

作为普通中国人，有谁能在20世纪完成环球旅行？这在国内很难找到。如果有，很可能是由于工作或职业的原因，由国家出钱来完成的，这就不属于我们在这里所说的个人环球旅行。

对于普通中国人来说，环球旅行只有在互联网时代才有可能得以实现。1994年中国获准加入互联网，并在同年5月完成全部中国联网工作。1995年张树新创立首家互联网服务供应商，中国的老百姓开始尝试进入互联网，而互联网真正在中国开始普及是在2001年。

进入互联网时代，也就进入了信息时代。借助互联网，我们可以很方便、很快捷地获取各种与环球旅行有关的信息；借助互联网，世界上许多大的航空公司结成了航空联盟，将局部的航空网络连接成覆盖全球的航空网，这样就出现了环球机票；借助互联网，我们可以预定远在地球另一边国家的机票、火车票、旅馆；借助互联网，可以随时帮助我们在异国他乡解决旅行中遇到的各种问题。

从2002年起，我国开始全面简化申领护照手续的进程，从那时起，许多普通中国人拥有了自己的个人护照，已经像西方人那样可以自由自在地走出国门。可以说，2002年是普通中国人开始尝试环球旅行的元年，上述提到的朱兆瑞（2002年）、李峰（2004年）就属于中国人环球旅行的较早尝鲜人。

中国人进行环球旅行已经到了梦想成真的时候，但我们身边参加过环球旅行的人却非常少。那么参加环球旅行到底会遇到哪些障碍呢？或者说需要具备什么条件呢？朱兆瑞在《3000美金，我周游了世界》一书中，以亲身经历告诉我们，创造这一奇迹只需要三个条件：时间、勇气和3000美元。我觉得这三个条件对于朱兆瑞来说确实如此，但对于普通中国人来说并非如此。在庞大的60岁以上的群体中，有时间、有钱的人很多，难道他们都没有勇气吗？其实他们并不是没有勇气，而是受制于其他一些因素，正是这些因素或者说是障碍，使得这一群体中能够独自完成环球旅行的人寥寥无几。即使是相对年轻的人，也是如此。

我认为，中国人完成环球旅行，还必须具备另外三个条件：签证、外语和经验。下面根据这六个条件（六大障碍）分别进行分析。

（一）时间——环球旅行的先决条件

根据我的经验，进行一次环球旅行至少需要两个月以上的时间，少于两个月的环球旅行，对于环绕一圈至少40 000公里的地球来说，只能是匆匆走过，钱花了不少，收获有限。然而，两个月的时间，对于多数中国人来说也是很难得到的。有不少人，为了能够获得更长的旅行时间而辞去工作，这样付出的代价确实有点大。环球旅行的时间也不宜太长，毕竟这是一次花费较高的旅行，每增加一天就会增加相应的费用，最长的环球旅行时间控制在一年左右为宜。世界上三大航空联盟环球机票的有效期，就是一年。

2007年6月20日，朱兆瑞再次用"3000美金游世界"，他带领11个中国人进行了一次环球旅行，历时23天，途径五大洲八个国家。由于这次环球旅行时间非常短，不足一个月，多数参与人员的感受是："环球苦旅，一路狂奔。"这说明，环球旅行的时间如果少于一个月，只能是忙于奔波，十分艰辛，收获有限，徒有虚名。

（二）费用——环球旅行的物质基础

朱兆瑞3000美金游世界，按照现在的汇率大约是两万元人民币，考虑到未包含在内的餐费、国际机票税、保险费、电信费、签证费、游玩费等各项费用，还应该再加上两万元。另外，我们普通人不具备当时朱兆瑞的优势，在此基础上还要多付出5000～10 000元。这样，普通中国人完成一次环球旅行所需的费用为4.5～5万元，也就是7000～7500美元。以上所述朱兆瑞带领11名中国人进行的23天环球旅行，他们每个人平均花费基本上在7000美元左右（约4.5万元人民币）。

如果你一年的收入有10万元，让你拿出一半去进行环球旅行，对于热爱旅行的人来说应该算不了什么。如果你的存款有20万，让你拿出四分之一去环球，应该不会太困难。如果想舒适一些，花上10万元人民币去环球旅行，也会大有人在。所以，对于有环球梦想的人来说，钞票只是个物质基础，算不上多大的障碍。

（三）勇气——环球旅行的精神动力

有钱又有时间的人非常多，但是，如果让他们独自一人去环球旅行，可能

95%的人没有勇气迈出这一步。勇气不是简单地拍胸脯，不是一时冲动，不是一时心血来潮，而是需要各个方面的支持，才能产生精神上的动力。作为普通的中国人，当他有了环球旅行的梦想、能力和自信的时候，才能具备相应的勇气。否则，他的勇气只能是暂时的和缺乏底气的。所谓具有环球旅行梦想的人，他一定是爱好旅行，并幻想着有朝一日环游世界；所谓具备一定能力，就是具备环球旅行相关知识，能够学习和适应游走世界时所面临的各种事物，能够克服所遇到的各种困难；所谓自信，就是相信自己的能力，相信自己能够完成预定的环球旅行目标，相信自己能够走得出，玩得转，回得来。勇气＝梦想+能力+自信。

（四）签证——环球旅行的最大障碍

随着中国综合国力的提升，中国人每年出境人数在大幅度地提升，2016年中国出境游人数达到1.22亿人次，2017年达到1.29亿人次，2018年达到1.49亿人次，2019年达到1.55亿人次，中国已经连续多年成为世界第一大出境旅游客源国。与此同时，中国护照的含金量也在大大提高，变得越来越好用。世界上许多国家，给予中国大陆游客免签或者落地签待遇，中国人申请发达国家的签证，已经从10年前的非常困难，变成不再困难。

但是，对于环球旅行而言，因为涉及的大洲和国家比较多，旅行线路比较复杂，涉及在一些国家转机或陆路出入境，还有可能在第三国申请签证，以及签证有效期等问题，所以，签证仍然是环球旅行的一大障碍。我第一次环球旅行的感受是：在诸多困难因素中，签证排在第一位。第二次环球旅行途中的感受是：让我吃尽苦头、花费大量时间和精力、最麻烦的事情仍然是签证。

申请一至两个国家签证，并不会觉得很困难，但是，进行环球旅行时，特别是四星级以上的环球旅行，就会感到签证确实是一个很大的障碍。随着时间的延续，如果有更多的国家，给予中国人免签或者落地签的待遇，签证这一障碍就会变得越来越小。

（五）外语——环球旅行的重要工具

掌握好英语（外语），对于环球旅行有着非常重要的意义，在出国旅行的每个环节都少不了语言的支持。朱兆瑞、李峰能够率先取得环球旅行的成功，他俩具备较好的英语能力，帮了他们很大的忙。但是，并不是英语水平低下的人，就无法进行环球旅行。我在不具备语言优势的情况下，仍然能够取得三次环球旅行的成功，只不过我所遇到的困难会多一些，旅行效率有时会低一些。

其实，即使一点不懂英语的人，也可以出国旅行。与10年前相比，现在已经有不少翻译神器，帮助不懂外语的人翻译，获取信息。现在，智能手机可以做到在线或者离线状态下进行语音翻译，为不懂外语的人提供了很大帮助。但是，独自一人进行环球旅行，至少应该具备一点外语能力，否则直接影响到旅行效率，困难会增多。

（六）经验——环球旅行的无形导游

当你第一次出国旅行时，没有经验不要紧，可以慢慢来，放慢节奏，逐步适应。如果独自一人进行环球旅行，就应该具备一定的出国旅行经验。这种经验当然越多越好，经验越多，走得就会越顺畅。朱兆瑞、李峰都是在具有一定出国旅行和洲际旅行经验的基础上，才迈出独自环球旅行的第一步。我也是在具有较丰富的出国旅行经验后，才开始了一场说走就走的环球旅行。

旅行经验就那么重要吗？我的体会是确实如此。环球旅行是个技术活，方方面面都要考虑到，计划好，准备好，否则一旦考虑不周或出现失误，就会影响旅程，甚至导致环球旅行的失败。下面举一个实例：

2011年5月，22岁的中国河南鹤壁小伙郭利龙，他计划用800天时间徒步环球旅行。他从中国最北部的漠河出发,横贯中国,从西藏出境到达尼泊尔,然后进入印度。2013年6月,他到达印度东北部靠近尼泊尔的戈勒克布尔。由于签证到期,续签又遇到其他问题,他不得不带着遗憾返回国内,首次环球旅行以失败告终。

这次失败,就是由于旅行经验不足而造成的。800天,看起来很长,实际上对于徒步环球旅行来说是远远不够的。这是一个拍着胸脯说出来的吉利数字,没有实际意义。日本人石田裕辅,骑自行车环游世界,用了7年半的时间,骑自行车的速度是步行的三倍,徒步环球旅行怎么可能用800天(2.2年)的时间完成呢?环球旅行可不是环球赶路,途中要有许多停留。尼泊尔是个小国可以很快穿越,印度是个大国,光靠步行,在签证规定的时间内根本走不出印度,况且还应留出办理下一国签证和游览、休息的时间。

2017年1月,郭利龙在准备了三年半的时间后,重新从上海出发,开始了他的第二次徒步环球旅行,他计划用5年时间完成这次徒步环球之旅。看来,他这次成功的希望仍然不是很大,毕竟是在用双脚丈量地球,困难因素实在太多,我只能祝他好运。

具有丰富的国内外旅行经验,对于环球旅行的人来说,如同有一个无形的导游在帮助你,在人生地不熟的异国他乡,可以从容应对旅行中的各种问题,克服各种意想不到的困难,使得旅行变得顺畅起来。

具有丰富的旅行经验,可以弥补语言能力的不足。同样,具备良好的语言能力,可以弥补旅行经验的不足,两者相辅相成。

可能有人会说,除了以上6个条件外,还应加上一条:身体。确实如此,如果身体不好,有大病在身,确实无法进行环球旅行,但可以治好了以后再出行。有两个实例说明,身体因素并不能限制有环球梦想的人:

盲人推拿师曹晟康非常热爱旅游,被称作"中国盲人环球旅游第一人"。他利用10年时间,足迹遍布全国。2012年4月,38岁的他独自用搭车、步行的方式，游览了东南亚的老挝、泰国、柬埔寨、越南四个国家。他说："虽然我看不见旅途中的风景，但我可以用心去聆听，虽然我看不见这个世界，但是要让世界看清楚我。"

2015年3月1日，以上海为出发地和终点的中国首个搭乘邮轮环球之旅，隆重起航。参加此次邮轮环球之旅的游客中，年龄最大的已经88岁。

还有谁比盲人和88岁高龄的老人出游更困难的吗？因此，我认为身体状况并不是环球旅行的主要障碍。

七、环球旅行的参与方式

以上介绍的帆船、骑车、驾车、徒步及热气球等形式的环球旅行，都属于特殊的或极限环球旅行，对于我们普通的中国人来说，既难以复制，也没有多少借鉴意义。

目前，中国人进行环球旅行，最可能的方式有三种：参团环球旅行、邮轮环球旅行和自助环球旅行。下面分别进行介绍。

（一）参团环球旅行

环球旅行不同于常见的出国旅游，组织这样的旅游团难度比较大，现在国内组团进行环球旅行的产品并不多见，而且多以高端形式出现。这为有环球旅行梦想的人，提供了一个上档次的圆梦机会。

携程旗下顶级旅游品牌"鸿鹄逸游"HHtravel，是由中国携程旅行网与太美国际旅行、香港永安旅游WingOn、台湾易游网ezTravel，合作创立的。各方分别发挥各自优势：携程旅行网庞大的会员体系、遍布全球的旅游资源、强大的品牌影响力；台湾易游网在顶级旅游方面的专业人才和运作经验；香港永安旅游资深导游和领队；太美旅游服务高端游客的丰富经验。从2011年起，"鸿鹄逸游"已连续多年推出顶级环游世界产品，分别是：

2011年环游世界60天，每人50万元

2012年环游世界66天，每人66万元

2013年环游世界80天，每人101万元

2014年环游世界80天，每人118万元

2015年环游世界80天，每人125万元

2016年环游世界80天，每人125万元

2017年环游世界60天，每人138万元

2018年环游世界60天，每人101万元

2019年环游世界50天，每人 88 万元

2020年环游世界55天，每人 96 万元

这里介绍一位参加过2013年环游世界80天的人，他叫彭锦程，深圳著名企业家。2012年，他偶然在媒体上看到一条"101万，买房子？去旅游？"的报道，他突然觉得环球旅行的时机到了。于是，他果断报名，通过后补，得到了一次难得的环球旅行机会。

2013年1月，他随旅行团一起踏上了环球80天的旅程。此次环球游，自西向东环绕地球一圈，除北美洲外，涉足六大洲、四大洋，游历了18个国家和南北极，尽览异域风光和人文风情，入住豪华酒店，品尝各种美食，实现了环游世界的梦想。此行，他所有的花费至少在141万元以上，其中，单人入住酒店的房间差价就达40万元，这绝对称得上是豪游世界。

彭锦程完成环球旅行后，写了一本名为《八十天环游世界——圆梦之旅》的书，详细介绍了此次环球之旅。从游览的行程、安排及非凡的体验等方面看，确实是一次顶级环球之旅。

该书介绍了由10人组成的旅行团中的每个人物，展现了中国富有群体环游世界的种种景象。从中可以看出，一些富有的中国人，他们的素养并没有得到相应的提高。人在国外，往往代表国家的形象，高素质的人令人尊敬，而有钱却素质低下的人，显得格外令人厌恶。这10名游客中，不乏"有理不饶人，无

理搅三分"的人。比如，书中提到的A女士，由于导游的一次失误，把她忘在了酒店里，使她没能一起乘上车，虽然导游立即予以补过，折返回酒店接上了她，并给予道歉，但她得理不饶人，非要导游向她下跪道歉不可。如果跟这种有钱而缺乏涵养的人同团旅行，只会令人扫兴。

（二）邮轮环球旅行

搭乘邮轮进行环球旅行，在国外早已不是什么新鲜事情，无数人实现了环球旅行的梦想。但在国内，尚处于起始阶段，搭乘邮轮进行环球旅行的人非常有限。

"和平之船"是联合国经济与社会理事会框架下的非政府国际组织，成立于1983年。它在全球范围内致力于国际交流、呼吁和平、保护环境、支援灾区等活动。在过去的30多年里，"和平之船"旗下的数艘邮轮，进行了近100次环球航行，为有环球梦想的游客提供了环游世界的机会。来自日本的"和平之船"——"海洋之梦号"邮轮，从2016年起数次来到中国，提供以中国为始发港的环球航行，但只有很少一部分中国人搭乘这艘邮轮，完成环球之旅。

中国首个邮轮环球之旅是在2015年春天开始的。2015年3月1日，排水量8.5万吨的歌诗达邮轮公司"大西洋号"邮轮，从中国上海起航，开始了为期86天的环游世界。这次环球之旅，一路走遍四大洲、三大洋，游历18个国家和地区。参加此次环游世界的游客，只需办理欧洲申根、美国和日本三个签证，即可走遍四大洲、三大洋。

此次环球邮轮最便宜的高级内舱房，船票价格为每人15万元，其他各种消费需要另外支付，包括：船上的服务小费、靠岸城市上岸游览费用、互联网服务费等，全程下来一个人最少也得20万元以上。

这艘以中国为始发点和终点的环球邮轮，一共载有600多名中国游客。这是一个中国富有群体聚集的地方，因此吸引了不少媒体的关注，更有记者到航行中的船上进行采访，透露出许多不同寻常的情形：

在邮轮上，你经常能听到这样的对话："我们在纽约买的裸钻真是太便宜了""我家里有好几块OMG手表，保养一次就得花不少钱""我们这次本来想带个保姆上来的"……

电影《泰坦尼克号》里提到的"New Money（新贵、暴发户）"之间的较量，总在"大西洋号"上暗暗进行，谁在酒吧的消费排名第一？谁在赌场玩多大的？谁的相机是莱卡的？谁住的是顶级奢华全景阳台海景套房？谁今天去岸上游览时买了奢侈品？在船上，仿佛有一个无形的排行榜，谁今天又不幸地跌出了这张榜单……

富有是人们的共同追求，但炫富完全没有必要，一些丑陋现象出现在富有者身上时，就会显得格格不入。在环球邮轮上曾出现过这样一些场景：

有些中国游客，为了在"提香"餐厅门口拍照的顺序而吵架，甚至差点打起来。80多天的航行中哪天不能来拍照呀，非要争这一时一刻，丢中国人的脸。

邮轮出现故障，停泊在雅典检修，一些耐不住性子的国人，跑到服务台向中国籍服务员发泄。为了缓和情绪，邮轮临时安排上岸游览。由于临时安排的小姑娘翻译得不够流畅，"停！停！停！"，游览车上一位短发中年女游客，突然站起来大声打断小姑娘，并对车上其他人说："导游偷工减料！没有翻译完整！"接着，她走到车前端，一只手指着雅典当地的导游，另一只手指着小姑娘说："这样，你说一句，你翻译一句。"此情此景，展现出富婆"维权"的场面，丝毫不考虑这是临时增加的旅游项目。

……

对此，邮轮上有涵养的游客感慨地说："中国人太着急了，耐不住性子，而且船上缺乏素养的人和酸人太多了，令人厌恶。这些人不过是给自己的头衔上增加一个'环球'的标签而已。"

作为一个中国人，不管你出国走到哪里，都应该时刻注重自己的形象，因为你代表的是中国，而不仅仅是你自己。

（三）自助环球旅行

自助环球旅行，就是凭借自己的能力，按照自己的意愿，自主安排，自主实施的环球旅行。其特点是：自己设计路线和行程，自己考虑和安排旅行中的一切，自由、主动、深入，充满艰辛与快乐，利用现代文明带来的各种便捷，很少受到商业的蒙蔽和束缚。由于旅行中所涉及的吃、住、行、游、购、娱等所有事情，全靠自己搞定，所以操作起来比较烦琐，却摆脱了旅行社预先安排好的行程模式，更加随心所欲，自由自在，充满了不确定性和成就感。2002年，朱兆瑞所进行的环球旅行，就是在经济旅游的理念下，自助环球旅行的最初尝试。我所完成的三次环球旅行，也是自助环球旅行的代表。

（四）三种环球方式的比较

针对以上三种环球旅行的参与方式，通过下表进行综合比较：

项目方式	参加高端旅行团	邮轮环球旅行	自助环球旅行
时间	60 至 80 天。高端旅行团一年一次，有钱不一定能报上名。低端团很难寻觅。	80 至 120 天。环球邮轮航次很少，由中国始发的环球邮轮更少。	60 天至一年任意确定，甚至更长时间。可以自主确定出发时间，甚至可以说走就走。
费用	高端团 50 万至 140 万，低端团 10 万至 20 万（问题是到哪里去找这样的低价团）。	10 万至 30 万，或者更高。	5 万至 10 万，也可更低或者更高。可穷游，也可富游，丰俭由人。
勇气	只要认为这笔钱花得值，敢于花一大笔钱就行。	只要认为这笔钱花得值，敢于花钱就行。	勇气 = 梦想 + 能力 + 自信

续表

项目 方式	参加高端旅行团	邮轮环球旅行	自助环球旅行
签证	出发前，需要办好 3～9 个国家的签证（具体情况依行程而定）。	出发前，需要办好 3～5 个国家的签证（具体情况依行程而定）。	出发前，只需办好两个发达国家签证，甚至一个发达国家签证就能完成环球旅行。
外语	不受语言障碍影响，外语零基础也可成行。	不受语言障碍影响，外语零基础也可成行。	可以依靠翻译机，最好能够掌握一点外语，这样更加方便旅行。
经验	可以没有出国经历，可以没有一点国内外旅行经验。	可以没有出国经历，可以没有一点国内外旅行经验。	具有较丰富国内旅游经验，以及 3 次以上出国旅行经历。
安全	乘坐各种交通工具，极致体验与游览项目较多，存在一定风险，但总体安全。	多数时间在船上度过，每次登陆时间较短，接触当地人的机会和游览活动少，总体安全。	旅途中具有较多不确定性，存在一定风险，需要具备安全防范意识。
收获	省心省事，非常舒适，极致享受，收获丰盛，成就感强，心灵感受无与伦比。	非常舒适，豪华享受，由于主要是在船上，对抵达国家的体验和感受非常有限，收获较丰盛。	艰辛与享受并存，奔波与快乐并存，自由自在，收获丰盛，成就感很强。

（五）自助环球——环球旅行的最佳方式

通过以上对比可知，参加高端旅行团和搭乘邮轮进行环球旅行，无疑是最舒适、最享受、最省心、最省力的环球方式，既不需要旅行经验，也不需要外语能力，特别适合有经济实力的人，以及老年人和体弱的人。但是，高昂的费用无疑令人望而却步，大多数中国人无法承受，这个门槛有些高。实际上，即使肯花这么多钱，也将受制于游行团名额和邮轮航次很少的影响，并不能顺利实现环球旅行的梦想。因此，对于普通中国人来说，只能寄希望于自助环球旅行。

　　自助环球旅行与参加高端旅行团和搭乘邮轮相比，具有费用低的明显特点，如果是穷游的话，4万元左右基本就能搞定。加上时间灵活、自由度高、自主性强、亲自参与筹划，成就感很强。只要参与者能够背着包走得动路，并且消除存在的各种障碍，就能实现环球旅行的梦想。对于绝大多数普通的中国人来说，自助环球旅行无疑是最现实的方式，也是最佳方式。

　　自助环球旅行多半要依靠自己的能力与智慧来应对旅途中的各种问题，每天都有可能遇到意想不到事情。旅途中，常会感受到精彩、惬意、刺激、美好，也可能遇上倒霉、惊险、受气、窝囊的事情，要有充分的思想准备。自助旅行者既要有一定的吃苦与冒险精神，又要谨慎小心，考虑周全。

　　中国人有时会被认为老实可欺，会被认为比较有钱，有的国家公职人员专找中国游客索要"小费"，而不向西方人伸手，这种状况有些是中国人自己造成的。自助旅行者要努力使自己内心变得强大起来，需要据理力争的时候，就应该大胆地说出来，需要拒绝的时候就予以拒绝，同时应当讲究一些策略。

（六）自助环球旅行人数组合

　　自助环球旅行可以有不同的人数组合，不同的人数，对于环球旅行来说，各有特点，各有利弊。根据参加环球旅行的人数，可分为：一个人、两个人和多人。分别具有如下特点：

　　1. 一个人环球旅行（最自由）

　　一个人的旅行，最大特点就是自由自在，想去哪里就去哪里，无须考虑他人的想法和喜好，无须与别人商量达成妥协，一切按照个人的意愿出发，不受旅行伴侣的制约，最大限度地满足自己的愿望。独自旅行虽然孤单，却更加纯粹，收获丰盛，成就感很强，心灵感受无与伦比。

　　但是，需要较高的个人能力和比较丰富的旅行经验，需要比较强大的内心，所有与旅行相关的事情，都要独自承担，旅行中孤独与艰辛相伴相随，由于无法与他人分摊费用，相对两个人或多人出行，费用偏高。

2. 两个人环球旅行（最佳组合）

前提是能够找到合适的搭档，这样可以互相帮助、支持、取长补短。两个人的环球旅行，所有的准备工作和旅行中的事情，由两人承担，合作好的话可以发挥每个人的特长。通过合租车、合租房以及一起出游等方式，可以分摊费用，具有较好的经济性。旅行中，两个人相互关照，相对安全一些。

但是，一路上许多事情需要两个人商量，不仅要考虑自己，还要考虑对方，每个人都要做出一些妥协，自由度受到一些限制。

3. 多人环球旅行（最安全）

一般以3～4人为佳，非常适合个别没有出国旅行经验的人，或者外语水平很低的人，可以发挥每个人的特点和能力。住宿、租车、包车、参加当地旅游团等费用均摊，经济实惠，相对更安全。旅途中，所有与旅行相关的事情分别由大家共同承担。

但是，因为旅行伙伴较多，可能造成许多方面不易协调，旅行效率会降低，一个人出现问题，就可能影响大家的行程。因此，需要相互协商与配合，需要经常沟通，每个人都要做出一些妥协，自由度受到限制，牵头人的责任较重。

我喜欢一个人的环球旅行，就是因为有着那种自由自在地行走世界的感觉，那种放飞自我的心态，那种无与伦比的收获和心灵感受。所以，我向大家推荐一个人的环球旅行，希望把我的环球旅行经验介绍给大家，使得更多的中国人实现环球旅行的梦想。当然，也可以是两个人或多人参与的环球旅行，只要扬长避短，相互理解与配合，相互支持与协作，同样充满着美好的感受和无穷的快乐。

八、航空联盟与环球机票

环球旅行需要环绕地球一周，如果是自助环球旅行，需要借助现代化交通工具，搭乘飞机是必不可少的，其中包括一些跨大洋、跨大洲的航程，以及许多相对较短的航程。

地球赤道的长度大约为40 000公里，一次环球旅行，总的飞行距离至少也要在36 000公里左右。很明显，搭乘飞机是环球旅行中最主要的交通工具，也是行进距离最长的交通方式。

从旅行费用方面来看，机票费用占到环球旅行总费用的30% ～40%，有的甚至接近50%。如果想要控制环球旅行总费用，重点就在于控制机票的费用。因此，如何购买机票、如何购买便宜的机票，对于环球旅行来说有着非常重要的意义。

（一）航空联盟

进入互联网时代以后，也就是从1997年开始，世界上许多著名航空公司，借助互联网结成了航空联盟。如今，世界上较为知名的三大航空联盟分别是：星空联盟（Star Alliance）、天合联盟（Sky Team）和寰宇一家（One World）。航空联盟的创立，将分属于世界各个区域的航空公司网络，连接成覆盖全球的航空网，这样就出现了环球航线和环球机票。

上述三大航空联盟在国际航空市场上，各有优势：星空联盟主要占据着亚、欧、北美和南美市场;天合联盟主要在北美地区和大中华区称雄;而寰宇一家则在跨北大西洋地区和南美洲拥有相当优势。

航空联盟的建立,为各个成员航空公司节约了成本,并为旅客提供了更多的航班选择,更加理想的转机时间,更加简单化的订票手续,乘客还能享受到更好的服务。

下面简单介绍一下三大航空联盟。

1. 星空联盟

该联盟成立于1997年5月,总部位于德国法兰克福,是世界上第一家全球性航空公司联盟,也是目前世界上最大的航空联盟。星空联盟拥有28个正式成员,航线涵盖了193个国家和地区,以及1317个机场(目的地),每日航班达18 800个架次,每年客运量超过7.25亿人次。其标志上星形图案的五个部分,代表着五大创始航空公司,分别是:北欧航空、泰国国际航空、加拿大航空、汉莎航空和美国联合航空。中国国内的航空公司中,国航和深航属于星空联盟成员。

星空联盟的优势在于成员数量多,覆盖面广,但非常出色的航空公司其实并不多。新(加坡)航、全日空、汉莎航空、新西兰航空是星空联盟的标杆航空公司。不足之处在于中北亚地区是短板,前往这些地区的国家,可能需要借助联盟外的航空公司。

2. 天合联盟

该联盟成立于2000年6月,总部位于荷兰阿姆斯特丹,是仅次于星空联盟的全球第二大航空联盟。目前天合联盟共有19家航空公司,航线涵盖了175个国家地区的1150个机场(目的地),每日航班达14 500个架次,年客运量超过6.3亿人次。创始成员包括:法国航空、达美航空、墨西哥国际航空和大韩航空。天合联盟是三大联盟中成立最晚,但也是发展最快的,尤其是在大中华区,东航、厦航、华航都是天合联盟的成员。

天合联盟在大中华区拥有重要地位,不足之处在于大洋洲地区是短板,天合联盟成员中没有一家是来自大洋洲地区的航空公司，这给前往大洋洲旅行带来不便，而星空联盟和寰宇一家分别有新西兰航空和澳洲航空。

3. 寰宇一家

该联盟成立于1999年2月，总部位于美国纽约，是全球第三大航空联盟。目前拥有14家航空公司，航线涵盖包括160个国家地区的1000个机场（目的地），每日航班达14 000个架次。创始成员包括：英国航空、美国航空、国泰航空、澳洲航空及原加拿大航空。

寰宇一家号称精英航空联盟，绝大多数成员不是高端航空公司就是所在区域的霸主，仅有少数因为扩展航线需要，而被邀请加入的小型航空公司。寰宇一家在中国大陆没有成员，周边地区则有国泰航空（包括港龙航空）、日本航空等。之前，不足之处在于非洲地区是短板，寰宇一家成员中，没有一家是来自非洲地区的航空公司。随着2020年4月摩洛哥皇家航空公司正式加盟寰宇一家，该联盟在非洲大陆有了第一个正式会员，大大方便了旅客前往非洲旅行。

（二）环球机票及其特点

有了航空联盟，就有了环球航线和环球机票。各航空联盟分别推出了各种形式的环球机票，有力地助推了有环球旅行梦想的人。环球机票就是由4～16张单独机票，合并而成的环球套票。有了环球机票，环球旅行变得更为顺畅、便捷、舒适和容易起来。环球机票具有如下特点：

1. 不需要提前较长时间预订，最晚可在出行前3天预订，做到说走就走；

2. 环球机票最长有效期一般为一年，这决定了环球旅行时间不宜超过一年；

3. 票价相对便宜，可节省30%费用，票价主要与总里程数和税金有关；

4. 票价不受节假日或淡旺季影响，非常适合利用节假日或旅游旺季出行的人；

5. 可以免费任意更改航班时间,但如果要变更行程则需要支付相应费用;

6. 可以最大限度地减少转机次数,转机通常在同一个机场的同一候机厅;

7. 在没有廉价航空或航班少、票价高的区域,环球机票更具价格优势;

8. 旅客遭遇航班延误时,后续航班自动后补,让环球旅行者更加放心;

9. 前往同一目的地,可选择联盟中喜爱的航空公司,选择不同的起飞或到达时间,选择喜欢的机型等;

10. 旅客在搭乘航空联盟航班时,各成员航空公司之间实现无缝里程累积。

(三)如何购买环球机票

购买环球机票究竟选择哪一家航空联盟呢?这需要根据三大航空联盟各自优势、特点和环球旅行者想要前往的国家和地区等因素而定。如果主要在北半球进行环球旅行,选择星空联盟、天合联盟或寰宇一家都可以;如果主要在欧洲和北美洲、拉丁美洲旅行,宜选择寰宇一家;如果主要在大洋洲旅行,不宜选择天合联盟。

由于天合联盟在大中华区占据比较大的优势,而且天合联盟的官网和环球机票预订都有中文界面,而星空联盟和寰宇一家的环球机票预订界面则是英文的(当时的状况),所以对于中国人来说,选择天合联盟会更加合适和方便。我首次环球旅行时,就是通过天合联盟网站预订的环球机票。其实,只要懂得一点点英语,同样可以在星空联盟和寰宇一家的官网上预订环球机票,重要的是看哪一家更适合你的行程。

通常环球机票分为四种不同的里程,以适应不同旅客的需求。比如,天合联盟的环球机票,分为:26 000英里、29 000英里、33 000英里、38 000英里这四种里程。

环球机票的价格与总里程数成正比,如果你计划的环球旅行总的飞行距离是25 999英里，将按照26 000英里这一档付费；如果总的飞行距离是26 001英里，将按照上一档，即29 000英里付费，这样将多付出3000英里的机票费。所以，预订环球机票时，应该考虑这一点，适当调整行程，能省则省。

环球机票有最高里程限制，不能任由自己规划里程。天合联盟的最高里程是38 000英里，即60 800公里，星空联盟的最高里程是39 000英里，即62 400公里（赤道的长度40 000公里）。环球机票除了有最高里程限制，还有最多停留地点（或航段数）限制，一张环球机票停留地点最多是15个城市，相应容许的最多航段数量是16个。

寰宇一家的环球机票价格只按大洲数量确定，而不管里程数，每个洲不能超过4个航段，最多为16个航段。寰宇一家环球机票的这个特点，非常适合飞行里程长而前往大洲数量少的环球旅行，这样飞得很远，机票价格却不很贵。如果每个大洲都停留，或者进行四星级以上的环球旅行的话，将失去这种价格上的优势。

如果去的大洲和国家很多，停留地点超出环球机票容许的15个城市，就只能进行相应的缩减，或者将环球机票作为环球骨干线路，再配合各大洲的廉价航空或其他航空公司的航班，以及陆路交通方式，来完成复杂的环球旅行。我首次环球旅行，采取的就是这种形式。

具体购买环球机票，可以联系你所选择的航空联盟中任一成员航空公司，也可以通过机票代理商或旅行社预订环球机票。我觉得，最好还是自己亲自登录航空联盟官网预订，这样参与感、自主性强，会有很好的旅行规划体验，而且不受其他因素影响。

进入官网后，根据预订环球机票的具体要求，使用交互式在线工具，自行规划和预订环球机票。大致步骤是：针对你想要到访的国家和目的地，创建自己的环球路线，然后选择每个航段的出发时间和航班，再输入旅客信息，最后是网上支付。支付成功后，你就会收到一张电子版的环球机票（套票）。

世界三大航空联盟官网网址分别是：

星空联盟（www.staralliance.com/zh/round-the-world）

天合联盟（www.skyteam.com/zh/round-the-world-planner/）

寰宇一家（zh.oneworld.com/world-travel）

（四）自己拼凑一张环球机票

购买一张环球机票进行环球旅行，那是一件既风光又舒适、省心、方便的事情，能够享受到各航空公司良好的服务，而且票价相对便宜。但是，无论如何环球机票都不如廉价航空公司的机票便宜。另外，有些航空公司推出的特价机票，也非常具有竞争力，非常诱人。

航空联盟中的航空公司，多数是国际上知名的大牌航空公司，由于成本原因，即使是环球机票，票价也不可能便宜很多。而廉价航空属于低成本航空公司，机票价格可以非常低，能够为旅行者节省非常可观的旅行费用。廉价航空公司一般在一个区域或一个国家内航线比较密集，搭乘起来比较方便，只是很少有超长距离或飞越大洋的航线。

对于崇尚经济旅游或穷游的人来说，总是希望能够买到更便宜的机票或者特价机票，而且，更愿意搭乘廉价航空公司的飞机。因此，通过购买一系列性价比高的单程机票，自己拼凑成一张"环球机票"，也是一个很好的选择。这样，很有可能比航空联盟的环球机票还要便宜，对于不追求享受的人来说，是非常值得的。只是这种"环球机票"需要花费比较多的时间和精力，到专业旅行网站或各航空公司网站上，查寻、比较和预订相关信息。另外，有些航班的起飞日期与时间、起降机场或者涉及的转机等情况，往往并不理想，会给旅行者带来一些不便或困难。

我在第二次环球旅行时，由于后半段行程无法确定（后面会提到这件事），所以没有选择环球机票，而是用一连串的单程机票拼凑成"环球机票"，完成了环球旅行。第三次环球旅行，我从降低旅行费用的角度出发，继续采取预订一系列单程机票拼凑成"环球机票"的办法。在此次环球旅行中，后半程的机票也是边走边订，这样显得更加灵活，避免由于退票或改签带来的损失。

这种自己拼凑而成的"环球机票"具有如下特点：

1. 可以明显降低旅行费用，比大致相同线路的环球机票要便宜许多；

2. 需要提前较长时间预订，一般越早订越便宜；

3. 预订一系列机票需花费比较多的时间和精力，需要考虑航班衔接问题；

4. 廉价航空公司的机票有许多是红眼航班，搭乘会比较辛苦；

5. 可以将陆上交通（火车、汽车、轮船、自驾等）融入整个环球旅行中，既可以增添不同的体验，又能降低旅行费用；

6. 机票价格会受到节假日或淡旺季的影响；

7. 乘机的舒适性、转机的便利性会降低，不同机场转机，有可能距离远，交通不便，耗费时间长；

8. 遭遇航班延误时，可能会对后续航班产生影响，造成一定的经济损失；

9. 可以先出发，然后预订后面行程的机票，而环球机票必须在出发前全部预订好。

九、首次环球——圆梦之旅

2016年11月1日，我开始了独自一人为期120天的环球旅行。对我来说，这是一次圆梦之旅，在困难重重的情况下，我以坚忍执着的精神，完成了这次环球旅行，并取得了圆满成功。那么，我是如何迈出环球旅行的第一步？准备阶段经历了哪些曲折与艰难？旅途中遭遇哪些重大挫折？首次环球旅行都有哪些收获？下面分别叙述。

（一）首次环球说走就走

独自一人出国旅行，有许多准备工作要做，包括：搜集相关信息、制订旅行计划（行程）、购买机票、办理签证、预定住宿或车辆、购买旅行保险、准备出行物品等。这些准备工作，少则提前一个月，多则提前数月，如果是多国旅行或跨洲旅行，所需准备的时间可能更长。

独自一人进行环球旅行，更是方方面面都要考虑到、计划好、准备好，所需要的准备时间，可能长达几个月或者半年。朱兆瑞和李峰，各自为环球旅行所花费的准备时间都在半年以上。

对于持有中国护照的国人来说，环球旅行要想做到说走就走，那是极为困难的。携程有句广告语："携程在手，说走就走"。如果在国内旅行，确实可以做到这一点，今天订张机票，明天就可以出行。对于环球旅行而言，如果今天预订好环球机票，10天以后出行，也可称得上"环球旅行，说走就走"。我就是在克服了各种困难的情况下，做到了环球旅行，说走就走。那么我是如何做到的呢？下面就来叙述一下这段曲折的过程。

20世纪末，也就是2000年以前，中国人进行环球旅行一直是个梦想。直到2002年，朱兆瑞才取得独自一人环球旅行的成功，但对于普通中国人来说，仍然难以仿效，仍然遥不可及。2007年，国航加入了星空联盟，我首次了解到"环球机票"，点燃了我尝试环球旅行的梦想。但是，由于受制于签证和时间等因素，环球旅行的一线希望化为了泡影。

在随后的几年里，我从一些容易申请签证的国家开始，利用每年有限的节假日和年休假出国旅行。之后，逐步涉足那些较难申请签证的发达国家。我先后前往东南亚、非洲、西亚、大洋洲等一些国家旅行。2014年，我申请了申根签证，独自一人游览了欧洲所有申根国家。申根区以外的英国和爱尔兰，由于签证原因未能到访。

2014年11月，中美两国达成了"十年签证"协议，对于需要到访美国和拉丁美洲的中国人而言，这是一个利好消息，对10年内需要往返美国或拉丁美洲（美国以南的美洲地区）旅行的中国人，带来了很大的便利。2015年4月，我们全家三人同时申请了美国10年签证，并于同年6月一起到美国旅游。

由于有了美国签证，申请加拿大签证变得相对容易起来，无须面签，只需在加拿大移民局官网上申请即可。2016年1月，我们全家三人又同时申请了加拿大10年签证，并于同年5月一起到加拿大旅行。

2016年1月，英国政府推出面对中国游客的两年多次入境签证。

2016年8月，我在南京的英国签证申请中心，成功申请了英国两年多次访问签证。此时，我的护照上已经有美国、加拿大10年多次签证和英国两年多次签证。有了美国签证，同时打开了拉丁美洲许多国家的大门，许多申请签证非常困难的南美洲国家，立刻变成免签。

也就是在这个时候，环球旅行的六大障碍对我来说基本消失。换言之，环球旅行所需要的6个条件，我几乎全部具备了。

时间：我已临近退休，在没有多少工作的情况下，请假会方便一些，加上我的年休假和节假日，我无须像年轻人那样，为了环球旅行付出辞职的代价。

费用：工作了40年，旅费已经不是问题，我属于生活方面勤俭节约，很少花钱，而在出国旅行方面舍得花钱的人。

勇气：10年前，我就设想着独自一人进行环球旅行，只是由于签证等原因，暂时放弃了这个念头。此时，早已勇气满满。

签证：美签、加签和英签在手，对我来说，环球旅行的最大障碍已经消除。

外语：我的英语水平确实比较低，给我出国旅行带来了许多不便，但是，从来没有影响过我去任何一个国家旅行。走访的国家多了，经验自然也就有了，丰富的经验可以弥补语言的不足。这些年来，出国旅行的经历，使我在语言能力方面，多少有了一些提高，可以应付简单的场景。另外，也可以借助肢体语言沟通。在高科技的支持下，有许多应对语言短板的办法，现在的智能手机，可以下载安装各种语言的翻译软件，实现在线或者离线状态下语音翻译。

经验：10年自助出国旅行的经历，为我积累了许多经验，使我敢于来一场说走就走的环球旅行。

当我具备了环球旅行必要的条件以后，新的情况又出现了：我年迈的母亲身体状况随着年龄的增长，变得越来越衰弱，冠心病也有加重的趋势。孔子曰："父母在，不远游，游必有方。"当母亲重病在身的时候，哪里还能远游呢？因此，我环球旅行的梦想只能暂时搁置下来。

我们国家的老年人大多从未走出国门。以前是受到各种因素的限制，根本就走不出去。现在条件好了，可以随意出国旅游了，却因为身体等种种原因，依然走不出去。我们现在可以像西方发达国家的人那样，自由自在地出国旅行，见识和体验异国风情，欣赏和感受世界的精彩，我们赶上了好时代。我们理应让老一辈们，也能见识和感受世界的精彩，老一辈以往的生活大多是在动乱、贫乏、艰辛、平淡中度过的。

我曾经对母亲说起带她出国旅游的事，当时她一口否定。我能够理解：当老年人体力与精力不足的时候，已经没有出国旅游的愿望。另一方面，老人对出国旅游没有一点切身的体会，缺少这方面的信息，他们很难感知国外的风情和异域的风采，加上有病在身，所以没有一点出国的兴致。如果在有条件的情况下，还不能带上老人出国旅游，让他们开开眼界，见见世面，开心一番，我们做子女的会留下深深的遗憾。然而，出国旅游对于老年人来说，体力与精力确实消耗比较大，对于80多岁高龄老人来说，存在一定的风险，特别在患有冠心病的情况下，风险会更大。在母亲有病在身的情况下，只能抓紧时间就医，出国旅游暂时无从谈起。

在随后的时间里，我带着母亲往返于南京鼓楼医院和南京市第一医院，看过急诊、普通门诊、专家门诊。经过心脏CT等一系列检查后，医生认为，我母亲的冠心病并不很严重，只需服药治疗。我当时咨询医生，能不能带着母亲外出旅游。医生说："尽量不要出去旅游，如果要去，最好去有急救条件的地方。"

那么，以何种方式出国旅游，既轻松、舒适，又具备急救条件呢？想来想去，感觉很困难，不管到哪里，对身体状况不佳的高龄老人来说，都是不适合的，风险较大，老人可能承受不起。

经过反复考量，我觉得唯一可行的，只有搭乘邮轮出国旅游。世界上搭乘邮轮旅行，已有100余年的历史。1912年首航的泰坦尼克号就是邮轮盛行时代的产物。百年以后的今天，邮轮才来到中国。从歌诗达邮轮公司"爱兰歌娜"号，于2006年7月2日在上海开辟首个母港航次开始，我国的邮轮经济已经走过了10个年头。现在，我国与邮轮相关的配套设施与服务已经日趋完善。

乘坐邮轮是集舒适、轻松、快乐、享受于一体的旅行方式，是最适合中老年人出行的方式。我把乘坐邮轮出国旅游的想法跟母亲一说，她一口就答应下来。接下来就是带她去申领护照，整个过程非常方便。拿到护照以后，已经是2016年9月中旬，我随即在携程旅行网上预定了10月8日至13日，上海到韩国济州岛、釜山和日本长崎6天5晚的邮轮船票。

这次我们陪同母亲搭乘的邮轮，是美国公主邮轮公司的"蓝宝石公主号"，排水量11.3万吨。在6天的行程中，有3天上岸观光游览。我为母亲准备了轮椅，用来解决行进问题。虽然多数时间坐在轮椅上，只是偶尔走一下，但对于80多岁的高龄老人来说，仍是一个不小的考验。好在由于考虑周全，准备充分，一切都很顺利。这次让老人实实在在地当了一回外国人，而且玩得很开心。

当安全返回家里以后，还不能说此次邮轮之旅取得圆满成功，需要再观察几天，看看此行对母亲身体有何影响。过了三天，我看到母亲身体没有什么不适，精神也挺好，才放下心来，庆贺这次冒险之旅取得成功，也证明了此前医生对母亲病情并不很严重的判断。

此时是2016年10月16日，我再次燃起环球旅行的梦想。我觉得，既然条件已经具备，时机已经到来，就应该及时迈出第一步，往后拖，只会等来新情况、新问题。我立刻开始了环球旅行的各项准备：10月22日，订好了环球机票；在出发前5天，有惊无险地申请到了阿根廷个人旅游电子签证；在出发前3天，完成了卢旺达旅游签证许可申请。

2016年11月1日，我按照预定计划，踏上了独自一人环球旅行的征程。从订好环球机票到出发，我仅用了10天时间，做到了：环球旅行，说走就走。

（二）准备阶段曲折艰难

虽然这次环球旅行我做到了说走就走，看似潇洒，其实在短暂的准备过程中，充满了曲折与艰难。

首先，我需要制订环球旅行行程，这是确保旅行能够顺利进行的重要环节。我觉得，既然期望已久的环球旅行时机已经到来，那就直接来一次超级环球旅行，当时我的野心确实有点大。

我首先确定了此次环球旅行的基本设想：

1. 自西向东环绕地球一周，至少4次穿越赤道；

2. 一次环球足迹涉及世界七大洲，每个大洲至少到访一个国家；

3. 环球时间4个月（120天）；

4. 采取经济旅行方式，也就是所谓的穷游，总费用控制在10万元以内；

5. 每个洲前往的国家以免签、落地签和感兴趣的国家为主；

6. 主要旅行时间安排在拉丁美洲，因为那里从未涉足，而且有条件免签国家比较多；

7. 购买一张环球机票，构成环球旅行的主线；

8. 在阿根廷乌斯怀亚购买最后一分钟船票，实现游览南极的夙愿。

按照这些设想，对于这次超级环球旅行究竟能否实现，我心里没底。后来实践证明，一次说走就走的环球旅行，对于持中国护照的国人来说，很难一次游遍世界七大洲。

接下来，当务之急就是预定环球机票。通过在网上预订环球机票，从而确定环球旅行的行程，并按照此行程做相应的准备工作。

说起环球旅行的行程，在预订环球机票时，并不是想飞哪里飞哪里，哪里顺路去哪里，哪里方便去哪里，而是取决于各个国家的签证要求，受制于签证，根本无法做到自由自在地制订环球行程。

在对三大航空联盟进行比选的时候，由于寰宇一家的环球机票价格取决于前往各大洲的数量，而不管每个洲的里程，我欲前往所有大洲，无疑是最高票价，所以放弃了寰宇一家。星空联盟的网站不知什么原因，很难进入，而天合联盟相对比较容易进入，这是我最终选择天合联盟的主要原因。

天合联盟所有成员中，没有一家来自大洋洲，这对前往大洋洲旅行带来不便。例如，从上海飞往大洋洲的新西兰，然后再飞往北美洲的墨西哥，网上订票系统提供的飞行线路是：上海→奥克兰（新西兰）→首尔（韩国）→洛杉矶（美国）→墨西哥城（墨西哥）。这样的飞行线路不是顺直线路，而是折返绕行线路，导致白白浪费了很多里程，里程利用率很低，非常不经济。考虑到申请新西兰签证耗时和麻烦，我最终放弃了前往大洋洲国家旅行的想法，超级环球一下子降为五星级环球旅行。

我接着又考虑了一个替代方案，这就是首先飞往夏威夷。虽然夏威夷群岛属于美国的一个州，不是一个国家，但位于太平洋中间，就用它代替大洋洲的一个国家。这样就产生了最初的环球行程，即上海→檀香山（美国）→亚特兰大（美国）→休斯敦（美国）→墨西哥城（墨西哥）→利马（秘鲁）→伦敦（英国）→亚的斯亚贝巴（埃塞俄比亚）→达累斯萨拉姆（坦桑尼亚）→曼谷（泰国）→上海。

当我按照这一行程，在天合联盟官网上完成了所有航班的选择，准备付款的时候，系统跳出一段提示，要求我先完成ESTA申请表的填写，然后才能进行支付。

什么是ESTA申请表？原来美国在反恐形势的重压下，为了自身安全起见，正在步步收紧国门，采取了一些加强边境安全和防控的措施，这些措施包括：

自2016年11月1日起，美国海关和边境保护局（CBP）将设立签证更新电子系统（EVUS），在遵循与中国签署的签发10年期商务和旅游签证双边协议的基础上，要求持有10年期 B1/B2、B1和B2签证的中国公民在线填写表格，完成一些个人信息的更新。也就是旅客在赴美旅行之前，需要在EVUS上登记，一次EVUS登记的有效期为两年，费用为14美金。而签证持有者在该系统正式启用之前（2016年11月1日前）无须采取任何行动。

与此同时，美国海关和边境保护局宣布，自2016年11月1日起，世界上所有享受免签证待遇的38个国家和地区的公民，在每次赴美旅行前，都必须在旅行授权电子系统（ESTA）上更新自己的信息，每更新一次有效期两年。旅游授权电子系统（ESTA）注册费用也是14美金。

EVUS与ESTA流程相似，两者针对的国家和地区却不同，中国台湾属于免签证地区。在EVUS启用之后，如果中国旅客没能每两年或者在获得新护照后及时更新个人信息，将无法使用其10年期签证，也就是无法到访美国，包括乘飞机过境美国。

我在得知这一信息以后，特意将到达美国夏威夷檀香山的时间，控制在2016年10月31日（由于时差原因，11月1日出发，到达夏威夷的时间是10月31日），以便省去在EVUS中更新信息的麻烦，也可节省14美元。

虽然我想得挺好，但是天合联盟环球机票预订系统却要求我先完成ESTA申请表的填写，这让我感到莫名其妙：我入境美国的时间是2016年10月31日，无须填写，即使要填写也应该是EVUS，而不是ESTA。

我打开ESTA申请表，想试着填一下，然而根本没法填，如果瞎填与申请签证时的信息不一致，那将是自找麻烦。不填又过不了这一关，无法自动转到支付界面，这可把我给难住了。我只好在系统中留言，看看能否让系统后台的工作人员帮我解决这个问题。我留言的内容是："我是Mr. LIUJUN。我的环球套票预定号码是：599XUS。你们系统给我发来信息，要求填写ESTA申请表。我持有中国护照，现在持有美国10年B1/B2签证。中国不属于免签证国家，所以不需要填写ESTA申请表。我入境美国的时间是2016年10月31日，也不需要填写EVUS。希望通过你们尽快解决环球机票预订中的问题。"

信息发出后，我立刻收到回复："感谢你提出的宝贵建议，我们重视客户在我们网站上反馈的信息，我们努力把你的建议考虑在我们的工作中。由于我们每天收到大量的信息，我们可能无法回复所有的邮件，可以查看系统中常见问题的解答。"

我一看就知道这是系统设置好的自动回复，我只好再等上几天，期望天合联盟后台工作人员能够解决我所反映的问题。但几天过去了，并没有工作人员答复我，看来这个存在于系统中的问题，短时间难以解决，我只能另外想办法。

如果此时转到星空联盟或寰宇一家预订环球机票，又要熟悉一段时间，而且系统不容易进入。好在我有加拿大10年签证，加拿大不像美国那样多事儿，不涉及EVUS或ESTA。我决定不去美国了，而是经加拿大温哥华飞往北美洲。这样就有了再次修改后的行程：上海→温哥华（加拿大）→墨西哥城（墨西哥）→利马（秘鲁）→圣地亚哥（智利）→伦敦（英国）→亚的斯亚贝巴（埃塞俄比亚）→达累斯萨拉姆（坦桑尼亚）→曼谷（泰国）→上海。

按照这个行程，我在天合联盟官网上完成了所有航段航班的选择后，顺利进入支付界面。使用信用卡支付成功后，终于完成环球机票的预订。此时已经是2016年10月22日，距离出发还剩下10天时间。这一行程，导致我此次环球旅行缺少了夏威夷，不仅放弃了大洋洲，也放弃了太平洋上的群岛，多少有些遗憾。

当我收到环球机票后，仔细查看每个航班详细信息时，新的问题又出现了：从秘鲁首都利马飞往智利首都圣地亚哥，搭乘阿根廷航空公司的联程航班，需要在阿根廷首都布宜诺斯艾利斯转机。但是，转机既不在同一个航站楼，也不在同一个机场，两个机场相距40公里。同一个航空公司的国际联程机票，在两个不同的机场转机，我还是头一次遇到，这恐怕在世界上也非常少见。这种转机需要入境阿根廷，可我此时还没有阿根廷签证。如果不能提前办好阿根廷签证，而是出国后在第三国申请，既花费时间，还不一定能够顺利拿到签证。万一无法及时获得阿根廷签证，将影响到转机，甚至影响到后面的整个行程，那问题就大了。所以，为了确保环球旅行的顺利和成功，必须在出发前办好阿根廷签证。

2016年9月1日，阿根廷移民局"电子旅游授权许可系统（AVE）"正式上线，持有美国或欧洲申根有效签证的中国公民，将不再需要准备烦琐的签证材料，可以直接在网上申请阿根廷电子签证。

根据电子签证申请要求，先要交付50美元的服务费，完成支付后，会生成申请号码，再用申请号码和护照号进入申请页面，填写相关信息。当我进入电子签证系统后，就是无法进入信用卡信息填写与支付页面，遇到了无法付费的情况。支付不了费用，接下来的签证申请就无法继续进行，这下又把我给难住了。后来求助于家人，经过一番努力，这一问题才得以解决。付款成功后，进而完成了信息录入，并将护照与美国签证的扫描件上传，最终完成了全部网上申请内容。

接下来就是几天焦急的等待。2016年10月27日，我终于收到了阿根廷移民局发来的电子签证，此时距离出发还剩下5天时间。

2016年10月27日，我继续完成了非洲卢旺达共和国网上签证申请，10月29日收到了卢旺达签证许可，此时距离出发还有3天时间。

2016年10月30日，我在网上办好了旅行保险，此时距离出发还有两天时间。

以上由环球机票确定的行程，只是此次环球旅行的干线行程。在环绕地球一大圈的基础上，我结合每个洲将要到访的国家和城市，安排了相应的小环线，形成大环上连接着一系列小环线的总行程。

这种行程安排适合前往国家较多（停留地点远远超过15个城市），并且以环球套票进行环球旅行的方式。这些小环线有大有小，小的只在一个城市及周边区域游览，大的南北相距2000多公里。这些小环线主要包括：墨西哥、古巴环线；秘鲁北部、哥伦比亚、厄瓜多尔环线；智利南部、阿根廷环线；智利北部、秘鲁南部环线；英国、爱尔兰环线；埃塞俄比亚、吉布提环线；坦桑尼亚、卢旺达、布隆迪环线；桑给巴尔岛环线；曼谷及周边地区环线；等等。

在这些小环线上旅行，可采用飞机、火车、轮船、汽车、步行等各种交通方式。在有廉价航空公司航线的区域，选择搭乘廉价航班，既便宜又快捷。搭乘陆地和水上交通工具，相比飞机可以更好地欣赏各地优美的自然风光，增长见识，增加旅行收获。

在总行程制订过程中，由于时间非常有限，每个到访国家内的具体行程没能细致考虑,只能一边走一边安排,有的需要根据当地具体情况临时安排,随机应变。至于南极能否去成,就要看运气了。

如此复杂的总体行程,决定了此次环球之旅具有较高的不确定性、随意性和挑战性。

(三)梦想成真收获丰厚

按照我所制订的环球旅行总体行程,在历时4个月(120天),涉足五大洲的17个国家后,终于取得独自一人环球旅行的圆满成功。在我抵达南极门户阿根廷的乌斯怀亚以后,由于信用卡支付原因,未能买到最后一分钟船票,与南极擦肩而过,使得这次环球最终定格为四星级环球旅行。这让我多少有些遗憾,但总归是圆了我的环球梦。

此次环球旅行,充满着未知、艰辛、孤独、恐惧、挑战和危险,但更多的是惊喜、美景、友善、愉悦、震撼和感动。整个旅程收获丰厚,有许多值得纪念和令人回味的地方,详细情况可以阅览第三篇"首次120天环球旅行游记"。

1. 首次环球旅行标志性收获

(1)自西向东环绕地球一周,亲身验证地球是圆的,成就了人生一件大事;

(2)沿着安第斯山脉全程陆路纵贯南美洲大陆,感受南美洲的壮美;

(3)全程陆路数千公里纵贯世界上最狭长的国家——智利;

(4)游览世界上最干旱的地方——智利的阿塔卡马沙漠腹地;

(5)两脚分别横跨东西半球和南北半球(本初子午线和赤道);

(6)游览地球之肺——亚马孙热带森林腹地;

(7)游览世界上最大的陆路无法抵达的城市——秘鲁的伊基托斯;

(8)游览新世界七大奇迹之一的墨西哥奇琴伊察金字塔;

(9)游览新世界七大奇迹之一的秘鲁马丘比丘;

(10)游览世界最南端的城市——阿根廷的乌斯怀亚;

（11）游览世界上海拔最高的可通航湖泊——的的喀喀湖；

（12）游览世界上最咸的咸水湖——吉布提的阿萨勒湖；

（13）游览世界上最狭长、世界第二深的湖泊——非洲的坦噶尼喀湖；

（14）游览非洲第一大湖——维多利亚湖；

（15）在手机被抢，没有手机可用的情况下，仍能顺利完成环球旅程；

（16）120天辗转飞行、舟车颠簸，负重徒步，艰辛疲惫，食宿无常，四季变换，时空转换，风寒暑热，竟然没有生病。

2. 环球旅行相关数据

（1）搭乘飞机29个航段（共计29个航班，其中环球机票14个航班，其他短距离飞行15个航班），环球机票飞行里程52 725公里，其他飞行里程13 200公里；

（2）实现四星级环球旅行，到达五大洲——北美洲、南美洲、欧洲、非洲、亚洲，飞越三大洋——太平洋、大西洋和印度洋，涉足17个国家——加拿大、墨西哥、古巴、秘鲁、巴西、哥伦比亚、厄瓜多尔、智利、阿根廷、英国、爱尔兰、吉布提、埃塞俄比亚、坦桑尼亚、卢旺达、布隆迪、泰国；

（3）搭乘火车19次，乘船14次，搭乘摩托车24次，搭乘各种汽车近百次；

（4）拍摄照片5379张，另有500张照片随照相机被抢走。

3. 环球旅行费用统计

这次四星级环球旅行全部花费：92 933元，包含签证、保险、机票、车票、船票、住宿、餐食、游览、购物、国内交通等所有费用。由于相机被抢以后，途中额外购买了一套近3000元的单反相机，所以不考虑这项开支，本次环球旅行的总费用应该是9万元，实现了总费用控制在10万元以内的目标。

针对9万元环球总费用，进行如下统计：

（1）旅行保险2205元，占总费用的2.4%；

（2）环球机票35 669元，占总费用的38.4%；

（3）其他15个短距离航班机票8974元，占总费用的9.6%；

（4）全部机票费用为：35 669＋8974＝44 643元，占总费用的48%；

（5）平均每天的费用为：90 000元÷120＝750元；

（6）平均每个国家的费用为：90 000元÷17≈5294元；

（7）信用卡消费：57 303元，占总费用的62%；

（8）现金消费：35 630元，占总费用的38%；

（9）环球机票每千公里的费用：35 669元÷52 725公里×1000≈677元。

从以上统计可以看出：在环球旅行中，搭乘飞机的费用最多可占到总费用的一半，要想控制总费用，应该从控制每一张机票的费用做起。另外，环球机票并不算很便宜，只是相对便宜一些，主要在于能够享受到较好的服务，更方便，更有环球旅行的感觉。如果分别购买各段比较便宜的机票，自己拼凑成"环球机票"，并且尽可能多地搭乘低成本航空公司航班，那么总费用有可能低于8万元。

4. 环球旅行中遇到的危险与风险

（1）乘小船在亚马孙河上遭遇狂风暴雨，随时有撞船或被大风吹翻的危险；

（2）刚刚到达墨西哥城就遭遇到抢劫，智能手机和单反相机被抢走；

（3）为了上网，搭乘摩托车往返于非洲坦桑尼亚昏暗的乡村；

（4）在哥伦比亚麦德林贫民区游览；

（5）没有签证从哥伦比亚进入巴西境内，游览一番；

（6）乘坐司机每天驾驶15个小时的汽车，行驶在高山峡谷和悬崖窄路上。

（四）首次环球精选照片

墨西哥城附近的太阳和月亮金字塔景区（自拍照）

秘鲁亚马孙河支流河滩上的房屋，依靠长长的木桩防止被河水淹没

清晨，我与来自加拿大的安妮女士，乘小船在亚马逊河支流上观赏鱼群

深入亚马孙热带雨林中，拿着大刀披荆斩棘

在亚马孙热带雨林里，我遇到了树懒，它非常乖巧，只是懒得出奇

亚马孙热带雨林的黄昏是一天中最美的时刻，即使看不到落日依然令人陶醉

巴西小伙向我展示亚马孙河里特有的鱼种

银龙鱼味道鲜美，而在巴西亚马孙河边很难卖出去，因为这里的鱼太多了

巴西人活泼好动，能歌善舞，从巴西女学生主动要求拍照就能感受到

厄瓜多尔奥塔瓦洛小镇每个周末都有传统集市，这里有烤全猪等美食

印第安人老妇前来赶集，脖子上挂满了代表富有的金项链，可她连双鞋都不穿

阿根廷莫雷诺冰川好似一堵巨大的"冰墙"横亘在阿根廷湖上（自拍照）

我与来自哥伦比亚一点英语也不懂的驴友徒步，全靠肢体语言交流

感受秘鲁马丘比丘的独特魅力，领略世界新七大奇迹之一的风采

智利北部高原盐湖呈现出的自然风光

英国伦敦格林尼治天文台，我横跨在本初子午线上，双脚分别踩在东西半球

爱尔兰首都都柏林的街景

非洲吉布提的阿贝湖湖岸一片荒凉，我行走在被称为"地球上的月球表面"

埃塞俄比亚人喜欢喝咖啡，这是该国第三大城市默克莱街头送咖啡的女人

从卢旺达首都基加利儿童的身上已经看不出贫困的迹象

布隆迪首都布琼布拉建在坦葛尼喀湖湖边，一匹河马爬上岸来吃早餐

坦桑尼亚西部非常贫困，当地农民在公路上售卖农产品增加一些微薄收入

坦桑尼亚西部有许多裸露的花岗岩巨石，这是维多利亚湖中形态独特的巨石

泰国美功镇的铁路市场是个打卡热点，铁路与市场既相互影响，又相互包容

十、第二次环球——梦幻之旅

首次环球旅行取得圆满成功，使我有了很强的成就感和自豪感，备受鼓舞。我决定：在我正式退休的时候，独自一人再进行一次环球旅行，向超级环球旅行发起挑战，再创个人新纪录。此时是2017年4月，我决定2017年10月出发，那是我正式退休的月份。

60周岁到来的时候，我成为一个"自由人"，再也不用考虑如何休假、如何利用节假日、如何拼凑出游时间。距离第二次环球旅行还有半年时间，这样可以准备充分一点，不用说走就走。

再次进行环球旅行，对我来说已经不是圆梦之旅，我设想着要让这次环球旅行成为一次梦幻之旅。我要依靠自己的能力，用一次精彩的超级环球旅行来犒赏自己，这是对我41年来辛勤工作最好的自我回报。

作为第二次环球旅行，理应比第一次要容易些，实际上第二次环球比首次还要艰难，遇到的困难还要多，甚至在临出发前一天晚上，我还在纠结是按时出发，还是延期。究其原因，就是因为这次是超级环球旅行，目标太高，自然准备事项就多，困难也就多，意料之外的事情也会发生。

那么，为什么我在临出发的时候还在纠结？旅途中遇到哪些困难？以及这次梦幻之旅都有哪些收获？下面分别进行叙述。

（一）目标与设想

与首次环球旅行一样，我首先要制订此次环球旅行的行程，以确保旅行能够顺利进行，并取得成功。我确定了此次环球旅行的目标与设想：

1. 自东向西环绕地球一周；

2. 足迹涉及全球七大洲，每个洲至少前往两个国家；

3. 环球时间为期半年；

4. 采取比较舒适的旅行方式，不刻意控制总费用；

5. 每个大洲前往的国家以免签、落地签和未到访过的国家为主；

6. 在国外申请巴西、玻利维亚等国签证；

7. 购买一系列单程机票，结合陆路、水路交通，完成环球旅行；

8. 前往南极，弥补首次环球的遗憾；

9. 陆路加水路全程穿越世界第一大河——亚马孙河；

10. 进入北极圈，观赏北极光，实现一次环球到达南北两极。

（二）与首次环球的主要区别

1. 环绕方向不同，由东向西，与首次环球方向相反；

2. 由四星级提高到超级环球旅行；

3. 时间由4个月延长到6个月；

4. 由穷游变为舒适游；

5. 第一次在国外申请第三国签证；

6. 没有购买环球机票，而是购买一系列单程机票拼凑成"环球机票"；

7. 上次进入亚马孙河腹地，本次全程穿越亚马孙河；

8. 分别前往南北极，纵贯地球南北。

时间由4个月增加到6个月，主要是由于此次环球旅行去的地方比较多，而且需要在国外申请第三国签证，如果不延长时间，会使整个行程过于仓促，玩不过来。

由穷游变为舒适游，这只是相对而言。旅游有6个要素：吃、住、行、游、购、娱。不管是穷游还是舒适游，"购"与"娱"对我来说几乎为零。

作为舒适游，对于我来说，主要体现在"吃、住、游"三个方面。吃：除了少数情况自己做饭外，多数在外面吃快餐或在餐馆就餐，品尝当地美食是不能错过的；住：为了能休息好，提高睡眠质量，这次尽可能少住青年旅馆，而是入住便宜的或性价比高的旅馆或酒店；游：参加一些费用较高的游览项目，如南极游、冰川游等。

需要说明的是，"游"在控制旅行总费用中，有着重要意义。如果参加诸如直升机游、高空跳伞、观赏野生动物、潜水、漂流等游览项目，往往动辄数千元，甚至上万元，这会使旅行总费用明显上升。

至于"行"，由于尽可能搭乘廉价航空，选择便宜的航班，加上陆路和水路交通，其实舒适性并没有提高，倒是"行"的费用有可能相对降低。

在国外申请第三国签证，这是由于本次环球旅行需要申请签证的国家比较多，出发前全部办好根本不可能。而且申请早了，有可能还未到达该国，签证就已经失效了。另外，有些国家的签证，在国外申请比在国内要方便一些，如巴西、玻利维亚等。

亚马孙河是世界上最伟大的河流，我觉得，只有从头到尾全程穿越这条河流，才能深刻感受到她的壮美，才能领略"地球之肺"的博大胸襟。

乘坐大型邮轮在南极海域巡游一番，不登陆，可以称之为去过南极；乘坐飞机到达南极点游览一番，也是去过南极。但是，前者只需数千至数万元，而后者至少需要50万元，而且还要冒很大的风险，收获和感受完全不同。因此，前往南北极应该有一个标准，也就是说哪种情况下才能称之为到过南北极。

　　前往南极旅游的标准是：进入南纬60°至90°以内的区域，并且登陆南极大陆或附近岛屿，才能算作到访过南极。同样，前往北极旅游的标准是：进入北极圈，即北纬66°34'以北，并且至少住上一晚，观赏一下极光，才能算作到访过北极。

　　按照这样的标准，如果乘坐200人以上的邮轮，只是进入南纬60°至90°以内的区域，但没有登陆的话，不能算作到过南极，因为没有留下你的足迹；如果只是开车在北极圈内停留一会，未能住上一夜，也不能算到过北极，因为你没有感受到北极夜晚的寒冷，没有观赏北极光。我觉得，有这么一个门槛（标准），可以提高到访南北极的含金量。

　　到访南极是我的一个夙愿，这也是许多人向往的地方。南极被称之为第七大陆，是地球上最后一个被发现，唯一没有土著人居住的大陆。它孤独地位于地球的最南端，95%以上的面积为极厚的冰雪所覆盖，素有"白色大陆"之称。南极大陆是最难以接近的大陆，与南极大陆最近的城市，是南美洲阿根廷的乌斯怀亚，它们之间隔着近1000公里宽的德雷克海峡。

　　中国人去一趟南极可不容易，主要是因为距离太远、费用太高、签证困难、季节性强、参与机会太少等，所以到访过南极的人非常少。我把到访南极列入环球旅行目标，就是为了使这次旅行更加精彩。

（三）在纠结中踏上征程

　　根据这次环球旅行的目标与设想，我制订了最初的行程：南京→银川→阿联酋→巴林→塞尔维亚→直布罗陀→突尼斯→摩洛哥→加拿大→智利→阿根廷→南极→阿根廷→乌拉圭→巴拉圭→玻利维亚→巴西→巴拿马→哥斯达黎加→波多黎各→巴巴多斯→美国→汤加→新西兰→南京。

　　随后，我开始在网上搜寻和预订机票。我发现，三大航空联盟以外的许多航空公司的机票价格很诱人，而一些廉价航空公司的机票更具竞争力。另外，旅途中要在南美洲申请他国签证，而能否拿到签证还不一定，这样后半程存在不确定性。因此，我没有预订环球机票，而是预订了前半程的一系列机票，后半程的机票，将视签证情况再做决定。

在预订机票过程中，我充分考虑价格、顺畅性、舒适性和不同感受等因素，选择了一些有特点的交通体验。例如，我没有直接从南京或上海飞往阿联酋，而是乘绿皮火车先到银川，从那里飞往阿联酋，这样不仅能节省不少钞票，还能再次体验一番以往乘坐绿皮卧铺火车的感觉。

如何前往南极，是准备阶段着重考虑的问题。中国人前往南极大多数是参团游，包括单一的南极游和包含南美洲数国在内的南极游。这样的参团游费用都很高，单一的南极游，每个人的费用也要在10万元左右。当然，也可以不参团，只买单船票，这就属于自由行。

但是，购买单船票在国内很少有这样的机会，比较可行的途径，是到国外经营南极旅游的公司或游船公司的网站上购买。但是，这涉及语言能力、南极游览与购票经验等方面的问题，有一定的难度。还有一个方法，就是先到阿根廷的乌斯怀亚，在那里购买最后一分钟船票。如果能顺利买到，一般价格会相对便宜一些，如果不能顺利买到最后一分钟船票，在那里等待需要花费不少费用。

南极游的船票比较昂贵，一旦决定购买，应尽可能提前，宜早不宜迟。每年南极的游览时间从11月到次年的3月，如果每年在5月以前购买，船票价格会有一些优惠。

2017年4月，我在网上搜寻时，发现穷游网有南极10日游的单船票，双人间舷窗房，票价每人38 500元。我觉得这是一个难得的机会，我所需要的就是单船票，结合环球旅行，到达阿根廷后，接着前往南极游览，可以省下一大笔费用。我当即决定购买，由于预订得早，最终优惠价为38 000元。我夫人和女儿也觉得这是一个好机会，一起购买了单船票。我们相约12月上旬在阿根廷汇合，一起游览南极。

由于这次环球旅行的目标定得很高，所以面临的困难自然很多，其中最大的困难仍然是签证。就当时情况而言，中国人出国已经很方便了，世界上许多国家对中国护照持有者，给予免签或者落地签待遇。但是，环球旅行情况就不一样了，因为涉及的大洲和国家比较多，许多国家并不能免签或者落地签，一些免签或落地签的国家多数我已经去过了，而我要去的是那些未曾去过的国家，所以签证问题依然困扰着我。

这次环球旅行需要办理多个国家的签证，这样就显得比较麻烦。我这次要申请签证的国家是：新西兰、阿根廷、巴西、玻利维亚，还要在美国的签证更新系统（EVUS）中登记。

进入互联网时代，许多国家开展了网上签证申请业务，这给申请人带来了很大的便利，提高了申请签证的速度。但是，有时也会产生莫名其妙的问题，让你不知所措，吃尽苦头，令人非常烦恼。我这次在网上申请签证过程中，就切身感受到了这一点，让我更加痛恨签证这个东西。

申请新西兰电子签证过程中，虽然网上申请总体比较顺利，但由于我操作不够纯熟，前后花费了近两个星期的时间，才取得电子签证。

完成了美国签证更新系统登记以后，我才觉得它非常简单，但在操作过程中，我遇到了不小的困难：每当我在美国国土安全部网站上，输入相关信息到第六步时，也就是接近完成的时候，总是无法继续进行下去。我以为是网络或者是服务器的问题，但反复尝试了好几天，就是解决不了。后来，我在网上搜到了一个专门针对美国签证更新系统的商业网站，该网站的申请界面配有中文，非常便于申请。我只用了十几分钟就完成了信息输入，然后就是支付费用和提交。令我惊讶的是，大约5分钟后，办理成功的反馈信息就发到了我的邮箱。我当时怀疑这是不是一个诈骗网站，我立刻在美国国土安全部网站上查询，结果显示我确实已经通过了签证信息更新。专门的网站行不通，商业网站轻松过，真是令人费解。

更令人费解的是接下来阿根廷电子签证的申请。我有美国10年签证，2016

年已经成功申请了阿根廷电子签证，这回再次申请理应很简单。但是，在网上交费过程中，从阿根廷传来的不是我的信用卡交费信息，而是国内其他人的信用卡，看上去似乎别人代我支付了签证费。怎么会出现这种不可思议的问题呢？这下可麻烦了，有可能被怀疑我在盗用别人的信用卡。当我再次尝试付款时，系统认为已经付款，无法继续操作了。

我只好给阿根廷移民局发了一份电子邮件，说明出现的问题，希望能够解决支付签证费的问题。接下来就是几天忐忑不安的等待。在我还有两天就要出发的时候，也就是10月1日，我收到了来自阿根廷移民局的拒签回复，理由是"不满足电子签证申请条件"，让我到所在国的阿根廷大使馆申请签证。去年已经成功申请，今年却不满足条件，真是莫名其妙。

这一结果给我这次环球旅行带来了很大的影响和冲击，让我不知所措，进退两难，犹豫不决，十分纠结。家人让我暂缓出行，等在国内办好阿根廷签证再出发。如果这样，至少要延期20天，我辛辛苦苦预定的前半程一大串国际机票，很可能多数作废，重新出发时还要临时购买国际机票。另外，提前预订的酒店算是白忙活一场，时间也浪费不少。想到这些，使我无法忍受延期出行所蒙受的上万元的经济损失。如果按时出行，将面临无法申请到阿根廷签证的风险，导致38 000元南极游船票作废，这样损失会更大。我的心情乱极了，到底是按时出发，还是留下来办签证，一时难以做出决定。我甚至想通过掷硬币来决定，但这又不是我的风格，我需要认真考虑一下。

我在网上查询了在国外申请阿根廷签证的情况，别人成功获签的经历使我看到了希望。如果在其他国家能够申请到阿根廷签证的话，这样既可避免延期出发带来的损失，又可避免按时出行的风险，两全其美。当然，在其他国家申请阿根廷签证，并不能保证百分之百成功。

10月2日傍晚，我最终决定按时出发，大不了途中回国办理签证。做出这一决定时，距离出发已经不足24小时。我这时才开始整理行装，真是太被动了。

2017年10月3日，早上起来我就忙于环球旅行所需的准备工作，继续整理行装，直到下午出发前的半个小时，才将行囊准备好。就这样，我在纠结中踏上了第二次环球旅行的征程。

（四）梦幻之旅收获丰盛

按照这次环球旅行总体行程，我在南美洲智利多个城市往返奔波数千公里，经过不懈努力，终于艰难获得阿根廷签证，实现了南极游的夙愿。之后，我由地球的南端辗转来到地球的北端，游览了北极地区并观赏到北极光。最终，实现自东向西环球一周，并且三次纵贯地球南北。2018年4月1日，经过181天在世界各地的辗转奔波，我顺利回到南京，取得第二次环球旅行的圆满成功。此行，实现了一次环球走遍世界七大洲，并且游览了南北两极，足以称得上是一次伟大的旅行。这次环球旅行虽然困难重重，充满着艰辛，但一路上的美景、美食、美好感受足以令人赏心悦目，收获满满。

完成这次超级环球旅行，我既高兴又引以为豪，有一种很强的成就感：我干成了一件普通人难以完成的大事。我觉得独自一人进行环球旅行是对一个人的综合考验，能够独自完成超级环球旅行的人，证明你足够聪明、自信、强大。当你在60岁以后，能够完成这一壮举，无疑是一个了不起的"老家伙"。其实，我觉得我自己并不老，除了体力与精力不如以前，精神上仍然感觉比较年轻，这就是旅行带来的结果。

这是一次令人难忘的梦幻之旅，充满着未知、艰辛、无奈、孤独和挑战，但更多的是惊喜、美景、相助、友善、愉悦、感动和震撼。整个行程中，有许多值得纪念和回味的地方。

1. 第二次环球旅行标志性收获

此次环球旅行，实现了一次走遍全球七大洲、每个洲至少前往两个国家（南极洲前往两个国家科考站）的预定目标，成为一次超级环球之旅。

这次环球旅行的最终行程是：南京→银川→阿联酋→巴林→阿联酋→塞尔维亚→突尼斯→摩洛哥→直布罗陀→摩洛哥→加拿大→智利→阿根廷→南极→阿根廷→乌拉圭→巴拉圭→巴西→玻利维亚→巴西→巴拿马→哥斯达黎加→波多黎各→美属圣托马斯岛→巴巴多斯→圣卢西亚→圣基茨和尼维斯→荷属圣马丁岛→波多黎各→美国本土→阿拉斯加→夏威夷→汤加→新西兰→马来西亚（转机）→南京。

这次环球旅行的标志性收获：

（1）自东向西环绕地球一周，从南极到北极，纵贯地球南北；

（2）到访世界七大洲的27个国家和地区；

（3）到达并涉足南极和北极地区；

（4）乘坐大型邮轮巡游加勒比海；

（5）在南极冰海中游泳；

（6）在北极地区冰天雪地身着泳装踏雪；

（7）在玻利维亚著名死亡公路上骑行；

（8）在新西兰皇后镇蹦极之乡跳蹦极；

（9）观赏游览阿联酋的奢华；

（10）游览智利的雪山碧水美景；

（11）游览世界上最宽阔的瀑布——伊瓜苏瀑布；

（12）在阿根廷著名的莫雷诺冰川上徒步；

（13）在阿根廷乌斯怀亚品尝超级美味的海鲜；

（14）在玻利维亚乌尤尼观赏世界上最美的"天空之镜"；

（15）观赏世界上最大的狂欢节——巴西狂欢节；

（16）参观世界著名的巴西依泰普水电站；

（17）参观连接太平洋和大西洋的巴拿马运河；

（18）在阿拉斯加观赏并拍摄壮观的北极光；

（19）在新西兰斯图尔特岛的夜晚观赏满天繁星；

（20）在新西兰南岛尽享美丽的秋色；

（21）到达大洋洲最南端的斯图尔特岛，满足"走极端"的爱好；

（22）陆路加水路穿越整个亚马孙河，至此览尽世界新七大自然奇观；

（23）游览巴西基督像，至此览尽世界新七大奇迹；

（24）冰海游泳、泳装踏雪、酷暑游览、高空蹦极，如此奔波折腾半年仍未生病。

2. 旅途中遭遇到最大困难

对于中国人来说，这次超级环球旅行具有很大的难度，不考虑语言能力、旅行经验、身体适应性、时间、费用、年龄等因素，仅签证一项就至少需要美国、加拿大、英国、阿根廷、巴西、新西兰等6个国家的签证。在这次环球旅行途中，为了申请阿根廷签证，我在智利吃尽了苦头，艰难程度远远超出预想，令人刻骨铭心。

我在智利连续20天的时间里，从北到南，又从南到北，往返奔波5000多公里，额外花费数千元人民币，聘请当地华人为我担任西班牙语翻译，先后11次前往阿根廷驻智利3个城市的使领馆，最终才获得阿根廷签证。这次为了申请一个阿根廷签证，往返使领馆11次的经历，堪称一项"世界纪录"，不知谁能打破这项记录。

3. 环球旅行相关数据

（1）搭乘飞机55个航班，总飞行里程98 700公里，搭乘火车14次，乘船11次，搭乘各种汽车上百次；

（2）历时6个月，即181天，实现超级环球旅行，到达世界七大洲：亚洲、欧洲、非洲、北美洲、南美洲、大洋洲和南极洲，到访27个国家和地区；

（3）拍摄照片8258张。

4. 环球旅行费用统计

由于本次环球旅行采取比较舒适的旅行方式，不刻意控制总费用，所以没有进行详细的费用记录与统计，我采用估算法，这样可以得出大致的总费用。

首次环球旅行平均每天的费用是750元，本次环球旅行主要在住宿和饮食两方面费用有所提高，每天约增加100元。由于没有购买环球机票，很多航段搭乘低成本航空公司航班，或购买比较便宜的机票，节省不少费用，这样平均每天的费用仍维持在750元。

另外，本次环球增加了昂贵的10日南极游，仅这一项费用就达38 000元。

总费用：750×（181－10）＋38 000＝166 250（元）。

所以，第二次环球旅行的总费用约为16.6万元。

一次为期181天的超级环球旅行，总共花费16.6万元，看起来费用很高，但其中包含了昂贵的南极游，与同年度携程旗下的60天奢华环球游（2017年环游世界60天，每人138万元）相比，还不到它零头的一半，应该说是非常便宜。虽然一路上很辛苦，但仍然不缺豪华享受，从观赏美景及心灵感受的角度来说，丝毫不逊于60天奢华环球游，而且旅行时间多出两倍。

5. 环球旅行中遇到的危险与风险

（1）在新西兰距离水面43米的大桥上飞身跳下；

（2）在玻利维亚著名的死亡公路上骑行，并滑了一跤；

（3）在南极冰冷刺骨的海水中游泳；

（4）乘坐大巴车行驶在泥泞狭窄一侧是悬崖的公路上；

（5）沿路走到美国一处住宅附近，返回时另一侧路牌显示"闯入将会开枪"；

（6）行走在巴拿马科隆的贫民区；

（7）半夜抵达玻利维亚，打车进入市区被罢市的人群拦住，以为遭遇打劫。

（五）第二次环球精选照片

由于我随身唯一的背包不足 8 公斤，使我环球旅行从共享单车开始

塞尔维亚的苏博蒂察市，周末市政厅广场上举行群众演出

塞尔维亚的苏博蒂察市，女童们富有特色的发型

塞尔维亚一对新人在伴郎伴娘陪同下，在市政厅举行结婚仪式

非洲突尼斯的一所小学，这里的学生自然大方

摩洛哥马拉喀什的夜市非常热闹，小吃摊点每天吸引着许多当地人和游客

直布罗陀的山上生活着许多猕猴，一只猕猴与我一起欣赏直布罗陀海峡落日

智利蒙特港狂欢节，当地人唱歌、跳舞、搞怪，充分享受这快乐时刻

这座山有点像日本的富士山，这是智利南部安第斯山脉最活跃的奥索尔诺火山

我乘船来到南极，品尝美食，欣赏美景，南极的夏天并不很冷

我们搭乘橡皮艇登陆南极附近的岛屿，庞大的冰山是海上最美的景观

南极古迪尔岛上建有英国南极科考站，现在成为一个小型博物馆供游客参观

南极冰海边上两只散步的企鹅

南极半岛有许多高耸陡峭的山峰，平静的海湾和纯净的浮冰显得宁静和纯洁

南极半岛附近很难遇上晴天，要想看到日照金山也要等到晚上 10 点以后

乌拉圭首都蒙得维的亚的独立广场，广场四周有许多西班牙风格的建筑

玻利维亚高原湖泊的的喀喀湖，我来到湖中心的太阳岛，这里海拔 4070 米

永加斯路在玻利维亚被称为死亡公路，在这条路上骑行具有一定挑战性

玻利维亚的乌尤尼盐湖能够产生梦幻般的倒影，这是我们摆出的艺术造型

乌尤尼盐湖在太阳落山后是拍摄镜面倒影最佳时刻，有"天空之镜"的美称

乘坐游艇向伊瓜苏瀑布驶去，先是观赏瀑布，接下来是感受超级"淋浴"

我来到巴西伊泰普水电站参观游览，这里是世界上第二大水电站

巴西穿越亚马孙热带雨林的 319 国道，夜里我乘的车陷在泥里，天亮才脱困

巴西玛瑙斯市亚马孙河边的码头，大船是水上客船，小船运输各种水产品

阿根廷伊瓜苏附近的蜂鸟乐园，每天吸引着蜂鸟前来觅食和饮水

我来到位于加勒比海的波多黎各，在这里乘坐邮轮比较便宜

加勒比海圣马丁岛上的机场跑道与海滩紧密相连，可以超近距离观赏飞机起降

阿拉斯加的冬季全部被冰雪覆盖，在这里赏雪和踏雪非常有趣

我在阿拉斯加位于北极圈附近拍摄的美丽的北极光，使用的是华为手机

阿拉斯加位于北极圈内的科策布小镇，我与因纽特人一起在北冰洋上捕鱼

美国阿拉斯加内陆最大城市费尔班克斯，傍晚夕阳和冰雪下的城市一角

汤加王国首都努库阿洛法街景，这里以胖为美，女人胖了才能嫁得出去

十一、第三次环球——轻松快乐之旅

两次环球旅行取得圆满成功，给我带来了无比的快乐，收获多多，使我积累了丰富的环球旅行经验。每当我回忆起环球旅行途中每一幕，都会被精彩所感动，使我兴奋不已。旅途中的美好时刻，总是令人难以忘怀，也使我对环球旅行上了瘾。

2018年7月中旬，正是盛夏时节，我带着85岁高龄的母亲，到甘肃和青海等地避暑自驾游，让年迈的母亲再次享受自驾游的乐趣。返回南京已经是8月10日。这时，我环球旅行的瘾又一次发作，我想再创造一次独自一人环球旅行的记录。

为什么与第二次环球相隔这么短时间（半年）？实际上这是在与身体状况赛跑，与时间赛跑。环球旅行不仅需要具备一定的能力，还需要体能做保证，体能不行了，旅行的兴趣和热情就会大大消减；体能变弱了，许多精彩的活动就参加不了了；体能变差了，许多难以抵达的美景地就看不到了。60岁以后，随着年龄增大，困难会越来越多，所以要善于把握时机。即使身体没什么问题，其他方面也有可能出现意外，比如，新冠肺炎重大疫情的出现，整个世界都按下了暂停键，要想进行环球旅行只能等到疫情过后。

我决定8月底开始独自一人进行第三次环球旅行，难易程度为5星级。对我来说，第三次环球已经不是圆梦之旅，也不是梦幻之旅，我希望是一次轻松快乐之旅。这次环球没有第一次那么多不确定因素，没有第二次前往南北两极那么多困难，也没有在国外申请第三国签证的困扰，理应是一次轻松快乐的环球之旅。

（一）目标与设想

1. 自东向西环绕地球一周，与第二次环球方向相同；

2. 足迹涉及全球除南极洲以外的六大洲，计划前往15个国家；

3. 时间3个月余，从2018年8月底至2018年12月；

4. 采取经济＋舒适的旅行方式，既要节约，又要享受；

5. 每个洲主要前往未曾到访过的免签和落地签国家；

6. 尽可能购买廉价航空公司的机票，以尽可能低的费用完成环球旅行；

7. 增加旅游六要素中"娱"的分量，环球途中观看各种艺术演出；

8. 乘坐世界上最大最豪华的邮轮，再次巡游加勒比海。

（二）又是一次说走就走的环球旅行

我已经有美国、加拿大、英国、巴西和新西兰等国的签证，由于这次环球旅行总体时间比较有限，所以放弃了再次前往加拿大和英国的行程。美国、巴西和新西兰虽然我都已经去过，但这三个国家还有很多地方没有去过，很想多走走、多看看，领略不同地域的风光。另外，在环球旅行中，也需要这几个国家作为洲际旅行的落脚点。

此次环球旅行，不需要在国内提前申请他国签证，也不需要在旅途中申请第三国签证。因此，第三次环球旅行所需要的准备工作，比起前两次要简单得多，主要就是制订行程、预订机票与住宿。一旦完成大部分预订工作，就可以出发。

根据这次环球旅行的目标与设想，我制订了此次环球旅行的跨大洲行程：亚洲→非洲→欧洲→北美洲→中美洲→南美洲→大洋洲→亚洲。

进而制订了比较具体的行程：南京→银川→阿曼→埃及→乌克兰→白俄罗斯→美国→海地→牙买加→墨西哥→圭亚那→苏里南→巴西→新西兰→印度尼

西亚→文莱→菲律宾→南京。

由于有了前两次环球旅行的经验，从节约旅行费用的角度出发，这次如第二次环球那样仍然没有购买环球机票，而是分别购买单程机票，拼凑成"环球机票"。这种拼凑成的"环球机票"，确实要比航空联盟的环球机票便宜，因为其中包含了很多廉价航空公司的低价机票。

整个准备阶段，我把主要时间都花在了预订机票上。想要买到便宜机票，就要动一番脑筋，搜寻不同的飞行线路和便宜的时间段。在预订过程中，我充分考虑价格、顺畅性、便利性、舒适性和不同感受等因素，并选择了一些有特点的交通体验。例如，我没有直接从南京或上海飞往阿联酋，仍然搭乘绿皮火车到银川，从那里飞往阿联酋，再转飞到阿曼，这样的走法至少可以节省3000元人民币。

为了在国外能够看到更多的风景，接触和了解更多的当地风土人情，与前两次环球相同，我尽量选择搭乘各种地面交通工具，例如火车、长途汽车等，以此增加旅行体验和收获。

为了能够顺利乘坐世界上最大最豪华的邮轮，再次巡游加勒比海，使得整个行程比较顺畅，我没有像第二次环球那样在途中预订邮轮船票，而是在出发前就预订好，这样一路上就可以轻轻松松旅行。

经过十余天的网上预订，我终于预订好了从南京出发，一直环绕到新西兰奥克兰的近30张机票（包括火车票、船票），剩下最后亚洲段的一系列机票，已经没有时间预订了。这并不会有什么影响，完全可以先出发，旅途中再预订。

2018年8月29日，我第三次踏上独自一人环球旅行的征程。从做出决定，制订行程，到预订机票、船票、住宿等，再到出发，前后一共十余天的时间，又是一次说走就走的环球旅行。

（三）收获与回顾

经过3个多月跨大洲，越大洋，一站接一站的辗转游历，圆满实现了走遍全球六大洲15个国家的目标，顺利完成第三次环球旅行。

在110天的时间里，飞机、火车、轮船、汽车、摩托车等各种交通工具频繁转换，每天不断地用双脚丈量地球。在地球的各个角落，探访和领略当地的人文与自然风光，感受不同地域、不同民族、不同国家民众的生活。这次环球旅行虽然旅途中充满着辛苦，却没有什么困难可言，顺畅与快乐是这次环球旅行的主旋律。

这次环球旅行的实际行程是：

南京→银川→阿联酋（转机）→阿曼→埃及→乌克兰→白俄罗斯→乌克兰（转机）→美国→海地→牙买加→墨西哥科苏梅尔岛→美国迈阿密→圭亚那→苏里南→巴西贝伦→费尔南多·迪诺罗尼亚岛→巴西萨尔瓦多→智利圣地亚哥（转机）→新西兰→印度尼西亚→马来西亚（转机）→文莱→菲律宾→深圳→南京。

这次环球旅行，实现了轻松快乐之旅的目标，一路上的美景、美食、美好感受令人印象深刻，充满着兴奋与喜悦，收获丰富而厚重。完成这次五星级环球旅行，使我与前两次一样充满了自豪感和成就感，令人久久回味，难以忘怀。

1. 第三次环球标志性收获

（1）在阿曼首都马斯喀特参观世界第三大清真寺苏丹卡布斯大清真寺；

（2）在埃及阿斯旺参观尼罗河上两座宏伟的大坝；

（3）在埃及游览世界最长的河流尼罗河；

（4）探访并领略世界文明发祥地之一的古埃及文明遗迹；

（5）在埃及卢克索乘坐热气球，俯瞰美丽的尼罗河两岸绿洲和古迹；

（6）参观世界七大建筑奇迹仅存的埃及胡夫金字塔；

（7）参观世界著名的苏伊士运河；

（8）在乌克兰国家歌剧院观赏芭蕾舞剧《舞姬》；

（9）参观乌克兰切尔诺贝利博物馆，了解史上最"昂贵"的核电事故灾难；

（10）在乌克兰敖德萨音乐厅欣赏精彩的音乐会；

（11）在乌克兰敖德萨歌剧院，边欣赏歌剧边欣赏这座美丽的标志性建筑；

（12）白俄罗斯的许多地方都有二战痕迹，来到这里参观才能更加珍爱和平；

（13）来到美国东北角的新英格兰，秋天的枫叶美景丝毫不逊于加拿大；

（14）参观当今世界最顶尖的大学之一的美国哈佛大学；

（15）参观钱学森的母校，世界大学排名第二位的麻省理工学院；

（16）来到基础设施落后，许多人处于赤贫状态，世界上最贫困国家之一的海地；

（17）乘坐世界上最大最豪华邮轮"海洋和谐号"巡游加勒比海；

（18）游览世界单极落差第二大的圭亚那凯尔图尔大瀑布；

（19）来到被称为最值得一去的全球旷世美景胜地费尔南多·迪诺罗尼亚岛；

（20）游览新西兰的怀托摩洞穴，这里拥有世界奇景之一的萤火虫和钟乳石；

（21）在印尼世界级潜水胜地布纳肯国家海洋公园大深度断崖附近潜水；

（22）参观游览文莱六星级超豪华度假酒店——帝国酒店，并享用自助午餐。

2．环球旅行相关数据

（1）搭乘飞机33个航班，环球总飞行里程62 500公里，搭乘火车8次，乘坐豪华邮轮1次，乘船5次，搭乘长途汽车、公交车、出租车、旅游车、摩托车等数十次；

（2）历时110天，到达世界上除南极洲以外的六大洲：亚洲、非洲、欧洲、北美洲、南美洲和大洋洲，到访15个国家，实现五星级环球旅行；

（3）拍摄照片4149张。

3. 环球旅行费用统计

本次环球旅行采取经济＋舒适的旅行方式，既要节约又要享受，既考虑控制旅行费用又包含花费较高的邮轮项目。这次环球旅行中搭乘的33个航班，绝大多数机票都是经过细致挑选的便宜机票。住宿方面，在发达国家或消费高的地方入住青旅，在发展中国家或消费低的地方入住酒店。全程花费最高的是乘坐8天7晚的豪华邮轮，仅船票就达10 442元人民币（因为只有我一个人，需要支付多一倍的舱房差价）。

这次环球旅行所有机票的费用是31 548元，而首次环球所有机票的费用是44 643元，这两次环球飞行总里程都是6万多公里，可见自己拼凑的"环球机票"确实比航空联盟的便宜许多。

这次环球旅行没有详细记录费用，我依然采用估算的方法计算总费用。

首次环球旅行平均每天的费用是750元，由于第三次环球旅行没有购买环球机票，节约了13 000多元，这样第三次环球旅行平均每天的费用降为650元。

本次环球旅行中，有8天乘坐豪华邮轮，花费10 442元人民币。

总费用：$650 \times （110—8）+10\ 442=76\ 742$（元）。

所以，第三次环球旅行总费用约为7.7万元。

4. 环球旅行中遇到的危险与风险

（1）在埃及卢克索乘坐高空热气球时，吊篮刚蹭到高压线，所幸有惊无险；

（2）在埃及苏伊士运河边用手机拍照，招来两个持枪士兵，看我不像恐怖分子后离去；

（3）来到治安状况极差的海地，只能待在相对安全的旅游区内，不敢走出去看看；

（4）以警惕的心情行走在圭亚那首都乔治敦嘈杂的街区，这里治安形势严峻，盗窃、抢劫等时有发生；

（5）夜晚到达巴西萨尔瓦多，这是一个治安比较差的城市，搭乘地铁进入市中心，快速通过空荡的街区，直奔旅馆。

（四）第三次环球精选照片

阿曼苏丹国首都马斯喀特的苏丹王宫

在埃及卢克索乘坐热气球，俯瞰美丽的尼罗河两岸绿洲和古迹

来到没有外国人光顾的埃及小城坦塔，到处是充满好奇的眼光和友好的招呼

埃及首都开罗，世界最长的河流尼罗河流经这里，傍晚时分这里景色最美

世界七大建筑奇迹现在仅剩下一个，这就是埃及的金字塔

乌克兰一教堂前的美女与乞丐，这正是乌克兰的缩影：美女多，经济状况差

我在乌克兰国家歌剧院观赏芭蕾舞剧《舞姬》

乌克兰西部城市利沃夫的学生，都说乌克兰美女多，感觉确实如此

白俄罗斯的许多地方都有二战痕迹，来到这里参观才能更加珍爱和平

白俄罗斯首都明斯克城市夜景

来到美国波士顿，遇上街头游行示威的队伍

波士顿公共图书馆对所有人免费开放，可以随意阅读各种书籍

我乘坐世界上最大的邮轮"海洋和谐号"，来到世界上最贫穷国家之一的海地

牙买加女孩时髦的打扮显得青春靓丽

在地球的另一端，加勒比海岛国牙买加，这里的"麻将"拿在手上打

圭亚那凯尔图尔大瀑布位于热带雨林深处，我们一起乘小飞机抵达这里

被称之为最值得一去的全球旷世美景胜地费尔南多·迪诺罗尼亚岛（巴西）

被称之为最值得一去的全球旷世美景胜地费尔南多·迪诺罗尼亚岛

被称之为最值得一去的全球旷世美景胜地费尔南多·迪诺罗尼亚岛

巴西萨尔瓦多是一个充满非洲风情的古城，这里年轻人的夜生活热情奔放

在大西洋上，巨型邮轮与落日相遇

印度尼西亚苏拉威西岛的万鸦老，带着羞涩的女学生

印尼加里曼丹岛三马林达小城，街头小餐馆菜品多，价格便宜，味道不错

文莱首都斯里巴加湾市中心的奥马尔阿里赛福鼎清真寺

十二、完成环球旅行后的感悟

在两年多的时间里，我完成了三次环球旅行，累计410天。对我来说，三次环球旅行是非常艰难的事情，非常富有开拓性和挑战性，也是一件精彩绝伦的事情，可以说是一个壮举，不仅收获丰厚，而且令人回味，有许多感想和感悟。

（一）环球之后我之说

经历三次环球旅行，到访世界上59个国家和地区，亲身感受世界之美和各国文化之丰富多彩，亲身体验环球旅行的苦与乐，使我感慨万分，这样就有如下环球之后我之说：

1. 人生就像一次遥远的旅行，旅途漫漫，时间有限，抓住每一次机会，有多远走多远，不枉此生。

2. 旅行是一种放飞自我的生活方式，无忧无虑、自由自在地行走异国他乡，收获的是知识、美好、欢乐与健康。

3. 旅行的魅力在于观赏壮美风景，感受多彩人文，体验异域生活，品尝各国美食，愉悦自我身心。

4. 独自一人的环球旅行，充满未知、艰辛、孤独、恐惧和冒险，但更多的是惊喜、快乐、美景、感动和精彩，一旦踏上环球征程你一定不会后悔。

5. 环球旅行途中，最令人愉快的事情是遇到善良友好的人们和美丽的风景。

6. 环球旅行是对参与者一次综合考验，能够独自完成的人，证明你足够聪明，足够坚韧，足够自信，足够强大。

7. 当你背着背包行走在世界偏僻角落的时候，会有一种苦行僧的感觉，你能承受多少艰辛，就能享受多少精彩与快乐。

8. 环球旅行对于普通人来说，无疑是一件有意义、快乐、富有成就感的事，是人生中无价的精神收藏。

9. 当你决定来一次环球旅行并准备出发的时候，你已经成功了一半。

（二）改革开放40年，辉煌历程我相随

我们这一代人（20世纪50至60年代出生的人）是充满艰辛和坎坷的一代，我们又是幸运的一代。从1978年开始，我亲身经历了中国改革开放的伟大历程，亲身感受到中国飞速发展和历史性变迁，亲身感受到改革开放40年所取得的巨大成就。这真像是一场梦，一场值得回味的梦。

1976年，我高中毕业后，响应国家号召，插队在南京附近的农村务农。

在务农的日子里，冬天冒着寒风，夏天头顶烈日，经常汗湿衣衫，雨天蹒跚于泥泞当中，每天起早带晚在农田里干着繁重的农活。辛勤劳作之余，还要自己动手应付一日三餐，所能吃到的食物单调而贫乏，有时缺少蔬菜，连带毛的冬瓜皮也拿来炒着吃。夏天直接到池塘里洗衣服、洗澡，并与鸭子一起戏水获得快乐。一年干下来，全部收入只有120元。插队务农虽然艰辛，却磨炼出我们吃苦耐劳勇于进取的精神。

插队的生活既艰苦又枯燥，但并不缺少遐想。我所在的生产队田头不远处是宁芜铁路（南京至芜湖），每天有几趟由蒸汽机车牵引的绿皮客车，从上海或南京开往安徽的芜湖或铜陵。每当我拿着锄头看到坐满乘客的绿皮火车从田

边驶过时，我的内心总是痒痒的，总想着乘上火车去远方，到祖国各地去旅行，那该是一件多么有意思的事情。

然而，我必须面对现实，我没有时间，没有钱，我需要安下心来干好这第一份工作，要不然怎么可能有一个良好的未来。在这种艰苦的条件下，根本无法外出旅行。我迫切需要的是改变这种生活状况，尽快离开这里，到具有发展前途的岗位上工作。

1978年是我国改革开放的第一年，也就是在这一年我从农村考上了"南京航务工程专科学校"。那年秋天，当我开启学习生活的时候，也同时开启了见证中国改革开放40年伟大历程的时刻。

那时，我们班上每个同学都是标准的穷学生，许多人的口袋里掏不出10块钱。当时没有打工挣钱这回事，只有贫困生补贴。我们班上有一个同学，他的家庭人均收入达到50元，这在我们班算是少有的高收入。

作为一名学生，我有了放飞自我的机会，农村田头的遐想终于有机会可以尝试一番。入学后的第一个寒假，我就决定外出旅行，去看看外面的世界。因为没有钱，心胸也大不了，不可能跑得太远，只能到离南京不远的苏南地区游览一圈。

1979年2月，我身上带着20元钱，从南京乘火车前往无锡。在无锡火车站附近的工运桥古运河码头，我第一次乘坐游船，在古运河和太湖上来了个一日游。中午在船上享用一顿午餐，看着湖景，吃着可口的饭菜，有一点乾隆皇帝下江南的感觉，既美好又超值。同船游览的有一位海军军官，我问他："我们现在看到的太湖，像不像大海？"他说："有点像。"当时我没见过大海，心里充满着对海洋的向往和期盼。

随后，我又到宜兴游览了张公洞和善卷洞，最后到镇江游览了焦山和金山寺。几天游览下来，近500公里的游程，一共花费了十几元钱，其中游览古运河和太湖的船票只要5.5元。现在看来真是太便宜了，那时物价非常低廉，钱很耐用，只是大家都没有什么钱。这一圈游览下来，对我来说具有里程碑意义，开启了我独自一人外出旅行的首次征程。

在第一个暑假到来之前，我就计划着到我国最大城市——上海游览一番。由于没有多少钱，为了解决住宿问题，我提前与上海的同学商量好，住在他家里。

1979年8月，我从南京出发，前往当时中国"最现代化"的城市上海。为了增长见识，我没有搭乘火车，而是特意选择搭乘长江客轮这种交通工具。从南京到上海的船票比火车票便宜，四等舱票价只有3.5元。我乘坐的是"东方红16号"江轮，四等舱里有六个上下铺，虽然人挺多，但每个人都有自己的床位。江轮顺流而下，行驶平稳，比乘坐火车要舒适许多。船上有餐厅，食物虽然比较简单，但非常便宜，边看江景边用晚餐，令人心情舒畅。一夜过后，江轮抵达南通附近，此时江面变得非常宽阔，展现了大河的气派，使我饱览了长江下游壮美的江景。船入吴淞口，就进入了黄浦江，在欣赏黄浦江两岸美丽风光之时，我第一次见识了许许多多的大型船舶。首次江上之旅，真是太值了。

在上海游览了几天之后，我又和上海的徐姓同学，一起乘船前往一江之隔的南通海门县周姓同学家游玩。当时路上需要一天时间，现在坐高铁只需一个多小时。在海门青龙港码头下船后，我第一次乘坐"出租车"，这种车被当地人称之为"二等车"，就是自行车后座带客，只不过在自行车后面加上一块木板，坐上去舒服一点。虽然简陋，但坐在上面的心情相当于现在坐在大奔上，新奇而快乐，这可是全景、零排放、低噪音、超便宜的行驶感受，令人印象深刻。

1980年9月，我继务农之后，从学校毕业再次入职，成为一名南京交通人，从事与交通工程相关的工作，从此亲身投入到中国改革开放的洪流中。

对于工作与生活，我的想法很简单，可以用八个字来概括："努力工作，游走四方。"我很羡慕被称为"中国游圣"的徐霞客，也想游历四方，当然这需要有钱，我只有努力工作才能有钱，只有做好工作才能安心出行。在40年的工作期间，我一直践行着这八个字的座右铭。

在40年的工作中，我勤于工作，不为名利，争做贡献。我所获得的各种奖励证书能够装满一个旅行包，虽然没有获得比较大的奖励，起码这是对我辛勤工作的肯定，我无愧于这个改革开放的伟大时代。

从20世纪80年代至90年代中期，我们一直处于低收入、无假期的状态。在既没有钱又没有时间的情况下，想外出旅行是不现实的。好在我因工作原因，每年有一些出差的机会。我利用每次出差的机会，顺便欣赏一下祖国的大好河山和各地风土人情。

1982年，我到山东青岛出差，第一次见到大海。也是这次，我在餐馆里见到了以往只是听说过的对虾。这种对虾挺大，每只6块钱，而我一个月的工资只能买5只。我当时一咬牙，买了一只品尝，总算尝到了对虾的美味。

1987年6月，我到西安出差，由于工作原因需要打电话向领导汇报。为此，我从郊区赶到位于西安市内的电报大楼，往返再加上等候时间，一共花了3个小时，只为打一个3分钟的长途电话，工作效率非常低下。

20世纪70年代初，我国从英国进口了30多架先进的喷气式客机，这就是当时非常亮眼的三叉戟飞机，也是中国民航的主力机型。那个年代中国民用航空业很不发达，能够搭乘飞机的普通人少之又少。乘坐飞机是身份的象征，购买机票需要出具单位介绍信，乘机人必须是县团级及以上干部。预订机票必须到现场，而且购票不能使用现金，必须使用单位的转账支票。1975年，凡是乘坐中国民航国际航班的旅客，可免费获赠茅台酒一瓶，后来改为机上免费供应，直到20世纪80年代末才取消。

1988年3月，我到广州出差，有幸第一次坐上了在我国具有一定知名度，又经历坎坷的三叉戟飞机。第一次搭乘飞机的感觉真棒，从那时开始我就喜欢上了飞机。首次乘坐飞机不是我有多高的身份，而是那时已经不再限制普通人乘坐飞机了，但仍然需要烦人的单位介绍信。

随着改革开放和时代的发展，我的工资收入从最初的每月34元，逐渐增长到每月一百多元、几百元、几千元。自1995年5月开始，国家实行双休日制度，1999年每年有了黄金周，也就是从那时起，每年我都能享受正常的年休假，我可以自由支配的闲暇时间明显增多。有了钱，有了假期，我就能到遥远的地方去旅行。

从1980到2006年这26年时间里，我利用出差的机会，以及双休日、黄金周和年休假等假期，到祖国各地去旅行游览，我的足迹几乎遍及全国所有的省市自治区。

2006年，我有了因私护照，同年开启了独自一人出国旅行的征程。2006年，我第一次到访的国家是柬埔寨。为了办理签证，我从南京乘火车往返上海，既费事又费钱，还要花费时间。购买前往柬埔寨的机票，也挺不容易，我跑了好几家航空公司和机票代理商的售票处，才买到了纸质机票。2009年，我到访南非，同样要跑到南非驻上海领事馆办理签证，而且还要交纳5万元的押金。从南非回来以后，等上3个多月才收回押金。为了办理出国签证，我已经数不清往返上海到底有多少次。

随着中国的强盛，世界上许多国家向中国敞开大门，纷纷给予中国游客免签或落地签待遇，中国人申请发达国家旅游签证已经从非常困难，变成非常方便。截至2019年年底，全世界对中国公民免签或落地签的国家和地区已经有73个，中国人走向世界变得越来越容易。

40年，弹指一挥间，又恍如隔世，我们的国家和我都发生了很大的变化：

从改革开放前国人温饱都成问题，到全面建成小康社会；

从高端产品几乎全部依靠进口，到成为世界制造业第一大国；

从改革开放前中国位于世界舞台边缘，到现在站在世界舞台的中央；

从1979年乘坐小船游太湖，到2018年乘坐世界上最大最豪华邮轮巡游加勒比海；

从1979年搭乘3.5元船票的长江客轮，到2017年乘坐3.8万元船票的南极游轮；

　　从1981年驾驶国产旧卡车，到2016年开着房车行驶在加拿大落基山和五大湖区；

　　从1982年第一次在青岛见到大海，到2017年12月在南极冰海中游泳；

　　从1988年首次乘坐飞机，到搭乘117次飞机环球旅行；

　　从1979年首次独自一人外出旅行，到2018年底完成三次环球旅行；

　　从1976年插队务农时站在田间的旅行遐想，到2019年到访120个国家和地区……

　　改革开放40年有太多的发展奇迹和美好经历值得我们回味，值得我们引以为豪。

（三）环球归来更爱中国

　　中国学者复旦大学中国研究院张维为教授曾经说过一句话："中国人一出国就爱国。"我也有着同样感受。这是因为出国以后，才能深入了解外部世界，才能产生鲜明的对比，才能感受到中国的发展和各方面取得的巨大成就。中国从一个被西方人称之为"东亚病夫"的国家，发展成令世界为之惊叹的国家，并取得举世公认的发展成就，仅仅用了短短的70年时间。

　　中华民族有着五千年的历史，是世界上最古老最伟大的民族，中国人聪明、勤劳。中国强盛时不骄不躁，不对外扩张，衰弱时不卑不亢，受欺压时忍辱负重，这是传承了千年的文化思想。中国的崛起并不是靠投机取巧，并不是对外扩张掠夺，靠的是全体中国人的不懈努力。改革开放40年来取得的成就，不是从天上掉下来的，更不是靠别人恩赐施舍，而是我们中国人依靠勤劳、智慧、巨大的付出干出来的，用几十年时间走完了发达国家几百年走过的工业化进程。

　　中国人可以让许多不可能变为现实，创造出一个又一个的人间奇迹：人类第一次抵达月球背面，打破了美国半个世纪太空霸权的局面；建造了世界最长的跨海大桥港珠澳大桥；世界上最长的桥、最高的桥、最难的桥都是由中国人建造；中国首次发射量子科学实验卫星"墨子号"；中国建造了世界上最大、最灵敏的单口径射电望远镜，让中国成为世界上看得最远的国家；中国拥有世界上最完整的现代工业体系，成为全世界唯一拥有联合国产业分类中全部工业门类的国家；中国拥有世界上最庞大的高速铁路网和运行速度最快的高铁列车，2020年末中国高铁里程达3.8万公里；世界上最大最现代化的北京大兴国际机场，被称为现代世界七大奇迹；中国高速公路通车里程世界第一，达到14万公里以上，占世界的一半以上；中国北斗三号全球卫星导航系统部署完成；中国嫦娥五号探月，实现月球上"挖土"并带回地球，体现出中国太空探索领域取得世界尖端科技成果；2020年世界500强公司中，中国占124席，首次超越美国；中国是世界上首个全民移动支付的国家；中国如今是生态、社会政策与科学和几乎所有公共产品的世界领袖；中国数亿人摆脱了贫困，脱贫攻坚取得全面胜利。

中国的一切都在变，西气东输，南水北调，史无前例。保护环境，植树造林，扫除雾霾，城市变得干净、绿色、生态。还有一流的公共交通，宏伟的博物馆、音乐厅，出色的大学和医院，不断改善国民生活水平，城市生活质量稳步提高。中国取得的巨大成就，使中国人的生活格外方便，外国人来到中国普遍喜欢中国共享单车、网上购物、移动支付、网上点餐，可以非常方便地品尝到各种美食，在中国生活就是方便。

我环球旅行三圈，到访世界上数十个国家，从旅行者的感受来说，在旅行、住宿、饮食、购物等方面中国最方便，特别在交通运输方面，不管是搭乘飞机、火车、汽车，还是城市地铁或乘坐公共交通，只有中国称得上非常便捷，可以为旅客提供各种服务。中国的交通运输能够承受数以亿计的春运旅客高峰，可以在短短的4个小时内，将近千名旅客通过高铁运往1000公里外的城市，乘坐长途汽车可以把乘客送到中国每一个偏远的角落。

在中国习惯了用手机移动支付的人，出国以后一定会感到不方便，国外不管是发达国家还是发展中国家，还在使用信用卡或者现金支付，好像隔了一个时代。

当然，中国还存在许多不足，这么大的国家，这么多的人口，发展还不平衡，还有不少矛盾需要解决，但任何不带偏见的中国人，都能感受到中国的发展成就，一定会更加热爱自己的祖国，期望中国更美好。

（四）对于游客来说中国最安全

三次环球归来以后，我深切感受到中国是世界上最有安全感的国家之一。中国社会长期保持稳定，人民安居乐业，对于国外游客来说中国最安全。这不是中国人自己说的，而是许多到访过中国的外国人共同的感受。特别是一些来自国外的女士，对于夜晚独自在街上行走的安全感让她们感到满意。

我在环球旅行中，经常把安全问题挂在心上，在墨西哥遭遇抢劫以后，时刻提醒自己要注意安全，特别是在北美洲和南美洲旅行时，经常是小心谨慎，做好防范工作，生怕遭遇抢劫或偷窃。当又想玩又想着防范的时候，内心难以放松，这种感受非常不爽。

中国崇尚和平，走和平发展道路，对外不称霸、不扩张、不谋求势力范围，秉承"天下一家"的理念，为世界谋大同、推动构建人类命运共同体。所以国内安定团结，国际上尊重他国，提倡和平共处，成为国际社会公认的世界和平的建设者、全球发展的贡献者、国际秩序的维护者。

把中国的大城市和纽约相比在40年前是不可想象的事，但今天完全可以好好比较一下，美国《纽约时报》著名专栏作家托马斯·弗里德曼写过一篇比较的文章。2008年夏天，弗里德曼参加了在北京举行的奥运会，之后途经上海返回纽约，他有感而发，写了篇很有影响的评论，题为《中美这七年》，刊登在当年9月10日的《纽约时报》上。他写道：当我坐在鸟巢的座位上，欣赏闭幕式上数千名中国舞蹈演员、鼓手、歌手以及踩着高跷的杂技演员魔幻般的精彩演出时，我不由得回想起过去这七年中美两国的不同经历：

中国一直在忙于奥运会的准备工作，我们忙着对付"基地"组织；他们一直在建设更好的体育馆、地铁、机场、道路以及公园，而我们一直在建造更好的金属探测器、悍马军车和无人驾驶侦察机……差异已经开始显现。

你可以比较一下纽约肮脏陈旧的拉瓜地亚机场和上海造型优美的国际机场。当你驱车前往曼哈顿时，你会发现一路上的基础设施有多么破败不堪。

再体验一下上海时速高达220英里的磁悬浮列车，它应用的是电磁推进技术，而不是普通的钢轮和轨道，眨眼工夫，你已经抵达上海市区。然后扪心自问：究竟是谁生活在第三世界国家？

第二次环球旅行时，我在美国阿拉斯加位于北极圈内的科策布小城一个简陋的机场，体验了阿拉斯加冰天雪地的安检：室外气温零下17度，简陋的机场正在装修，内外温度差不了多少。安检时需要脱鞋并解下裤带，提着裤子踩在冰冷的地面上。而同为西方发达国家的新西兰，却表现出文明与理性，以和平方式与世界各国相处。我在新西兰南岛的基督城机场搭乘国内航班时，惊奇地发现这里不用安检就可轻松登机。

Chapter 2

第二篇

助力有环球梦想的人

60 岁，
我们去环球旅行

　　三次环球旅行均取得圆满成功，使我见识到世界的精彩，体验到环球的快乐，心灵感受无与伦比，每当想起环球中的每一天、每一件趣事、每一处美景，就会令我充满喜悦和成就感。我觉得应该把环球旅行成功的经验分享给大家，让更多的人鼓起勇气，希望有更多的中国人实现环球旅行的梦想。

　　看过第一篇以后，有环球旅行梦想的人一定会跃跃欲试，但绝大多数人是不会轻易尝试的，甚至连一丝环球的想法也没有，即使有想法也缺乏足够的勇气。环球旅行考验一个人的旅行能力，对于大多数中国人来说，这是一件具有很大难度的事情。要想进行环球旅行，不仅需要具备六个条件，还要具有与环球旅行相关的知识和学习能力。

　　如何才能迈出环球旅行的第一步？下面我将针对有一点"野心"且不甘平庸的人，进行相关经验介绍，点燃梦想，增强勇气，希望有助于60岁有钱又有闲的人，开启环球之旅。如果60岁的人都能迈出环球旅行的第一步，并取得成功，那么年纪比较轻的人也一定能够取得成功。

一、让我们为环球旅行筑梦

（一）名人名家对待旅行的态度

徐霞客是中国明代被称为"千古奇人"和"旷世游圣"的名人，集地理学家、旅行家和文学家于一身。徐霞客的家乡在江苏省江阴市马镇，距离南京比较近，只有170公里，我曾两次来到他的故居参观，以崇拜的心情感受这位不俗的古人，学习他游走四方，探索自然的精神。

徐霞客一生志在四方，在30多年的旅行考察中，在完全没有他人资助的情况下，先后进行了四次长距离的跋涉，他南涉普陀，北履燕冀，西南直达云贵高原，行程数万里，足迹遍及大半个中国。更可贵的是，他游历了如此广阔的地区，主要靠徒步跋涉，连骑马坐船都很少，还经常自己背着行李赶路。他寻访的地方，多是荒凉的穷乡僻壤，或是人迹罕至的边疆地区，几次遇到生命危险，出生入死，最后因足疾而无法行走，尝尽了旅途的艰辛。

徐霞客经历30多年旅行考察后，撰写成的60万字地理名著《徐霞客游记》，成为中国旅游史以及中国文化史上的一座里程碑。

一个古人，在400年前交通极为原始简陋的情况下，用30多年时间，靠双脚游走了大半个中国，他在西方人眼中成为一代"东方游圣"。只是由于时间、精力、交通工具和身体条件所限，他没能离开中国，到更远的国外去旅行。

今天，我们可以搭乘各种现代化交通工具，以快捷舒适的方式到达世界各个地方，比起古时徐霞客的旅行条件真是天壤之别，如果不尝试一下环球旅行，真对不起这个时代。

我们再来看一下国外名家对待旅行的态度：

"世界是一本书，而不旅行的人们只读了其中的一页。"——古罗马思想家奥古斯狄尼斯

"旅行对我来说，是恢复青春活力的源泉。"——丹麦作家安徒生

"旅行是偏见、偏执、狭隘的终结者。"——美国作家马克·吐温

"对青年人来说，旅行是教育的一部分；对老年人来说，旅行是阅历的一部分。"——英国哲学家培根

"人之所以爱旅行，不是为了抵达目的地，而是为了享受旅途中的种种乐趣。"——德国思想家歌德

从这些国外名家对旅行的理解与表述中，我们一定会对人生有所感悟，这就是：要想对得起这一生，保持年轻时的活力，保持健康良好的心态，增长知识丰富阅历，享受快乐生活，那就去旅行吧。

（二）为环球旅行筑梦

下面用"环球之后我之说"的理念，为不甘平庸的人筑梦，激发出环球旅行的梦想。

"人生就像一次遥远的旅行，旅途漫漫，时间有限，抓住每一次机会，有多远走多远，不枉此生。"

人到60岁，是退休的年龄，也是步入老年的开始，人生已经走到下半场。到了这个年龄段，身体状况开始全面走下坡路，以往健壮快活的好日子逐渐被机体衰老和疾病缠身所取代，而且这个下半场比上半场更容易滑过。从这个意

义上说,60岁开始进行环球旅行，应该是最后一次良机，再往后几乎少有可能。因此，有钱又有闲、身体还可以的人，应该抓住这次机会，干一件大事，让生活更出彩，让人生更有意义。

"旅行是一种放飞自我的生活方式，无忧无虑、自由自在地行走异国他乡，收获的是知识、美好、欢乐与健康。"

退休以后，让我们改变一下生活方式，从以往紧张、忙碌、辛苦、应酬的状态下解放出来。通过出国旅行，延续或恢复健康的生活状态，通过环球旅行，收获更多、更美好、更有益的精神营养。

出国旅行是一种健康的生活方式，哪怕旅途再辛苦，回馈的是欢乐与舒心。在我环球旅行的410天里，即使再疲惫，吃得再不合口味，睡得再晚，时空与季节再怎么反复变换，我都没有生病。我觉得是快乐因素在起作用，有快乐的心情就能免疫。即使有病在身，特别是烦闷、焦虑、抑郁等心理病症，通过旅行也能减轻或消失。

"旅行的魅力在于观赏壮美风景，感受多彩人文，体验异域生活，品尝各国美食，愉悦自我身心。"

一个人辛勤工作了一辈子，退休的时候理应慰劳并犒赏自己，最具犒赏价值的莫过于来一次身心感受无与伦比的环球旅行。带上自己的积蓄，去看世界上最美的风景，想看山就看山，想看水就看水，想看什么就看什么，世界上有太多的美景值得观赏。世界各地的文化丰富多彩，体验一下，感受一番，会有独特的感受。别以为只有中国才有美食，世界上任何地方，任何国家都能找到让你大开眼界的食材和美食，不论街头小吃，还是餐厅饮食，总能令你垂涎，让你流连忘返。

"独自一人的环球旅行，充满未知、艰辛、孤独、恐惧和冒险，但更多的是惊喜、快乐、美景、感动和精彩，一旦踏上环球征程你一定不会后悔。"

喜欢独自旅行的人一定会认可我的这些感受，一个人出国旅行是这样，一个人的环球旅行更是这样。独自旅行能够获得最大的自由度，不用和别人商量今天去哪里、明天吃什么，不受别人的约束，想去哪里去哪里，想做什么做什么。一个人的旅行并不孤单，在路上总会遇到谈得来的人或新朋友。

环球旅行看似充满着艰辛、冒险、恐惧，其实只要做好充分准备，规避风险，少做冒险的事情，就能很大程度地减少危险因素。环球旅行中艰辛与快乐交织在一起，旅途中能够承受多少辛苦，就能享受多少快乐。

"环球旅行对于普通人来说，无疑是一件有意义、快乐、富有成就感的事，是人生中无价的精神收藏。"

作为普通人，绝大多数难以取得引以为豪的业绩，难以达到成功人士的标准。对于不甘寂寞、不甘平庸的人，那就来一次环球旅行吧，做一件一般人难以做到的大事，一件令人回味的大事。

环球旅行是一种让你花费一大笔钱，却使你精神上变得更为富有的投资方式。旅途中结识新朋友、学习一些外语、拍摄精美照片、掌握新的知识、留下美好记忆，丰富人生阅历，收获多多。

"当你决定来一次环球旅行并准备出发的时候，你已经成功了一半。"

环球旅行看似比较难，让人望而却步，其实并非高不可攀。你可以把环球旅行看作是若干次出国旅行的叠加，只要你曾经有过独自一人出国旅行经历，那么一个人的环球旅行相当于时间更长、到访国家更多的一次旅行，只要做好相应准备，成功只是时间问题。

古人总结了人生三大快事："他乡遇故知，洞房花烛夜，金榜题名时"。今天人们依然有着同样感受，只是作为60岁的人，"洞房花烛夜"早已是几十年前的事情，子孙已经辈出；"金榜题名时"对许多人来说未曾有过，就算事业有成也将成为过去；现在使用智能手机随时可以视频通话，相隔万里如同近在咫尺，"他乡遇故知"变成他乡随时见。

　　现在谈起快事，我觉得能够相提并论的可以再加上一条，这就是："环球旅行时"。因为完成一次环球旅行所获得的快乐绝不逊于前面三项。前面提到的三大快事，多数人都能感受到，而"环球旅行时"目前只有极少数人才能体验到，原因就在于以往出生的人有些"生不逢时"，既没有条件，也没有机会，不可能进行环球旅行。现在我们很幸运，生活在日益强盛的中国，生活在这个美好的时代，我们才有环球旅行的可能。如果我早出生10年，很可能实现不了环球旅行的梦想。

　　当人生步入60岁的时候，可以不再为工作而奔波，可以有大把的休闲时间，用多年的积蓄犒赏自己才是明智之举。当时机来临的时候，为什么不感受一下"环球旅行时"这件人生快事呢？

　　人生看起来比较漫长，其实人生苦短，有"野心"的人，有梦想的人，不甘平庸的人，就请抓住时机，来一次"环球冒险之旅"，做一回圆梦人。

二、如何具备环球旅行的六个条件

有了环球旅行的梦想，并不一定能够迈出环球旅行的第一步，至少需要满足六个基本条件，才能踏上环球旅行的征程。为此，需要做出相应的准备和努力。

（一）时间——两个月至一年任意选择

前面已经提到，进行一次环球旅行至少需要两个月的时间，少于两个月，对于环绕一圈至少40 000公里的地球来说，只能是匆匆走过，花了不少钱，时间主要消耗在坐飞机和赶路上，日夜奔波，实际收获有限，这样的环球旅行意义不大。

对于60岁的人，已经到了退休年龄，抽出两个月的时间应该不是问题，即使是四个月，甚至半年时间，也不会有太大困难。如果有能力有兴致持续一年也是不错的选择。这个年龄段的人，最大的优势就是时间比较多，不用考虑请假和工作岗位问题，只需考虑如何制订环球旅行行程，如何才能玩得舒心，如何实现自己的梦想。

（二）费用——五万至十万元任意安排

环球旅行所需费用可丰可俭，穷游有穷的游法，舒适游有舒适的玩法。根据我的环球经验：穷游平均每天花费大约700元人民币，舒适游平均每天花费在850元以上。

如果环球旅行时间确定为两个月，也就是60天，那么环球旅行的总费用分别是：

穷　游 700×60＝42 000（元）

舒适游 850×60＝51 000（元）

也就是说，完成一次两个月的环球旅行，如果注意控制不必要的花费，不参加昂贵的旅游项目，所需费用大约为5万元。

对于有环球旅行梦想的人，对于已经工作到退休有一些积蓄的人来说，拿出5万元去游世界，应该不成问题。如果不在意钱多钱少，肯花更多的钱，会舒适一些，会有更精彩的体验和享受。

如果准备进行一个月的环球旅行，总费用是否就是：700×30＝21 000（元）？ 答案是否定的，因为整个环球旅行仅飞机票的费用就需要2至3万元，或者更多。所以进行为期一个月的环球旅行，比起两个月来说少花不了多少钱，可以说一个月的环球非常不合算，性价比非常低。从理论上讲环球时间越长，分摊在每一天的环球机票费用就越低，但每多一天又会增加相应的吃住等费用。综合考虑，进行为期3至6个月的环球旅行显得比较合适，虽然花费增加了不少，然而收获更大。如果环球旅行持续半年以上，10万元是不够的，如果参加南极等高端游览项目，花费会显著增加。

进行一次环球旅行，总归要付出一笔费用，这样做非常值得，因为环球旅行是一种让你花费一笔不小的支出却使你变得更加富有的方式，等你完成环球旅行归来后，一定会令你心满意足。

（三）勇气——从本书各个细节中获取

勇气是环球旅行的精神动力，有了勇气才敢于迈出环球旅行的第一步。

　　勇气＝梦想+能力+自信。有梦想的人肯定喜欢出游，喜欢大自然，喜欢看世界，梦想着有机会也能来一次环球旅行；有能力的人可以应对环球旅行中遇到的各种问题，善于学习，善于总结经验；充满自信的人相信自己能够取得环球旅行的成功。

　　我觉得只要有一点环球旅行想法的人，当他从头到尾耐心细致地看完这本书，理解书中所介绍的内容以后，应该能够增强独自一人进行环球旅行的勇气。如果存在顾虑，不敢一个人启程，那就找上其他人一起结伴而行吧。两个人及以上的环球旅行可以相互有个照应，一个人的环球旅行虽然艰辛，但成就感由一个人独揽。

（四）签证——两个发达国家签证就行

　　虽然中国护照在世界上变得越来越好用，越来越多的国家给予中国大陆游客免签或者落地签待遇，但是，对于环球旅行而言，因为涉及的国家比较多，涉及比较复杂的旅行线路和多国转机，以及陆路出入境等方面的问题，所以，签证仍然是环球旅行中不可小视的问题。为了环球旅行能够顺利进行，我的经验是：最好在启程之前办理好所需的签证（落地签国家除外），尽可能减少在途中申请第三国签证。

　　环球旅行前往的国家越多，或者是四星级以上的环球旅行，一般来说所需申请的签证越多。现在世界上许多国家给予中国人免签或者落地签待遇，即使是申请发达国家签证，难度较以前明显降低，有时间、有精力、有条件的人可以多申请一些国家的签证，这样可以让环球旅行更精彩。

　　如果环球旅行行程并不复杂，主要前往的是免签或者落地签国家，那么环球旅行出发前只需要申请两个发达国家签证就行，甚至只申请一个发达国家签证就能完成环球旅行。例如，只申请一个加拿大签证，相应的环球旅行行程是：上海→加拿大（北美洲）→秘鲁（南美洲）→巴西（南美洲）→摩洛哥

（非洲）→塞尔维亚（欧洲）→阿联酋（亚洲）→泰国（亚洲）→上海。这个环球旅行属于四星级，只申请一个签证就能实现四星级环球旅行，比起10年前真是太方便了。

值得注意的是，各国签证政策经常会发生一些变化，可能变得更加有利于中国人出行，也可能暂时取消免签或者落地签，甚至在已经获得签证的情况下，也会出现不允许入境的情况（如，新冠肺炎流行时期）。这就需要在制订环球旅行计划时，逐一核实想要前往的各国签证政策，确保环球旅行顺利进行。

（五）外语——借助各种语言翻译神器

2006年，我首次出国旅行的时候，随身携带的是电子词典，使用时通过按键输入文字，而且只能翻译单词，不能翻译句子，使用起来非常不便。后来的电子词典可以翻译简单的中英文句子，但文字输入效率并没有提高，仍然感到不方便。有了智能手机以后，通过安装翻译软件，可以实现中英文互译，以及拍照翻译，甚至实现了语音翻译，翻译功能和速度有了进一步提高，但使用便利性方面仍然不理想。自从科大讯飞翻译机上市以来，借助人工智能技术，使得语音即时翻译成为标配，翻译效果又快又准，基本满足出国旅行语言翻译需要。现在这种翻译机已由最初的1.0、2.0发展到2020年的3.0，性能日臻完善。

借助这款体积小巧的语音翻译神器，使用者每说一句话，它就能即刻翻译成英语、日语、韩语、俄语等几种外语。整体而言，我认为科大讯飞翻译机3.0在语音翻译、拍照翻译、口语学习等各个方面做得都不错，出国旅行时可以考虑使用，而且支持中英、中俄、中韩、中日四种语言的离线翻译，适合没有网络的地方。带着这款售价三千多元的翻译机，哪怕是只会说中国方言的老年人，也可以基本实现无障碍交流。

再介绍一款百度翻译机。这款翻译机以Wi-Fi路由器为基础，比智能手机还小，重150克，能够提供高速准确的语音翻译，可以自动识别使用者所说的语种和内容，一键互译十种语言，只是不具备拍照翻译和离线翻译功能，选择时要注意。该翻译机可对应全世界80多个国家的网络。这款翻译机不仅可以买到，还可以租赁，提供租赁服务的是携程等合作方。

对于翻译机产品来说，谷歌翻译、百度翻译等都是有力的竞争对手，毕竟谷歌和百度翻译不但有强大的翻译能力，而且还可以免费使用。具有一些英语基础的人，没必要买翻译机，依靠手机也能解决翻译问题，文字、图片、语音等基本都能翻。

相比之下，讯飞翻译机比起谷歌翻译和百度翻译使用起来更便捷，性能更广，更加适合没有外语基础的人和上了年纪的人，而且在语音输入方面的准确性和便利性上，讯飞翻译机做得更加出色。所以，有志于环球旅行的人，花上三千多块钱买上一个翻译机，基本上能够解决环球旅行中的语言问题。

有了翻译神器，为不懂外语的人出国旅行解决了大问题，但是，我觉得总归不如会说一些英语来得方便，时刻依靠翻译机总会有些不方便，翻译机不是所有场景都能派上用场，总不能连几句礼貌用语都不会说吧。所以，对于有志于环球旅行的人，哪怕外语基础再差，最好在出发前学习一些简单的与旅游相关的英语短句和相关词汇，要会说一些礼貌用语，比如"你好，见到你很高兴""谢谢你""欢迎""对不起""再见"，等等。学习一些简单日常用语，会使旅行更方便，能够增加旅行乐趣，也可以一路走一路学。在旅行路上结合不同场景学习一些外语，这样记忆更容易、更深刻。多学一些词汇和语句，就可以和外国人进行简单的聊天和交流，这样会更加有趣，收获也会更多。

（六）经验——具有三次以上出国经历

当你第一次出国旅行时，没有经验不要紧，可以放慢节奏，慢慢行走，逐步适应。如果独自一人进行环球旅行，就必须具备一定的出国旅行经验，这种经验当然越多越好，经验越多，走得就会越顺畅，面对出现的困难就能从容应对。朱兆瑞、李峰都是在具有一定出国旅行和洲际旅行经验的基础上，才迈出独自环球旅行的第一步。我也是在具有较丰富的出国旅行经验后，才能够来一场说走就走的环球旅行。

对于没有独自旅行经验的人，如果准备一个人进行环球旅行，我建议先在国内进行三次以上的长距离自助旅行，可以远赴偏远艰辛的地方，也可以到北京、上海、深圳这样的大城市，适应不同条件下的旅行生活。然后出国，进行三次以上国外旅行，可以先到东南亚一些国家，再到欧洲一些国家，再到南亚或西亚一些国家，体验在不同国家旅行的感受。在积累了国内与国外旅行经验后，身体适应各种不同环境的旅行生活后，再进行环球旅行比较妥当。

要努力提高适应能力，身处异国他乡不像在国内那样方便，如果不能随遇而安的话将会困难重重。比如，吃惯中餐的人，要能够忍受较长时间不进食米饭或馒头，能够连续吃西式快餐，能够吃当地的食物。对于睡觉认床的人，需要习惯在不同环境下及时入眠。无法适应旅行生活的人，往往会失去许多乐趣。

要努力提高应变能力，旅行中有时无法预知会发生什么状况，各种困难会随时出现，而无法随机应变的人往往使自己陷入困窘的境地。能够随时应对各种困难，是自助旅行者应当具备的能力，经验是可以学习积累的，心理素质的提高只能依靠自己。

具备一定的旅行经验，意味着在旅行中自身的适应能力和应变能力得到了提高，这对顺利完成环球旅行有着积极影响。

三、环球旅行中的安全问题

　　能够基本满足环球旅行六个条件的人并不算少，但许多人仍然存有顾虑，最担心的一定是安全问题。旅行中的安全确实是一个不容忽视的大问题，它关系到环球旅行的成败，关系到参与者的财产与人身安全。

　　前面已经提到中国是世界上最安全的国家，特别对于旅游者来说更是这样。如果有谁准备前往国外旅行，可能会因恐惧而不敢独自走出国门。我和朋友谈起环球旅行时，有人对独自一人进行环球旅行感到不可理解，我经常会被问道："你怎么敢一个人去环球旅行呢？你不害怕吗？"这种问题确实代表着一些人的想法，因此限制了许多人实现独自环球旅行的梦想。

　　独自一个人的环球旅行，确实存在许多不确定性，身处国外陌生的环境下，特别是在语言不通的情况下，总会令人感到一些恐惧，不仅存在一定风险，甚至可能会遇到一些危险。比如，徐霞客在30多年的游历考察过程中，曾经三次遭遇强盗，四次断粮；潘德明在印度西行穿越沙漠，路遇强盗，经央求才留下了《名人留墨集》和罗盘。而他在耶路撒冷翻越一个山口时，自行车和全部钱财被一伙盗贼抢走；石田裕辅在环球旅行途中，在秘鲁被持枪强盗洗劫一空，被强盗抢走2900美金，双手被缚，光着屁股倒在沙漠中；我本人在第一次环球旅行的第20天，在墨西哥首都墨西哥城被两个歹徒抢走照相机和手机（详见：第三篇 首次120天环球旅行游记）。

　　以上这些旅行遭遇确实有点吓人，尽管如此，并没有阻碍上述人士取得环球旅行的成功。我认为从事任何活动都存在着风险：上班的路上可能会发生交通事故；在小区楼下散步，有可能被楼上掉下来的东西砸中；就算待在家里也有可能遭遇偷盗、诈骗或抢劫。独自一人进行环球旅行虽然具有一些风险，但不代表一定会发生危险，只要掌握一些安全方面的知识，具有防范意识，并采取相应的防范措施，就能最大限度地避免危险情况的发生。

2018年1月，《英国快报》报道英国恩兹利保险公司编制的全球10个旅游最危险国家排行榜出炉。报道显示，最危险的旅游地是泰国。2017年，近四分之一的保险索赔是在泰国完成的。智利和美国并列第二，各占保险索赔总额的15%。进入排行榜的还有德国（8%）、西班牙（8%）和法国（7%），前往西班牙和法国的游客，常常因被扒窃向保险公司提出索赔。被列入旅游最危险国家名单的还有尼泊尔、秘鲁、巴哈马和巴西。

以上列出的全球10个旅游最危险国家我都去过，有些国家我认可，例如巴西、美国；有些国家我并不认可，例如泰国、尼泊尔、秘鲁。我第一次环球旅行时到访过泰国，我觉得泰国人热情友好，国民和善，没有人提醒我在泰国旅行会遭遇抢劫，身处泰国并没有感受到有什么危险。其实，出国旅行涉及危险因素是多方面的，评价角度不同，结果就会不同。

泰国之所以被列为旅游最危险的国家，是因为保险索赔占比最高，而泰国很多出险是由于游客参与各种有危险的海上与陆地游乐项目或者极限运动造成的，如果不参加这些活动，危险因素就会大大降低。同样，尼泊尔登山等许多运动，都属于危险性较大的极限运动，出险率高，自然索赔率就高，不参加这些比较危险的运动自然就会安全。如果不前往那些被公认为比较危险的国家，自然就会减少遭受侵害的风险。所以，环球旅行危险与否在于旅行者如何做出选择，环球旅行安全与否在于旅行者安全意识和采取的相应措施。

其实，在环球旅行中发生危险情况属于小概率事件，我在这么多年的出国旅行中，在行走了120个国家和地区后，才发生唯一一次被抢劫的事情。就算遭遇抢劫，最多是财物遭受损失，歹徒是冲着财而来，而不是冲着游客的性命而来，因此，必要时可以舍财保命，财物乃身外之物。

独自一人进行环球旅行，精神力量和勇敢精神是不可缺少的，同时还应具备安全知识和防范意识。那么，环球旅行究竟会遇到哪些风险或危险呢？哪些会对环球旅行的人产生威胁呢？如何加以防范呢？

（一）环球旅行可能遭遇的风险

在国外旅行风险肯定比在自己家里高，可能遭遇的风险主要包括以下几种：

1. 遭遇抢劫

我认为遭遇抢劫是环球旅行中比较大的风险，直接后果是财物遭受损失，很有可能导致环球旅行无法继续进行，因此，抢劫对旅行者构成比较大的威胁，是防范重点。怎样防范呢？最有效的防范措施是不去那些比较危险的国家或城市，尽量前往比较安全的国家，或者只去比较安全的城市或旅游景区。防范抢劫的有效方式是结伴而行，夜晚不到偏僻的地方溜达，贵重钱物尽量少携带、不外露，尽可能贴身摆放。在不太安全的地方，时刻保持警惕，一旦感觉环境不安全或者察觉有人存在不良企图的时候，赶紧远离，溜之大吉，或者朝人多的地方、有警察的地方转移。

2. 遭遇扒窃

遭遇扒窃不仅会带来财物损失，还有可能影响到环球旅行的行程（如护照、手机被窃）。只不过扒窃相比抢劫犯罪比较容易防范，只要多留神并采取相应措施，就能有效避免财物损失。具体怎么防范，每个人都有各自的办法，有人把钞票贴身隐藏或者分多处存放，就是有效的防盗方法。把贵重物品放入封闭的包内或带锁扣的衣袋里，在旅馆里锁好房门或储物箱，不让财物外露，可以防止盗贼轻易得手，关键是多留神，保持警觉。我在410天的环球旅行途中，从来没有遭遇过扒窃，主要在于我具有一定的防盗意识。

3. 感染疾病

环球旅行途中非常辛苦，生活规律发生变化，身体出现疲惫，对旅行者来说诱发疾病的可能性会增大，对此可以携带相应的药物加以应对。另一方面，环球旅行每天都在兴奋与快乐中度过，我觉得会有利于健康，不一定会生病。我在410天的环球旅行中，除了牙齿不给力外，并没有得病。

特别应该引起注意的是，前往非洲和南美洲等热带和亚热带地区旅行，存在感染传染病的风险，例如，疟疾、黄热病、霍乱、埃博拉、登革热等，一旦感染传染病会非常麻烦，不仅会对身体造成伤害，严重的还会危及生命。2020年全球又出现了新冠肺炎，给出国旅行带来了很大麻烦，期待全球合作抗疫，控制并消除疫情。

避免感染传染病，最有效的方法就是不去疫区国家，但是，非洲和南美洲有着壮美的风景，非常诱人，如果采取一些预防措施，仍然可以放心前往。这些预防措施包括：在旅行前接种防疫疫苗，口服预防药物（防疟疾）等。在疟疾与登革热流行地区旅行，严防蚊虫叮咬是必需的，携带强效的驱蚊剂就足够了，也可以穿着长衣长裤，使用蚊帐、蚊香等加以防护。

4. 极限运动与受伤

参加极限运动能给人带来快乐和刺激，具有很大的诱惑力。我在三次环球旅行中分别参加了南极冰海中游泳，新西兰桥上跳蹦极，玻利维亚著名死亡公路上骑行，埃及卢克索乘坐热气球。这些活动让我有惊无险，为什么这么说？因为在死亡公路骑行中，我在非悬崖路段滑倒，摔了一跤，手脚擦破点皮；乘坐热气球时，吊篮下部刷蹭到高压线。所以说参加极限运动存在一定风险，相对其他运动受伤的可能性比较大。参加极限运动前，要评估自身能否承受运动带来的风险，如果身体可能承受不了，就不要参加，万一造成比较大的伤害，影响到环球旅行的继续进行，那代价就大了。旅途中受点小伤是难免的，准备一些创可贴等外伤处理药品是必不可少的。

5. 遭遇恐怖袭击

遭遇恐怖主义袭击是小概率事件，一般出国旅行极少遇到，因为恐怖袭击极少针对单个的旅行者，特别是穷游的人遭袭的可能性更小。要想确保安全，应该尽量少去人群聚集的地方，远离敏感的教堂、政府或军警部门。

6. 政局动荡与罢工

政局动荡的国家，往往会造成政府管控不力的状态，社会出现混乱，容易诱发犯罪，危险因素上升。游行示威和罢工只要不是针对外国旅客，应该不会有什么危险。只是遇到大规模的罢工可能会影响到交通运输，例如飞机停飞，火车、汽车、轮船停运会给旅客造成很大麻烦，从而影响旅行者的行程。所以在制订环球旅行行程时，应当及时了解旅行目的地国的状况，避免前往政府管控不力的国家或地区，避免前往或尽早离开处于罢工状态下的国家或城市。

7. 遭遇交通事故

在国外租车自驾游是非常好的旅行体验，我曾经有过好几次国外租车自驾经历。国外驾车环境比较好，人们普遍遵守交通规则，文明礼让，比起国内驾车更有安全感。只是国外交通规则和交通标志有所不同，对驾照也有不同要求，而且有些国家是右舵左行，这样对于驾车技术不高的人或缺乏文明驾车习惯的人来说，容易发生交通事故。为了环球旅行能够取得成功，减少潜在危险，建议环球旅行途中尽量不要自驾车。我在三次环球旅行中就没有选择自驾，而且一个人租车很不经济。

环球旅行途中需要搭乘各种交通工具，发生交通事故的可能性是存在的，但这属于小概率事件。我在410天的环球旅行中，总共搭乘飞机117次，搭乘火车41次，搭乘各种船只26次，搭乘各种汽车、摩托车数百次，没有发生过任何交通事故，这足以说明这一点。

8. 遭遇自然灾害

地震、火山爆发、山体滑坡等自然灾害都属于小概率事件，旅行途中遇上一次的可能性非常小。而遭遇台风、暴雨、山洪的可能性相对要大一点，应该具备一些这方面的防范知识，及时了解旅行目的地的天气状况，提前做好躲避自然灾害的准备。台风很容易从天气预报中获知，应该提前避开台风中心经过的地方。长时间的暴雨，会造成水灾，河流泛滥，影响交通和游览，尽量躲避为宜。短时间的大暴雨在山区有可能引起山洪，特别是在峡谷上游降雨将会危及下游人员，所以在峡谷中一旦遇到上游下起暴雨，应立刻准备向高处躲避。夜晚不要在峡谷中靠近溪流的地方宿营，以防夜间暴雨山洪来袭。

（二）降低风险与安全提示

1. 理性看待旅行安全问题

看到以上列出的环球旅行可能遭遇的风险，有些人可能会感慨道：算了吧，别自找麻烦了，还是安心待在国内吧，待在家里最安全。我觉得应该理性看待旅行安全问题，确实待在家里最安全，但美景美食美好感受将与你无缘，人生中的很多快乐将无从享受，人生的意义又在哪里呢？

以上提到的各种风险都是可以有效防范的，就拿较难防范的抢劫来说，劫匪并不想伤害你，他们想要的是财物并不是你的命。其实，只要有所防备遭遇抢劫的可能性是很小的。我们时常可以看到城市里许多骑电动车的人，明目张胆地闯红灯，我觉得天天闯红灯发生事故的可能性远远大于旅行中遭遇抢劫，我们经常看到电动车出交通事故的情形，就说明了这一点。但是，很多人并不畏惧，每天都在重复着这种危险的"试验"。三次环球旅行的经历告诉我：一个人的环球旅行比每天都在闯红灯、每天都在交通违章要安全得多。

如果胆量确实比较小，就怕旅行中出现不测，可以把安全系数取大一点，凡是有危险因素的国家或地区一概不去，凡是有危险的活动一律不参加，努力做好各项防范工作，那么发生危险的可能性就会降到非常低的水平。

每当来到一个陌生的国家或者陌生的城市，查看好地图，判明位置和方向，明确要去的地方，就可以大步走出机场或者车站，而犹豫不决、左顾右盼反而容易引起别人注意。

2. 购买旅行保险

环球旅行中可能还会遇到其他风险，绝大多数属于小概率事件，我们在旅行途中总不能老想着这个风险那个风险，这样会影响到旅行者的心情。但是，万一发生了怎么办？针对这种情况，可以通过购买旅行保险加以解决。

购买旅行保险在有些情况下是必须的，例如申请申根签证时，必须提供旅行保险；参加南极游轮旅游时，必须购买保险。另外，欧美国家的医疗费用普遍昂贵，一旦旅行途中需要就医，没有保险会非常被动。购买了旅游保险，可以使旅行更为踏实和安心，不必时时处处谨小慎微，可以更加放松地享受旅行生活。

所以，环球旅行之前购买旅行保险是必须要做的一件事。我在三次环球旅行中，全部购买了旅行保险。

具体如何购买旅行保险呢？其实非常简单，如同在网上购买一张国际机票那样方便。我每次购买旅行保险时，直接登录携程旅行网，在网上选购就可以。选择适合的保险产品后，进行网上支付，支付成功后电子保单很快就会发送到购买者的电子邮箱里，打印一份路上备用。

比较适合环球旅行的保险产品有：美亚"万国游踪"境外旅行全球计划升级版等，适合境外全球，含所有申根国家，符合申根签证要求，实现无忧旅行。

3. 预防疾病与接种疫苗

年纪较大的人或有基础疾病的人，环球旅行前最好进行相应的体检，根据身体实际状况，制订适合的旅行路线，并采取相应的预防措施，携带一些基本的预防和治疗药品。不要试图到国外购买药品，由于存在语言障碍，会带来许多麻烦。在国外，不要随意服用他人提供的药品，也不要出于热心把携带的药品提供给外国人使用。能够学习一些生存、急救知识与技巧，掌握心肺复苏术那是再好不过。

并不是进行环球旅行的人就一定要接种防疫疫苗，如果不去非洲撒哈拉以南地区和南美洲的热带和亚热带地区，就不需要考虑接种疫苗。欲前往南美、非洲等疫区国家和地区的人员，应在出国前至少提前10天，前往各省市的国际旅行卫生保健（健康）中心，进行黄热病疫苗接种。接种后，领取《疫苗接种或预防措施国际证书》（俗称：黄皮书），出国旅行时应带在身边，以备查验。

2020年一场大规模的新冠肺炎意外爆发，并且很快蔓延到全球，这给旅游业带来了非常大的影响。在没有治疗特效药的情况下，接种疫苗就成为预防的有效手段。现在新冠疫苗已经研制成功并开始大规模接种，接种好以后再出国旅行，一定会令人更放心。其他传染病就不用考虑预防接种了，因为被感染的可能性很小。

4. 遵守当地法律和宗教信仰

出行前要确保已经取得目的地国的入境签证和经停国家的过境签证（落地签、免签国家除外），签证种类与出国目的相符，签证的有效期和停留期与旅行计划一致。

俗话说"十里不同俗"，更何况是前往国外，前往相距万里的异国他乡。如果游客违反了当地的法律法规或民风民俗，轻则遭受当地人的不满，重则可能遭受处罚。因此，出国前应事先了解目的地国的法律法规、宗教信仰和风俗习惯。

遵守当地的法律法规，是体现中国人应有的基本素质的需要，尊重当地宗教信仰和民族习惯，可以避免误会的发生，避免产生不必要的麻烦。

基督教和天主教教堂一般都可以进入参观，而进入伊斯兰教等宗教场所应获得允许，避免因言行举止不当引发纠纷。尊重当地饮食习俗，在伊斯兰国家，斋戒时段内，非穆斯林不得在公共场所或穆斯林面前饮水、进食或吸烟，不向穆斯林提供可现场食用的食品和饮料，不要询问穆斯林有关斋戒或发表不当言论，违反者可能会受到惩处。斋月期间，穆斯林司机白天禁食禁水，易疲劳，如租车或包车请尽量避免长时间乘车旅行，以免发生交通意外。

5. 了解应急联系方式

制订环球旅行行程时，可先登录外交部网站（http：//www.fmprc.gov.cn/）和中国领事服务网（http：//cs.mfa.gov.cn/），以及欲前往目的地国驻华使馆网站,了解领事保护信息,查询并保存旅行目的地的中国使领馆联系方式,相关旅行提醒、警告等海外安全信息。熟记外交部全球领事保护与服务应急热线号码+8610-12308或者+8610-59913991。

建议留存护照信息页和签证页的复印件,准备备用护照照片,如遇护照丢失,应立刻报警并尽快前往最近的使领馆补办。

为了保险起见,在出国旅行前可通过中国领事服务网(http://ocnr.mfa.gov.cn/expa/)进行公民登记,以便出现紧急情况时,使领馆能及时与登记相关人员取得联系。此外,也可以主动与使领馆有关部门保持联系,及时获取最新安全信息。

6. 避免携带违禁物品

根据旅行目的地国海关在食品、动植物制品、外汇等方面入境限制要求,不要携带国际禁运物品、受保护动植物制品及目的地国禁止携带的其他物品出入境,切勿为陌生人携带行李或物品,以免惹来大麻烦,甚至有可能坐牢。

许多国家对药品入境有严格规定,为了减少不必要的麻烦,出国前应了解有关国家的海关规定,在允许的范围内选择所携药品的品种和数量。如因治疗自身疾病必须携带某些药品时,应请医生开具处方,并备齐药品的外文说明书和购药发票。

7. 携带与保管钱财

中国几乎直接从货币时代跨越信用卡,进入无现金社会。不过这只是在中国,到了国外,虽然已经有一些国家可以使用支付宝或者微信支付,但普及程度还远远不够。对于环球旅行来说,不要指望手机移动支付,应该在出国旅行时,携带信用卡和足够的现金。

在国外,即使是信用卡也仅限于发达国家、旅游国家或发展中国家的大城市,在欠发达国家特别是非洲大部分国家很少能够使用信用卡,大多数情况下需要使用现金支付。另外,在网上交易时,申请签证时,预订住宿时都需要使用信用卡。所以,没有信用卡是很难完成环球旅行的。

现在申办一张信用卡比以前方便多了，为了安全起见，确保用卡不出现问题，可以考虑办理两张信用卡，我就是带着两张信用卡，一张VISA卡，一张万事达卡。如果现金带得足够多，也可以只申请一张信用卡。

出国携带现金一般都是提前到银行将人民币兑换成美元或者欧元，虽然人民币正在走向国际化，但目前在世界范围内远不如美元广泛，美元兑换成当地货币比较方便，有些国家可以直接使用美元。另外，美元比较值钱，携带起来比人民币方便。

携带现金数量一定要恰当，如果太多，一是不安全，二是有些国家对携带现金出入境有所限制，一定要事先搞清楚。如携带有过量现金，应按规定向入境国海关申报，否则可能会遇到麻烦。

为了避免携带大量现金，最好在出发前买好环球旅行中所有机票，这样就已经支付了环球旅行40%左右的费用，剩下的花费尽可能使用信用卡或手机移动支付，如此，现金携带量以不超过总费用的一半为宜。如果预计环球旅行总费用为5万元，那么只需携带2.5万元现金，也就是4000美元就够了。这样既能保证使用，又不至于超过有些国家对携带现金的限制。同时可以携带一些人民币，有些国家可以用人民币兑换。万一现金不够，可以在国外通过信用卡取现。总之，环球旅行要确保能够用各种支付方式进行消费。

在消费时，能使用手机移动支付就不用信用卡，能使用信用卡就不要用现金，毕竟现金能够代替前两种进行支付。但是，现金好用却不安全，使用时注意不能"露富"，携带钞票应当分别存放，避免被窃贼"一锅端"。另外，准备一些美元零钞，方便使用。独自外出时，为确保安全，建议随身携带20美金的保命钱。

8. 不要随意拍照

一般来说，游客来到旅游目的地国，在景区内拍照是非常正常的事情，即使在城市或乡村随便走走转转，到处拍照也没有什么问题。但是，在标有禁止拍照的地方，不要视而不见，小心照相器材被没收或被强制删除照片。

　　另外，在国外有些场合随意拍照，可能会有不同结果，比如在巴西，你对着政府机构，甚至军舰拍照都不会有问题。因为在南美洲基本上没有战争和恐怖袭击威胁，所以南美洲国家对一些重要目标并不在意。如果处于恐怖主义威胁或战争影响的国家，这些目标就不能随意拍照，拍照前先看看是否允许，不要自找麻烦。

　　在巴西和加勒比地区有许多黑种人，如果给他们拍照，可能多数人比较乐意或者并不反感。但是，在非洲不宜随意给黑种人拍照，因为对方可能会不快。非洲的黑种人（成人）一般不愿意被别人拍照，想要拍照最好事先征得人家同意。

　　9. 不要随意搭车

　　不要随意搭车，即使想搭便车，也不要乘坐别人主动找上来的车。租车也一样，应该你去选车选司机，不要让别人找上你。不要将证件、钱包等重要物品放在易被利器划开的塑料袋中。不要在街上捡拾遗落物品，以防被敲诈。如遇警察查验护照等证件，应先请他出示证件，小心遇上假警察。

　　10. 遇到险情及时报警求助

　　万一遇到抢劫、失窃等紧急情形，应当冷静对待，以自身安全为重，不要激怒歹徒，财产损失是小事。如人身安全或财物受到侵害，应立即向当地警方报案，并请警方出具报警证明，以便日后办理保险理赔、证件补发等手续。

四、环球旅行经验谈

环球旅行是个技术活，需要具备与旅行相关的知识和能力，出发前需要做好各个方面的准备。为了使有环球旅行梦想的人能够圆梦，我把三次环球旅行的经验在此分享，希望有更多的中国人能够顺利完成环球旅行，成就一件属于自己的大事。

（一）如何获取旅行信息

当今是信息时代，环球旅行自然离不开各种信息的支持，可以这样说：掌握各种旅行信息，便可自主走遍天下；没有相关信息支持，将会令人寸步难行。比如，环球旅行考虑前往哪些国家、哪些国家需要提前申请签证、怎样办理签证、在哪里买机票又方便又便宜、每个目的地国家有哪些是自己想去的景点、怎样才能到达这些景点、当地的民俗民风如何、如何找到便宜的旅馆、如何确定自己的方位，等等。这些问题都需要各种信息的支持。下面谈谈获取各种旅行信息的途径。

1. 获取信息的途径

获取旅行信息的途径包括：传统方式和网络方式。传统方式主要通过书籍、报纸、杂志、地图、广告、旅游介绍资料等纸质载体获取信息，其次还包括来自旅行社、熟人介绍、咨询等方面获取的信息。网络方式是借助互联网（移动互联网），通过智能电子设备（电脑、平板电脑、智能手机等）获取信息。

不管是传统方式还是网络方式，都能有效获取旅行信息，只是各有各的特点，各有各的不足，综合利用不同方式和途径广泛获取信息，才是最有效、最可取的。

现在，依靠网络获取信息的方式，已经变得越来越重要，因为通过上网可以很方便地查询各种信息，几乎涵盖了所有方面，可以说只有不会搜索、不会查询，没有找不到的内容；只有看不过来或者看不懂，没有显示不出来的内容。而且网络方式体现出高科技和人工智能的特点，为旅行者提供了很大的方便。例如，自动定位、导航、即时信息等。由于网络方式具有独特的优点，有点取代传统方式的趋势，但我觉得还是尽可能多方面获取信息，相辅相成来得更好，毕竟外出旅行时会遇到没有网络的情况，手机损坏、遗失或没有电的时候。

2. 出发前获取信息

出发前搜寻与获取信息是环球旅行的前奏，是进行准备和制订总体行程的需要。这里介绍一本书，就是被称之为"自助游宝典"的《孤独星球》（Lonely Planet）。《孤独星球》属于旅行指南系列丛书，以各大洲、世界上主要国家或地区等不同目的地出版发行。这套丛书是第一个针对背包客而撰写的旅行系列书籍，深受背包客及经济旅游者的推崇。我出国时，经常可以看到各国旅行者携带着这本书，在全球旅行者心目中，该书被视为不可替代的"旅行圣经"，是普及度最高的自助游丛书。

该丛书被自助游爱好者昵称为LP，其最大特点是覆盖面广，甚至包含南极洲，对世界上每个国家都有翔实的介绍，尤其是一些旅行社线路覆盖不到的景观，LP都能提供相关的出游攻略。LP以通俗的语言，全面、详细、真实、客观地对旅行目的地涉及的各种交通方式、食宿服务以及旅游景点等，进行全方位介绍，信息量非常大。只是这本书文字多图片少，字体密集，看起来有点吃力。而且比较厚重，像一块小砖头。如果正在阅读的是一本5年前出版的书，有些吃住行游等方面信息多少会有一些变化，也就是要注意时效性。

对于环球旅行来说，需要前往数个大洲的许多国家，将涉及一摞LP，一起带上实在是不方便，好在现在《孤独星球》出了《世界》一书，收录了世界上各大洲的资讯，只是这本书很厚实，每个国家不可能介绍得很详细。我在环球旅行时，一本LP也没带，都是提前在家阅读，吸取有用的资讯。如果需要一些信息，我会把相关页复印下来，带上几页纸，或者用手机拍下来，连纸都省了。

通过网络方式获取旅行信息，现在已经成为主要方式，因为这种方式太方便了，只要有网络、有电脑、有手机，就可以非常便捷地搜寻到想要的各方面的信息，而且可以方便地保存，可以便捷地传送给别人或接收他人的信息，也可以打印到纸上随时查看。

从网络上获取旅行信息，主要是通过一些门户网站和专业旅游网站，这些网站有国内的也有国外的，非常繁多，有点令人应接不暇。那么哪些网站能够帮助我们获得所需的信息呢？哪些网站更适合自助旅行者呢？下面将相关网站大致分为五类，并进行简单介绍。

第一类：各国旅游局官网、各国驻华使馆官网，以及各省市旅游机构官网。例如，中国旅游网、新加坡旅游局官网、韩国驻华大使馆官网、北京旅游网等。这类网站提供来自官方的旅游、签证等各种信息，一般不提供与旅行相关的商务信息与服务。

第二类：综合门户网站中的旅游频道。例如，新浪、搜狐、网易、人民网、新华网等。这些网站提供综合旅游信息平台，能够提供及时的、权威的行业新闻、照片、视频、游记等旅游信息。

第三类：传统旅行社、旅游企业所属网站。例如，中青旅遨游网、春秋旅行社官网、趣旅网、芒果网等。这些网站将以往旅游企业的业务搬到网上，提供线上旅游信息和旅游产品销售服务，主要针对跟团游以及自由行等旅游业务。

第四类：旅游中介服务网站。例如，携程旅行网、去哪儿网、途牛旅游网、同程旅行网、飞猪旅行网、驴妈妈旅游网等。这些网站提供与旅游相关的在线服务平台，以旅游电子商务为主要经营模式。这些网站是自助游爱好者重点关注和使用的网站，各具特色。

携程网。携程隶属于携程国际有限公司，是国内知名旅游集团，也是中国十大互联网巨头之一，其主要的业务包括大型机票预订、酒店预订、旅游度假等一站式旅行服务。作为中间服务提供者，将旅客和旅游地顺利连接，给旅客带来了便利，也给旅游企业带来收益。虽然类似旅游企业众多，携程以完善的服务保障体系一直处于领先地位。

去哪儿网。去哪儿作为国内知名在线旅游平台之一，坚持"科技改变人们的旅行方式"的理念。去哪儿网利用智能搜索和大数据，为旅行者提供个性化的服务和全方位的旅游信息，通过比较、选择和提前预算，旅行者可以选择最佳的行程。

途牛网。途牛是国内知名在线休闲旅游预订平台，可以为消费者提供跟团游和自助游等打包旅游产品，尤其是团体旅游的首选品牌。另外，还有丰富的机票、酒店、签证、邮轮、用车、门票等单项旅游产品服务。

同程网。同程旅行是国内在线旅行行业的创新和领先者，业务包含票务预订、在线住宿预订、景点门票预订，及多个出行场景的增值服务。同程旅行的服务对象更加注重于年轻、个性、时尚的消费群体，提供个性化的旅行服务。

飞猪网。飞猪隶属于阿里巴巴集团控股有限公司，是一个综合性旅游出行网络交易服务平台（原为阿里旅行），主要的业务是为用户提供车票、酒店预订、旅游路线等服务。它的服务对象主要定位于年轻人，提供的服务范围以境外旅游为主。

驴妈妈网。驴妈妈隶属于上海景域文化传播股份有限公司，是一个自助游资讯及预订平台，是中国景区门票在线预订模式的开创者，是白领喜爱的旅游品牌、也是自助游领军品牌。主要提供的服务有景区门票、度假酒店、周边游、定制游、国内游、出境游等预订服务。

　　第五类：旅游社区网站，如穷游网、马蜂窝旅游网、猫途鹰（英文名Tripadvisor）、大众点评网等。这些网站为自助游爱好者提供网上交流与咨询的平台，提供旅游参与者海量游记、攻略、问答、点评等信息。这些网站是自助游爱好者经常使用和获取信息的平台，分别具有各自特点。

　　穷游网。穷游网诞生在德国汉堡一个中国留学生宿舍里。开始时旅欧学生在这个平台上分享自己的旅行经验，很快就有了几万用户，2008年以后，穷游网的国内用户已经超过海外用户，而且不断地增加。穷游网意在倡导以经济旅游方式游遍各方。穷游网为喜欢自助游的旅行者，提供专业、实用、全面的旅行指南和旅行游记、攻略等大量出境游方面的信息，帮助中国旅行者以自己的视角和方式探索世界。

　　马蜂窝。中国旅游社交平台，该平台提供"内容+交易"的模式，吸引了许多年轻人，让复杂的旅游变得简单而高效。作为新型旅游电商平台，提供全球众多旅游目的地的交通、酒店、景点、餐饮、用车、当地玩乐等信息和产品预订服务。马蜂窝实时的旅游攻略、游记、旅游点评、旅游问答等旅游资讯，以及免费提供世界各地精彩的旅游攻略路书和攻略下载，为自助旅游者提供了大量实用信息。

　　猫途鹰。全球最大的旅游网站，全球知名的旅行者社区，汇聚来自全球旅行者的2亿条真实点评，覆盖超过190个国家的酒店、餐厅和景点，还有丰富的攻略、指南和推荐，帮助旅行者规划和预订行程。该网站积极与中国旅游平台、旅游目的地建立合作关系，从而为旅游者提供完善的服务。如果英语好的话，可以进入英文网站，看看许多老外在上面的分享，因为很多国外小众景点中文网站获取的信息可能比较有限。

　　大众点评网。中国领先的本地生活信息和交易平台，也是全球最早建立的独立第三方消费点评网站，为用户提供商户信息、消费点评及消费优惠等信息服务，它的海外信息也越来越详细，成为中国人旅游消费重要的参考依据。

在环球旅行准备阶段，利用《孤独星球》丛书等传统方式和网络方式中的各种搜索查询功能，在出发前尽可能多地了解目的地国的国家概况、历史地理、气候情况、风俗禁忌、风景名胜、交通住宿、治安状况、饮食特点等各方面的信息，做好相应准备，并汇集对自己有用的资讯，保存在电脑或手机里，也可以打印出来带在身上，随时拿出来查看。

3. 旅途中获取信息

环球旅行途中可以带上《孤独星球》系列丛书，也可以带上之前准备好的各种信息资料，一路上随时查看。但是，作为环球旅行这是远远不够的，一路上还应该通过传统和网络方式，随时随地获取各种信息。

说到传统方式，当抵达国外机场，如果是旅游国家，机场内一定有旅游信息中心、旅行社咨询服务机构、旅游公司实体商店等，一般有许多免费介绍当地旅游信息的资料和旅游地图。索取自己需要的资料或城市地图，可以及时获取当地吃住行游的特色信息，也可以依靠地图方便游玩。在城市中心或主要旅游景点，也会有旅游服务点，可以随时咨询当地服务人员，获取信息。

如果外语水平比较高（或借助翻译机），可以随时随地询问当地人，包括：旅游服务人员、司机、旅馆工作人员、路人等，一般都会遇到热心人，都会获得有用的信息和帮助。

如果入住青年旅馆，能够遇到许多自助游的人，可以相互交流旅行信息和各种体验，可以临时结伴一同出游，一起分享信息，相互学习旅行经验。

现在，智能手机已经成为人们获取信息的主要工具，旅行途中依靠网络方式获取信息成为主要方式。随着移动互联网和智能手机的普及，几乎所有的旅游网站都推出手机版，用户只需在智能手机上安装相应网站的APP，就能随时随地便捷地登录各旅游网站。这种以移动互联网和智能手机所构成的传媒形式，给旅行者带来非常大的便利。

10年前有过自助旅行经历的人，谁也想不到今天借助智能手机使出行变得相当简单，这种以"传统出行+互联网"的方式，用一个手机就可以在旅途中获取各种旅行信息，吃住行游都能得到帮助，这种便利的背后是一个个旅游网站给予我们的支持。

在国内旅行时，打开手机中的高德地图（或百度地图），旅行者附近吃喝行住游购等各种信息都能显示出来，就连当时是否开门营业的信息都能显示。在国外旅行时，手机上安装谷歌地图APP后，同样能够获取相关信息，只是国外没有国内来得方便。

4. 在国外如何上网

智能手机已经成为旅行者在国外旅行时获取信息的主要入口，因此，当需要的时候，应该具备及时上网能力。下面介绍6种可能的上网方式。

（1）开通手机国际漫游

这种方式仍然使用国内的手机卡，通过开通国际漫游，打开手机的国际数据漫游功能，提前购买境外流量包或漫游套餐，不用更换手机号码很方便。到达国外时，手机就可以像在国内一样上网了，流量在出国使用时才开始生效。不过这种上网方式不够经济，有可能需要支付一笔不菲的流量费，具体情况可向手机运营商咨询。

为了响应"一带一路"国家战略，满足中国公民前往"一带一路"沿线国家旅行时境外漫游需要，中国移动、中国联通和中国电信三大运营商，面向亚洲、欧洲等"一带一路"沿线国家，分别推出"一带一路多国流量包"，实现跨洲畅享流量优惠。如果购买"一带一路"多国流量包，也许能够较好解决在欧亚两大洲旅行的上网问题。

（2）购买当地手机卡

来到目的地国家，一下飞机立刻在机场办理当地手机卡，不失为一种好的境外上网方式。有了国外的手机卡，既可打电话，也有流量可以上网，甚至许多套餐打电话、发短信免费，可以不限流量上网，经济实惠。但是购买当地手机卡有利也有弊,如果只去一个国家还好,环球旅行要去许多国家,每到一个国家购买一个手机卡,显得比较麻烦。如果使用的是非双卡双待手机,可能会面临一些问题。例如,换了国外手机卡,就会处于与亲戚朋友"失联"的状态;在交易或登录一些网站的时,会因收不到短信验证码而带来麻烦。因此,要考虑配备双卡双待手机或者携带两个手机。

如果语言交流有障碍,同时为了提前做好准备工作,可以在出国前在淘宝网上买好各个目的地国家的手机卡,这样入境时会轻松一些。

(3)租个随身Wi-Fi

随身Wi-Fi就是一个将2G、3G、4G网络连接并转换成Wi-Fi信号的小设备,具有小巧便携的特点。一般来说提供的信号稳定,速度快,不限流量,经济实惠,并且能够实现多人共享,最多支持5台无线设备同时接入。例如,笔记本电脑、iPad、手机、翻译机等。随身Wi-Fi分不同国家使用,一般覆盖目的地国家全境,作为环球旅行宜选用全球通用或多地通用型。

一般可在各旅游平台租用,如携程网、途牛网、飞猪网等,也可在淘宝网上租用。租个随身Wi-Fi非常方便,可以直接在网上租,出发时在机场服务台领取或邮寄到家,也可以直接在机场柜台租用。

(4)使用翻译机上网

科大讯飞翻译机具有全球联网功能,其全球上网流量卡支持118个国家和地区,也就是说这款翻译机还能充当随身Wi-Fi,可将网络共享给手机及电脑使用。如果打算购买该款翻译机,配上全球流量卡,就能同时解决翻译与上网问题,一举两得。

百度翻译机集翻译和Wi-Fi两项功能于一身,无须SIM卡。该翻译机自带全球80多个国家的移动数据流量,开机后便可自动连接当地网络,同时提供Wi-Fi热点,让手机、电脑等上网更加方便。

需要提醒的是,利用翻译机上网所需的流量费用需要自己支付,具体流量费是多少需要咨询商家。

（5）使用手机"全球上网"功能

手机生产商为了解决用户在境外的上网问题，在手机内安装了全球上网APP，下面分别介绍华为和小米手机的此项功能。

"华为天际通"是华为手机用户专享的境外上网APP，为用户提供全球上网服务，无须购买当地手机卡，即可实现全球80多个国家和地区的上网，即买即用。华为天际通目前支持中国大陆发货的部分华为/荣耀手机，具体支持哪些型号请咨询华为客服。天际通全球流量与用户的手机卡没有关系，使用天际通全球流量服务时，手机卡流量会被禁用。全球上网资费比三大运营商的海外漫游资费便宜许多，同时还可以一键免费连接全球各大免费热点，真正实现"一个APP全球上网"。

具体操作首先在华为手机里面找到"天际通"图标，进入后点开"全球流量"进行预订或者到达目的地后购买，如果是不太熟悉智能手机的老年人，可以在出境之前让家人帮忙预订流量。手机天际通开启后可以保留国内SIM卡的语音/短信功能，避免国内电话和短信的漏接，随时和国内保持联系。

"小米全球上网"是小米手机里自带的一个小程序，即"全球上网"APP，它创建一个虚拟的SIM卡，并通过小米和国外移动运营商签署的协议，为这张虚拟卡提供移动数据服务，目前支持世界上68个国家和地区的上网服务。这比起普通流量包要便宜，涵盖的国家和地区比较多。小米全球上网所提供的流量服务，与用户原有的手机卡无关，可以随时购买随时启用。到达目的地后，只需按一下"全球上网"键，就可启用流量服务。

（6）充分利用免费Wi-Fi

在欧美等发达国家的城市里，到处覆盖着由政府或大公司提供的免费Wi-Fi供居民使用。许多旅游比较发达的国家，在一些公共场所，例如机场、火车站、汽车站、大型商场、餐馆、咖啡厅等，一般都有免费Wi-Fi。大多数旅馆、酒店或青年旅馆都已经将免费Wi-Fi作为标配。因此，出国旅行充分利用免费Wi-Fi，成为一种既省钱又方便的上网方式。但是，国外能够提供免费上网的场所毕竟是有限的，特别是偏僻的乡村、国家公园等区域，有的连网络都没有，并不是想"蹭网"就能蹭到的。即使能够免费上网，网速也可能很慢，许多发展中国家几乎无网可蹭。在一些贫穷的非洲国家，很多地方想花钱上网都找不到地方。所以，免费Wi-Fi不一定可靠，有的时候上网很爽，有的时候网速可能非常慢，无法满足需求。

顺便提醒一下，不要随便连接陌生的免费Wi-Fi，因为有些不法分子会借机窃取你的私人信息，如果手机或电脑里搜索到不知来路的Wi-Fi，尽量不要碰。

以上提到的6种境外上网方式各有利弊，环球旅行者可以根据自身情况做出选择和进行相应准备，可以几种方式并用，力求方便、省钱、管用。

我在第一次环球旅行时，没有手机可用（被抢走），携带的笔记本电脑只是在旅馆里利用免费Wi-Fi上网；第二次和第三次环球旅行时，我携带的手机开通了国际漫游，但关闭了国际数据漫游，保留手机通话和接发短信功能。旅途中遇到有免费Wi-Fi的地方，以及入住旅馆的时候，我都是使用免费Wi-Fi上网，遇到没有免费Wi-Fi的地方，全靠自己的经验，这就是我在环球旅行时所采取的上网方式。

（二）以背包客精神去环球

背包客（Backpacker），就是背着背包进行长途自助旅行的人，他们一般不会使用拉杆箱装行李，而是负重在身，因为背包客喜欢徒步、登山、探险、露营等各种户外活动，使用拉杆箱实在不便。背包客提倡经济旅行方式，以尽可能少的花费，到达尽可能远的地方旅行，看别人难以看到的风景，体验丰富多彩的旅行生活，满足体验自然和不同文化以及冒险的心理需求。

背包客精神可以概括为：以独立自主、自助的方式去旅行，自由自在地不依赖别人，以经济旅行为主，既注重节约也会尝试挥霍一把，具有一定的冒险精神，承受旅途的艰辛，享受旅行的快乐。

谁都愿意参加高端豪华旅行团进行环球旅行，但是那需要支付高昂的费用，作为普通人难以承受。所以，还是现实一点，我建议以背包客精神去环球旅行，这是最经济、最自由、最快乐的方式，只是需要具备一定的能力，需要一点吃苦精神和勇气。

背包客就不能带拉杆箱吗？当然可以带，在平整的地面上推着拉杆箱非常省力。可是很多时候道路并不平坦，特别是在用块石铺装的道路上或土路上行走的时候，需要用力拖拽拉杆箱，在频繁的颠簸下，万一拉杆箱的轮子坏了可就麻烦了。如果因为拉杆箱动不动就打出租车，这与背包客精神有点相悖。所以，我推荐参加环球旅行的人最好携带背包，不要带拉杆箱。

以背包客精神去环球，要求旅行者充分发挥出自身的潜能，脑力与体力要全部调动起来，做好各项准备工作。这些准备工作包括：自己查询各种信息，自己制订旅行计划，自己办理签证，自己预订机票、住宿，自己购买保险，自己准备行李等。相关的事项又多又繁杂，需要花费不少时间和精力。

不要有畏难情绪，只要不断学习和努力，再多的困难也能克服。其实，准备的过程也是一次学习与享受的过程，要想成就一件大事，完成一项壮举，就得从每一个环节做起，当你完成环球旅行以后，一定会有深深的成就感。

（三）尽量做到轻装简行

为了满足环球旅行的需要，可以尽可能多地携带用得着的东西，一路上使用起来会很方便。但是，这样会带来一个问题，就是东西太多需要容量很大的背包，而且装满物品的背包不但体积大而且非常沉重，给旅行带来非常大的不便。如果是年轻力壮的人，还可以应付，作为一个60岁左右的人，背负沉重的背包，难以连续行走，成为旅行中一个很大的负担。如何解决这个问题呢？有两种可行的办法：一是将背包换成拉杆箱，到达一个地方先打车前往酒店，然后再出去游玩，改变一下旅行方式；二是尽量减少携带的东西，做到轻装简行去旅行。

将背包换成拉杆箱可以有效解决身体负重的问题，使行走变得轻松起来。但是，必须在平整的地面上行走，如果遇到阶梯道路、凹凸不平的路面、拉杆箱无法拖行的道路时，使用拉杆箱并不省力。所以，拉杆箱只适合在城市街道上使用，无法适应乡村野外。另外，每当到达一个地方，首先需要前往住地放下沉重的箱子。如果拖着箱子临时寻找住的地方，非常不便，如果打车寻找或者求助司机，这样会降低自主性，反而比较麻烦。只有尽量减负，做到轻装简行，才是比较可行的办法。所以，环球旅行携带哪些物品是有讲究的，需要精心准备。

根据我的经验，如果减负做得好，可以减少一半以上的重量。轻装简行去环球旅行究竟有哪些好处呢？

1. 节省体力

这一点对于60岁以上体力下降的人来说很有意义，轻装可以让旅行变得更加轻松和愉快，如果看到沉重的背包就发愁，没走多远就想放下背包休息，这样的环球旅行还怎样继续下去呢？

2. 节省时间

航空公司对不符合规定的随身行李要求托运，不能作为随身行李带上飞机。这样只要是搭乘飞机，就要提前排队办理行李托运手续。如果只携带随身行李，就可以在网上值机或自助值机，那就没必要排长队办理行李托运了，直接可以去安检，连一句话都不用说。另外，到达目的地后，也不需要到机场传送带上等候拿行李，可以直接离开机场。

再就是每天整理行李，然后装入背包，需要花费一定时间，随行物品少，自然花费的时间就少，整个旅程能节约不少时间。

3. 节省费用

航空公司对不符合规定的随身行李或托运超重行李，会按规定收取费用。对额外的托运行李，各家航空公司有不同的收费标准，而且对超重的行李收费越来越贵，廉价航空公司更是如此。曾经一位旅客乘坐飞机，托运行李超重，工作人员友好地建议走快递，旅客大手一挥说不用，最后发现托运费快赶上机票了。

4. 省心省事

有时托运行李会出现丢失或者不能与旅客同时到达的情况，甚至还会出现物品被盗的情况。只携带随身行李，就能大大减少行李丢失的可能，也不用担心行李在中转换乘时，出现损坏、被盗、延误等问题。

另外，身背比较轻便的背包可以搭乘摩的，可以骑共享单车，如果是旅行箱或者是大背包可就没那么方便了。

（四）环球旅行携带的物品

环球旅行应该携带哪些物品呢？我根据旅行经验进行简单分类，并列在表格中，仅供参考。环球旅行中我只携带其中的部分物品。

环球旅行携带物品一览表

类别	物品	说明
证件	身份证	国内段旅行时要用到。
	护照、签证	护照有效期在半年以上，签证在有效期内使用。
	黄皮书	赴非洲撒哈拉以南和南美洲等地区需要携带。
	驾照、驾照公证书	准备自驾车需携带。
	护照备用照片	两张。
	边境通行证	如果需要请办理。

类别	物品	说明
钱币	人民币现金	有些国家可以兑换使用。
	外币现金	美元、欧元或者当地货币。
	信用卡	最好有两张卡，一张 VISA 卡，一张万事达卡。
	支付宝、微信支付	有些国家可以使用。
票据	机票	电子机票最好打印出来，方便入境。
	火车票、汽车票	电子客票最好打印出来，方便旅行。
	船票	电子客票最好打印出来，方便旅行。
	住宿预订单	打印出来，方便入境和联系。
	租车预订单	打印出来，便于办理手续。
	保险单	打印出来，备用。
资料	旅行计划（行程单）	打印出来，方便使用。
	旅行信息收集资料	打印出来，随时查询。
	地图	地图册或网上打印地图。
	旅行书籍	《孤独星球》或其他旅行指南。
	记事本	记录旅行信息，临时信息交流。
电子产品	相机、镜头、三脚架、储存卡	根据需要携带。
	手机、耳机、自拍杆	如果不带相机，可以带两个手机。
	笔记本电脑、平板电脑	用于查询信息、写游记、保存照片等。
	U 盘	保存所有旅行信息。
	翻译机	可选择科大讯飞或百度翻译机。
	充电器	电子产品配套充电。
	充电宝（移动电源）	容量 20 000 毫安以下可带上飞机，3C 认证产品。
	随身 Wi-Fi	全球通用或多地通用型。
	转换插头	全球通用或符合目的地国标准。
	旅行多功能手表	具有时间、海拔、指南针、防水等功能。
	数据线	相机、手机连接电脑备份照片。

续表

类别	物品	说明
穿着物	羽绒服一件	应对严寒，不穿时可以压缩成小体积。
	毛线帽、防风脖套、手套	应对严寒，方便装入包内不占空间。
	速干外衣裤一套	轻便舒适方便户外活动。
	内衣裤一套	贴身保暖，有暖气的地方可以洗后烘干。
	户外长袖速干衣一件	抵御烈日暴晒。
	短袖 T 恤一件	没有烈日时穿着。
	短内裤两件	万一不够穿，可以临时购买。
	泳裤一件	喜欢游泳的人携带。
	厚袜两双、薄袜若干双	满足春夏秋冬各季需要。
	沙滩凉拖两用鞋一双	如 Crocs 洞洞鞋。
防护用品	眼镜、太阳镜	便携式，不易破碎。
	消毒纸巾、餐巾纸、卫生纸	不要带很多，路上可以补充。
	太阳帽	帽檐尽可能大一些，可折叠摆放。
	防晒霜	建议选择 SPF50 或以上的产品。
	塑料轻薄雨衣	一次性塑料雨衣或雨披。
	口罩	N95 或普通医用口罩若干。
	护肤用品	尽量用塑料盒包装，玻璃包装盒增加重量。
	驱蚊剂	少量携带。
药品	消炎药	
	速效救心丸	
	藿香正气水	
	创可贴	
	晕船药	
	云南白药胶囊	
	风油精	
	板蓝根颗粒	
	蛇药	
	预防高原反应药	前往 3000 米以上高原考虑携带。

类别	物品	说明
洗漱用品	旅行户外速干毛巾	尽可能小一点。
	牙刷、牙膏	牙膏用多少带多少，带多了增加重量。
	香皂、肥皂	用多少带多少，带整块增加重量。
	塑料刮胡刀	一次性刮胡刀。
	小指甲钳	越小越轻便越好。
	塑料小梳子	一次性梳子。
常用品	户外双肩背包	45L 至 50L 容量为宜。
	户外便携小包	轻松出游时使用。
	保温水杯	或塑料饮料瓶，这样会更轻。
	签字笔、便签	旅行中随时记录或随时写地名。
	小锁	入住青年旅馆锁储物箱。
	小勺	用餐、吃水果。

以上列表中没有小刀，没有帐篷、睡袋、防潮垫，没有登山鞋等物品。因为带上飞机的随身行李中，不能有小刀这种物品，而帐篷、睡袋、防潮垫是配套使用的户外用品，要带一起带，这样体积会比较大，不可能作为随身行李带上飞机。如果很少露营的话，就不用考虑携带这些户外用品。登山鞋体积大，而且比较重，除非一直穿在脚上，如果放入背包太占空间，我看到有的老外把登山鞋用鞋带吊在背包的外面，不穿的时候显得太累赘。如果不经常爬山，就别带了，将就将就吧。

（五）如何减轻行李重量

我一直崇尚轻装出行，能简就简，能舍就舍，尽可能少地携带旅行物品。我喜欢背上双肩包出行，喜欢做一个背包客，喜欢腾出双手，从来不带拉杆箱。搭乘飞机时，只要有可能，我会尽量搭乘廉价航班，所以我在环球旅行时，随身携带行李的体积和重量以廉价航空公司的要求为标准。由于我的背包体积和重量不大，而且只有一个，所以都是以随身行李带上飞机，从不托运，省了不少事。

廉价航空公司虽然机票非常便宜，但对行李重量这方面卡的比较严，对随身行李有比较严格的要求，超标的话需要另外付费，其实这是廉价航空的盈利方式之一，有的公司只要是旅行箱就要托运。"亚洲航空"随身免费行李标准为：7公斤，尺寸：56cm×36cm×23cm。我出行的时候，为了方便搭乘廉价航班或其他航空公司航班，我基本上按照这个标准控制我的行李。我只携带一个随身行李，也就是一个双肩背包，我的背包不算大，大约40升，我用包的容量来控制携带的物品，能装多少就带多少，同时控制背包的重量在7.5公斤以内。

根据航空公司对随身行李的限制要求（重量7公斤，尺寸56cm×36cm×23cm），如果想要做到随身行李不托运那是非常困难的，很容易重量超标或体积过大。这就要求根据自身情况做出取舍，精心准备，严格控制重量和体积，换取轻装出行。

外出旅行我一直喜欢轻装上阵，即使是环球旅行也是如此。在第二次历时半年的环球旅行中，我的全部行李只有一个背包，总重量7.5公斤。从38度高温的阿联酋，到零下17度的阿拉斯加北极圈以内，都可以应付。由于轻装，使我出发的时候做到了环球旅行从共享单车开始。

我是如何达到这一标准的呢？下面谈谈我的减负经验，这里只是经验介绍，仅供参考，因为许多人难以适应如此"简陋"的行李，至少对女士不适用。

我的经验是：只带必要的物品，尽可能一物多用，能将就就将就，尽可能携带一次性塑料用品，质地轻，好补充。具体从以下三个方面控制行李重量和体积：

1. 电子产品是减重的重点

在《环球旅行携带物品一览表》中，电子产品是最重的一类物品，成为减重的重点，应该努力做好取舍。

作为摄影爱好者，进行一次环球旅行，一定会带上单反相机（微单相机），这是一种情怀，因为使用单反相机进行拍摄真是太方便，功能十分强大，非常过瘾。只是单反相机有一个最大的缺点，那就是太重。一套摄影器材（包括相机、各种镜头、三脚架、摄影包等）全部重量基本上就能达到7公斤。单反相机可以说拍照的时候全是优点，携带的时候全是缺点。怎样解决这个问题呢？我的经验是：只携带体积小巧、重量较轻的入门级单反（镜头换成大变焦比变焦镜头），这样既可满足单反情怀，重量和体积又能得到大幅度降低。

对于没有单反情怀的人，那就什么样的相机都不用带，现在华为新一代手机，拍照效果日臻完善，除了不便于抓拍等拍摄场景外，大多数情况下拍摄的照片与相机拍摄的难分高下，如果对照片没有过高要求的话，手机完全可以取代相机，或者携带一个可以放入衣袋里的卡片相机。携带手机旅行解决了拍照与便携的矛盾，比携带单反相机方便很多，可以任意放在口袋里，而不易被人察觉。

笔记本电脑用于旅途中查询信息、预订机票与住宿、写游记、保存照片、处理文档等，虽然用手机也可以解决一些问题，但我还是觉得有必要携带，那样会更方便一些。为了减轻重量，我特意购买了最为小巧的笔记本电脑，从而解决了便携问题。如果对笔记本电脑没有特别需求，完全可以不用携带，这样又可以减少一些负担。

2. 穿着物是控制体积的重点

环球旅行中携带的穿着物既占体积又有一定重量，所以成为控制体积的重点。要想减少体积和重量，我的经验是：尽可能少带，尽可能带速干服装，尽可能一物多用，需要时临时购买或补充。

天气炎热时，我上身穿一件户外长袖速干衣，下身穿一件速干裤子，这样防晒效果好，不用抹那么多防晒霜。如果没有太阳，上身可以穿一件短袖T恤。白天出汗较多，晚上洗一下，早上速干服装准干，这样只需一套衣服。

天气有点冷时，我在夏日穿着的基础上，里面穿上内衣内裤，外面再穿上速干外衣，又保暖又宽松。

冬天环境下，我把短袖T恤穿在最里面，最外面再穿上羽绒服，脚上换上厚袜子，这样不会感到有多冷。国外冬天的室内多数都有暖气，晚上将内衣洗过后晾在暖气旁边，早上就能再次穿在身上，一套内衣也能解决问题。

在北极地区，在早上最低零下17度的严寒情况下，外出时，我穿上所有携带的衣物，头戴毛线帽、脖子套上防风脖套、手上戴起薄手套，脚上穿两双厚袜子，这样在野外环境下也能应付严寒天气。

如果环球旅行中只能带一双鞋，而且要满足穿着舒适、通气保暖、重量轻以及可以跋山涉水等要求，恐怕没有任何一款鞋能够满足这些要求。这样只能携带两双，甚至三双鞋，这无疑增加了体积和重量。为了减轻旅行负担，只能舍弃登山鞋、拖鞋这种非必须穿的鞋。在只能带一双鞋的情况下，根据多年旅行经验，我觉得穿一双沙滩凉拖两用鞋比较合适。我在三次环球旅行中，每次都是穿这种鞋，白天外出是运动鞋，晚上在旅馆里是拖鞋，海滩上是可以下水的凉鞋，冬天穿上三双袜子就相当于棉鞋。

这种沙滩凉拖两用鞋（以Crocs洞洞鞋为代表），属于凉拖两用鞋，鞋底造型与足底相适应，穿起来不挤脚，很宽松，很舒服，鞋子特别轻，凉爽透气，柔软减震，走起路来不容易累，脚的前部都被保护起来。在北极冰天雪地的环境下，能穿这种凉鞋吗？如果不去踏雪我觉得没什么大问题，忍一忍就过来了。由于我每天都要出去踏雪，在冰天雪地中长时间游玩，我就在超市花了两百多元人民币买了一双雪地靴。因为还要去其他国家，实在无法背在身上去旅行，在离开阿拉斯加时只好舍弃。

其实，尽量少带穿着物关键看身体能否适应各种天气与气候的变化，要能过凑合的日子，这样才能享受轻松旅行的快乐。否则，只能带上许多穿着物品或者临时购买，满足自身的需要。

3. 其他减轻重量的做法

其他携带的物品也有一些减重的潜力，可以尝试一下。

洗漱用品：不要携带普通毛巾，因为普通毛巾沾水以后重量大增，而且不容易晾干。应该选用户外速干毛巾，如果买来的比较大，可以剪一小块带上。这种毛巾沾水后拧干，再晾几个小时，毛巾的含水量会大大降低。有人可能会产生疑问：这么一块小毛巾，洗澡的时候怎么用啊？举个例子，汽车的挡风玻璃沾满了水，可以用毛巾去擦拭，也可以用一根橡胶条把水刮去。同样的道理，洗完澡后，用双手把头上和身上的水先"刮"去，然后再用毛巾擦一下，效果和使用普通毛巾差不多。这是我的经验，不妨试试。

牙膏估算好用量，用多少带多少，不要将新买的一大筒牙膏全都带上，牙膏这种东西特别增重，像个小秤砣。香皂和肥皂同样如此，不要带整块，用多少带多少，而且香皂在旅途中入住旅馆时可以得到补充。不要携带液体皂等液体护理用品，容易泄漏，体积也不小。

不要携带电动刮胡刀，最好将就一下，带一把塑料刮胡刀，又管用又轻巧，坏了也不可惜。梳子就用酒店里提供的塑料梳子，使用效果和高档梳子差不多。

保温水杯是旅行中必带的物品，应该选择容量适中而且比较轻的产品，因为保温杯装满水后重量比较大，还有可能漏水，携带起来比较麻烦。我的做法是：什么杯子都不带，就带一个塑料饮料瓶，又轻、密封性又好，还不怕丢，使用起来非常方便。缺点就是不能往里面灌热水，这个办法只适用于平时习惯喝凉水的人。

作为环球旅行所携带的随身行李，要想用廉价航空公司的标准来控制重量和体积，是非常困难的，需要有克服困难的决心和较强的适应性。

以上所提到的细节如果都做到了，环球旅行的行李有可能降到7.5公斤左右，如果重量稍微超一点达到8公斤以上，在办理登机手续之前，可以将比较厚的衣服穿在身上，把比较重的电子产品随身装在口袋里，航空公司是不会称量旅客体重的，这样尽可能减轻背包的重量。等过了这一关，再恢复原状。

（六）远行如何不迷航

参团出国旅游，全程有导游带队游览，游客无须考虑怎么走，只要跟着团队就行。而独自一人环球旅行，一切全靠自己。在环绕地球一圈的远行中如何做到不迷航，确实是一个值得重视的问题。

行走在世界各地，做到不迷失方向，想去哪里去哪里，这要求旅行者能够看懂地图，能够确定自己的位置和目的地，能够辨别方向，能够规划行进路线，能够较快地熟悉并记忆旅馆附近的街区，这样才能前往想要去的任何一个地方。然而，具备这些"自我导航"的能力，并不是一件容易的事情，需要一个学习和实践的过程。

随着全球卫星定位系统的出现，特别是我国北斗三号全球卫星导航系统部署完成，现在可以借助智能手机为我们出行进行定位和导航，给旅行者带来了极大的方便。借助智能手机我们可以任性地游走于世界各地，旅行效率大大提高。

现在，虽然有智能手机为我们导航，我认为以往传统的"自我导航"能力仍然不可缺少，如果将这两种导航结合起来，发挥各自的特点，就会带来更好的旅行体验。下面介绍一些旅行中与导航相关的经验。

1. 手机导航

现在外出旅行真是太方便了，借助高科技，我们拿着智能手机如同有一个无形的导游时刻陪伴在身边，提供各种信息，提供准确的位置、方向和导航，想去哪里去哪里。特别是在中国国内旅行，由于国内通信网络覆盖面非常广泛，所以在国内旅行使用手机导航比在国外有着更好的效果，更为方便。

要熟悉手机导航功能，首先应当熟悉电子地图。与普通地图一样，我们手机屏幕上显示的地图也是上北下南左西右东。当我们双手拿着手机打开电子地图，并将手机设置中的"定位服务"处于开启状态时，我们此时所处的位置和当前的朝向就会自动显示在地图上：高德地图显示为一个带箭头的蓝色实心圆，箭头指向就是我们面对的方向；百度地图同样显示为一个带箭头的蓝色实心圆，既显示位置又表明面对的方向；谷歌地图显示为一个带方向的蓝色实心圆，同样表示我们在地图上的位置和我们的朝向。如果需要测出比较准确的方向，可以点开手机"实用工具"中的"指南针"，然后水平拿着手机，这样就能测出东西南北各个方向。在容易迷路的森林里，手机的"指南针"会有重要的作用。

明确了在地图上的位置后，接着寻找想要前往的目的地，可以直接在地图上找到想去的具体位置（点选），也可以通过输入目的地名称或地址来确定，然后选择出行方式（步行、公共交通、驾车、骑行等），根据弹出来规划好的线路（一般1-3条）做出选择，最后开启导航按钮，按照指引前往目的地。

现在有许多导航软件可供选择，国内比较主流的导航产品是高德地图和百度地图，我的经验是：在国内旅行就用高德地图或者百度地图，具体习惯哪个就选用哪个。出国旅行可以选择使用百度地图、稀客地图或者谷歌地图。每种导航地图会有一些不同，具体使用方法大同小异，使用多了就会熟悉起来，功能也会了解更多。下面简单介绍一下这几种地图的使用特点。

（1）高德地图

中国领先的电子地图导航产品，集位置、导航和相关信息服务于一体。高德地图数据覆盖中国大陆以及香港和澳门地区，遍及2857个县级以上行政区划单位，在农村和边远地区，能够体现出高德地图的精确与详尽。而且具有全离线功能，在野外没有网络也能精确导航。高德地图在路况信息的更新速度上较快，能够实时反映动态路况，全程优选路线，实时路况信息更新更准确。只是高德地图不能在国外使用，因为高德暂时没有国外数据支持。高德地图具有的特色与功能包括：

①动态导航：路况实时播报、计算到达目的地所需时间、避堵路线方案规

划、摄像头、限速提醒。

②离线下载：2D、3D离线地图、分地区下载地图包、全国地图包、全国概要图。

③地图搜索：热门地点、线路搜索，自驾出行线路规划，公交、火车、天气查询等。

高德地图注重导航功能，我的使用体会是：用高德地图来导航很少出现错误，想要精确到某个具体位置，高德地图可以方便地做到。

（2）百度地图

中国领先的数字地图，主要功能与高德地图相似，包括：浏览地图、搜索地点、查询公交行驶线路、地铁线路图、乘车方案查询、查看实时路况、出行指南、生活助手等。百度地图花费很大精力在实景地图上，采集并更新很多城区，包括一些乡村的实景地图，如果要去一个陌生的地方，可以打开百度实景地图预先查看一下。百度地图有众多的商家注册，提供大量与位置有关的生活方面信息，适合于吃喝玩乐及商旅活动，在城市中使用会显得更加方便。

百度通过与国外公司合作，使得百度地图在国外也能使用，这为庞大的中国人出境游带来了很大的方便。目前百度地图已覆盖全球200多个国家和地区，热门出境游目的地已经全覆盖，驾车导航已覆盖境外100多个热门国家和地区，热门旅游城市公共交通方式全面覆盖，实时打车和预约打车已覆盖全球70多个国家900多个热门城市。百度地图可以提供离线地图、公交规划、境外自驾与步行导航等服务。

（3）稀客地图

这是面向中国游客量身打造的世界旅游地图，在使用体验上，与高德地图、百度地图以及谷歌地图相似，为游客提供定位、搜索规划行程路线、导航、自由行攻略指南等服务。该地图的最大特点是拥有中文显示的地图界面，中英文搜索，中文线路，提供步行、公共交通和驾车三种交通方式的路线查询。地图上中外文并存，可以更加方便快捷地了解到所需的旅行信息，让中国人带着中文走世界。目前稀客地图已覆盖到全球82个国家,318个城市。

利用稀客地图可以搜索路线、景点、酒店、民宿、餐馆、购物等多种信息,可以提供"吃住行游购娱"等覆盖旅游方方面面的服务。只是稀客地图提供的数据为世界上主要的旅游国家和热门旅游城市,中国人不常去的国家和偏僻的城市与乡村没有数据支持。

(4)谷歌地图

这是由谷歌公司推出的一款功能强大的应用软件,包括全球各国城市政区和交通以及商业信息的矢量地图,同时具有不同分辨率的卫星地图,以及可以显示地形和等高线的地形图。谷歌地图的数据涵盖全世界,就算非常偏僻的地方也能提供相关数据,全面而准确,因此,适合前往那些非热门旅游国家以及世界各处偏远的地方旅行。由于谷歌地图能够提供世界上大多数地区的卫星地图,因此,可以比较清楚地看到实际景物。谷歌地图能够为旅行者提供步行、搭乘公共交通、驾车等不同方式的导航,以及与旅行相关的信息,具体使用方法与百度地图和高德地图相似。

谷歌地图功能强大,但是在中国境内无法使用,这是由于谷歌既想进入中国又不想接受中国的监管,最终谷歌退出了中国大陆市场,这就是谷歌地图无法在中国大陆使用的原因。好在国内有高德地图和百度地图,有北斗卫星导航系统,在国内的旅行体验丝毫不逊于谷歌地图,由于没有语言障碍,使用起来更加方便。

出国旅行时,对于外语能力比较低的人可以尝试使用百度地图或稀客地图,在这两款地图无法使用的地方可以用谷歌地图,发挥各自特点和优势。出国旅行前,安卓手机在应用市场下载谷歌地图APP,安装后没有任何数据支持,出境后到达目的地连上当地网络,地图自然就有了,也可以到国外后再下载安装。在国外使用谷歌地图,会遇到语言方面的不便,其实地图重在看图,语音与文字并不是很重要,只要能够明确位置和方向以及周围的道路情况,就能满足旅行的主要需求。

　　手机在导航的时候需要网络支持，会消耗一定的流量。国外网络覆盖比较有限，无法和中国比，即使是发达国家，到了偏远的乡村或者国家公园很少有网络，而发展中国家网络覆盖的区域十分有限。在没有网络的地方，即使携带随身Wi-Fi也发挥不了作用。在这种没有网络的情况下如何解决定位和导航问题呢？一般可以通过下载离线地图来解决。以上介绍的几种地图都有离线地图下载功能，可供用户随时下载使用。在有Wi-Fi的情况下，通过提前下载某一地区的离线地图，到达目的地后没有网络或断网的情况下，也能搜索地点、看地图。如果下载离线导航包后，没有网络也能查询线路和导航，只是导航时无法收到实时路况信息，有些功能也会无法使用。

　　我在第二次和第三次环球旅行时，手机关闭了国际数据漫游，而且没有随身Wi-Fi，旅途中全靠使用免费Wi-Fi上网。我一旦离开旅馆，基本上就处于无网络状态。由于频繁地辗转世界各国各地，加上许多旅馆的Wi-Fi质量不佳，我既要查询信息，又要预订住宿和机票，还要抓紧时间休息，使我没有时间或无法顺利下载离线地图。对此，我采取了"局部区域下载法"下载离线地图：每当前往一个城市前，先在旅馆里打开谷歌地图查看该市机场、车站、街道和预订旅馆附近的情况，将可能要经过的地方放大查看，这些地点的数据就暂时保存在手机里，在不退出地图的情况下关上手机，就可以出发了。到达目的地后点开手机时，所处的位置便显示在地图上，然后借助地图就能找到预订的旅馆。要注意的是不能退出地图界面，一旦退出，显示的信息全无，只能再找地方上网。

　　利用这种"局部区域下载法"，我在每个地方外出游玩时，都是先打开谷歌地图查询乘车线路和乘车地点，把可能要去的地方放大查看，这样带着手机就可出门。一路上可以随时点开手机查看地图，了解所处的位置。这种方法仅适合旅行经验比较丰富的人，一旦操作不当地图就没了，自己要能找回住地。最好还是提前下载好目的地离线地图，这样可以进行查询，方便导航。如果旅途中走路和坐车比较多，或者手机流量不够用，也可以尝试下载和使用离线地图。

2."自我导航"

在一个没有网络的地方，又无法下载离线地图的时候，在手机没有电或出现故障的时候，当手机不在身边的时候，要想独自一人在国外行走，这时就需要具备在没有手机相助的情况下，仍能自由出行的能力，这样才能走得更远，走得更顺。

不管在世界什么地方，哪怕是在国内一座陌生城市，如果要从一个地方前往另一个地方，不管是步行还是乘车，首先需要确定自己所在的位置，这就是定位。然后确定目的地，并选择合适的行进或乘车路线，这就是规划路线。再沿着选定的路线最终到达目的地，这就是我们每个人所具有的"自我导航"能力。

以往，旅行者都是依靠"自我导航"能力，游走于全国或世界各地。这种能力在每个人身上有着较大差异，有的人基本上不会迷路，想去哪里去哪里；有的人需要不断问路；有的人属于路痴，走到哪里都不认路，完全依靠别人。经常出门旅行的人会好一些，没有旅行经验或经验不足的人，"自我导航"能力会弱一些，容易迷失方向。

如何提高"自我导航"能力呢？首先要习惯看地图，纸质地图也好，电子地图也好，展现在我们面前时都是上北下南，左西右东。我们可以想象一下地图是这样产生的：我们头朝北方像无人机一样由地面上升到高空时，向下所看到的就是1∶1的实景"地图"；如果把这个实景地图缩小比例画在纸上，就是一张纸质地图；如果继续上升到足够的高度，我们所看到的就是一张"卫星地图"。每到一个地方，我们要善于索取当地的地图，或者提前准备好地图，或者下载离线地图，提前看一下，有个大致印象和了解。

（1）有地图的"自我导航"

一座城市再大再复杂只要我们有一张交通图，就可以放心出行，只是不如手机导航来得方便和准确。

　　来到一个陌生的地方，首先展开地图，让地图的指北箭头朝向北方，或者让地图的上方朝向北边，这时地图上的东西南北与所在地的四个方向一致。通过地标建筑或两条道路的交叉路口，我们就能确定目前在地图上的位置，这样地图上在该位置附近的建筑、道路、景点等就在你四周各个方向上。

　　如果你在地图上的位置为A，找到你想去的目标B，根据地图比例可以大致推算出A与B之间的距离，并在地图上规划好行进路线，这样就可以步行前往目标B。途中需要结合实际路况确认行进路线和方向是否正确，这样就能到达你想去的任何地方。如果A与B之间距离比较远，需要搭乘公共交通工具，这就需要了解乘车信息，对于存在语言障碍的人会有一些困难，只要不为所难，总能通过观察、查询、求助等得到解决。如果某座城市有比较完善的地铁系统，那会带来很大的方便，此时尽量不要搭乘地面交通工具，而是采取步行+地铁的交通方式。借助城市地铁，旅行者可以到达城市的任何一个站点，具体换乘站可以从地铁网络图上查到。

　　（2）没有地图的"自我导航"

　　如果前往一些冷门国家或者很少有游客前往的发展中国家，很可能遇上既没有网络又找不到一张当地城市地图的情况。那么，怎样在陌生的地方辨别方向？怎样使自己不迷路呢？

　　当离开旅馆之前，要记住旅馆名称、地址和联系电话等信息，明确旅馆所处的位置（市中心、火车站、汽车站、郊外等）。也可在旅馆前台拿一张旅馆名片，最好记住旅馆及其所在街区的外貌，可以用手机拍下来。这样可以以旅馆为参照原点，辨别方向。有太阳的时候，我们可以通过日出日落确定方向，也可以通过街道上的路名牌了解方向，也可以用手机里的指南针测出方向。有时并不需要知道准确方向，只要知道目的地大致方向就可以，朝着目标方向摸索着走过去就行，必要时询问他人。

　　步行游览的话，如果目的地在东北方向，那么就朝东走，再朝北走；也可以先向北再向东，还可以直接斜插向东北。乘坐公共汽车的话，怎么去就怎么原路返回，只要把握大方向就行。出现小的偏差，可以进行调整，通过询问和观察总能找到目的地。如果城市比较小，那就直接看着1∶1的城市"地图"行进，当半圈走下来，基本上对这座城市就会有所了解。

如果来到有河流穿过的城市，这个城市被河流分为两个部分，根据河流的流向和市中心以及旅馆的位置，我们就可以确定大致方位。我们可以根据身处河流哪一侧，以及距河边的距离，或者靠近哪座大桥来大致确定所处的位置。

如果来到一座位于峡谷中的城市，城市四周被群山环绕，不同的山势帮助我们辨别方位，城市主干道的走向表明了峡谷的大体走向，结合市中心和住地，就能判断出所处的位置。

如果来到一座城内有山的城市，那么这座山就如同一个巨大的标志，当我们在城市不同的地方看到这座山时，就可以估计出自己的位置。

如果来到一座靠海的城市，相对来说比较容易辨别方位，当看到大海和市中心的标志建筑时，就可以结合街道情况大致确定方位，基本上不用担心会迷路。

顺便说明一下：在表述方向的时候，尽量说东西南北，而不要说左边右边，因为无论站在哪里，东西南北各个方向都是固定不变的，而左边或右边是以某个人为中心，人的朝向发生变化，左右也随着发生变化，容易产生误解。

3. 求助他人

在国外一些复杂的老城区或者难以辨认的街道，就算自我导航能力比较高的人也难免有走错路的时候，难免有一时找不到目的地的时候，难免有找不回旅馆的时候，手机导航难免有不灵的时候。如果是自我导航能力比较弱的人，就会更加困难，这时候可以求助他人。如果这个区域能够通行出租车或者摩的，拦上一辆车，把目的地地址或旅馆名片提供给司机，带路的问题就交给司机了。

如果这个区域无车可打，或者无法通行车辆，那就只好求助他人，让别人给你指路或者给你带路。最好选择求助同样是旅游的人。有的地方带路需要付一点费用，先谈好价钱再让别人带路，免得产生麻烦。

（七）各种出行方式的选择

环球旅行重在于行，熟练运用各种出行方式，就可以大胆地走出国门，就可以随意搭乘各种交通工具，顺利前往自己预订的旅馆，四处游玩，顺利到达自己想去的地方。只有行得顺畅，才能顺利完成环绕地球一圈的宏大目标。

1. 搭乘飞机

除了搭乘邮轮环球旅行外，其他环球方式都必须搭乘飞机，而且往往要搭乘数十次飞机。环球旅行机票费用占到全部花费三分之一以上，所以应该熟悉如何购买机票，如何买到便宜机票，使环球飞行尽可能方便，尽可能便宜，尽可能舒适。

如果经济上比较宽裕，想追求环球旅行的品质与感受，尽可能舒适、方便和享受，体验一下国际大牌航空公司的服务，可以考虑购买一张环球机票，圆梦环球旅行。具体环球机票都有哪些特点，在第一篇的"航空联盟与环球机票"一节中已经提及，具体购买环球机票可以亲自登录航空联盟官网熟悉一番，然后再进行预订。每个环节最好都能亲自参与，这样就会有满满的成就感。当然，一张环球机票并不一定能够满足全部环球行程，可能需要搭乘一些支线航班满足旅行的需要。

如果经济上并不宽裕，或者崇尚经济旅行，可以花费一番精力在网上购买一系列单程机票，自己拼凑成一张"环球机票"，这样有可能节省一笔近万元的旅行费用。这种方式也是我所推荐的环球飞行方式，虽然有些麻烦，转机不那么方便，也不够舒适，但通过努力能够节省不少费用，心里舒服。

要想买到便宜机票，最终能够节省近万元的旅行费用，并不是一件容易的事情，首先要设计好环球行程。在制订环球行程的时候，要考虑准备去哪些国家和哪些城市，准备申请哪几个国家的签证，哪些旅程搭乘飞机，哪些地方准备搭乘火车或轮船，哪些地方乘坐长途汽车。由于签证原因，限制了一些飞行方案的选择，有时不得不舍近求远或辗转飞行。

一般来说，飞往航班多、客流量大、航空公司竞争激烈的城市，机票会便宜些，转机比直飞便宜些，早晚航班比白天的便宜些。除了一些航空公司的特价机票外，搭乘廉价航空公司的航班是不错的选择，只要有可能尽量不要错过。具体怎么飞才便宜，什么样的行程既便宜又可行，需要到网上查询与反复比较后才能知道。

那么应该到哪家网站购买机票呢？现在购买机票的途径非常多，可选择的范围非常广，也很方便，自己在网上选购机票如同在网上淘宝一般。现在中国人出国旅行一般通过三种途径查询和购买机票：一是中外各航空公司官网，如东航、南航、川航、春秋航空、亚航等；二是各专业旅行服务网站，如携程网、去哪儿网、途牛网、同程网、飞猪网、一起飞机票网等；三是机票搜索网站，如天巡网。

各航空公司官网能够提供其经营范围内的详细信息，有时会有特价机票或者优惠套票，而廉价航空公司时常会推出几元钱的机票吸引人们的眼球。携程等各专业旅行网站，汇集了全球许多航空公司的机票信息，可以说想要飞往世界上任何一个国家，都能查询到相应的机票，而且可以按票价进行排序，方便选择。天巡网（Skyscanner）是英国旅行搜索网站的领导品牌，主要提供机票搜索服务。根据全球数千家航空公司的数百万个航班，为用户提供航班即时在线比较服务，可以搜索到全世界各地的最低价机票。另外，还包括汽车租赁和酒店的相关信息。天巡网最大的特点是无佣金或附加费用，且能够让用户获得最低的价格。

这三种网上购票途径我在准备环球旅行时都尝试过，分别通过川航、南航、亚航、携程、去哪儿、途牛、同程、天巡等网站购买过机票。在国外时，也曾登录过国外航空公司网站，购买过一些机票，当然面对的是英文界面，借助翻译软件完成购票并不困难。

如果准备时间比较充分，具备一些外语能力，可以像我那样分别尝试以上三种网上购票途径，或者登录目的地国航空公司网站，广泛搜索机票信息，仔细比较哪家航空公司的航班又便宜又方便。只是在各个网站或航空公司购买的机票，万一出现退票、改签、航班变更等情况，需要联系不同的购票方，有时会显得比较麻烦。

如果时间有限或者为了方便起见，便于管理一大堆机票，可以将携程网作为主要购买机票的平台，因为携程毕竟是国内最大的在线旅行服务巨头，与世界上许多航空公司有着合作关系，能够提供许多优惠的机票，选择的余地比较大，不但有国际大牌航空公司的航班，也能买到廉价航空公司的机票。再利用天巡网进行查询和比价，基本上能够获取各种机票信息。如果环球旅行中大多数机票在携程网上购买，那么这些机票会按照起飞时间依次保存在"我的预订"中，随时可以登录携程网查询，非常方便。

携程在售后服务方面做得比较到位，每当某个航班临近起飞日，携程都会提前发出相关提醒信息。当旅行中出现问题时，例如飞机延误无法按时入住酒店，携程都会协助解决。我在第二次和第三次环球旅行中，大部分机票都是在携程网上购买的，所以我感受到携程提供的良好售后服务。当你在国外遇到困难孤立无援的时候，这一点会显得尤为重要。

搭乘飞机的相关提示：

（1）国外机场的名称有的比较长，比较难记，翻译成中文时并不完全一致，当一座城市有两个机场时，如果把机场记错了，麻烦就大了。所以，为了避免出现错误，网上购票时一般显示机场的三字代码，作为旅行者一定要了解这个三字代码。什么是机场三字代码呢？就是由国际航空运输协会（IATA）制订，代表不同机场的特定代码，由三个英文字母组成，在机票上都有标注。了解代表机场的三个字母比了解机场的名称还要重要，因为国外机场的名字比较长，不太容易记住，容易搞混淆，而三字代码具有唯一性，只要记住三个字母，这座机场就不会搞错。特别是当一个城市有两三个机场的时候，通过三字代码很容易区分。每个机场的三字代码都能在网上查询到。

（2）购买机票时，需要了解清楚目的地国家或者转机是否需要签证，没有签证再便宜的机票也不能买，除非为此申请该国签证。转机时还需要弄清楚是否在同一个机场，是否要出关前往另一个机场；同一个机场是否在同一座航站楼，是否要出关。

（3）在一个城市的两个机场之间转机，一定要留有足够的时间，要充分考虑出入关时间，步行或乘车时间，可能发生的交通拥堵，以及前一航班可能延误等因素的影响。

（4）购买廉价航空公司机票前，一定要了解清楚机场所在位置，以及前往机场的交通方式，通常廉价航空公司的机场都比较偏远。如果只能乘出租车前往机场，有可能车费接近或超过机票的费用，搭乘这种廉价航班就没有多大意义。

（5）购买机票一般越早越好，越早机票价格越便宜。但是，晚一点购买也有可能会碰上打折机票或特价机票。机票价格一般会随行情呈现波动状态，平时可以多加关注，一旦觉得合适就可以下手购买。

（6）我在三次环球旅行中，分别搭乘飞机29个、55个、33个航班，每次出发前将大部分机票预订好，剩余少量航段在旅行途中再预订，这是因为环球旅行具有不确定性，万一出现状况会带来退票或者改签的麻烦。如果全部行程已确定，所需的签证已办妥，也可以预订好全部机票，轻松环球。

2. 搭乘火车

搭乘火车旅行是一种传统而舒适的行进方式，有的国家的豪华列车比飞机头等舱还要舒适，即使是搭乘最普通的硬座火车，也能感受到不同国家的铁路运输状况，体验当地人的出行生活。在环球旅行途中，能够搭乘几次国外的火车是不错的选择。

但是，环球旅行中能够搭乘火车的机会并不多，因为许多大洲的铁路并不发达，如北美洲、南美洲、大洋洲和非洲。这些大洲不仅没有高铁，连普通客运火车都很少，想要乘坐一次火车要能遇得上。所以在这四个大洲如果遇上有火车的城市，方便的话就尝试一下。要想随时搭乘火车还是欧洲和亚洲比较方便，像欧洲的大多数国家、亚洲的日本、韩国等，高铁和普通火车都有，乘坐起来又干净又舒适，还能看到美丽的风景。

购买火车票并不像机票那样方便，因为航空公司的服务标准全球基本上是一致的，旅客预订机票时大都是经济舱，需要选择的是机票价格、起飞时间、起降机场等，自己在网上购票非常方便。而火车票就显得麻烦一些，因为每个国家的铁路服务水平并不相同，购买火车票时需要做出不同的选择，例如快车与慢车、坐票与卧铺、硬卧与软卧、车厢等级、发车时间、到达车站、车次选择、单程与往返票、夜间列车与景观列车、预订座位或未预订座位票、点到点车票与通票、一国通票与多国通票等等，要想买到符合自己需求的火车票就需要考虑一番。

如果环球旅行计划做得比较细致，特意安排在一些国家搭乘火车，可以考虑提前在携程网上预订相应国家的火车票，由于是中文界面，支付方便，选购车票会比较方便。如果没有比较详细的环球旅行计划，可以采取随到随乘的方式，到达目的地后，在当地火车站买票上车，赶上什么车乘什么车。买到车票后，虽然没有中文，但基本信息都标注在车票上，一定要学会看懂目的地（到达站）、日期、发车时间、车厢、座位等信息，如果有疑问一定要询问清楚。

国外的火车站许多是开放的，旅客不需要车票就可以自由进出站，要注意显示屏信息，找到相应站台，不要上错车。

在这里值得推荐的是各国的铁路通票，例如欧洲铁路通票、欧洲各个国家铁路通票等。铁路通票一般是针对外国游客销售的一种比较优惠的火车票，一般在规定的时间内可不限次数乘坐火车，使用起来非常方便。只是这种通票针对的是外国游客，一般在目的地国以外才能买到，所以如果想购买火车通票，应该在出发前咨询与购买。

携程旅行网是欧洲铁路代理服务商，提供欧洲各国和亚洲等国火车票的销售业务，中文预订火车票服务，令人轻松选购，还能享受一定折扣，为体验舒适的欧洲铁路自由行带来便利。

3. 搭乘轮船

环球旅行中搭乘各种船只是跨越水域的一种交通方式，同时也是观光游览比较舒适的一种形式。从可以搭乘几个人的小船，到可以载运汽车的渡轮，从上百人的客船，到可以乘坐几千人的邮轮，不管行驶在什么水域，都能领略江河湖海的美景。因此，在环球旅行中有意安排几次乘船的行程非常惬意。

我在三次环球旅行中总共搭乘过31次船，其中最令人享受和印象深刻的是搭乘3次邮轮：一次是在旅行途中购买到"最后一分钟船票"，乘邮轮巡游加勒比海；一次是花费3.8万元船票乘船游览南极；一次是乘坐世界上最大最豪华邮轮游览加勒比海数岛国。

对于摆渡船、客滚船、渡轮、客船、游览船等船只，完全可以到达目的地后，了解具体情况再购买船票，这些船票没有必要提前预订，基本可以做到随到随乘。

如果想乘坐邮轮，最好提前做准备，选择旅途中在哪个国家乘坐邮轮，打算乘坐邮轮巡航多少天，巡游哪些感兴趣的国家。在旅行计划中将这段行程安排好，并在出发前购买好船票，这样就不用路上考虑购买船票的问题，轻松放心游玩。在国内购买邮轮船票比较方便，只需登录环世邮轮网、携程网、途牛网、同程网等网站，就可以查询各大洲、各国的邮轮信息，也可以电话咨询相关问题。如果是一个人购买船票，一般需要支付双人舱房差价。当然，也可以到达目的地国家后再购买船票，那么大的邮轮不可能全部客满。

如果想坐船游览南极，一般要从长计议，因为南极的旅游季节只是每年的11月到次年的3月，而且南极游的船票非常昂贵，提前预订会便宜些，有的人会提前一年预定。南极旅游大多数是参团游，如果是自由行的话需要购买单船票。如果时间比较宽裕，可以像我一样借助环球旅行前往阿根廷的乌斯怀亚，在那里购买"最后一分钟船票"，买到的可能性还是比较大的，费用也会相对便宜一些。

乘坐邮轮是轻松、快乐、充满享受的海上生活，由于新冠肺炎疫情的出现，给乘坐邮轮带来了非常大的影响，建议在疫情得到根本控制后再乘坐邮轮。

4. 搭乘长途汽车

在环球旅行途中搭乘长途汽车，很可能是选择最多的一种交通方式，因为公路遍布世界每一个角落，不管是发达国家还是贫穷国家，搭乘长途汽车旅行都是一件比较方便的事情，特别是前往一些偏远而且只通汽车的地方。乘车旅行不仅是为了赶路，也是通过车轮丈量地球，是一种轻松、快乐、廉价的观光形式。有时我宁愿吃点辛苦乘坐超长距离的长途汽车旅行，而不愿搭乘飞机，因为在高空飞行，看不到地上的景物，还是乘车能够感受大地上的风光和景物。

世界上各国的长途汽车差异较大，遇上好的如同飞机上的商务舱，车上有服务人员提供服务，有吃有喝，整洁舒适。遇上车况差和道路等级低的情况，一路上伴随的是闷热、颠簸、尘土和噪音。当然，大多数情况下乘坐长途汽车还是方便、舒适和安全的。

我们比较熟悉国内乘坐长途汽车的情况，不管在哪座城市或乡村，一般都或大或小有一至数个长途汽车站，根据目的地方向选择相应的车站，在网上或现场都可方便购票，轻松上车。在国外乘坐长途汽车的情形会有一些变化，要能适应不同的购票形式和乘车情况。

购买长途汽车票和乘车，我觉得在发展中国家比较方便，在这些国家的城市或乡村，一般都有汽车站，哪怕非常简陋也算有个车站，只要能够找到车站就可买票上车。有些比较大的城市，可能在不同方向有两三个汽车站，这时应根据前往的目的地，询问清楚，确认该去哪个车站乘车。有时越是简陋的车站，乘车越方便，根据车前方显示的目的地名称，经过确认后，就可直接上车，在车上买票。在国外一些比较大的车站，一般有许多私人汽车公司各自独立经营，售票厅里各家公司的售票窗口售卖自己线路的车票。初来乍到一时不知道哪家公司好，那就咨询一下，或者看上哪家就买哪家的票，乘过一次就有经验了。在有些城市里，每家汽车公司都有各自的场地，分开经营，这时遇上哪家公司就坐哪家的车吧。

而在发达国家，如果外语能力比较差，反而会觉得购票与乘车不怎么方便。因为在发达国家，有的城市有长途汽车站，有些小地方或者乡村没有真正意义上的汽车站，有的买票需要到网上去购买，因为网上购票可以打折，这是为了鼓励网上购票。作为一名刚刚抵达的游客，首先需要了解汽车公司的购票网址，还要能看得懂车票信息，以及上车地点，这样才能在网上购票。有的国家汽车票由超市代售，连个车站都没有。虽然在网上显示出上车地点，许多与公交车站差不多，有的就在某个加油站上车，完全没有车站的概念。遇到这种情况，最好提前找到上车的地方，并与当地人确认一下。

进站上车时，看清楚车头有无写明目的地，如果没有，需要向司乘人员确认一下，这样可以避免上错车。在异国他乡，语言不通的情况下，乘错车那是比较麻烦的事情。

超长距离乘车，一般每到一个车站都会上下客，然后继续行驶，有时乘客甚至可以下车到站外走走，买点东西。这就需要注意不要弄错车，也别坐过站。每到一站可以问一下司机或者看一下站名，也可以通过谷歌地图确定当时所在的位置。

搭乘长途汽车可以考虑乘坐夜班车，这在长距离运输中是比较多见的，乘坐夜班车可以节省住宿费，住宿赶路合二为一，只要能够适应在行驶中的车上睡觉就行。

购买车票时，特别是在非英语国家，最好把购票信息写在纸上，包括日期、时间、目的地等。遇上法语、西班牙语等语言只需把文字当作符号写出来就行，不管它的意思和发音，也就是说要用当地的语言，尽量不用英语，因为许多非英语国家的人并不懂英语。

5. 搭乘地铁

地铁是大城市或者发达国家才有的便捷交通工具，在世界上许多特大城市，一般都有覆盖整个城市的地铁网，为城市交通带来很大的便利，如北京、上海、纽约、伦敦、东京等城市都有庞大的地铁网络。即使只有一条地铁线路的城市，这条地铁一定是城市交通干线，承担着这座城市重要的交通运输。

在大城市或者特大城市里穿梭游玩，如果借助地面交通工具往来各处，会遇到许多麻烦，例如打车比较贵、坐公交车不便、换乘麻烦、容易迷路等。如果搭乘地铁的话，地面交通遇到的麻烦和问题基本都会消除。因此，来到一座有地铁的城市，应该尽可能搭乘地铁出行，这在大城市里属于最佳交通选择，不但速度快，费用省，而且可以依靠地铁线路进行"导航"，容易抵达陌生的地点。

为了顺利搭乘地铁，抵达前可以先在网上查看一下城市地铁线路，或用手机拍下地铁网络图，便于随时查询，并预订好靠近地铁站附近的旅馆。这样在到达机场或者火车站以后，可以非常方便地乘地铁抵达旅馆附近。当然，也可以到达以后再熟悉地铁线路，索取线路图。外出游玩时，可以提前查询目的地附近的地铁车站，在地铁网络中选择相应的线路和换乘方式，这样不需要导航就可方便、快捷、便宜地抵达地铁网络中任何一座车站。

购买地铁车票会遇到人工售票和自动售票两种情况，遇上人工售票，如果是单一票制，那会非常方便。例如，墨西哥城的地铁就是一票制，5比索（3块钱不到），即使语言不通也不会感到不便，只需把钱递进售票窗口，然后伸出一个手指，不用说话就能把票买好。如果非单一票制，最好把目的地车站站名写在纸条上，给售票员看，这样不容易出错。

遇上自动售票机，可能会麻烦一些，存在语言障碍的情况下，可先看一下购票流程，看看别人是怎么操作的。如果是单一票制或购买单次票，做出相应选择后，直接付钱取票；如果非单一票制，先选择地铁线路和到达站，再选择购买张数，根据显示金额投入货币，最后取走车票和找零。

如果需要购买当地地铁卡（交通卡），这时需要明确是购买充值卡还是无限次乘坐地铁卡，以及购买多长时间的无限次卡。不熟悉的话，可求助车站工作人员或其他人。我觉得如果停留时间比较长（两天以上），最好不要买单次票，应该买一张充值卡或无限次乘坐地铁卡，这对外国旅客来说非常方便，还能搭乘其他地面公共交通工具。离开时，一般在机场或火车站将此卡插入机器内，选择退卡，剩余费用可退还给旅客。

地铁站内显示的信息不管是英语，还是法语、西班牙语，只要熟悉地铁乘坐方式，将站名当作符号识别，就可畅行无阻地到达任何一个地铁站。当然，要知道你要去哪里和你所在的地点，记不住就看一下地铁线路图。进站乘车时，需要注意乘坐列车的行驶方向和站台，不要弄错。地铁站里指示列车的行进方向，是指该线路的终点站，所以最好记住这条线的两端终点站站名，也可以只记目的地方向的终点站，这样就不会乘错方向。

地铁车站一般有两种形式：一种是站台在中间，铁轨在两侧，来到站台后再确认乘车方向；另一种是两条铁轨在中间，站台被铁路分隔在两边，下到站台前先要选择乘坐方向，以免走错。到达站台后，再确认一下方向，发现出错及时转换到对面站台。

在阿拉伯国家乘坐地铁时需要留意，那里的地铁会专门设立女士车厢，男士免进。乘坐地铁时注意及时到站下车，一般有语音广播或文字显示，如果听不懂可以数一下乘坐站数，或者关注每座车站上显示的站名，万一坐过站也不要紧，可以再坐回来。换乘的时候，按照指示标志转换到相应的站台，并确认乘坐方向。

每座地铁站都有几个出入口，车站里有周围交通示意图，出站前可以查看一下，选择合适的出口，这样到达地面上以后可以少绕路。搞不清楚的话，就询问工作人员。出站后，借助手机导航、地图或者询问路人就能找到要去的地方。

对于没有多少搭乘地铁经验的人来说，建议出国前先到北京、上海、广州、南京等地铁发达的大城市反复搭乘地铁，做到任何复杂的换乘、任何两点都能顺利到达，这样才能适应国外环境下搭乘地铁。

6. 搭乘公共汽车

世界上凡是比较大的城市，不管发达还是落后，一般都有公共汽车，搭乘起来既便宜又方便，而且越是欠发达的国家，乘车越方便也越便宜，有的可以招手上车，随时下车。这里所说的乘车方便主要是针对当地人而言，而对于国外来的游客并不会觉得方便，因为初来乍到一时弄不清每条线路的公交车开往哪里，怎么买车票，是现金还是公交卡，在哪里换乘，在哪里下车等等。如果熟悉当地语言，可以了解到相关信息，乘坐公交车不会有多大困难，如果存在语言障碍就会不知所措。那么如何获取公交车信息呢？

在到达一些比较发达的国家或城市，可以通过谷歌地图或其他地图查询公交信息。打开手机中的谷歌地图，地图默认显示你当前的位置，输入想要去的地点或者直接在地图上点选目的地，谷歌地图一般会搜索出相关线路的公交车，并显示出乘车站点，以及行驶路线和下车站点，这为自助旅行的人带来很大方便。也可借助百度地图搜索当地公交车信息。

离开旅馆手机无法上网的情况下，可以提前在旅馆或有Wi-Fi的地方查好当天的行程，把怎样坐车标记出来或者截图。这样利用查好的乘车信息，就可步行前往车站乘车，一般查询到的信息还是比较准确的。也可以下载离线地图，但无法提供实时信息。

在无法通过谷歌地图查询公交信息的情况下，可以向旅馆工作人员或当地人询问公交车情况，可以将目的地、乘车线路和换乘车站写在纸上，便于乘车。如果能够遇到当地华人，交流会比较方便，能够获得更多的交通信息。

在一些欠发达国家，公共交通非常便宜，乘一次车一两块钱人民币，甚至不足一块钱，而且有些地方可以招手上车，随时下车。在语言交流有困难或无法获得信息的情况下，可以搭乘与目的地同方向的公交车。我在国外时常采取这种乘车方式,多数情况下减少了步行距离或没有多大误差,少数情况下会乘错车,只需及时下车换乘,反正多花不了几块钱。这种乘车方式要求有一定方向感,要知道目的地所在方向,不具备这种能力的人,就不要盲目乘车了。

乘坐公交车以前,要准备好当地的零钱,应对投币不找零的情况。有时在国外乘公交车会遇到只刷公交卡而不用现金的情况。初来乍到或者乘不了几次车,完全没必要买一张公交卡。我的经验是:把乘一次车的钱给一同候车的当地人,让他上车时帮你刷一次卡,问题就解决了。

坐上公交车如果目的地不是终点站,那么怎么知道在哪里下车呢?可以采取如下方法加以解决:一是上车前在车站数好乘坐站数,如果站数不多很容易知道下车;二是请司乘人员提醒下车,这需要具备一定语言能力;三是使用手机地图导航功能,根据地图上显示出到达的位置,确定下车;四是询问身边的乘客;五是根据街景判断,如果你想去海滩游玩,或者到市中心游览,是不是你想下车的地方基本上可以看出来。

7. 搭乘出租车

搭乘出租车是出国旅行时最普通、最方便、最常涉及的一种交通工具。来到异国他乡,来到陌生的环境下,当深夜抵达的时候,在没有公共汽车的时候,许多人都会搭乘出租车前往目的地。打车通常只需举手之劳或操作一下手机,随时随地都可以叫上一辆车,想去哪里去哪里,非常方便。

但是,打车也是最令人烦恼、最容易产生麻烦和纠纷、最不经济的交通方式。为什么这么说呢?在有些管理混乱的国家,出租车不使用计价器,打车全靠旅客与司机讨价还价,当地人知道行情,谈价钱很方便,外地人就比较困难,而外国人是被索要高价的对象,实在令人烦恼。在管理比较规范的国家,虽然明码标价,往往车费非常贵,打一次车的花费甚至比机票还贵,非常不经济。遇上不良出租车司机会有意绕行,就是为了多收费。有时打车明明谈好了费用,到达目的地后司机会多要钱,有时会出现付钱不找零等情况。所以,打车并不是一件愉快的事情,而是需要加以防范的事情,在各种交通方式中,我最不喜欢打车。我建议出国旅行尽量少打车，能步行尽量徒步。我在环球旅行中，一般情况下不打车，有时宁可多走一些路，只有在没有公交车的时候才考虑打车。

传统打车只要招手就行，为了表述清楚，最好把要去的地方写在纸上，例如旅馆名称、地址、联系电话等，因为有些小旅馆或民宿司机并不一定知道，有的地址司机也不一定知道在哪里，这时司机会通过电话联系对方，确定该怎么走。提供书面信息时，最好使用当地语言，如果是西班牙语国家，尽量用西班牙文。预订住宿的网站会显示不同的语言，照着写就行，实在不行就用英语。

现在许多人打车使用智能手机在网上叫车，在国外特别是一些发达国家，使用手机叫车会更加方便，因为除了机场以外，街道上很少能看到出租车，而且网上叫车费用会比较优惠。

国外使用手机叫车，需要安装打车软件，国外有许多打车软件可供选择，一般常用的有：Uber、Lyft、Grab等。这些软件相当于国际版的"滴滴打车"，使用前需要下载并安装，然后进行注册，完成注册后才能使用。网上叫车在国内比较容易，但是到了国外可能会遇到一些问题。例如，有的国家需要用本地手机号码注册，这样方便跟司机沟通交流，并不是所有司机都会主动打国际电话来联系你；有的需要绑定信用卡；国外叫车需要使用当地语言，有可能还要与司机交流，英语不熟练难以和司机沟通，如果来到法语或西班牙语国家就会更加困难。所以，在国外使用手机叫车并非那么容易。

能在网上叫车最好，不行就采取传统打车方式，或请酒店代为叫车。乘坐出租车一般都比较贵，所以不建议走到哪里都打车，除非找不到要去的地方或者急于赶路。在国外也有一些值得推荐的打车方式，下面介绍一下。

一是合乘出租车。在许多国家或一些城市，特别是一些不太发达的国家，专门有合乘出租车的地方，大家都汇集到这里，每辆出租车坐满了人就走，费用均摊，又省又快。所以尽可能询问一下，找到合乘出租车的地方，也可以在机场前往市区时找人拼车，或者通过旅馆联系几个人一起打车，费用均摊，这样会节省不少费用。

二是搭乘摩的。在一些发展中国家，特别是东南亚、非洲国家，如印度尼西亚、泰国、坦桑尼亚、卢旺达等国家的城市，摩的非常发达，有些城市管理得比较好，如同出租车一般，搭乘起来既便宜，又快捷，又方便，甚至也可网上叫车。因此，搭乘摩的也是一种比较可行的交通方式，只需放下身段。有时乘坐摩托车比出租车还要方便，不仅能够省钱，在拥堵的路段比汽车还快。

搭乘摩的看起来好像有点危险，从我多次乘坐的经历和感受来看，其实还是挺安全，你可以要求司机开慢点。只是行李过多或者有旅行箱时，不方便搭乘摩的。

8. 租车自驾

在国外租车自驾能够带来非常好的旅行体验，可以不用背负沉重的背包行走，而是自由自在，想去哪里去哪里，想在哪里停车就停在哪里，特别是可以方便地到达不通公交车的地方，可以到达风景秀丽的偏远地区，巡游在只能驾车才能游览的国家公园。

但是，自驾车在给旅行者带来美好感受和方便的同时，也会带来潜在的风险和麻烦，一旦在国外发生交通事故，不仅会造成经济损失或人身伤害，很有可能会影响到整个行程。因此，环球旅行中应当慎重考虑自驾，没有国外自驾经验就不要做出这种安排。

在国外租车自驾，要考虑到驾驶资格和驾驶技术，这是确保安全的基本要求。租车以前一定要了解相关国家对驾车人所持驾照的要求，是要求国际驾照，还是认可中国驾照。到海外自驾游，最好到认可中国驾照的国家。有些国家车辆是靠左行驶，交通规则与国内有所不同，在缺少丰富驾驶经验的情况下，尽量不要在国外驾车。

现在租车非常方便，可以在国内提前租好，也可以到达国外后再决定租车。在国内提前租车，可以做好各项准备，放心出行，到达国外机场后，直接取车就行。出发前，在"携程旅行网"或"租租车"等网上办理租车手续，省事又方便。

要想在国外顺利驾车，关键要解决好导航问题。以上提到的导航都是针对步行和乘坐公共交通工具时的一些做法，如果是自驾就一定要配备一个导航仪，这样才能应付国外复杂的城市道路。如果是在国内驾车，只需打开手机上的高德地图或者百度地图，选择"驾车"模式就可以一路导航。而在国外即使是发达国家，在偏远的地区或国家公园网络覆盖非常有限，而发展中国家就更差了，这样手机在线导航就不灵了。那么，如何应对国外没有网络情况下的导航呢？可以进行如下准备：

一是自己带上一个导航仪，现在车用导航仪并不贵，比手机便宜多了。提前安装好相应国家或区域的地图数据，并在国内调整好。到达国外后就可以在没有网络、没有手机信号的情况下进行导航。而且导航仪屏幕比较大，看起来比较清晰舒服。

二是租车的时候顺便租一个导航仪，或者租一辆带导航仪的车，直接开出去就能使用导航仪。

三是出国后，在手机上下载并安装谷歌地图APP后，下载相关国家或地区的离线地图，以及导航软件包，这样在没有信号的情况下，就可以使用手机进行自驾导航。

四是在城市以外道路比较简单的地区，可以依靠道路指示标志行车。每天出发前，在谷歌地图上把每一段的行车路线查好，预先知道大致的行驶线路，并进行截屏，方便随时查看，这样基本不会出错。

一个人环球旅行时，不宜考虑租车自驾，因为非常不经济，而且比较累人。人多的情况下才能发挥租车自驾的优势，费用均摊，不会出现疲劳驾驶的情况，一旦出现问题可以大家一起解决。

9. 搭便车

搭便车适合于前往没有公共汽车的地方，或者一时找不到汽车而遇到困难的时候，也有一些穷游的年轻人专门搭便车旅行。

作为60岁左右的退休人员，就不要考虑搭便车了，因为退休人员不缺搭乘公共交通工具的钱，而且受语言能力限制，搭便车并不怎么方便，而且还要脸皮厚一些，再者搭车并不十分安全。

在比较安全的国家和地区，如果在偏远的地方旅行，在没有公共交通或者遇到比较特殊的情况下，完全可以搭便车。最好主动询问司机能否搭便车或伸手拦车，如果有人主动愿意带上你一程，在确认安全的情况下也是可以的。其实，越是偏僻的地方，越是远离城市的地方，当地人普遍比较热情善良，有一定生活阅历的人能够看得出来。

10. 步行

步行是旅行中最接地气、最自由自在、最经济实惠的行进方式。步行是感受每座城市、每个乡村，每条街道最好的方式，也是最健康的方式。在风景如画的地区行走，更是令人心旷神怡，充满着快乐。步行是集赶路、逛街、观光、健身于一体的方式。步行也是最基本的行进方式，每天都在用双脚丈量地球，虽然速度比较慢，却能解决不少交通问题。前面提到的河南小伙郭利龙，就是靠两条腿进行环球旅行。

步行对旅行者的基本要求就是要能走得动，走得远，这样不仅能够节省不少交通费用，还能看到不少街景和风景，随时随地都会有所收获。

如何才能走得远，走得轻松呢？轻装是必不可少的，穿一些宽松透气的衣服，而且步行时最好穿一双感觉轻便舒适的鞋，不一定是新鞋，只要不磨脚就行，一旦磨出泡来可就麻烦了。只要经常行走，每天都安排步行游览，就能走得动，走得远。

（八）旅行中的住宿

对于一个旅行者来说，每到一个地方最先解决的就是住宿问题，一个合适的住宿环境是快乐旅行的一部分。旅行中的住宿可以有许多选择，有高档酒店，有舒适的度假村，也有便宜的青年旅馆，还有许多独特的住宿体验，可选择的范围非常广泛，作为旅行者可以尝试和体验一番，丰富旅行生活。

1. 关于预订与否

旅行住宿到底需要不需要提前预订？答案是：有的时候需要预订，有的时候无须预订。在申请申根签证的时候，必须提供每一晚的住宿预订单，否则无法申请。而在一些旅游城市、旅游景点和旅馆集中区，到处都是打折的旅馆，比网上预订的旅馆便宜，这种情况下完全不需要花费时间和精力提前预订。另外，还有哪些值得考虑的因素呢？

一般到达某个国家或某座城市的头一晚，需要考虑预订，因为入境的时候移民局人员有时会要求出示酒店预订单，而且初来乍到，在不熟悉情况下，提前预订好住宿心里踏实。在一些住宿普遍比较贵或者住宿比较紧张的地方，一定要提前预订，因为在网上可以找到相对便宜的旅馆，可以比较快地找到符合自己需求的旅馆。如果到达当地再找，很可能费时费力，除非你不在乎昂贵的住宿费用。如有意想住在某个地点，河边、海边、历史城区、著名酒店、地铁站附近、机场等，可以提前预订，以防期望落空。在欧美和大洋洲等发达国家旅行，一般都需要考虑预订，这样能够找到相对便宜且位置合适的旅馆。

预订住宿总是要花费一些时间和精力，一旦预订成功，有的可以退订，有的不能退，这样不管多晚都要赶去入住，否则属于违约，仍需要支付当晚的住宿费。虽然有时可以免费取消预订，但超过规定时间将无法退订。

如果不预订，每天可以节省不少时间，当无法赶到目的地时也不用担心，可以走到哪儿住到哪儿。到达目的地后，可以就近找住宿的地方，不用再找车前往预订的旅馆。在一些比较贫穷的国家，往往在网上预订的旅馆，看起来便宜实际上并不便宜，因为在网上经营只会增加成本。另外，临时寻找住宿可以先查看一下房间，避免出现不满意的情况。在东南亚、南美洲、非洲的许多旅游国家基本上不需要预订，到达目的地后现找住宿反而会比较方便。

总之，预订与不预订各有利弊，可以根据具体国家具体情况灵活运用，扬长避短。

2. 在哪些网站预订

预订住宿的网站有很多，属于国内的有携程网、途牛网、同程网、飞猪网、穷游网、马蜂窝网、去哪儿网、驴妈妈网等，属于国外的有：Booking、Agoda、airbnb、TripAdvisor、hostelworld、Hotels等。如果知道某个酒店或旅馆的联系方式，可以直接联系预订。在国外旅行，以上这些网站都能提供预订服务，到底选择哪个合适呢？以上这些网站都有各自特点，都可以尝试使用，使用前通过手机下载并安装相应APP。其实，每个都去尝试使用没这个必要，我的经验是选几个有特点的就可以，多了有时会搞混，弄不清是在哪个网上预订的。我来推荐几个网站，基本上是我出国时预订住宿的网站。

（1）携程网

我在国外旅行时经常使用该网站预订住宿。携程是国内最大的在线旅行服务平台，与世界上众多酒店有合作关系，可以预订各星级酒店、青年旅馆、民宿等，服务非常到位。支付方式：有些到店支付，有些提前支付给携程，住宿后携程转付给对方，都很方便。

（2）Booking（缤客）

该网站是我在国外旅行时预订住宿最多的网站。Booking提供的住宿类型非常丰富，包括酒店、旅馆、公寓、青旅、度假村、民宿等，业务遍及全球200多个国家和地区，超过150万家酒店及住宿可供选择，房源在欧美地区有优势。一般不用预付房费，而是到店后付款，需要信用卡担保，有汇率转换费，受汇率浮动影响，提供的价格是税后价格。大部分酒店可以免费取消预订，这点对于行程可能发生变化的人来说比较方便。

（3）Agoda（安可达）

该网站提供各种类型的酒店与住宿预订，主要集中在亚太地区，特别是东南亚有优势，低价承诺是其特色，比较符合经济旅行者的需求。Agoda往往采取的是预扣款，即先预付后入住，如果临时要取消预订，费用退回到卡里要等一段时间，这点比较麻烦。付款方式可以使用支付宝和微信支付，人民币结算，不受汇率浮动影响，对中国人来说比较方便，适合没有信用卡出行的人。

（4）airbnb（爱彼迎）

该网站侧重于民宿预订，涵盖世界各地的民宿，可以找到适合沙发客的经济住宿，或者租下整套公寓，或是与朋友和家人租下整座海滨别墅。支付方式可以使用支付宝。只是使用该网站需要通过比较复杂的注册，这也是为了安全起见。预订民宿时，虽然房屋空着，但不保证一定预订成功，有些民宿需要得到主人的认可，也就是认可后才能预订，这点有别于其他网上预订。

3. 住宿类型选择

（1）酒店或旅馆（Hotel）

这类住宿可选择范围非常广，从五星级到没有星级，从豪华到简约，各种档次应有尽有。上档次的酒店服务设施完备，许多酒店住宿包含早餐，可以享用丰盛的自助早餐。这类住宿服务周到，不用担心深夜来晚了无人接待。只是这类住宿费用比较高，特别是在欧美等发达国家价格高得令人难以接受。我的经验是：在这些国家要想住的便宜，只能入住青年旅馆，把省下的钱用在吃饭上，等到了发展中国家或者消费水平低的国家，再选择入住星级酒店。如果遇上特价房，会有很高的性价比，还能享用丰盛的自助早餐。比如我在第三次环球旅行途中，在巴西160元人民币就能住上包含丰富早餐的三星级酒店，在印尼花费275元就能住上四星级酒店，早上享受丰富的印尼式自助早餐。

（2）青年旅馆或背包客旅舍（Youth Hostel）

在发达国家旅行，如果想要住的便宜，多数人的选择是青年旅馆或背包客旅舍。这类住宿的共同特点是房价便宜，适合穷游。即使有"青年"这个词，却很少限制入住年龄，时常可以看到年纪比较大的人入住。

青年旅馆常以床位为预订单位，一般需要多人共享宿舍、浴室、厕所等设施，这样可以有效地降低成本。每间宿舍可以容纳4~12人不等，我曾入住过

33人的大房间。有男宾宿舍或者女宾宿舍，还有男女混合宿舍，常常配有双层床。一般会提供个人储物柜，用于保管个人物品。有些青旅的住宿费中还包含简单的早餐。

这类住宿还有一个特点，就是通常所说的青旅文化。每家青旅基本上都有比较大的公共活动空间，有公共厨房可以自己做饭吃。公共生活空间汇聚来自世界各地的旅行者，为背包客提供了相互交流的机会。

青年旅馆适合比较年轻的游客，费用便宜，住宿环境和设施并不算差，只是相对缺乏隐私。有时遇上条件好的不亚于星级宾馆的睡眠体验，如果遇上条件差的，吵得你一夜睡不踏实，具体好与不好往往住过才清楚，也可以提前看一下住客点评。

值得注意的细节是：宿舍区与活动区最好隔开，保持宿舍的安静；双层床最好是牢固的木结构，钢结构床容易摇晃；每个床最好有帘布围挡和单独照明，这样形成独立空间，互不打扰；最好能够24小时接待，方便入住和退房。

如果不介意牺牲一点隐私和清静，能够比较容易入睡的人，青年旅馆是个不错的选择。青年旅馆一定便宜吗？要看在什么地方，如我在环球途中入住美国波士顿一家含早餐的青年旅馆，6人间的一张床每晚要435元人民币，而在乌克兰的一家4人间青旅每晚只需27元。

（3）汽车旅馆（Motel）

汽车旅馆多位于高速公路附近，通常在公路沿线或城市边缘，是一种方便停车住宿的旅馆。由于汽车旅馆需要较大的停车场，所以一般远离城镇中心，周围比较冷清。虽然这类住宿属于普通旅馆，设施比较简单，但客房与一般城市旅馆相比非常相似，有的房间比较大，有些汽车旅馆提供免费早餐，是一种比较经济实惠的选择。入住汽车旅馆最好与租车自驾相结合，这样既能住的相对便宜，又可以任意往来各处，白天到各处游玩，晚上回到汽车旅馆休息。如果不打算租车，最好先确认公共交通的便利性，或者步行的距离。

（4）民宿（Guesthouse）

民宿是指各个国家的当地居民利用自己的住宅或空闲房屋，为游客提供体验当地文化与生活方式的住宿设施。民宿一般没有高级奢华的设施，有的是家一般的温暖，一般由主人参与接待，有些提供简单的早餐，价格相对酒店或旅馆要便宜一些。民宿一般分为整套出租与独立单间出租，如果租住独立单间意味着与房东或他人共享房屋的公共空间。

租住民宿可以密切接触当地人，可以和民宿主人进行交流，获得当地人的旅游建议，是感受当地人的生活，了解和体验当地风土人情最好的方式之一。如果一群朋友或者全家出行，租住整栋别墅或者整套房子是不错的选择。

我在环球旅行中数次入住民宿，如古巴家庭、新西兰华人家庭、英国华人家庭、智利白人家庭、白俄罗斯白人家庭、泰国农民家庭，等等。

（5）度假村或度假酒店（Resort）

度假村是指在海滨、湖滨、风景区等处修建的用于度假休闲娱乐的建筑群。度假村或度假酒店内通常设有住宿、餐饮、酒吧、运动、娱乐、保健、购物等多种设施，而且还包含附属的海滩、湖滩，环境优美，有丰富多彩的活动，满足游客休闲度假需要。入住时常会加收服务费，相应的服务及价位会比一般的酒店要高。

有些全包度假酒店，即每天的住宿费中包含三餐和饮用水，晚餐甚至还有酒水。这种全包度假酒店有点相当于入住不动的邮轮，吃喝玩乐样样有，使游客尽可能多住些天，享受假日，放松心情。

我在环球旅行中，在地中海旅游度假胜地突尼斯，两次入住度假酒店。由于受"阿拉伯之春"动荡和恐怖袭击的影响，前往突尼斯的游客大减，为了恢复当地旅游经济，度假酒店优惠酬宾，我趁机体验一番。一次入住4星级海滨度假酒店，海景房，包含丰富早餐，每天只需168元人民币，超级便宜；一次入住全包海滨度假酒店，每天的费用406元人民币，住在酒店里吃喝玩乐不用再花一分钱，而且餐食非常好。

（6）帐篷与露营

如果旅行中自带帐篷等户外用品，以露营为主，会大大节省住宿费用，有时甚至是零费用，而且会更加亲近自然，非常适合穷游。带着帐篷去旅行，这也是我所期望的旅行住宿方式，只是达到一定年龄，帐篷等户外装备背在身上很费力，体积也比较大，不可能背着这些装备去环球。有的地方可以租用帐篷或户外装备，在一些风景优美的青年旅馆里，会提供帐篷露营这种住宿方式。

我在环球旅行中，在新西兰最南端的斯图尔特岛上，入住一家青年旅馆草地上的帐篷，一晚的费用135元人民币，这在新西兰算是便宜的。夜晚，在这个适合观赏星空的地方，观赏满天繁星，属于难得一见的美景。

（7）睡在夜行车船上

环球旅行路途遥远，有时需要搭乘各种陆上或水上交通工具，进行长途旅行。有时为了节省费用或者赶路，通常会乘坐夜班长途汽车或夜行火车，这样不仅解决了交通问题，同时解决了住宿问题。在欧洲等铁路比较发达的国家，搭乘卧铺火车是比较舒适的一种选择。在其他大洲很少有卧铺火车，夜行大巴车倒是非常多，许多车内座椅比较宽敞，而且椅背可以向后倾斜，如果路况比较好，行驶平稳，夜晚会睡得比较舒服。难以忍受的情形是：车辆老旧，没有空调，座椅狭窄无法后倾，道路颠簸等等，这样很难睡上一个好觉，确实辛苦。

水上旅行，比较舒适的船上有卧铺，但费用较高，一般的客船船舱里有整排的座椅，如同坐车一般，也有的船上是大通铺。在南美洲亚马孙河上，有各种客运船只，有的需要持续数天的航程。船上一般有两种过夜方式：小型舱室中的上下铺和旅客自备吊床。虽然都比较简陋，却是长时间水上旅行必不可少的休息方式。不畏辛苦，想要体验水上生活的人，可以尝试一番。我就全程感受了亚马孙河数天的河上之旅。

（8）睡机场

睡在机场，乍听上去颇有些失体面，难道连住青年旅馆的钱都舍不得花吗？其实，这是环球旅行中，由于某些原因而不得不做出的一种选择。当搭乘飞机长途旅行，深夜来到某座机场转机，需要搭乘第二天清晨的航班时；由于天气原因，航班被改签到第二天早晨时，就会有很大可能睡在机场。因为在许多国家，机场附近的酒店都比较贵，如果前往市区又要花费往返交通费，而且搭乘早上的航班需要起早，实际上在旅馆里睡不了几个小时，不如在机场的椅子上睡一觉。只要放下身段，忽视存在的干扰，没人管你，这可是最省钱的住宿方式。可以这样说：没睡过机场，就不算穷游过。

为了安全起见，睡机场也不是随便找个地方，要有所选择。聪明人肯定选择留宿在机场的隔离区，因为能够进入这里的人都是持有登机牌并且通过安检的人，一般人进不来。睡前把值钱的东西揣好或枕在头下，就可安心地睡觉。

我在环球旅行中，曾经在美国、埃塞俄比亚两次睡过机场，而在埃塞机场里竟然有躺椅，给旅客带来不少方便。

4. 相关提示

（1）如果是一个人独行，预订与否可以随时决定，一个人的住宿可以灵活解决，如果是几个人一起出行，最好提前预订，一帮人找住宿确实不大方便。

（2）预订住宿时，在网上只能看到照片，实际情况需要通过住客点评来了解，看看一些负面评论是否可以接受。

（3）网上预订最好选择那些有住客点评信息的旅馆或民宿。

（4）选择住宿时不能只看价格，还应看具体位置等情况，如果位置比较偏僻，交通不便，会带来一些麻烦。

（5）交通方式决定住宿选择，小城市靠步行游玩，住在市中心较方便；大城市坐地铁，住宿尽量靠近地铁站；自驾车不宜选在市中心，停车方便是首选。

（6）现找住宿最好先看一下房间和设施，及时发现不满意的地方，如果已经付了钱，想不住会比较麻烦。

（7）与房主交流存在语言障碍时，可以用手势或肢体语言来表达，或者画图交流，说不定比说话还管用。

（九）旅途中的饮食

1. 饮水问题

饮水应该算不上什么问题，谁会被喝水问题所困呢？但是，当来到炎热潮湿的国家时，特别是每天长时间在外面奔波的情况下，如果在出汗较多的状况下不能及时补充水分，就会给身体造成不利影响。

提出这个问题也是由于中国人有喝热茶的习惯，不习惯喝凉水，出门时都要带上一杯泡好的热茶。实际上在旅行和游览过程中，经常需要在外面持续很长时间，一杯水肯定不够。如果自己带上一保温瓶水，那就太不方便了。在国外想找个有热水的地方比国内困难得多，有时会遇到找不到热水的时候。咖啡店里有热水，花钱购买店家未必愿意。

作为旅行者应该适应一下喝凉水，这可以说也是一种"旅行能力"，具备了这种能力，环球旅行时会带来许多方便。在国外大部分人都喝凉水，在南美洲或者非洲许多人没见过保温瓶和保温杯。在欧美许多发达国家，自来水是可以直接饮用的，街上有许多供人们饮水的地方，许多公共场所都有直饮水，不要错过这些福利。在城市游览，不管走到哪里，渴了找个有自来水的地方，接水就能喝，如果到商店里购买饮用水会比较贵，买来的也是凉水。在发展中国家，自来水多数不能直接饮用，买到的瓶装水一时也没地方加热，及时补充水分最重要，不要介意冷热，经常喝一些凉水就适应了。

我在环球旅行时，连保温杯都不带，甚至连个像样的杯子都没有，只带一个塑料饮料瓶，见到有直饮水的地方（例如，机场、车站、餐厅、酒店）随时灌满，保证有水可饮。即使天气再冷，到达冰天雪地的地方也照喝不误，身体不能缺水。

2. 路餐

环球旅行一圈下来数万公里，一路上需要辗转很多地方，搭乘各种交通工具。在交通工具上会待很长时间，从早到晚，中午连轴转的情况会时常遇到，需要解决在交通工具上的吃饭问题。不管怎样总不能饿着肚子旅行，尤其是上了年纪的人不耐饿，发生低血糖的情况会比较麻烦。所以，在行进中不求吃得好，只要求及时、卫生、能吃饱。

要做到旅途中不挨饿，应该在随身行李中准备一些应急食品，以备来不及吃或没饭吃的时候发挥作用，做到有备无患。可以准备一些饼干、巧克力、水果干、火腿肠、坚果等。吃完了，再及时补充。

如果搭乘早晨的交通工具，为保险起见，可以在前一天晚上将早餐买好，因为早上需要优先赶路，一般都很匆忙，没有充足的时间吃早餐，有时连买早餐的时间都没有。等上了交通工具以后，再悠闲地吃早餐。如果时间允许，也可以在机场、车站等地购买早餐。如果乘坐一整天汽车，也可以把午餐一起带上。

搭乘长途汽车旅行，一般到了吃饭时间，司机都会找一个有餐馆的地方停车，连吃饭带休息。另外，沿途停车时，也会有小贩售卖各种当地食物，只是购买时要注意卫生。如果觉得一路上的食物不卫生，那就提前为自己准备路餐吧。带到汽车、火车、飞机上的路餐一定要简单，最好是快餐，如汉堡包、三明治、炒饭、水果等，不要带有较大气味的食物，以免影响他人，毕竟空间有限。

3. 简餐

在外旅行不像在家里，想吃什么都可以方便地解决，在国外旅行游览的时候，由于时间、精力、饮食习惯等情况所限，不可能想吃什么吃什么，有时连坐在餐馆里吃上一顿正餐的机会都没有。另外，在一些发达国家，到餐馆里吃顿正餐一般都比较贵，西餐也不一定对中国人的胃口，花了钱不一定能够吃到可口的食物，而且谁会天天去吃西餐呢？我在环球旅行时，遇到4位来自山东青岛的游客，他们为了解决途中饮食问题，自带米和简单厨具，在旅馆里自己做饭吃。只是这样太耗费时间和精力，出来旅行一趟，许多时间都花在做饭上，一路上还要负重，确实辛苦。

看来在国外旅行经常吃一些简餐要现实一些，有时候疲惫了就想吃点快餐，好早点休息，这是比较现实的选择。如何找到既便宜、又方便、又快捷的餐食呢？与中国相似，在国外一些大型购物中心或大型商场里，往往有许多餐饮店，或者有出售熟食的柜台，或者售卖成品快餐食物，购买食品、水果、饮料等都很方便。许多超市和食品店也提供各种餐食或者快餐，购买一顿简餐非常快捷方便，而且口味并不比餐馆差。所以，要想吃简餐就找购物中心、大型超市或大的食品店，不仅有比较多的食物选择，还能节省时间，花费也不贵。有些还提供舒适的就餐环境，坐在里面享受一顿简餐也挺舒服。

在国外餐馆里就餐，由于存在语言障碍，拿着菜单点餐是个麻烦的事情，往往很难点到合口味的东西，或者几乎看不懂。如果能够找到比较便宜的自助餐，看着菜来选，那是再好不过。只是在许多国家很难找到便宜的自助餐，一般在有华人经营的餐馆里，有可能找到。在国外最容易找到比较便宜的大众化自助餐的国家是巴西。在巴西差不多每个城市，甚至是乡村公路边都能找到被称为"公斤饭"的自助餐。用餐者先取个盘子，想吃什么食物就盛到自己盘子里，最后按重量计费。这种自助餐档次有高有低，一般餐费都不算贵，口味也不错，总有自己喜欢吃的食物。

想吃简餐还可以到街上寻找一些小餐馆，或者前往夜市，不管是什么风格的餐食，只要快捷、卫生、能吃饱就行。有的时候不得不凑合，这就是旅行生活。

4. 寻找中餐

出国时间一长，老吃西式餐食，会觉得不对胃口，诸如汉堡包、比萨、三明治、热狗、炸鸡块、炸薯条、烤肉等食品，既算不上美食，也不属于绿色食物，偶尔吃几次还可以，时间长了很容易吃腻。在国外待上一段时间，就会想到中餐。

在世界上但凡是发达国家或治安环境比较好的国家，即使是非洲一些国家，总能遇到中餐馆，特别来到华人聚居区或唐人街，这些地方中餐馆更是到处都是。有些华人超市里，也有符合中国人口味的餐饮。

国外的中餐馆许多保持着正宗的中餐风格，菜品制作精细讲究，显得比较有档次，相应的价位也比较高，偶尔品尝一番是不错的享受。还有一些中餐馆采取的是比较低端的经营方式，为了迎合当地食客，餐食发生了一些变化，以适应当地人的饮食习惯，看起来是中餐馆，但已经不太正宗，相应的价格也比较便宜，有点像肯德基里售卖龙虾饭、鸡肉粥一般。

5. 体验当地食物

旅游的目的之一就是体验当地人的生活，品尝当地的食物，感受不同的饮食文化才会有更多的收获。不要以为只有中国是美食王国，不要总认为只有中国的饮食文化博大精深，其实世界各国或不同的民族同样能够创造出美味的食物，世界上许多国家都有值得品尝的美食。来到国外，不管是当地比较有名气的餐馆，还是街头小吃，总能找到你可以接受的食物，总能找到你喜欢吃的美食。

在国外可以选择有当地特色的餐厅，享受独特的餐饮文化，也有许多街头小店，可以体验大众化餐饮。美食不在贵贱，许多大众餐饮味道好，而且比较便宜，只要吃得卫生就行。如果想找到纯正的当地人的餐食，尽可能不要到当地为外国游客提供餐饮的饭店吃饭，尽可能到当地人吃饭的地方去就餐，这样才能体验和品尝到当地人认可的美食。

如何寻找当地美味呢？可以询问当地人，也可以通过手机下载不同国家和地区相应的美食点评APP。这些APP分别是：综合类的TripAdvisor（中文版）、大众点评（海外版）、日本大众点评Tabelog、美国大众点评Yelp、泰国大众点评Wongnai、港澳"开饭喇"美食网（OpenRice）等。

6. 乘坐邮轮享美食

环球旅行途中，当前往一些偏远的国家公园游览、徒步以后，或者在一些贫穷的国家旅行了一段时间以后，常常体验到的是美景与艰辛。作为一种补偿和调整，可以在行程中安排一段轻松的邮轮之旅，这样可以天天吃到美食，享受五星级酒店的待遇。我的体会是把辛苦与享乐合理地安排在行程中，才会更加有意义，才能有独特的体验。所以，在旅途中体力消耗比较多的时候，餐饮比较差的状况下，可以乘坐一段时间的邮轮，既可以在海上和一些国家游览，又可以改善一下饮食，恢复体力，享受一番轻松的海上生活。

在邮轮上，一日三餐就不用烦了，到时间尽可享用自助餐，只是要注意控制饮食，别吃撑了。晚上可以到邮轮正餐厅吃大餐，各种西式大菜任意选择，当然西餐要会点，不然端上来不合口味那就遗憾了。

7. 自己做饭

在国外旅行时，常会遇到餐馆菜品比较贵或不合口味的情况，西式快餐也会有吃腻的时候。如果有时间、有条件，自己做饭吃也是一个不错的选择，特别是当你看到国外海鲜市场、超市或者农贸市场里，新鲜的海鲜和各种蔬菜，各种漂亮的食材时，就会产生自己做饭吃的想法。其实，在国外自己做饭吃也是一种享受生活的过程，我在环球旅行途中，在有厨房的青年旅馆数次自己做饭吃，既经济，又实惠，还合口味。

要想自己做饭吃必须具备相应的条件，普通旅馆和酒店的客房一般不具备条件，就算自带简单的厨具，也不宜在客房里做饭吃，因为房间里的电插座不允许插上较大功率的电器，容易发生危险。只有在具备厨房的青年旅馆或者民宿，才适合自己做饭吃。在青旅的厨房里，一般多少都配有厨具、餐具、调味品等，可以不受约束地施展厨艺。所以，如果有意自己做饭吃，那就事先选择做饭条件比较好的青旅或民宿。

自己做饭可以想吃什么做什么，看到什么买什么，特别是一些国内不容易吃到或者比较贵的东西，而且可以节省不少费用，增加一些旅行中的生活乐趣。

（十）观光游览

环球旅行中会到访各大洲的许多国家，每个国家都有各自的特色和精彩，通过不同的玩法会带来各种感受和体验，那么怎样观光游览既方便又省钱？怎样的玩法又带劲又刺激呢？下面介绍一些游览方式。

1. 当地参团游

自助环球旅行是我推荐的最佳环球方式，独自一人环球旅行也是我所推崇的，现在却介绍起参团游。其实，这里所介绍的参团游，有别于国内的团队游，完全没有"上车睡觉，停车撒尿，下车拍照"的感觉。

来到国外，只要是拥有旅游资源的城市，都有各种旅行社提供当地参团游等服务，为散客观光游览带来了便利。如果是一日游，一般只提供"吃、住、行、游、购、娱"旅游六要素中的"行与游"，而这正是自助旅行者的主要需求。游客来到一座城市，吃、住可以自己解决，而购与娱可有可无，当需要前往城市周边游览时，就需要解决交通和引导问题。在不通公交车，又没有租车，还想安排比较紧凑的情况下，报名参团游就成为不二之选。旅行者可以根据自己的喜好选择感兴趣的游览线路，即使语言交流有困难，也可以通过图片大致了解游览内容。只需与旅行社简单预订，第二天就可按约定的时间和地点上车。

游客无须考虑走哪条道路，无须考虑导航，无须担心可能发生的意外，只需一路观景，一路尽情游玩。整个行程中，有的司机兼做导游，有的配有专职导游，游览过程轻松愉快。一车游客可能来自世界各地，也可能大部分是当地人，只有几个外国人，如果具备语言能力相互交流一番，非常有趣。一路上几乎没有购物安排，如果进店参观也属于观光游览项目，不会强制消费购物。

环球旅行一路上需要观光游览的地方比较多，不可能把每个地方的旅行信息都提前弄清楚，只能到达当地后再获取详细信息，选择感兴趣的景点和线路。当遇到如下情形时可以考虑参团游：搭乘公共交通不方便，或者没有公交车又不准备租车前往的地方；独自前往不太安全的旅游景点；游览景点比较多，而且比较分散的线路；语言不通，不便独自前往的土著民族地区；不接待个人或只对团体开放的景点；考虑到省时、省力、省钱的时候。

我在环球旅行中，时常在当地报名参团游，许多国家一日游的费用非常便宜，性价比非常高。例如，在墨西哥东南部小城瓦哈卡，参加包含5个景点的一日游，旅行社收费（车费和门票）85元人民币，中午安排自助餐，45元人民币，全部费用130元，非常实惠。在乌克兰东部城市利沃夫参加远郊一日游，车费+门票+午餐+导游，共125元人民币。全车12名游客，只有我一个外国人，全程乌克兰语介绍，虽然听不懂，但丝毫不影响观赏美景。

在有些国家通过旅行社报名参加团队游可能会比较贵，比如在一些欧美发达国家；一些经济发展状况不好的国家，如阿根廷；许多非洲国家等。一些比较高端的旅游项目，费用会更贵，有些费用高的令人难以接受，例如冰川自然景观之旅、直升机观光之旅、观赏动物之旅、观赏火山之旅等。对此，可以根据自己的爱好做出选择，如果认为某些旅游线路或者观光项目值得为此付出，那就报名参加吧。

国外有些活动既有趣又惊险、刺激、好玩，也不算太贵，如高空跳伞、乘坐热气球、蹦极、滑翔伞、山地自行车骑行、水肺潜水、滑雪、漂流等，这些项目我都曾经尝试过，只要有胆量，身体能适应，就可以报名参加。一般在门店、旅游公司、旅馆前台，或者现场都可以报名。虽然是以散客形式报名，旅行社或经营商会统一安排，一般都有车辆按时上门接送。

2. 非典型游览

环球旅行来到国外，游览各个国家的标志性景点、人气景区、网红打卡地是必不可少的。其实，有的时候往往一些非典型旅游景点却有着独特的吸引力，能够反映当地人的真实生活，能够体验到当地风土人情，能够感受到不同的文化氛围。特别是来到一些没有外国人光顾的小地方，不管是被当地人关注，还是没人关注，都会有一种作为外国人的新奇感觉。

只要有可能，应该尽量抽出一些时间用于非典型游览。在国外旅行观光，只要通达公共交通的地方，能够方便到达的地方，应该尽可能搭乘公共交通工具前往。自己选择一些比较有趣的偏远角落，享受自由自在、无拘无束的轻松闲游。一路发现感兴趣的地方，就像鸟一样飞翔在天空上，放眼俯瞰大地，哪里有趣就降落在哪里。

非典型游览最容易感受当地民风的是农贸市场、渔船码头与海鲜市场、牲畜交易市场等；想体验当地人的出行方式，那就逛逛汽车站、火车站、船运码头等；想要体验当地人的日常劳作与生活环境，可以逛逛当地村落、农场、农家、庄园，看看当地的学校等；如果想看看幽静的景物，可以到偏僻的乡间、森林、小溪、草场等处转转；如果想猎奇，可以到当地的贫民窟或难民营看看，也可到当地的墓地转转，甚至可以看看曾经的监狱。如果具备语言能力，可以随时随地与遇到的当地人聊聊天，交流交流，可能会有不少收获。

我比较喜欢非典型游览，喜欢了解异国风土人情，体验当地人原汁原味的生活。环球旅行中，我在阿根廷参观了一个位于首都的贵族墓地，这里竟然像公园一样吸引人，在国内有点不可想象。这是由于文化的不同，阿根廷人对逝者的纪念远远超过人出生时的庆贺，他们认为人出生时什么都不是，只有逝去者的人生意义才完整定格下来。在新西兰，我参观过该国最古老的监狱，守法的人很难有机会到监狱里参观一番。

只是进行非典型游览时，除了农贸市场、海鲜市场、车站码头外，尽量少点人前往，或者由当地人带领，尽量不要影响到当地人的生活。如果想到当地人家里或农场里看看，应该事先征得主人的同意，并尊重当地人的风俗习惯。

3. 乘车沿途观光

环球旅行少不了乘坐长途汽车，与搭乘飞机相比，乘坐长途汽车给人的感受就是时间长，一路上有可能比较颠簸，比较辛苦。其实观光游览并不仅限于在知名旅游景点内，整个旅行中的每一段行程都是旅览观光的组成部分，有些路上的自然美景或者人文景致不亚于风景名胜区。因此，尽量不要错过这种免费的观光机会，带着一种探索、欣赏、放松的心情，行驶在道路上。

对于喜欢旅行途中看风景的人来说，搭乘飞机除了快以外，地面景色全部略过，什么也看不到，而乘车旅行既是赶路又是观景，一举两得。从这个意义上讲，只要时间允许，我很多时候更喜欢乘坐长途汽车旅行。上了年纪的人，当你徒步旅行感到吃力的时候，坐在车里看着车窗外美丽的风光和人文景观时，同样是一种美好的感受。坐上车尽量不要睡觉，如果有美景很容易错过。

4. 租辆车游览

旅行观光会比较辛苦，特别是徒步游对于上了年纪的人来说有些力不从心，即使是城市游也会消耗不少体力。如果租辆车来代步，那是一个不错的选择。

这里所说的租辆车，可以是一辆小汽车，也可以是一辆摩托车，或者是一辆自行车。有了车我们就可以到更远的地方游玩，扩大了游览范围，提高了行进速度，增强了爬坡能力，减轻了体力消耗，还能愉悦我们的出游。

在海岛上或者某些岛国，租一辆小汽车会比较方便，最多看一下护照或信用卡，有的地方只要有驾驶证就行。我曾经在一个岛国租车，连押金都不要，只需填一张租车单，就可将车开走。租车公司知道：外国游客租车不会不还，汽车不是小船，无法离开所在的岛。还车的时候再付钱，非常方便。在海岛上开车可以不用考虑导航，因为比较容易识别方向，发现走错了路可以及时纠正。有车在手非常惬意，看着美丽的风景，吹着海风，轻松地爬山，想走就走，想停就停，轻松快乐。驾车要注意当地交通规则，在靠左行驶的国家驾车时，一定要改变原有习惯，适应靠左行驶的交通规则。

如果租辆摩托车，费用会便宜一些，感受和汽车差不了多少，停车会更方便，只不过骑摩托车属于肉包铁，一旦出了事故容易受伤，所以，不熟练的人一定要慢或者不要盲目尝试。摩托车一般在海岛上可以租到，城市里就不要考虑了，人生地不熟不太安全。

如果租辆自行车，要提前计划好当天的线路和行进距离，以免体力消耗过大。如果遇到大风或者需要长距离爬坡，也会比较累。要考虑到具体的路况，沥青路面最适合骑行，碎石路尽量避开。当遇到下陡坡时要控制好自行车的速度，以免造成危险。租自行车在许多青年旅馆里都能租到，在一些旅游区或城市，也能找到租自行车的店铺，手续非常简单。

5. 临时搭伴游览

入住青旅有一个好处，这就是可以很容易地结识来自世界各地的驴友，而入住酒店和旅馆就没有这么方便了。遇到兴趣相投的驴友，可以相互交流学习，了解更多的旅行信息和更多的玩法。如果停留时间差不多，可以顺便约好一同游览当地的旅游景点，或一同报名参团游，共同游览那些令人向往的地方。游览中，可以相互学习旅行经验和做法，相互帮助拍照，留下美好的影像。如果行程相似，甚至可以一同继续行走下去，感受一段结伴游的快乐。在一段较长时间的孤独旅行中，插入一段结伴而行，带来的体验和感受也会比较有趣。

6. 根据天气安排游览

天气状况对外出观光游览有比较大的影响，可以想象：当大雨不断或雨雾朦胧的天气下，爬山或者徒步游览山景的时候，会因身体淋湿、看不清景物、无法顺利拍照而感到遗憾；想要游览碧海白沙的海滩，当遇上天空阴沉，风大浪高的天气，由于海天一色，海水颜色也会变得昏暗起来，拍出来的照片没有鲜艳的色彩。如果只停留一天，只能自认运气不佳。如果停留数天，完全可以根据天气情况，做出相应的游览安排。比如，在海滨城市逗留三四天，利用某个好天气游览海滨或海岛风光，利用阴天的时候，游览城市景观，又不晒又方便拍照，因为阴天都是散射光。如果某一天是下雨天，可以安排参观博物馆、纪念馆、展览馆等室内游览活动，这样可以基本不受天气影响。做出这样的安排，其实并不难，只需提前查询一下当地天气情况，进行相应安排和调整就行。

五、环球旅行计划

如果你已经具备环球旅行的六个条件，那就抓紧时间制订环球旅行计划，到网上搜寻便宜机票，抓住机会就出发。如果暂时还不具备所有条件，也可以先行动起来，在进行各项准备的同时，尝试制订属于自己的环球旅行计划（行程），谋划出一件意义非凡的大事，铸就自己的梦想。一旦条件具备，时机成熟，准备到位，就可踏上环球旅行的漫漫征程，实现自己的环球梦想。

（一）制订环球旅行计划要点

1. 什么时候出发

四星级以上的环球旅行，基本上可以不用考虑季节因素的影响，也就是说可以在任何时候出发，因为环球旅行将要前往世界各大洲，既要前往北半球，又要前往南半球。北半球的夏季就是南半球的冬季，南半球的春季就是北半球的秋季，所以，各种季节可能都会遇到，无须刻意选择什么季节出发，也无须考虑旅游旺季与淡季，只要条件具备，准备比较充分，抓住机会就可以出发。

如果环球旅行只涉及北半球，那么这种情况下需要根据前往的国家，考虑季节因素的影响，选择恰当的出发时间。比如，环球旅行主要前往东北亚、欧洲和北美洲一些国家，包括：日本、韩国、北欧五国（丹麦、挪威、瑞典、芬兰、冰岛）和加拿大等国，这样最佳旅游季节是夏季。当夏秋季节来到欧洲各国和加拿大时，能够看到许多美景，游览起来也会比较舒适。又如，环球旅行主要前往东南亚、南亚、中东、北非、南欧、中北美洲、加勒比海地区的一些国家时，那么最好是临近冬季出发，这样可以避开夏日的酷暑和秋季的台风（飓风），体感会比较舒适，没那么辛苦。

如果环球旅行中计划前往南极旅游的话，也需要考虑季节因素，应该将到达南极旅游出发地的时间，控制在11月至次年3月之间，具体视船期而定，以满足南极游览的需要。

2. 朝什么方向环球

无论是自西向东，还是自东向西环绕地球一周都可以，这主要看旅行者的想法。如果自西向东环球（我第一次环球就是如此），很可能首先要飞越太平洋，到达美洲，这样时差会比较大，需要倒时差；如果自东向西环球（我第二次和第三次环球就是如此），可以一个国家接一个国家，一站接一站逐步向西旅行，时差会比较小，甚至感觉不到时差对人产生的影响，最后再飞越太平洋。

另外，在亚洲特别是东南亚，以及在欧洲和北非，自助旅行普遍比较方便，而在撒哈拉以南的非洲，以及北美洲、南美洲和大洋洲自助游相对困难一些。考虑到这个因素，可以先易后难，也就是采取自东向西进行环球旅行。

3. 几个人参加

如果旅行经验比较丰富，有数次独自出国旅行经历，建议独自一人去环球，这样既自由自在，又不受他人的影响，又能锻炼自身能力，还有很强的成就感。如果有合适的伙伴，两个人的环球旅行可以说是最佳组合，既可以互相支持和帮助，克服旅途中的困难，又能节省一些费用。如果是没有多少出国旅行经验的人，或者缺乏足够的勇气，或者身体欠佳，或者存在其他困难，那就与其他人结伴而行，组成一个环球小组。

两个人以上的结伴环球旅行，关键是每个人都要有合作精神，也就是大家能够合得来，求同存异，否则一路上有可能发生矛盾，影响大家情绪，严重的情况下会影响整个行程。应根据人数情况，做好相应分工，发挥每个人的特长，凝聚合力。

4. 选择几星级

选择不同星级的环球旅行，对应着不同的难度，一般来说星级越高难度越大，费用也可能越高。不同的星级意味着前往世界上哪些大洲，可以根据自己的想法做出不同的选择。我觉得好不容易有这么一次环球旅行的机会，只要具备一定的旅行经验和经济实力，尽可能选择星级比较高的环球旅行，这样会更加有成就感，收获也会更多。建议选择四星级或者五星级环球旅行。超级环球旅行因包含南极旅游，会大大增加旅行难度和费用，经验不足的人需要谨慎选择。

5. 持续多长时间

前面已经提到环球旅行不宜少于两个月，也不宜长过一年，在这个时间范围内可以任意确定旅行时间。当然，即使少于两个月或者持续一年以上也是可以的，可以根据自己的具体情况来定。也可以先出发，不设定结束时间，一路走一路游，好的地方多待一些时日，没意思的地方减少停留，直到想回家时为止。总的来说，旅行时间越长，到访国家和游览的地方越多，收获就会越大，花费也会随之增高，体能和精力消耗也会增大，身体欠佳的人不宜长时间在国外旅行。

6. 采取经济旅行还是舒适旅行

采取经济旅行还是舒适旅行完全取决于个人，这两种旅行方式都有可取之处，没有好与不好之分。采取经济旅行照样可以玩得快乐，照样可以得到享受；采取舒适旅行，旅途中仍然会充满艰辛。环球旅行中比较大的费用支出是机票，舒适旅行可以考虑购买环球机票（环球套票），这样会享受比较好的服务，档次要高一些。采取经济旅行可以购买一系列单程机票，尽可能包含廉价航空机票，自己拼凑成"环球机票"，这样会明显降低旅行费用。

住宿费用也是环球旅行中的一大支出，采取经济旅行方式，意味着尽可能多地入住青年旅馆。舒适旅行可以选择入住条件好一些的酒店和旅馆，这样可以休息得好一些。

7. 前往哪些国家

谁都想去那些安全的、友好的、景色漂亮的、消费水平低的国家旅行，具体前往哪些国家完全根据自己的喜好，满足自己探索世界的想法。理论上想去哪个国家就可以去哪个国家，只是由于签证原因，很难做到想去哪里去哪里。如果想多游览一些发达国家，可以申请申根签证，这样理论上可以前往欧洲二十多个申根协定国家旅行，还能借机前往其他一些东欧国家旅行。

当然，作为中国护照持有者，最方便的还是前往对中国人免签或者实行落地签的国家，这样会省很多事。如果已经持有发达国家签证，也可以前往一些有条件免签的国家旅行，这样会减少申请签证带来的麻烦。如果想去一些有特点的国家旅行，又不嫌麻烦，那就多申请一些签证，使环球旅行更加精彩。

从提高性价比的角度出发，应该尽可能前往消费水平低的国家旅行，这样可以花费并不太多的钱感受超值的享受。

8. 游览哪些城市

环球旅行每到访一个国家，具体游览哪些地区和哪些城市，可以根据自己的喜好和想法来定。如果环球旅行时间很长，各大洲与各个到访国家逗留时间比较宽松，可以抵达某国后再做出具体安排。也可以随时随性做出安排，想去哪里去哪里，想停就停想走就走，自由自在地一站一站游览，直到离开这个国家。

如果环球旅行持续时间已经确定，而且不算太长，具体前往哪些国家已经想好，那么每个国家的逗留时间也要大致确定下来。在这种情况下，就需要提前考虑具体前往哪些城市和哪些主要景点，以及往来各个城市之间选择何种交通工具，为制订每个国家的具体行程做准备。

（二）制订属于自己的环球计划

制订环球旅行计划（行程）是环球旅行的前奏，最好亲自制订，然后按照计划付诸实施，这样才更加有意义，更加有成就感。制订环球旅行计划有一些难度，可能会耗费许多时间和精力，这是一次学习与探索的机会，又是一次享受的过程。如果自己制订的环球计划通过努力得以实现，将会令人无比振奋和快乐，一定会幸福满满。

环球旅行计划是确保环球旅行顺利进行，确保环球取得成功的必要准备，有可能在入境他国或申请申根签证时发挥作用。环球旅行计划可分为：粗略计划和详细计划。粗略计划只需考虑环球旅行中依次到访的国家，详细计划是在粗略计划的基础上，完成每一个到访国家内游览计划的制订，并形成总的环球行程。对于大多数人来说，为了尽量不出差错，尽可能有所准备，提前制订好详细的环球旅行计划是必不可少的。

制订环球旅行详细计划，并不是一件简单的事情，需要综合考虑各种情况，需要各种信息支持，需要具备一些国外旅行经验。首先要根据上一节提到的要点，确定相应的环球旅行计划要点内容。还需要考虑的因素包括：计划前往的国家中哪些需要提前申请签证，每个国家计划逗留时间，每个城市停留时间，各城市间的游览顺序，每个城市参加游览项目，各城市间交通方式选择和所需时间，跨洲、跨国以及各城市间航班与机票情况等等。通过选择各航段最具经济性的飞行方案，把各国的行程衔接起来，形成实际的环球旅行总行程。

制订环球计划时，如果缺乏相关经验与信息，可以通过上网查看别人的游记与攻略或者阅读相关旅游书籍，从不同方面获取帮助，掌握尽可能多的旅行目的地信息。为了省时省力起见，也可以参照我的三次环球旅行经历，制订自己的行程，我的三次行程都是经过反复考虑做出的选择，甚至可以照着我的行程来走，也可以把我的每次行程各取一部分，形成自己的环球行程。

无论制订什么样的环球行程，一般都应做如下考虑：第一，尽量避免折返或绕行，特别是不要出现跨大洋的折返，因为跨越大洋的飞行一般都比较贵；第二，由于签证原因，很难做到怎么便宜怎么飞，环球行程实际上是围绕着签证来确定飞行线路，没有获得签证的国家想去也去不了，有些发达国家没有签证即使转机也不行。所以，需要在网上反复寻找便宜且可行的飞行线路。如果能够多申请几个签证，会增加环球旅行的灵活性，但每多申请一个签证又会耗费相应的时间和精力；第三，合理分配在各个国家的逗留时间，消费水平低、景色漂亮、有特色的国家可以多停留一些时间，消费水平高的国家可以减少逗留时间；第四，每个国家内的行程安排，尽可能先远后近，先游览偏远景点后游览城市风光，哪种交通方式便宜就选择哪种，哪种走法感兴趣就选择哪种，哪里风景漂亮就经过哪里。

在互联网风行天下的今天，在网上寻找便宜机票，搜寻高性价比酒店，以及搜寻美景美食，阅读别人的游记，是制订环球旅行详细计划时一定要做的事情。这种线上线下信息搜寻过程，将贯穿于整个环球旅行的准备阶段和整个行程中，这本身就是快乐旅行的一部分。

六、做文明中国人的表率

出国旅行如同到别人家里做客，讲究入乡随俗，应该尊重别国的宗教信仰、法律法规、民风民俗，不能认为在国内做过的事情在国外也能做，更不能出现不文明行为，要努力体现中国人的文明与礼貌。

中国有着悠久的历史和灿烂的文化，既是文明古国，又是礼仪之邦。中国在历经坎坷之后，实现沧桑巨变，已经全面建成小康社会，中国变得越来越富强。我们在国外旅行应该体现出中国人的文明形象，不能给别人留下"土豪"的印象，"土豪"是有钱没素养的代名词，难以被人看得起，只有谦卑、礼貌和文明才会得到人们的尊重。

不过，中国什么样的人都有，想从中国游客身上找到不文明行为，并不困难。千万不要认为出国旅行，自己的一言一行只代表个人，往往代表的是中国人的形象。有些看似小节的事情，在国内不以为然，而在国外，在不同环境下，就应当引起特别注意。比如，中国人习惯在公共场合大声说话，如果在国外，就应该尽量不要让别人听到你的讲话内容，这才是尊重别人的体现，而通过大声说话来显示自己的存在和富有，其实是平庸没素质的表现。

有些在国内明令禁止的不文明行为，如随地吐痰、违禁吸烟、任意插队、不守秩序等，千万不能带到国外，不要在国外被处罚以后才长记性。随地吐痰在欧洲国家几乎已经绝迹，而有些国人仍有此陋习，有这种行为的人说明身体处于病态，行为也不健康。痰是呼吸道发生炎症时产生的分泌物，有痰说明身体有病，而随地吐痰是行为不健康的体现，这样会传播疾病，危害他人健康。

杜绝随地吐痰应从每个人做起。

尊重各国文化是文明的体现，到国外旅行是感受当地人的生活方式和文化，而不是去炫耀自己的生活方式。不要试图冒犯禁忌，不要对宗教信仰妄加议论，应当尊重不同民族的宗教信仰和文化，尊重别人就是尊重自己。

要懂得享受旅行，在陌生国家，面对不同风俗，应当悄悄地融入当地环境中。有些国外习俗我们可能并不清楚，做某件事之前我们可以先观察一下，或者征得别人同意，有时需要一点自我约束精神。只要有文明意识，就能与当地人和谐相处。环球旅行也是一次学习与交往的机会，应当学会谦卑、礼貌、文明、尊重和宽容。

我们需要以良好的形象改变某些外国人对中国人的偏见，用我们的文明行为塑造中国人的形象。让我们共同为这个目标而努力，让我们在环球旅行中尽可能展现中国人的友好与文明，做文明中国人的表率。

对于外语能力比较好的中国人，在出国旅行期间，要努力宣传中国文化和中国和平发展的理念，宣传构建人类命运共同体理念，使更多的外国人了解真实的中国。让中国文化、中国理念、中国倡议走向世界。

Chapter 3

第三篇

首次120天环球旅行游记

（2016.11.1至2017.2.28）

一、北美洲

第1天（11月1日） 开启圆梦之旅

今天是环球旅行的出发日，令我期待已久并为之振奋的环球旅行终于开始了，梦想即将成真。

首次环球旅行我购买了天合联盟的环球机票，环球总体行程是：上海→加拿大温哥华→墨西哥城→秘鲁利马→智利圣地亚哥→英国伦敦→埃塞俄比亚的斯亚贝巴→坦桑尼亚达累斯萨拉姆→泰国曼谷→上海。为了这个看似不太复杂的环球行程，耗费了我很多精力，在完成许多准备工作之后，使我今天得以迈出环球旅行的第一步。

早上，在北方冷空气的作用下，连续一周的阴雨天气终于结束，阳光从云隙中射出，令人精神爽朗。

6：58，我坐上女儿为我叫的网约车，向南京南站驶去。这是我第一次乘坐网约车，之前我使用的并不是智能手机，我自己也不会叫车，看来在中国我显得有些落伍了。

7：50，开往上海的G7177次高铁列车准点开出，一路向东飞速驶去。我一边吃着夫人为我准备的早餐，一边熟悉女儿为我智能手机里安装的翻译软件，心里非常感动，感谢她们对我此行的支持和帮助。我刚开始使用智能手机，出征后才开始学习使用手机进行翻译，准备得并不充分，属于大胆冒进。

环球机票和普通机票差不多，就是一系列单程机票的组合，应按顺序使用，否则后程机票有可能无法使用。在浦东国际机场我领取了登机牌，然后安检、登机，一切顺利。然而，到了起飞时间，我们的航班仍然没有动静。直到下午2：55，在晚点一个半小时后，我所搭乘的东方航空MU581航班终于起飞。本次环球旅行，将由西向东环绕地球一周，最终回到上海。

经过九个半小时的飞行，当地时间上午9：30抵达温哥华。由于存在时差，这里仍然是11月1日，似乎赚了一天。

来到入境关口，移民局人员问我来加拿大的目的，我说："我来这里转机，明天晚上飞往墨西哥。"他看了一下我携带的机票打印件后，在我的护照上盖章、放行，顺利入境。

温哥华机场内外，显得非常安静和有序，很少有人大声说话。

此时的温哥华已经进入金黄色深秋，我期望着能够在有限的时间内欣赏一下加拿大美丽的枫叶。上午温哥华的天气多云，早上最低气温9度，感觉和南京差不多，可这里的纬度要比南京高得多，相当于中国的黑龙江。

我准备乘坐城市轻轨进入市区，在发达国家我一般不会搭乘出租车。我在售票处查看线路图和买票方法时，遇到了热心的工作人员，她帮我选择了相应的车票，然后我用信用卡支付了9加元，一张票就买好了。由于客流量小，这条往来机场和市内的城市轻轨列车只有三节车厢，看上去很短，不过轻轨列车是无人驾驶的。

到达市中心换乘另一条轻轨列车时，车辆控制系统发生故障，整条地铁线路全线停顿。车上的乘客只好坐等，工作人员不停地解释，有些不愿等待的乘客直接下车离开。谁知这一等就是一个小时，我看到有的当地人出现不满情绪，但并没有发泄与开骂。

列车恢复正常运行，此时温哥华秋日风光展现在眼前，道路两侧到处是黄色或红色的秋叶。没想到在温哥华市区也能看到如此美丽的秋景，如果在山野林区，一定更加漂亮，只是此次没能专门安排时间去观赏加拿大枫叶美景。

到达目的地Metro Town车站时，天下起了雨，我穿上自带的雨衣，向着预订的旅馆方向寻去。我预订的青年旅馆非常小，位置比较偏僻，加上下雨天确实有点不太好找（当时还不会用手机导航）。一路上问了几个行人，他们都非常耐心地指点。

第2天（11月2日）　一个适合华人旅行的城市

早上，窗外雨声依旧，似乎下了一整夜，没有一点停歇的迹象，想出去看看秋景，却是如此困难。

起床后，我来到Metro Town巨大的购物中心，想买点早点吃，却连一点加元都没有，我需要兑换一点当地的货币。我在购物中心找到一台自动取款机，插入信用卡后屏幕上竟然有中文显示，真是太方便了，顿时感到非常亲切。为什么这里的取款机会有中文界面呢？原来温哥华地区华人非常多，在华人聚居区简直就是一个华人世界，不会英语也能玩转。我很顺利地取出60加元，满足今天使用就行。

购物中心里有一家华人开的大统华超市，这里各种食品应有尽有，还有很多熟食和餐饮，既新鲜又诱人。我来到一处卖蒸饭卷的柜台，华人服务员见我身上挂着相机，就问：“你是来这里旅游的吧？”我说：“是啊，外面的枫叶真好看。”她说：“这种天气还叫好看啊，天晴的时候，太阳光照在树上，那才叫好看呢。”我说：“没办法，赶上了这种天气，不过也挺美的。”她说：“是啊，这里从9月开始就一直下雨。”

我买了一个蒸饭卷，作为今天的早餐，里面有五香蛋，木耳，蔬菜等。我又买了些面条，炸酱和水果，作为今天的午餐，一共花了12.2加元，比起在餐馆吃饭要便宜多了。蒸饭卷的口味真好，由于今晚就要离开这里，要不然明天早上还会来这里吃饭。

回到旅馆，我在房间里休息，风雨天气实在不方便外出。我一时起兴，便在网上分别查询与环球旅行飞行套票各航段相同时间、相同航班的机票价格，然后计算出总费用。这样算出环球套票比分别单独购买机票要便宜13 000多元，大约节省38%，明显体现了环球套票的价格优势。

中午在青年旅馆的厨房里自己煮面条，然后浇上买来的炸酱。一起在厨房里做饭吃的还有一位来自日本的女学生，她叫美香，现在一边旅游，一边打工挣钱。

晚上11点，我搭乘墨西哥航空公司AM697航班，由温哥华飞往墨西哥城。

第3天（11月3日） 语言不通仍可交流

墨西哥当地时间早上6点，我准时飞抵墨西哥城贝尼托华雷斯国际机场。我入境时非常简单，持有美国签证的旅客可以免签入境，工作人员连一句话都不说，在电脑上操作一番，然后在护照上盖上入境章。通过海关时仍要排大队，每个人的行李都要通过X光设备进行检查。看来墨西哥欢迎各国游客到访，但对违禁品查堵相当严格，整个入境过程花费近一个半小时。

我按照机场指示标志，来到国内出发大厅，准备继续搭乘墨西哥Inter jet航空公司的国内航班，飞往墨西哥旅游名城坎昆。可是我在信息屏上怎么也找不到要搭乘的航班。询问后得知，该航班在T1航站楼，需要搭乘轻轨过去。

来到T1航站楼，就见华为的大型广告横跨在道路上空，隆重展示P9手机，可见华为的实力。在登机安检时，安检人员非常认真地查看了我的华为手机，其实他是特意多观赏一下，在墨西哥有智能手机的人并不多。

10：45，我搭乘的2304航班，准时飞往坎昆，一个半小时后按时到达。

我在机场乘上开往市中心的大巴车，十几分钟后便到达市内，车费66比索（约33元），不算贵，但也不便宜。

墨西哥国土面积不算很大，但各地时间却不一致，坎昆就比墨西哥城要早1个小时。这时已经是下午三点多了，我还没有吃午饭。我在街上找了一家小饭店，点了一盘炒面，味道挺好，用木瓜制作的冰水也挺好喝。餐费60比索，折合人民币20元左右。

我没有预定住宿，现找应该不难。我先看了一家比较大的旅馆，每晚600比索，我觉得有点贵。我又找到一家比较小的家庭旅馆，单人间（包含卫生间、电扇、电视、Wi-Fi，没有空调和热水）每晚350比索。我跟老板娘砍价，最后减到300比索（约100元）。其实老板娘一点英语也不懂，我一点西班牙语也不懂，在这种情况下，我俩全凭肢体语言和手机完成了看房、报价、砍价、登记、付款等环节，顺利入住。在特定环境里，语言不通仍然可以交流，挺有趣的。

老板娘用的手机不是智能手机，所以尺寸比较小。我看她用完手机后，非常利索地往自己的大胸脯里一插，她把胸罩当成了存放手机的口袋，以后换成智能手机，不知道她该怎么放。

第4天（11月4日）"欢迎来到古巴"

今天飞往加勒比海岛国古巴，开启古巴之旅。

上午9点离开旅馆，乘大巴车前往坎昆国际机场。上车验票时，司机用西班牙语对我说了一些听不懂的话。我想无非就是小行李拿到车上，大的放入行李箱。转瞬一想，可能是问我飞往哪里吧，这意味着在相应的航站楼下车，我赶紧说："我去古巴。"他说："在第二航站楼下车。"并在我的车票上写了个"2"字。我这才感到司机服务周到，避免旅客下错车，多跑路。我对墨西哥长途汽车的初步印象是：车况好，服务也不错。

在机场，我首先找到将要搭乘的墨西哥航空公司服务台，花20美元购买古巴旅游卡，这相当于古巴旅游签证。12：40，我搭乘的AM447航班准时起飞，用时一个小时飞抵古巴首都哈瓦那国际机场。这是一个神奇的国度，是一个有故事的国度，就连她的入境卡也显得比较难填写。我在入境大厅忙着填写入境卡时，发现入境关口靠墙边站着一排人，不知道在等什么，其中有不少中国人。

入境时，一名古巴女工作人员看了我的护照和古巴旅游卡后，分别在上面加盖入境章，然后用英语对我说："欢迎来到古巴。"我顿时感到很高兴，立刻对古巴有了好感。短短几天飞抵三个国家，这是第一次听到欢迎语。

刚一入境，我就遇到一个来自中国的小伙，他说他没有提前购买古巴旅游卡，到达这里时，被拦了下来。最后交了80多美元的费用才得以入境，非常郁闷。我这时才明白靠墙边的那群人一定是没有提前购买古巴旅游卡，被留在那里。看来出国前的准备工作一定要做好，相关国家的旅行信息一定要弄清楚，否则会遇到麻烦。

我在排队换钱的时候，看见排在我前面的像个华人，就问："你是从中国来的吗？"他回答："我来自台湾。"我赶紧说："我们可以一起打车去市内吗？这样可以分担车费。"他说："好啊。"我之前得知：哈瓦那国际机场与市区之间没有大巴车，也没有公交车。换好钱，我得知他姓李，就叫他李先生，只是他说话有点娘娘腔。

我俩在机场外拦了一辆出租车，和司机谈好两个人到市内30比索。然而到了市内，司机嫌少，非要再加10比索。我觉得这个司机有点不厚道，但他还是多付给司机10比索。我和李先生就此分手，他进了预订的酒店，我没有预订住宿，就边逛街边找住的地方。

我沿着哈瓦那的海滨大道，从西向东朝着老城方向走去，一边走一边欣赏美丽的海滨风光。走到海滨大道的起点，这里是哈瓦那海湾的出入口，对岸矗立着高高的灯塔，旁边是炮台景区。我乔向老城的核心区，想在那附近找住宿的地方。

走过好几个街区，比较上档次的酒店都比较贵，却始终未见青年旅馆的影子。我背着的背包越发感到沉重，走了这么长的路确实累了。我需要求助一下，于是从手机里调出"哪里有青年旅馆"的西班牙文，给一对古巴青年男女看。他俩一看就明白了，想了一会儿对我说："我们带你去吧。"我随着他俩走过几个街区，来到他们朋友开的一个家庭旅馆。这里有一间客房，房间比较干净，每晚30比索，约合人民币210元。虽然有点贵，但好不容易找到，就这样吧。我对他俩热心帮助表示感谢。

晚上，我在一家外国人光顾的小餐馆点了一份以鱼为主的饭菜，口味一般，17比索（约120元）。这一天下来，让我感到在古巴旅行可不便宜，我不是富有的老外，我是经济旅行者。

古巴现行两种货币：一种是外国游客用的比索，另一种是当地人用的比索，两者面值相差26倍。外国游客是一个价格体系，当地人是另一个价格体系，这是古巴的特别之处。

第5天（11月5日）　入住古巴家庭

早上起来遇到这家的男主人，他是黑种人。他们夫妻二人看起来朴实和善，不善言谈。他们住的是一套西班牙建筑风格的老式房子，有着浓厚殖民时代色彩。房间净空很高，足有5米，门窗也有3米高，挺有气派，有种高大上的感觉。只是他们家里的陈设非常简单，没有多少物品和家具，既不贫穷，也不富裕，看上去生活比较简单。房间里收拾得比较整洁，住在这里感觉挺舒服。我住在这里可以仔细观察当地人的生活，很想和这对夫妇交流一番，只是他俩只会西班牙语，我们之间语言不通，无法进行交流，非常遗憾。

上午9点出门逛街，顺便吃早餐。我来到一家比萨饼店，服务员小姐看到我后用西班牙语问："要点什么？要喝的吗？带走还是在这里吃？"我表示：要一块比萨，一杯咖啡，在这里吃，如此就把早餐买好了。其实，我只是在猜她所说的内容，结果全都猜对了，好像听得懂似的。当然，多数情况下，靠猜是行不通的。

今天想换个便宜一点的地方住宿，我在街上四处寻找旅馆时，遇到一位貌似中国人的女游客，我一问，原来她是来自马来西亚的华裔，姓汤（以下称：汤女士）。我向她打听哪里有便宜旅馆，她说："我昨天刚到这里，我也不知道。我这次来古巴没有做足功课，搞不清这里有什么值得看的，现在感觉有点蒙。"我说："老城里主要有原来的国会大厦和总统府。"接着我就带她来到古巴原国会大厦，只是这里正在维修，进不去。这座建筑完全模仿美国国会大厦的样子建造，可见那个时期的古美关系是多么密切。

随后，我俩又一同前往总统府游览。以前的总统府现在已经改建为古巴历史博物馆，主要展示自1959年古巴革命以后，整个国家发展情况，是全面了解古巴的一个重要窗口。整个展览介绍和展示了古巴面对美国全面经济封锁的50多年间，奋力发展的历程和取得的巨大成就。

我和汤女士明天都要去古巴东部游览，我俩决定和其他人一起合乘出租车前往，这样既节省费用，又方便舒适。具体如何拼车合乘，就由英语好的汤女士操办。马来西亚华人普遍都会三种语言：汉语、英语和马来语，这给他们出国旅行带来不少方便。

由于没有找到便宜的旅馆，我只好决定在这家再住一晚。回到住处，我与老板娘砍价，直接由30比索降到20比索（140元）。

第6天（11月6日） 台湾女孩的防身术

清晨，雨后的空气显得格外清新，感觉非常舒适。

上午我来到一家电影院门前，等待去古巴东南部特立尼达小城的汽车。电影院的看门人非常客气，为我拿来一张椅子，让我坐下来。

不一会来了一位古巴妇女，看上去很普通。她见到我就问："你来自哪里？"当她得知我来自中国后，顿时兴奋起来，赶忙从包里拿出手机。她一边调取照片，一边说起她最近到访中国的经历。我看到她拍的照片有成都、长沙等城市，还有参加会议的照片。我把会议照片放大，"发展中国家经济发展模式研讨会议"，我意识到她是古巴参会代表，可见她的身份不一般，或者是专家，或者是学者，或者是企业家，还有可能是官员。她赞扬了中国，并说喜欢中国。我说："我也喜欢古巴，古巴人友好、热情。"我赶紧拿出相机与她合影，留作纪念（遗憾的是这些照片随相机被抢走，具体后面会讲述）。

上午9点，我和马来西亚汤女士以及两位德国女士，4人合乘一辆小轿车，一同前往特立尼达。这辆车是中国产的吉利轿车，虽然档次不高，但感觉挺舒适，性能还可以，跑起来挺快。古巴进口的中国轿车还有比亚迪、名爵等。

古巴虽然没有高速公路，但纵贯东西的干线公路比较宽阔，刚出城的一段道路是双向八车道，之后变成双向六车道，整个道路比较平顺，相当于中国的一级公路。但有些路段平整度较差，比较颠簸。

特立尼达距首都哈瓦那约300公里，一路上几乎都是平原，道路两侧种植水稻、甘蔗等农作物。经过4个小时的行驶，下午一点多钟，我们到达特立尼达。我和汤女士分别入住当地人家里，这里有许多家庭旅馆，到这里来的外国游客，绝大多数都是住在当地人家里，促进了当地家庭旅游经济的发展。

下午，在特立尼达小城我再次遇到了来自台湾的李先生，他也是今天刚刚抵达这里，看来我们的行程有点相似。我这时才发现"他"实际上是个女的，在机场我错把她当成男士。我赶紧对她说："那天在机场把你当成男士了，不好意思喊你李先生。"听我这么一说，她有些得意："我有意理成短发，特意穿着这身装扮，尽量减少不良男人的主意，少受滋扰。"我这时才明白，原来这是台湾女孩的防身术。

第7天（11月7日）　女士比男士更喜欢出国旅游

早上起来，阳光明媚，一派热带岛国特有的清新和通透。

今天，我们三人（我、汤女士、李女士）约好，一同乘坐观光火车参观甘蔗种植园和制糖厂。这里的观光火车每天都能吸引不少游客，一日游的火车票每人10比索（70元）。

9：30，老爷火车来了，三节车厢里坐满了游客。由于年久失修，铁路路基已经出现变形，两条铁轨看上去显得不够平顺，火车开得很慢，尽量减少震动。铁路两侧的田园风光非常漂亮，有稻田，有牧场，还有大片的甘蔗田。途中火车停靠一处旅游景点，这里有一座高耸的观光塔。她们两位女士都不愿意登塔，我为了减少体力消耗也没去，如果年轻十岁，我肯定会爬上去。

我买了一串芭蕉，大家一起品尝。夹到卖甘蔗汁的地方，我们每个人买了一杯。冰镇过的甘蔗汁清凉甘甜，喝起来真是舒服。

火车行驶的终点站是原先的制糖厂，现在早已不再生产蔗糖，改为旅游景点。游客可以通过生产设备和实物，以及照片了解当时工厂的生产情况。我回忆起小时候吃过的古巴糖，那是一种淡黄色粉状的糖，说不定就是这里生产的。

傍晚，我和汤女士在小城内继续欣赏这里的景物。我看见有几个像中国人的游客迎面走来，我问他们是否来自中国，结果正是。这是我走出古巴机场后，第一次见到来自中国大陆的游客，我很是高兴，他们也有同感。他们一行四人，一男三女，男的来自澳门，三个女士均来自广州。他们只在古巴一国进行深度游，总行程需要20天。

我们立刻交流起来，并相约一起去吃晚餐。他们中间一个网名叫精灵的女士说：她这次来古巴旅游，申请签证很费事，因为她很难申请到美国签证，所以只能申请墨西哥签证，而墨西哥签证也不容易申请。她所遇到的困难，正是我10年前曾经遇到过的，为了签证，多少中国人耗费了金钱和精力。

某旅游网站有过一项统计，在自助出国旅游的人群中，女性占有比较高的比例，甚至女性多于男性。这两天在古巴似乎得到一些印证：我们三人是一男两女，他们四人是一男三女，昨天一同乘车的两个德国人都是女的。看来，女士比男士更喜欢出国旅游。

第8天（11月8日） 我和台湾女孩闲聊

今天离开特立尼达，返回哈瓦那。

我和汤女士、李女士，以及另外三个老外合乘一辆出租车。这是一辆美国老爷车，车内比较宽敞，一共三排座位。这辆车的车速表已经失灵，跑多快也看不出来，但坐上去感觉挺舒适，跑起来并不慢。

我和李女士并排而坐，在四个小时的行驶中，我们一路闲聊。她在高雄一家医院的化验室工作，每年都要积攒假期用于旅游。

李女士问我："现在出国旅行有什么限制吗？"

我一听就能感受到她的偏见，我说："没有什么限制，想去哪里去哪里，你能去的地方我都能去，如果要说受限制，那就是签证问题。不过现在好多了，特别是近一两年来，许多国家对中国游客免签或者落地签或者有条件免签。"

谈起令人愉快的旅行话题时我说："我在旅行中，时常会看到一些独行的女士，甚至独自进行环球旅行。"李女士说："是这样，有些女孩儿独立性比较强，喜欢独自出去旅行。"

李女士和汤女士都已年过三十，都没有结婚，她俩一致认为结了婚就不能像现在这样潇洒地出游了，趁着年轻多玩些地方。李女士已经到过40多个国家，看来她已经是个世界旅行小达人了。

李女士说："每次出行我都会做一些细致的准备，看一些书，这次出发前还特意看了有关古巴导弹危机的电影。"

她接着说："台湾人很少，出行的人也不多，要想在网上找到别人的游记非常困难，特别是中南美洲的就更少了。所以我经常看内地的旅游网站，像穷游网、马蜂窝网，等等。"我问："你能看得懂简体字吗？"她说："看多了就习惯了。"

她问："世界上你最喜欢哪个国家？"我说："都喜欢，如果一定要说一个国家，那就冰岛吧。我喜欢那里自然、纯净、美丽的风景和友好的人们。"她说："我也喜欢冰岛，喜欢那里独特的自然风光。我是冬天到那里去的，和朋友一起进行环岛自驾游。"

我问："下一次你想去哪里？"她说："非洲摩洛哥。"我说："有机会我也打算前往摩洛哥游览。"

我俩就这样一路上聊着，感觉没多久就到了哈瓦那。

非常巧的是，我在哈瓦那街上再次遇到帮我寻找住宿的古巴女孩儿。她是一个纯正的白人姑娘，非常洋气。我俩都很高兴，她给了我一个古巴式的贴面礼，这种礼仪感觉真好。

第9天（11月9日） 中国客车与古巴雪茄

今天参加古巴西部一日游。我们乘坐的旅游大巴车产自中国，坐在里面感觉非常舒适，空调很足，在良好的道路上能开到每小时120公里以上。只是车上仍然用中文提示超速，没能变为西班牙文。

在哈瓦那大街上行驶的公共汽车，几乎全都是中国生产的客车，从中型到大型，再到双层游览车几乎都产自中国宇通。这个位于河南郑州的客车厂商，从最初不为人们熟知，到现在已经成为世界单厂规模最大、工艺技术水平最先进的客车生产基地，而且还将成为中国客车行业中最为先进、世界规模最大的新能源客车生产基地。宇通客车代表着中国走向世界，为中国汽车在国际市场上争得荣誉。当我在世界的另一端看到这么多中国生产的客车，感到高兴。

参加这样的团队游，比较轻松舒适，不用操心，跟着走就行。只是这辆大客车早上要到各个宾馆接人，晚上再一个个送回，耗费很多时间。

我们来到古巴西部小城PINAR DEL RJO，这里距首都哈瓦那150公里。此地出产优质雪茄烟，因为是传统纯手工制作，驰名世界，所以成为一处旅游观光景点。

生产雪茄的车间不允许拍照，游客所携带的东西都要寄存。车间里一排排的工人沿用着传统的手工方法，生产出一根根优质雪茄香烟。大概的生产工艺是：取一定量经过风干、发酵、老化后的烟叶，折成10厘米左右长度，然后揉搓成圆柱形，再用一种光滑有伸缩性的植物叶子进行包裹，然后放到人工压力机上加压成型。这样看来，这种雪茄是一种纯天然、原味儿香烟。世界公认只有古巴肥沃的红土，才能生长出世界上最好的烟草。那么用这种烟叶制作的雪茄味道如何？看来只有会抽烟的人才知道。

中午，在一处专为游客服务的餐厅，全车人围坐在长长的桌子四周，享用饮料和午餐。虽然餐食简单，但听着现场演奏的古巴音乐，看着周围美丽的景色，令来自各国的游客感到非常惬意。

回到哈瓦那已经是晚上八点多钟。吃过简单的晚饭，我来到海滨大道，望着不远处的灯塔方向，等待九点钟的到来。九时整，传来"轰"的一声炮响，这是哈瓦那古城延续已久的传统，为人们准点报时。

第10天（11月10日）　被称"邪恶国家"却有良好印象

今天将要离开古巴，再次前往墨西哥坎昆。

我在哈瓦那一共住了4晚，支付了90比索，大约650元人民币，这很可能是普通古巴人半个月的工资。

7天的古巴之行，虽然短暂，但印象深刻。古巴人实际上由三种人组成：白种人66%、黑种人11%、混血人种22%，他们看上去非常和谐，未听说有什么种族矛盾。古巴的制糖、旅游和金属镍出口是重要经济支柱。虽然从1962年开始遭受美国长达几十年的经济、贸易和金融全面封锁，但古巴人自立自强，凭借着78.3岁的平均寿命和99%的识字率，多年来古巴的人类发展指数达到很高水平。我挺喜欢这个国家，喜欢这里热情友好的人们。

古巴一直被英国列为"邪恶国家"，但我丝毫感受不到邪恶，相反这里的人们热情友善，乐于助人，没听说有抢劫和偷窃的事，也没有人提醒我注意这注意那，在古巴旅行心情放松、愉快。我曾经到访过同样被列为"邪恶国家"的伊朗，伊朗给我的印象和感受与古巴非常相似，那里的人们同样非常友好和热情，主动帮助游人。

第11天（11月11日） 在地球另一边遇上中国驴友

早上起来，我借助互联网通过手机与家人语音通话，这是我第一次在遥远的墨西哥坎昆与家人语音通话。语音电波跨越遥远的空间，瞬时传递，如同近在咫尺，现代科技太强大了，人类太聪明了。我在想：如果人类把用于武器研究开发的资金和人力，用于服务人类自身，可能早就攻克癌症、艾滋病等疾病，早就把无数的不可能，变为可能。然而理想只能是理想，美国有那么多核武器还在研发新的核武器，称霸世界才是最重要的。

在青年旅馆里，我遇到了来自中国武汉的独行客小王，与我一样他刚从古巴回来，接下来准备前往中南美洲旅行。因为我俩在南美的行程有些相似，有些信息可以互相交流，这样我俩聊了起来。

小王在一家生产手机显示屏的公司工作，因为热爱旅游，每年都要出国旅行。他与别人不同，采取先远后近的策略，即先非洲、美洲，后欧洲，最后才是亚洲。由于反复洲际飞行，机票花费很多，要节省费用就要从减少洲际飞行做起。他干脆辞职，用一年时间游历北美洲和南美洲，行程这才刚刚开始。他采取经济旅行，入住青年旅馆，自己做饭吃。

我从他那得知美国总统大选结果，特朗普获胜。这出乎我的意料。

小王本次历时一年的旅行重点是南美洲，他计划从秘鲁、哥伦比亚和巴西三国交界的地方，开启亚马孙河水上之旅，用七天时间到达巴西亚马孙河入海口。而我计划只游览亚马孙河的上游，最终也将到达上述三国交界的地方。我由于没有巴西签证加上时间所限，放弃了亚马孙河全程水上旅行。这是一条世界上最伟大的河流，值得亲身感受她的全部，看来只能以后再说了。

　　他大致环游南美洲，阿根廷的电子签证还没有申请。他与我一样，期望在阿根廷的乌斯怀亚买到最后一分钟船票，前往南极旅游。现在南极旅游最便宜的船票也要5000美元，他希望等到的最后一分钟船票是4字开头，否则就放弃去南极。我因为有工作，我的心理价位是5字开头。期望我们能有好运。

　　下午，我乘车来到海滩，此时出海捕鱼的船只相继返回。渔民们从船上卸下一箱箱捕获的大鱼，既新鲜，又漂亮，十分诱人。看着这些刚刚捕获的鲜鱼，在场的人们都乐滋滋的。

　　此时天上成群的海鸥在飞翔，它们一会儿盘旋，一会儿在海上俯冲，就是为了捕捉海中的鱼，填饱肚子。吃饱了它们就在岸边的木桩上休息，整理羽毛。当地人从不打搅它们，它们自然无忧无虑，非常悠闲。

第12天（11月12日）　游新七大奇迹之一奇琴伊查金字塔

　　今天参加奇琴伊查一日游，费用690比索，大约236元人民币。

　　上午8：30，满载游客的大客车从坎昆一路向西驶去，驶往两百公里外的奇琴伊查。道路两侧是茫茫的绿色丛林，一眼望不到边际，道路平坦但并不宽，只有双向两车道。

　　11：00，到达奇琴伊察的游客服务中心，导游先向我们介绍这里的玛雅文化和各种奇特艺术品，然后大家观赏、购买。这里的工艺品真是太丰富了，精致、独特、漂亮，令人心动。许多精美的石刻工艺品，就算送给我，我也背不动。

　　中午，我们在这里的餐厅吃自助餐，食物比较丰富，口味也不错，鸡块烧得比较入味，还有一些蔬菜、米饭和西瓜。墨西哥人好像都喜欢吃鸡，餐馆里多是以鸡为主的餐食。

　　下午，我们来到奇琴伊查金字塔景区，这里是墨西哥玛雅文化的重要观光地，是哥伦布发现美洲大陆前玛雅文明的最重要的考古发现，既是世界文化遗产，也被评为世界新七大奇迹。

景区内的所有历史建筑物几乎都被隔开，游人只能看不能近距离接触。这里的标志性建筑就是库库尔坎金字塔，该金字塔对声音有着非常好的反射效果，在当地导游带着游客一起击掌时，就会产生美妙的反射音。我独自试了一下，只要声音足够响，也能产生美妙的回音。我想当时设计这座建筑时，并没有考虑回声这个因素，只是现在人的有趣发现。这里如同柬埔寨的吴哥窟，都是丛林中的奇迹。

我感到在世界上每个曾经有人类居住过的地方，都有灿烂的文化，不同人种、不同民族都能创造出人间奇迹，我们应当相互欣赏，相互尊重，而不是相互抵触，更不能发出所谓的文明冲突论。

随后，我们来到IMMIY公园游览。在这个公园里有一个巨大的天然井，宏大的井内是一潭深不见底的清水，井口顶部至水面足有二十多米，井内足以容下上百人。这种天然井实际上是墨西哥尤卡坦半岛上喀斯特地貌下贮藏淡水的洞穴，是由石灰岩受到侵蚀，水渗透汇聚而成，非常独特。尤卡坦半岛上估计有近万座天然井，古时对于玛雅人来说是一个供奉神明和取水的场所。现在这里成为天然洞穴游泳池，非常受人欢迎，到这里来的人基本上都是冲它来的。

在这里只有一个小时的游览时间，旅游团中有不少人下到洞穴中游泳。看着这偌大而清澈的井水，我真想下去游泳，又想拍照。考虑到我一个人实在不方便，万一东西被人拿走了麻烦就大了，只好放弃游泳的念头。

我下到洞底，这里聚集了好多游泳和不游泳的人。游泳的人中最多的是帅哥和美女，有身材苗条的，也有身材臃肿的。这里比较刺激的是洞壁跳水，游客从不同高度用各种姿势往下跳，溅起高高的水花，发出各种响声。会跳的姿势优美，像海鸟一样扎入水中，不会跳的如重物扔到水里，身体拍在水面上发出啪啪的响声。不管是谁，都沉浸在一片欢乐中，我只能拍照片，留下一些遗憾。

返回坎昆时，先前往海滨旅游度假区，在各大酒店门口游客纷纷下车，到达坎昆市区车上只剩下我一个人。我告知司机我住在长途汽车站附近，连入住的青年旅馆名称都说不清，毫无疑问我住的档次最低，但我的环球行程最大气。

第13天（11月13日） 当外国人的感觉挺好

今天离开坎昆，前往墨西哥湾沿岸小城坎佩切。

经过7个小时的车程，下午3：30我抵达坎佩切，这里与坎昆有一个小时的时差。我在网上查询并咨询了城市交通，然后乘上公交车来到这座城市的中心区。

这座城市的老城就在中心区内，有着几百年的历史，属于世界文化遗产。我正在老城边上看着指示牌上面的介绍，有个墨西哥四口之家，从我身边走过。我看见这家的两个女孩对她们的父母说着什么，从她们的表情可以看出，她俩对我这个来自亚洲的外国人有些好奇。我立刻向她们招了招手，她俩马上跑过来和我合影，我们都很高兴。我作为一个外国人，受到当地人友善而好奇的关注，确实有一些特别的感受。回想起我少年的时候，也是用稀奇的眼光看着外国人，如果那时外国人和我一起照张相，那一定会非常兴奋。那时在学校里，老师教育我们：见到外国人不要围观，不要指指点点，要不卑不亢。48年后的今天，我成为一个环球旅行的外国人，我被"围观"了一下，当外国人的感觉挺好。

随后，我在老城一边逛街一边寻找住的地方。不久就找到了一家家庭旅馆，每晚190比索（约65元），房间虽然简陋，卫生间、淋浴、电视、电扇、Wi-Fi都有。

傍晚，路灯亮了起来，我在老城内闲逛。老城的街道不宽，夜色诱人，特别是大教堂和教堂前的广场。这里汇聚了许多当地人，还有外国游客。我在广场的西南角看到一家中餐馆，就进去问服务员如何点餐？墨西哥服务员听不懂，就喊来了中国老板。老板说我们这里是自助餐，一个人75比索（约27元）。这里虽然可选的菜品比较少，但口味还不错，还有当地的饮料，我吃得挺满意。结账时我与老板娘聊了两句，她说这里的天气一年四季都很热，现在还算凉快一些。我问她人民币对比索的汇率，她说，以前刚来时，是1：2，现在都快1：3了，赚不到什么钱。

晚上，广场上举行小型音乐会，聚集了不少人，当地人用吹奏乐器演奏了墨西哥乐曲。在微微的晚风吹拂下，欣赏着优美的乐曲，到处是悠闲轻松的人们，加上广场周围各种彩灯，此情此景令人陶醉。

第14天（11月14日） 悬挂国旗与升旗仪式是各国"标配"

早上7点，我沿着海滨大道边走边欣赏晨景，再次感受一下这座美丽的小城。不远的地方矗立着一面巨大的墨西哥国旗，走近一看这面国旗太大了，微风对它根本不起作用，只有大风才能把它吹得飘起来。这么巨大的国旗，显示出墨西哥人国家意识的气度。

离开海滨大道，我从另一条路向回折返，走着走着来到一所小学门前。这所学校的门口有不少送孩子上学的家长还没有离去。今天是星期一，校园里面正在举行升国旗仪式，学校操场上站满了学生。上午八点整，升旗仪式开始，学生们唱起了国歌，并走起了墨西哥式的正步。

世界上每个国家都有升旗仪式，这是国际惯例。各国校园升旗仪式也很普遍，而美国学校里大多没有升旗仪式，但在美国各地却是最容易见到处处悬挂国旗的国家。因为美国是联邦制国家，为了强调爱国精神，很多美国家庭、公司或机构都悬挂着国旗。所以，悬挂国旗与升旗仪式是各国强化国家意识，弘扬爱国精神的"标配"。

上午11：05，我乘坐ADO公司的长途汽车，前往墨西哥南部小城帕伦克。

一路上道路两侧风景优美，最初沿着海岸线，随后是香蕉园，再后来是一眼望不到边的原野。牛群在悠闲地吃草，成群的飞鸟时飞时落，还有随处可见的大树，想不到墨西哥有这么丰美的草原景色。正是有着丰盛的草场，才培育出墨西哥高品质的牛肉。

下午4点，到达帕伦克。长途车站外有旅游服务点，我立刻报名参加明天的一日游，费用150比索（约53元）。不知为何这么便宜，是这里消费水平低，还是旅游竞争激烈，到了明天就会知道。

第15天（11月15日） 和以色列女士游览玛雅遗迹

早上通过手机看新闻，前一段时间由于没有网络，没有空闲，好多天没有关注新闻了。

今天看到美国总统大选后连续三天出现示威游行，后来发展成骚乱……

我只顾看新闻，吃早饭的时间都耽误了。我用10分钟从小城中心快步走到汽车站，乘车参加今天的一日游。

上午8点，我和一位外国女士上了面包车，我以为会继续到其他地方接人，谁知面包车直接开往景区，车上就我们两个人。汽车开到位于小城西边临近山边的帕伦克国家公园，我俩分别买了两次门票，才进入这座属于世界文化遗产的雅玛遗址公园。原来，这55元的一日游是不包含门票的。

我俩进入公园，说好12点车来接我们。我俩相互介绍了一下，她来自以色列，她叫Hadar Israeli，现在是一名研究生，专业是生物学。她英语自然很好，我俩沟通有障碍时，就借助手机翻译，挺有趣。她把她的手机给我看，原来也是华为的。我也把我的华为手机拿给她看。她觉得华为手机挺好用，也不算贵，而苹果手机太贵了。

今天阴天，没有太阳的灼晒，但湿度比较高，容易出汗。进入公园后，看到整个公园都掩映在森林里，空气非常清新，还带有植物的芳香。

我俩首先参观了玛雅神庙遗址群，这里有些建筑可以爬上去，可亲身感受一下那段曾经辉煌的历史。这里森林茂密，到处都是大树，成为这里的美景之一。

随后，我们沿着密林中的山路向博物馆方向走去。这里的博物馆展示的全部是墨西哥玛雅文化，只是博物馆比较小，一会儿就看完了，毕竟这段历史不算长。我俩坐在博物馆外面的广场上，边休息，边等车。

下午游览两处景点：第一个是Miso Ha瀑布，这是一个40米高的瀑布，游人可以在正面观看，也可以绕到瀑布后面。

第二个景点叫蓝水瀑布，实际上是个瀑布群，顺着河流绵延一公里，规模相当大。一进入景区是成片的连环瀑布，宽广而气派。这些瀑布不是直流而下，而是顺着黄色的岩石流淌下来，层层相叠。

我沿着河流逆流而上，瀑布一级一级呈现在眼前，变换着各种样式。再往上走，有的河段水流变得平缓，有较大的深水区，不少游人下到水中游泳，我一个人下水实在不便，只好在岸上观看。

再往上游走，没有了游人，有的是住在这里的村民。当地人显得并不富裕，靠近景区的人多以旅游服务为生。景区内做生意的青年男女，看上去比墨西哥其他地方的农村人要漂亮，可能是他们不干辛苦的农活，也与这里美丽的山水有关。

回到帕伦克小城，我到长途汽车站买明天离开这里的车票，长长的地名，让我说不出来，写起来又嫌麻烦，我只好用手机打开谷歌地图找出地名，然后给售票员看，这才把车票买好。前往的小城叫：SAN CRISTOBAL DE LAS CASAS，中文叫：圣克里斯托瓦尔。

第16天（11月16日） 品尝墨西哥美味牛肉

今天由帕伦克乘大巴车前往圣克里斯托瓦尔小城。

上午8∶30，我准时赶到长途汽车站。车站的环境很好，可以免费上网，上过一次后，下次到达该公司其他车站就会自动连接上网，非常方便。

昨天晚上下过一场雨，空气十分清新，大巴车行驶在广阔的绿野之中。草场与树木交织出现在道路两侧，几乎看不到成片的村庄，放眼望去到处是低头吃草的牛羊。

下午行驶到墨西哥高原地带，道路蜿蜒曲折，不断上升，由于气压的变化，耳朵有一些感觉。道路两边的景色，随着高度的变化也在改变，出现山地草场、湖泊、高山等景致。傍晚阳光从云间射出，照在高原的山野上，景色非常漂亮。

行车一整天时间，临近傍晚到达圣克里斯托瓦尔小城，这里明显感到气温低了不少，有的人穿着厚厚的衣服，这里的海拔是2000米左右，属于高原地区。

我在长途汽车站下载了当地的地图，又在车站问到了我在网上搜寻到的一家较有名气的餐馆位置，然后向小城中心走去。没多久就找到了这家餐馆，我又在小城偏僻位置找到一家便宜旅馆，小标间，每晚250比索（约90元）。

之后我来到这家名为EI Caldero的餐馆，这里面积算大，但比较精致。我点了一份以牛肉为主的汤和一份米饭，同时还配有墨西哥饼和相应的调料。菜汤里的牛肉有三大块，非常实在，口味也不错，不愧为网上推荐的名气餐馆。品尝过墨西哥美味牛肉，令我印象深刻，好牧场自然出产优质牛肉。一顿饭下来，一共108比索（约40元），既好吃又实惠。

晚上，我在高原小城的中心区闲逛，小城的街道很窄，只容得下两排轿车，到处车水马龙，人群穿梭，非常热闹。只是夜晚这里比较冷，迫使我赶紧回到旅馆里休息。

第17天（11月17日） 墨西哥被称为"吃虫国度"

早上，我来到旅馆屋顶，此时阳光灿烂，万里无云，空气清新，整个小城和四周的山野非常清晰，一派高原特有的气质。

上午先到长途汽车站买好晚上去瓦哈卡的车票，由于路程耗时较长，所以选择了夜班车。

小城里有许多用不同颜色涂料粉刷的建筑，表现出墨西哥人对不同色彩的喜爱，在阳光的照射下，这些建筑尽显艳丽的色彩。墨西哥的许多城市都是如此，看来墨西哥人非常"好色"。

中午，我又来到昨晚吃饭的EI Caldero餐馆，这次我点了一份海鲜汤和米饭。海鲜汤也很实在，里面有8只大虾，味道不错，使我再次感受到这家餐馆不错的风味。

下午在小城内转悠，街上和广场上的人非常多，当然绝大多数是当地人。我发现这里有不少小贩在贩卖油炸昆虫，他们提着整桶整桶的在叫卖。这一特色引起了我的关注，我看到不时有人购买这种昆虫，买了就大口地吃起来，看起来吃得津津有味。

墨西哥南方有着良好的生态环境，到处是草原、森林、牧场，还有热带丛林，由于生态环境好，自然昆虫数量少不了。这些昆虫多以吸食植物汁叶为生，所以富有营养。墨西哥中北部多为高原，因地理和气候因素，常年高温，降水量少，这种环境也非常适合昆虫生长。所以整个墨西哥从北到南，昆虫数量是世界上最多的。

如此多的昆虫，令人烦恼，但墨西哥人却把烦恼与困扰变成了食物。由于昆虫营养价值较高，味道不错，昆虫就变成了当地人的美食，而且在墨西哥各地，昆虫的吃法多种多样。问起当地人为什么那么喜欢吃虫子，他们会说：我们这里的虫子太多了，没办法，只能把它们吃掉。这样墨西哥就有了"吃虫国度"的称号。

晚上10：55，我乘上开往瓦哈卡的夜间长途汽车。为了安全起见，车站工作人员拿着摄像机，把车上的每位乘客录了下来。我从包里拿出羽绒服当被子，在这高原的夜晚乘车，保暖是不可少的。

第18天（11月18日） 玉米的故乡有美味的羊肉汤

清晨的一缕阳光从车外照进大巴车内，我从朦胧中醒来，这一夜在颠簸中度过，睡得还算可以。

从早上开始大巴车就一直在蜿蜒的盘山公路上开行，坡陡弯急，车辆左甩右甩，感觉有点晕车，令人很不舒服。突然一个急弯，大巴车猛地一甩，一个旅行箱从行李架上掉了下来，正好砸在我的胳膊上，还好我挺结实，没有大碍，就是有点疼。

车外已是另一番景色，山上没有了大树和绿色，只有小树和灌木，一派干旱少雨的景象。此时山上能看到许多仙人掌和仙人柱，仙人掌是墨西哥的国花，来到墨西哥以后这是首次见到。真是满山遍野，自由而顽强地生长。

上午10：55，经历10个小时，总算到达瓦哈卡，我算了一下平均速度只有每小时40公里。

我朝着市中心方向走去，看到街上有一家旅行社，立刻预定了明天一日游，然后向大市场方向走去。一路上到处是持枪的警察和军人，好像这里发生了刑事案件，几天来，这一路的宁静与祥和到了这里有点不复存在。

在大市场附近我找到一家旅馆，每晚300比索（约108元），令我吃惊的是旅馆里也有警察，让人多少有些不安。

我在旅馆附近的大市场买了新鲜而富有营养的食物作为午餐，分别是：煮玉米、蒸红薯、帝王蕉和橘子，既便宜又好吃。玉米是墨西哥古代玛雅人培育出来的，因此墨西哥有玉米故乡之称。今天买的玉米都是白色的，吃起来并不香。

下午休息过后,开始游览瓦哈卡小城。逛过市中心的教堂后,我来到附近的饮食广场。这里的各种餐食非常诱人,大锅煮的猪头肉,非常受当地人的欢迎,食客不少。令人垂涎的还有用大锅熬煮的羊头肉,香味扑鼻。我来到一家招牌上有老板娘头像的大锅羊肉摊点,先要了一碗羊头肉汤,外加一个玉米饼。这碗羊头汤非常香浓,羊头肉香嫩顺滑,外加玉米饼,真是太好吃了,我觉得比西安的羊肉泡馍还要好吃,这里的民间美食足以和中国美食一比高下。接着,我又要了一碗羊肉汤,除了羊肉外里面还有土豆、胡萝卜等蔬菜,同样很好吃。这一餐给我留下了很深的饮食记忆,看来是难以忘却了。

第19天（11月19日） 性价比非常高的一日游

早上,我还想着昨天吃过的羊肉汤,美食的魅力让我决定再次前往品尝。

来到教堂前的广场,这里搭建了舞台并摆好了座椅,好像有演出活动。而广场的另一边是早餐摊点,昨晚的摊点都没了。我只好买了一份当地的"粽子",用竹叶包裹的玉米粉和鸡肉,吃起来香糯可口。

上午10点,来到旅行社,我与十几个游客一同乘车开始一日游。

今天一共有五个景点,首先来到"巨树"景点,这是一棵树龄达2000年的巨树。这棵树不是很高,树冠也不是很大,但树干却非常粗,"腰围"足有30米,很可能是世界上最粗的树之一。巨树不但非常粗,而且树冠枝叶茂密,一片翠绿,似乎还在壮年期。这真是一棵奇树,称得上是墨西哥的国宝,称得上是世界级景观。正因为如此,该树被两层铁栅栏所包围:第一层是大树公园的围挡,门票10比索（约3.5元）;第二层将大树根部范围圈起来,加以保护,游人连树根都别想踩到。我抚摸着大树边缘垂下的绿枝,感受她的伟大。

第二个景点是当地一家手工作坊,生产传统编制工艺品。主人向我们介绍了将植物纤维,变成漂亮的手工艺品的全过程,即:将植物纤维按同一方向拉顺,用纺车纺成纱线,然后用天然矿物和植物染色,最后用手工织机编织成花样丰富的艺术品和生活用品。

第三个景点是传统美酒生产与销售中心。这里的美酒以当地植物为原料，先将植物烘烤熟化，然后碾压成小块，放入特制的木桶内发酵。随着桶内产生气泡，冒出阵阵如米酒一般的香气。最后进行蒸馏，得到不同成色的美酒。我们品尝了各种口味的酒，不像中国白酒那么火辣，挺有特色，有不少人购买。

中午，导游带我们来到一家自助餐厅，这里餐食比较丰富，有肉类、蔬菜、沙拉、水果等，口味不错，每人140比索（约45元），作为旅游餐厅这个价位不算贵。

第四个景点是玛雅文化遗址公园。这里的玛雅建筑群，多已不复原貌，但其建筑的精湛工艺仍然可以体现。最值得称道的是：采用石材建起的建筑，石块之间的缝隙如同现代切割机切割出来一般。

第五个景点叫滚水石。该景点的地质类型与四川黄龙非常相似，后者以美丽的钙化池而闻名，前者是在靠近山崖边涌出含钙质的泉水，沉淀后形成黄颜色的钙化池和突出的钙化悬崖。有的悬崖边上形成的钙化池，夏季水量大时，可以在里面游泳。

今天一日游全部费用（车费和门票）一共230比索（约85元），非常实惠，收获不小，性价比非常高。

黑夜中，我们回到了瓦哈卡小城，度过了轻松快乐的一天。

第20天（11月20日）　刚到墨西哥首都就遭遇抢劫

今天乘汽车前往墨西哥首都墨西哥城，这是一座人口众多的超大城市，是墨西哥的政治、经济和文化中心。

大巴车抵达墨西哥城靠近市中心的车站，该车站很大，因为墨西哥铁路运输非常有限，陆路运输主要依靠汽车。我预订的旅馆就在市中心区域，我步行向市中心走去。

我发现手机不仅可以下载世界各地地图，在离线状态下也可以导航，我想正好可以在这个特大城市试一下，看看能否为我导航，是否方便。

我快步走过人少和偏僻的路段，眼看就要来到闹市区了，我把照相机从包里拿出来，准备随时拍些街景，又从口袋里拿出手机，尝试使用手机为我前往旅馆进行导航。

就在我停下脚步，低头查看手机地图时，突然两个当地年轻人从背后勒住我的脖子，我被勒倒在地，他俩立刻抢走了我的手机和相机。我爬起来一看，一个老人就坐在十几米外，好像什么事情也没发生。我立刻朝劫匪追去，怎奈背着背包跑不快，而劫匪比我年轻很多，跑得快，转过一个路口就不见了。正巧这附近就有一个持枪的警察，我赶紧跑过去比比画画地叙述被抢经过。他不懂英语，但立刻就明白了。他首先问我："他们有枪吗？"我说："没有。"我心想：看来这里有持枪抢劫，幸亏劫匪没有枪。

随后，我和这个警察来到被抢现场，警察把离这50多米远的两个保安喊过来。由于树木和路边车辆遮挡视线，这两个保安并没有看到抢劫的发生。警察拿起手机报告案情，说有一个中国人被抢了。然而，他并不问我叫什么名字，来自哪里，住在哪里，也不做笔录，我想万一追回手机和相机怎么联系我呢？我提出要去警察局做个笔录，看看是否能把东西追回来。他一点英语也不懂，只会西班牙语，一时无法沟通。随后，他指指远处最高的电信大楼，意思是那里有懂英语的，并在纸上写了一些我也看不懂的内容让我拿着。

我来到电信大楼，街上到处是警察。我对一个警察说：我被抢劫了，想去警察局报案，他还是不理解。后来他找了一个懂英语的女孩，这个女孩为我在纸上画出了路线图和警察局名称。

我按照女孩提供的地址，边问边找。语言不通实在是难以交流，一路问了许多人后，终于找到警察局。我进入门厅一看，里面坐着一个当班的女警察，我跟她大概表述了事情经过，也不知道她听懂了没有。她此时很忙，不停地通过无线电台接听、通话、记录，根本顾不上我，我被晾在一边。

　　我四处观察，发现这个负责内勤的女警察腰里也别着手枪，其他进进出出的警察，不管是男是女，人人配枪，里面应该有子弹，总不能做个样子吧。这使我感到墨西哥城的治安状况不容乐观，就像美国警察那样人人带着枪，而中国警察几乎看不到带枪的，差别真大呀。

　　我仔细一看，发现他们上身穿的是黄色制服，有的手里拿着红色指挥棒，臂章上有红绿灯符号，我这才意识到他们是交通警察。我很是茫然，怎么会把我指引到这里？难道墨西哥交警也管治安和刑事案件吗？

　　我孤独地站在一边，冷漠无助，想找一个派出所报案做笔录都这么难，这使我十分怀疑墨西哥警察的破案能力。如此看来找回手机和相机几乎是不可能的事，我想还是抓紧时间找到预订的旅馆吧，别在这儿耽误时间了，只有自认倒霉。

　　可是预订住宿的信息全在手机里，此时我连旅馆的名字和地址都说不出来，这可怎么找啊。唯一的办法就是通过我携带的笔记本电脑上网查。我请女警察提供一下这里的Wi-Fi密码，她让我等一等，然后又忙于工作，我也不好催，直到等了40分钟才提供给我。这样我才查到了旅馆名称和地址，离这个警察局不太远。

　　此时天已经黑了，我内心有些烦躁，想赶紧离开这里。这里的警察看到我在这里待了这么长时间，又遭到抢劫，天也黑了，就主动提出用警车送我去旅馆。我上了警车，这可是头一次坐警车，还是外国警车，感觉不是滋味。一路上警车闪着警灯，不断超车，一会就找到了旅馆。

　　今天下午由于意外遭劫，我的行程改为在异国参观警察局，并坐了一趟墨西哥警车，我可从来没有这种经历，这下为环球旅行增添了吸引眼球的故事。

　　在墨西哥首都遭遇抢劫，使我十几天来对墨西哥的良好印象瞬间被抵消，大白天在市中心都会发生抢劫，求助警察一无所获，还不如"邪恶国家"古巴来的安全。

　　晚上，我在旅馆里反思。之前，我知道墨西哥是一个不太安全的国家，来到墨西哥已经十几天了，一路行走了1000多公里，到达6个不算大的城市，一直比较谨慎，没有发现险情，也没有人提醒我。今天抢劫发生在下午4点的大白天，地点靠近市中心区域，附近有警察和保安，我并没有在晚上来到人少偏僻的地方。我感到属于我自己的原因在于：一是我"露富了"，身背相机，手拿手机；二是我边走边看手机，并站在马路边查看地图，警惕性有些放松，为歹徒提供了作案时机。另外，这两个劫匪非常熟悉附近情况，是老手，敢于在很短的时间内避开警察视线下手。或许他们知道，只要不在警察眼皮底下作案，警察不会追到他们家里去，因为在墨西哥城市内没有像中国那样装有众多的摄像头。

我觉得墨西哥警察破案能力有限，为了减少犯罪，他们只好派出很多警察上路站岗，显示警察的存在，起到震慑作用，但抢劫还是不断发生。

这次遭劫损失较大，失去的相机是尼康D40X单反相机，已经用了10个年头，相机本身并不值钱，令我痛心的是相机里500多张照片全没了（我没有及时复制到电脑里）。我的手机是最近新买的华为M5，也不太值钱，但对我环球旅行有很大帮助，刚刚掌握智能手机的用法就戛然而止。

好在我没有智能手机依赖症，没了手机会感到不便，但并不会对旅行造成实质影响，我拥有10年出国旅行经验，没有手机照样能够旅行。但是，没有相机可不行，我需要照相机记录环球旅行的点点滴滴。我决定重整旗鼓，克服困苦，继续我的环球旅行。

第21天（11月21日） 国内家人相助手机"失而复得"

今天最重要的事情是购买照相机，恢复旅行条件，另外还要兑换一些墨西哥比索。

上午，我在街上找换钱的地方，找了几家银行，要么不开门，要么没有此业务。我问了许多人，一路东跑西颠就是找不到兑换的地方，我只好决定乘地铁到机场去换钱。这样可以参观一下墨西哥城地铁，还可以熟悉从市内到机场的路线。

墨西哥城的地铁正像介绍的那样：一票制，5比索（3块钱不到），人工售票，这给我等语言交流有障碍的人乘坐地铁带来了方便。我把钱递进售票窗口，伸出一个手指，不用说话就把票买好了。

墨西哥城的地铁系统比较庞大，所有信息显示全部是西班牙文，其实只要熟悉地铁的乘坐方式，将站名当符号识别，就可畅行无阻地到达任何一个角落。当然，你要知道去哪里和你所在的地点，以及它们的西班牙文是什么样，记不住就用手机拍下来，随时查看。

经过两次换乘，顺利到达墨西哥城国际机场，我很快换好比索，接着又乘坐地铁原路返回市中心。

在市中心商业街，我找到两家经营照相器材的商店，看了两种型号的相机。然后回到旅馆上网查询比较，最终决定购买尼康公司今年9月份刚上市的新品入门级单反相机D3400，看来我只能在入门级上徘徊。像我这样行走世界的，不能用好机型，好的买不起，扛不动，还怕被抢。

下午再次上街，直接去买相机，花费近3000元人民币。

晚上，在房间里熟悉新相机的使用，我发现这款相机没有配数据线，因为该相机具备无线传输功能，但只能往手机上传。没有数据线无法将照片复制到电脑里，这样需要另外购买数据线，真是麻烦。

麻烦还不止这些，当我准备在携程网上购买秘鲁国内机票时，用信用卡付款需要输入手机收到的验证码，而我的手机已经被抢，这下可把我难住了。如果让家人帮我买机票会比较麻烦，万一出了差错会影响行程。

我把在墨西哥城遭遇抢劫的事告诉家人后，夫人很快帮我新买了一部手机，并到移动公司重新补回了我的手机卡。这样我的手机算是"失而复得"，只是不在我身边，而是在遥远的家里。我和家人只好通过QQ在线联系，我用笔记本电脑在网上订票，家人将手机收到的验证码传给我，如此完成购票。我十分感谢我的家人，她们为我的环球旅行提供了很大的帮助。

此后，家人试图通过快递将手机寄给我，但需要700多元的费用，而且快递公司说：南美洲那地方不能保证一定收到。另外，寄到哪里也是一个问题，我基本上每天都在更换住地，最后放弃了这一想法。

第22天（11月22日） 墨西哥城是座危险的城市

抢劫发生后，我已经及时进行了补充，恢复了旅行条件，环球旅行可以继续进行。

上午，我用新买的相机拍下的第一张照片就是购买相机的商店，店内除了有一名保安外，门口还站着两个警察，除此之外街上每隔一段距离就有警察，可以说墨西哥城商业中心的警察密度非常高。

下午，前往墨西哥城东北部50公里外的太阳和月亮金字塔景区游览。我先搭乘地铁来到长途汽车北站，在那里再转乘汽车前往。

由于交通辗转，到达景区已经是下午4：30。景区门票65比索（约20元），比较便宜。此时太阳西斜，游人也不多，正是观景、拍照的好时机。

景区内有很多仙人掌，配着金字塔正是墨西哥的代表景观。金字塔上有不少游客，当我准备登塔时，保安说已经到下午5点了，该关门了，不能再爬了。我说我就上去一点点，保安同意了。我触摸着组成太阳金字塔的石块，感受这一伟大工程建造者们的巨大付出。

走出景区，正好来了一辆开往市区的大巴车，上去就走一点没耽搁。开到前面的镇上，上来两个警察，从前走到后，每个人都看上一眼，还有一个人拿着录像机把车内录了一遍。看来发生了什么案件，警察正在追逃犯。回到长途汽车总站，我看到地铁入口处贴了不少带人像照片和文字的纸张，虽然看不懂内容，但基本上不是通缉令就是寻人启事。这再次反映出墨西哥城是一座不安全的城市。

墨西哥的贫富分化比较严重，地铁、大街上时常可以见到乞讨的穷人，有不少是残疾人。墨西哥人有的比较彪悍，当社会环境出现问题时，容易表现出极端倾向，从当地报纸报道的内容看，墨西哥的暴力、劫匪、犯罪等案件出现的频率较高。

为了对付犯罪，墨西哥城有庞大的警察队伍，通过在重点地段，例如市中心、地铁、汽车站等密布警察，来震慑犯罪。在墨西哥地铁站、长途汽车站没有安检，这里主要防范的是暴力犯罪，而不是恐怖主义。我所遭遇的抢劫，足以证明墨西哥城是一座具有潜在犯罪威胁的城市，一座令人缺少安全感的城市。

第23天（11月23日）　在墨西哥自助游相当便宜

今天是在墨西哥旅行的最后一天。

我来到市中心的宪法广场，往日这里的喧嚣已经不在，现在广场中央被围挡起来，正在搭建圣诞树，为圣诞节做准备。

宪法广场北面的墨西哥主教堂，是墨西哥城最具标志性的建筑。我进入教堂欣赏一番，整个教堂大气而精致，感觉可以和同在北美洲的加拿大蒙特利尔圣诺瑟圣堂相媲美。

接着来到宪法广场东面的墨西哥国家宫参观，我围着这栋方形建筑绕了一圈，先免费参观了在此展出的中国贵州苗族文化展，以及东北亚中日韩三国文化展。然后免费进入国家宫内部参观，不需预约和免费参观相当给力。

国家宫内部对游客开放的区域不大，里面的花园生长着各种仙人掌和许多植物，里面还有一座小教堂，野猫在院子里晒着太阳，享受这里的宁静。唯一能进入室内参观的地方是一处听证会堂，这里有一个讲台，台下有许多座位，屋顶上有一个很大的人眼睛图案，其含义是：天在看，别说谎。在国家宫大楼内的墙壁上绘有大幅彩画，反应墨西哥不同历史时期的重大事件，如果能听得懂这里的解说，会了解更多的墨西哥历史。

走出国家宫，太阳已经落下。我来到市中心一家华人开的自助餐厅，享用了一顿丰盛可口的晚餐。餐费每人93比索，也就是30多元人民币就能吃到自助餐，确实非常实惠。

14天的墨西哥之旅即将结束，这里有美景，有美食，有精彩的玛雅文化，有便捷的交通，而且消费水平不太高，在墨西哥自助游相当便宜，非常适合自助旅行。只是这里的治安不太好，特别像墨西哥城这样的大城市，需要多加小心。

晚上11：55，我登上墨西哥航空公司AM048航班，向南飞往向往已久的南美洲。

二、南美洲

第24天（11月24日）　南美洲我来啦

早上醒来，向飞机窗外望去，秘鲁的国土已在下方，只是看不清楚，有一层薄雾，看上去干燥而荒凉。

7：00，抵达秘鲁首都利马。走下飞机，我看到指示标志显示：往左提取行李，往右转机。我不转机，我要入境，应该往取行李方向走。经过一道单向门，来到行李提取大厅。我愣住了，有些不解，还没通关呢，似乎马上可以走出机场。就在这时一个机场工作人员把我们一群人拦了下来，原来我们是从国内到达通道出来了。如果走快点，很可能未通关就进入了秘鲁，要是想偷渡挺方便。我是来旅游的，如果出去了，离开秘鲁时就麻烦了。工作人员赶紧打开单向门，我们一群人才得以回到国际到达大厅。

入境时，秘鲁移民局人员看过我的护照和美国签证后，只问了一个问题："你在秘鲁待多久？"我说："一个月。"然后盖章放行。以往最难涉足的南美洲，现在如此简单，我非常兴奋，心里说：南美洲我来啦！

16：40，我继续搭乘飞机从利马飞往秘鲁中东部小城普卡尔帕。我从飞机窗口观赏地貌发生的独特变化。安第斯山脉西坡，由于干旱少雨，呈现荒漠化，很少有绿色植物。幸好我没有乘坐长达十几个小时的汽车，据说路况不太好。安第斯山脉高耸的山峰上，白雪皑皑，有许多绿色的高山湖泊。安第斯山脉的东坡，积满了被高山阻隔的云团，飞机飞过时产生较强的颠簸。越往东飞，水汽越充足，大地显出绿意，出现河流和茫茫的亚马孙热带雨林。一山之隔，两重天地，非常独特。

一小时后，飞机平稳降落在普卡尔帕机场。这是一个非常小的机场，就在小城边上。刚走下飞机，一轮红日即将落入亚马孙平原，第一感受就是这里太美了。

我入住的是一个家庭旅馆，房间大，比较干净，每晚约75元人民币。我来到旅馆附近的超市，这里有自选餐食服务，品种较多，也不贵，正合我意。我连菜带饭还有水果选了一大盘，一共10索尔（约20元），吃起来很对胃口，没想到这么偏僻的小地方还有这么大的超市。

秘鲁在南美洲属于比较穷的国家，从普卡尔帕小城就能看出来。城内没有出租车，只有满大街客运三轮摩托车，成为这座城市一景。乘坐三轮摩托车非常方便，费用也不高，就是噪音比较大。虽然摩托车多，但没有几个闯红灯的，警察也很少见。

第25天（11月25日）　参观亚马孙河支流上的"港口"

昨晚睡前星空璀璨，睡梦中却是雨声阵阵，大雨说来就来，此时，亚马孙热带雨林已经开始进入雨季。

早上，雨一直在下，一时出不去，我只好在房间里休息。这家旅馆的窗户没有玻璃，只有防护格栅和纱窗，随时保持通风状态，只因这里温差小，只需通风，不需保温。

下午外出游览，我上了一辆三轮摩托车，从小城西边一直开到小城东边的亚马孙河河边，5索尔（10元人民币）。来到这里就是要仔细看看亚马孙河，感受一下这条世界上最伟大的河流。

亚马孙河位于南美洲北部，由北、西、南三面连绵山地围出一个非常广阔的区域，这就是亚马孙河流域。下到这里的雨水，全都汇集到亚马孙河。这个广大的流域面积达到691万平方千米，占南美洲总面积的40%。这里处于赤道附近，气温高，水汽足，降水量大，成就了世界上流量最大的河流。流量可达每秒21.9万立方米，大约相当于7条长江的流量，占世界河流流量的20%。流域内有众多的支流，总数超过1.5万条，是世界上支流最多的河流。

我来到河边，近距离感受这条大河。汛期的河水含泥量较高，河水发黄，流速较快，一泻千里。这里只是亚马孙河支流之一，距离亚马孙河的入海口还有好几千公里，但这里看上去已经是一条十分宽阔的大河，足见这条河流的浩大。

我来到普卡尔帕城市边上简陋的"港区"，只见河边停了不少运输原木的货船，岸上堆满了来自热带雨林的原木。河岸上有原木加工厂，将原木加工成各种规格的木材，然后装车外运。这是典型的就地取材，就地加工，就地销售的资源型产业。虽然这些工厂看起来非常简陋，但产自亚马孙热带雨林的木材却有着很好品质。

与这里相邻的是货运码头，这里完全不是现代意义上的码头，几乎就是原始河岸。各种船只停靠在河岸边上下货物，轻的人工搬运，重的靠停在岸上的汽车起重机装卸。

一场大雨让这里一片泥泞，车辆全都无法开上岸坡。我看到有来自中国的货箱，看来中国企业已经深入到秘鲁的亚马孙河地区。

货运码头旁边就是当地人往来城乡间的码头，各种人货混装的小船纷纷停靠在河边。当地农民将水果、鱼类等运到小城销售，同时买回自己所需的东西。

这里是观察当地人生活最好的地方，一捆捆沉重的香蕉靠人力扛到岸上，码头边上就是市场，售卖亚马孙河中的各种水产，还有蔬菜、水果等食物。虽然显得凌乱，但富有生活气息，能看到许多不曾见过的鱼种，以及当地人的点滴生活。

河边售卖亚马孙水上运输船船票，从这里到下游的伊基托斯要走上3天，船上环境差一些，时间太长，所以我决定乘飞机过去，这样只需1个小时，机票665元人民币。

第26天（11月26日）　陆路无法到达的世界最大城市

今天离开普卡尔帕，前往伊基托斯。

伊基托斯号称世界上最大的城市，怎么个最大法呢？原来这是一座陆路无法到达的城市。该市地处亚马孙热带雨林深处，到处是茂密的原始森林与众多的河流，无法修路。就算步行或骑马也无法到达，因为根本就走不进去，而且没必要这么做，完全可以坐船或搭乘飞机抵达。

9：30，我搭乘的秘鲁星航飞机准时起飞，向东北方向飞去。本想从空中观赏一番亚马孙热带雨林，只是云雾太浓无法看清。

一个小时后，飞机降落在伊基托斯。这里刚下过大雨，并不闷热。我来到机场的信息中心，询问市内交通情况。服务小姐告诉我：前往市区坐摩托车10索尔（20元）。我问有没有巴士，她说有，只要1索尔（2元）。

我来到机场外面的马路上，只见用货车改装的巴士一辆接着一辆，我也不管是哪一路车，只要朝市中心方向开就上。上车不久下起了大雨，我看见乘坐三轮摩托车的人不停地遮挡着雨水，不禁暗自得意：坐巴士又便宜又不淋雨，选择正确。

来到市中心，我看到街上有一家名为"亚马孙之王"的旅行社。我停下脚步，旅行社的人很热情，向我介绍他们的旅游项目，随后我预订了亚马孙河及热带雨林两天一晚的二日游。旅行社的人还带我去换钱，帮我寻找比较便宜的旅馆，还帮我预订11月29日前往哥伦比亚莱蒂西亚的船票，让我感受到秘鲁人的热情。

下午沿着河边游览。河边有不少酒吧，有的建在路边，有的依靠长长的木桩将房屋建在河滩上，只不过建得非常高，防止极端高水位时被河水所淹。河滩上住着一些当地人，他们的房子为木结构，房屋下部是整排原木，当河水上涨时可随之漂浮，不至被淹，以适应亚马孙河的特点。此时，河滩尚未被河水淹没，孩子们在河滩上踢着足球。

第27天（11月27日） 亚马孙热带雨林中的"原始生活"

今天参加亚马孙热带雨林二日游。

上午我与其他游客一起乘车来到河边码头，这里有卖油炸大虫，女孩子们愿意尝鲜，连买带吃还要拍照，我不想吃这些东西，看看热闹倒是很开心。

我们乘坐的木船上一共有9名游客，1名导游。除了我以外，5名来自利马的秘鲁女孩，一对秘鲁夫妻，一名来自加拿大的女士。

我们的木船向亚马孙河一条小支流的上游驶去，河道由宽变窄，两岸是茂密的热带雨林。

我们来到一处当地原住民部落，一上岸，部落男主人为我们每个人的脸上涂上植物的红颜色，意为辟邪和好运。然后我们来到大草棚内，里面有许多身着草衣草裙的男男女女。他们以特有的传统歌舞迎接我们的到来，然后邀请我们每个人与他们手拉手一起跳舞。与我一起跳舞的好像是一位孕妇，肚子挺大。跳过舞后，她们拿出平时制作的手工艺品和旅游纪念品售卖，我花了10索尔（20元），买了一个类似手环的纪念品。

随后，我们乘船来到另外一个部落，当我们进入大草棚时，发现里面的男男女女下身穿着草裙，而上身全部裸露。面对这一场景我有些惊异，也有些暗喜，惊异的是怎么上身一丝不挂，暗喜的是这里有着独特的传统气息，可以看到女人们美丽的上身。这些当地人的祖先可能来自亚洲，他们的肤色和长相很像中国人。

演出开始，男人们随着鼓点唱歌，女人们拉着游客的手在场地中央跳起传统舞蹈。游客们此时都自然地融入这种环境中，与赤裸上身的女人们开心地跳着舞，这场景显得原始、古朴。我赶紧用相机拍下这美好的时刻，记录这难得的经历。

离开这里，我们乘船进入亚马孙河的干流，向下游驶去。大约行驶了1个小时，小船拐进另一条支流。我们来到一处热带雨林观光点，一到这里大家立刻被这里的动植物所吸引：鹦鹉不停地叫着，长尾猴在树上树下任意乱窜觅食，树懒一副睡不醒的样子，大蟒蛇任人摆布，大嘴鸟丝毫不怕人……真是一处热带雨林动物天堂。大家争相与动物们接触合影，享受与动物们相聚的美好时光。

中午，我们在亚马孙之王丛林小屋餐厅吃午饭，虽然菜品不多，但产自亚马孙河里的鱼做得挺好吃。

午餐后，参加一日游的游客乘船返回伊基多斯，我和那位来自加拿大的女士安妮入驻在这里。这里的住宿条件比较简单，餐厅和房间全部用窗纱从下到上封闭起来，防范热带雨林中众多的飞虫。这里终年气温在摄氏23～33度之间，气温不是很高，一旦进入雨季，空气非常潮湿，在烈日下会感到很热。如果连续降雨，太阳被云层挡住，感觉比较凉快。亚马孙热带雨林被称为"地球之肺"，这里生长着全球20%的森林，为地球提供20%的新鲜氧气。能够在这里住上一晚，充分呼吸这里的空气，算是一种无形的奢华享受。

我们的导游名叫HELADIO SILVANO，他今年53岁，非常敬业。下午他只带我和安妮两人。下午安排两个小时热带雨林徒步，安妮比较胖，她要在房间睡觉，不肯去。

下午导游给我找来一双长筒雨靴，然后叫上餐厅的一个服务员，我们三人一起进入热带雨林。我们没走两步，长着近一人高的杂草就挡住了去路，导游在前面用大刀劈草开路。刚进入雨林中，就听见"轰隆"一声响，可能是树上的猴子看到有人，跳下来逃跑的声响。热带雨林里，各种植物生长得非常茂密，没人走过的地方根本没法走，就算是拿着刀披荆斩棘，没走多远也会累个半死。

森林里大树并不很多，因为这里各种树木都想长大成才，相互制约，能够自由自在地进行光合作用而不受干扰是很困难的，只有少数拔尖者，才能脱颖而出，长到比周围其他植物都高大，充分进行光合作用，最终才能长成大树。

导游给我介绍一些有毒的植物不能触碰，介绍防止迷路的标记，还有各种植物的特点，我只能听懂那么一点。欣赏各种植物的同时，蚊子、蚂蚁不时袭扰我们，令人生厌。

我们决定返回时，原有踏出的"路"已经看不清楚，一时难以确定该朝哪个方向走，我们有一点迷路的感觉，有了一丝不安，只是谁都没有表现出来。好在我们是从西面走进来的，此时太阳还没有落下去，有太阳指向，就不会迷路。我们向着西面，边走边找，最终找到有标记的地段。经过一段行走跋涉，我们终于走出热带雨林，大家都挺开心。热带雨林是属于动植物的，人走进去可不舒服，要防这防那，有点令人生畏。

走出森林，我们来到河边欣赏落日，只是今天云彩太多，美丽落日没有看到，但亚马孙每天的黄昏都非常美丽。

我们住的地方没有自来水，没有电，没有手机信号，更没有互联网，这里好像使用的是卫星电话。晚上从6点开始，用小发电机发电，至9点停机。房间里只有一盏节能灯，连插座都没有，带来的电子产品无法充电。

远离城市，远离人群，远离现代文明，体验一下热带雨林中的"原始生活"，这是一种难得的感受，这种环境在中国很难找到。

吃过简单的晚餐，赶紧洗衣服，洗澡，等忙完这些，发电机也停了，周围变得一片漆黑寂静，此时只能早些上床睡觉。我钻进蚊帐，躺在床上，听着周围动物们偶然发出的各种声响，有种独特感受：热带雨林里是睡眠养生的好地方。

第28天（11月28日） 亚马孙河上遭遇险情

早上，导游对我和安妮说："我们先到河里去看鱼，然后再吃早饭。"

我们三人乘上小船来到支流与亚马孙河干流交汇处，只见一米长的大鱼不时背部露出水面，然后又消失在水中，原来这些大鱼在汇流处附近捕食小鱼。亚马孙河真是各种鱼类的天堂，这么广阔的流域有着众多的鱼类。

吃过早餐，餐厅经理拿出热带雨林中红色的植物种子送给我们，保佑我们平安，谁知下午就发挥了作用。

上午的游览项目是到河里捕鱼，安妮还是不肯去。我们来到河边，还未上船经理就在河边洒出一网，收网一看里面有十几条小鱼。上船后，小船离开岸边，连续撒网，网网有鱼，一会儿就捕获了小半桶，只是没有大鱼。我感叹这里鱼太多了，太容易捕了。我问导游："为什么不去早上那边捕鱼？"导游说："政府规定干流不能捕鱼。"

中午，从伊基托斯来了两位秘鲁游客，导游说下午带他们游览过热带雨林后，与我俩一同乘船返回伊基托斯。下午天气阴沉，导游说可能要下大雨，两个秘鲁游客只好放弃游览，这样我们就一同乘船，向伊基托斯驶去。

在亚马孙河上行驶了没多久，只见小船后方乌云密布，黑压压一片，暴雨即将来临。我们的小船开足马力向上游驶去，力图避免被狂风暴雨追上，其他船速度比我们快，很快超过我们不见踪迹。我们船上的发动机功率小，摆脱不了暴风雨的追赶，一会儿狂风裹挟着暴雨铺天盖地般地袭来，导游赶紧让我们每个人穿上救生衣。此时暴雨下得四周什么也看不清，船有可能被撞翻。狂风吹在放下防雨布的小船上，还有可能掀翻小船，情况十分危急。这时我最担心一旦落水，我可以游泳，但笔记本电脑和相机就全完了，照片也全没了。就在这危急时刻，导游果断让我们掀开防雨布，减少小船的迎风面，同时让船老大立刻靠岸。好在我们本来就沿着岸边行驶，一会儿就在什么也看不清的情况下靠在了岸边，我们这才稍稍放下心来。狂风暴雨过后，河面又恢复常态，小木船继续行驶。当我们到达伊基托斯码头时，我们都为度过一场有惊无险的亚马孙河上之旅而高兴。我们向导游致谢，感谢他临危不惧果断处置。

晚上，我在旅馆里刚洗好澡，"亚马孙之王"旅行社的经理找上门来，他要求参加过游览的外国游客给他们写下感言。我翻看他的记录本，在那么多的留言中没有一条中文，可见来这里的中国人极少。我在本子上写了不少，希望有更多的中国人来伊基托斯旅游，也能参加"亚马孙之王"旅行社组织的游览。我对公司经理的敬业精神感到敬佩。

第29天（11月29日）　一河连起三国，往来如同回家

今天乘船从秘鲁伊基托斯前往哥伦比亚的莱蒂西亚。

5点，我坐上"亚马孙之王"旅行社安排的摩的驶向码头。我乘坐的快艇能坐40来人，安装有两台大功率发动机，速度较一般的船快得多。

6：40，快艇驶离伊基托斯，向亚马孙河下游驶去。一路上马达轰鸣，船头上翘，船尾涌出水柱，在宽阔的河面上飞驰。

亚马孙河的两岸是连绵不断的热带雨林，有的河岸状况较好，有的河岸出现坍塌，不少大树倒入河中，这给行船带来隐患。特别对于高速行驶的船只，漂浮在水上的木头非常危险。因此，这种快艇晚上无法安全行驶，白天驾驶员也要谨慎驾驶，时刻注意水上漂浮物。

一天的行驶中，船上提供早餐和午餐，还有饮料。船上有直排厕所，粪便直接排入亚马孙河，全靠浩大的河水进行稀释。

下午5点到达本次航程的终点——秘鲁东面亚马孙河上一座比较大的岛。河对面就是哥伦比亚的莱蒂西亚，莱蒂西亚又与巴西的塔巴廷加相接壤，这里是三个国家毗邻之地，一河连起三国。

过河就是出国，必须在秘鲁这边盖好出境章。与我同船的还有两个老外，一个是来自新西兰女孩，一个是来自日本男士，我们三人都要去莱蒂西亚，这

样就一同去移民局办公室办理出关手续。移民局办公室并不在河岸上，而是在小镇上，我们合乘一辆三轮摩托车，沿着坑坑洼洼的小路赶往那里。

办公室工作人员态度挺好，就是效率低，机场出入境办理5个人的时间，他只能办好一个。办好手续，我们返回河边码头，然后乘坐小木船几分钟就过了河，来到哥伦比亚莱蒂西亚。我担心哥伦比亚移民局下班后无法入境，谁知遇到的是无人管的边境，我有些不适应，怎么两国往来如同回家。我问他俩这该怎么办？他们说莱蒂西亚只有在机场有移民局，可以明天去办理。

新西兰女孩预订了今晚的住宿，我和日本男士都没有预订，这样我俩就跟着她来到预订的旅馆。这是一家家庭旅馆，住宿条件相当于青年旅馆，每晚10美元（约70元）。我们三个人住在一个房间里，房间里没有蚊帐，就连主人的房间也没有。这里地处亚马孙热带雨林地区，房间里明明有不少蚊子，不知他们是怎么适应的。

才到这里一点哥伦比亚钞票也没有，主人家的小哥开着车将我们三个人拉到兑换钞票的地方。我换了100美元，得到28万比索，一下子没有数值概念，不知道该怎么花。

第30天（11月30日） 先入境，改天办理入境手续

今天，首先要到莱蒂西亚移民局办理入境手续，要不然我仍处于"非法入境"状态，心里有些不安。

我问他们二人去不去移民局办理入境手续，他俩都不急，我只好独自前往。我拦了辆摩托车，直奔机场，正如我所预料的那样，没多长时间就到了，3000比索（约7元）。

莱蒂西亚机场属于国际机场，但这个机场真是太小了，还没有一个汽车站大，不过旁边正在建设新的航站楼。

进入机场，里面没有什么人，我询问航空公司服务员移民局办公室在哪

里。他很热情地带我来到移民局门口，实际上只有十几米远，可见人家非常热心。

移民局办公室里有一位工作人员，我说："昨天我从秘鲁伊基托斯坐船来到这里已经晚了，现在来办理入境手续。"他看了我的船票和秘鲁移民局的离境章后，问我："住哪里？在哥伦比亚逗留几天？"听了我的回答后直接盖章，然后说："欢迎来到哥伦比亚。"我很高兴，感觉入境手续简便，连入境表格都不需要填。这样我就算合法入境了。

这种奇特的先入境后办理手续的情况，如同先结婚后领证，我还是第一次遇到。这是由于这里位于亚马孙热带雨林腹地，陆路无法抵达，而且这里是三个国家毗连地，当地人员来往密切，属于历史与自然环境所致。

傍晚，我到小城各处转转，当来到中心广场时，回巢的飞鸟成群结队地从四面八方涌来，落满整个大广场的树梢上。此时广场上一片叽叽喳喳的鸟鸣声，音量之大可以用巨响来形容，站在树下甚至连路上的摩托车的声音都能盖住。广袤的亚马孙河流域，良好的自然生态环境，养育了大量的飞鸟，为什么它们选择在这里过夜，哪片树林不能睡觉？我想鸟类跟人类一样，它们也需要社会生活。由于当地人从不打扰它们，这些鸟们在这里既有安全感还能感受城市灯火，自然这里成为它们聚会、交流、夜生活和过夜的好地方。

第31天（12月1日） 没有签证进入巴西游览

今天，借助三国毗邻之地人员可以自由往来，我决定到巴西那边游览一番。

虽然人员可以自由往来，那是对当地人而言，对于中国人来说进入巴西需要签证，所以理论上中国人需要事先办好签证才能入境，而申请巴西签证可不是一件简单的事情。

上午，我带上相机和饮用水就出发了。我沿着连接两国之间的大路向巴西方向走去。没多久就到达两国边界，虽然巴西那边并没有警察，我想如果步行速度有点慢，容易被人注意，不如乘坐摩托车会方便些。我叫了辆摩的，说到巴西那边的机场。摩托车载着我一晃就过了两国边界，这样我来到了巴西。

摩托车拐了几个弯，来到亚马孙河边的码头，原来司机理解错了，把我拉到这里。我一看这里挺有趣，将错就错，就到这里吧，费用2000比索（5块钱）。

码头一片嘈杂，河边上小摊贩一个接着一个。在一排房子前挂有巴西国旗，我拍下照片，我现在毫无疑问地站在了巴西的国土上。当然必须小心谨慎，否则容易出麻烦，这里不同于哥伦比亚，持有美签可免签入境。停靠大船的地方有巴西警察，还是离他们远一点为好，逛逛当地农副产品市场，既有趣也不会遇到麻烦。

这里最吸引人的是来自亚马孙河的水产品，这里比秘鲁所能看到的鱼类还要多，有许多很大的龙鱼，既新鲜又漂亮，不少头骨已被敲裂，肯定是在捕捞时它们激烈反抗的结果。然而买鱼的人并不多，一条比较大的龙鱼大约10巴西雷亚尔（约15元）。要是在中国，这么好的鱼，人们肯定抢着买。真是物以稀为贵，多了反而卖不出好价钱。

离开码头，我朝着巴西边境小城塔巴廷加中心走去。这座小城比莱蒂西亚大一点，没有什么特点，街道两边是各种店铺。拐上主干道来到一所学校门前，我朝学校大门拍了张照片。这时三个女学生跑过来，站在我面前摆好姿势，要我给她们拍照。我为她们拍照后，她们非常高兴。我感到这里的学生对我这个来自东方的外国人比较感兴趣，因为这里很难见到亚洲人。

临近中午，感觉再没什么好转的，想吃饭又没有巴西货币，我决定离开巴西。我沿着主干道朝边界走去，这回不想再坐车。哥伦比亚边界一侧有几个警察，我顺着路边走过去，没人搭理我。就这样，我用半天时间，花了5块钱，在没有签证的情况下游览了巴西小城塔巴廷加，心里挺高兴。

第32天（12月2日）　有国际机场却无法乘车抵达的城市

今天离开莱蒂西亚，飞往哥伦比亚首都波哥大。

莱蒂西亚机场虽然非常小，但却是一座国际机场，有飞往其他国家的航班。

我换好登机牌正准备离开，服务小姐又跟我说了些什么，我没听懂，也搞不明白，登机牌都拿到手了还有什么事情要做？服务小姐干脆让人把我带到移民局办公室，在那里移民局工作人员查询信息后，在我的登机牌上盖了章。我明白了：从莱蒂西亚入境的人员，未通过移民局是别想坐飞机进入哥伦比亚其他地方的。这里也是一座陆路无法抵达的城市，自然必须乘飞机才能前往哥伦比亚其他城市。

下午3：00，我搭乘的AV9487航班向着哥伦比亚北方飞去。今天天气不错，飞机下方的亚马孙热带雨林清晰可见，真是密密麻麻，一望无际，这是地球的肺，为地球提供五分之一的氧气，一旦掉到热带雨林中，根本走不出来。

哥伦比亚首都波哥大是整个拉美地区最现代化的城市之一，从机场漂亮的航站楼可以印证这一点。这是一座靠近赤道却并不炎热的城市，一出机场，便感到凉爽宜人，因为这里是高原城市。

预订的旅馆可以到机场接人，可我没有手机无法联系。我根据之前查看谷歌地图留下的大致印象，向预订的旅馆方向走去。走了几十分钟，拐了好几条街区，经过询问，没走多余路，顺利找到预订的宾馆。

第33天（12月3日）　哥伦比亚曾是世界上最危险的国家

哥伦比亚以往被认为是世界上最危险的国家之一，在这片美丽的土地上充满着矛盾，新闻报道中与哥伦比亚相关的词语多是"毒品泛滥""大毒枭""枪杀案""绑架""抢劫"等，作为游客理应避免来到这里。

近些年来哥伦比亚的治安形势比以前好了许多，旅游景点这些地方相对比较安全，所以这次环球旅行我才选择来到这里。但是仍然不可掉以轻心，毕竟这里曾经排在"世界上最危险国家"第一名。我在哥伦比亚安排的旅行时间比较短，在波哥大只安排了一整天的游览时间，通过缩短逗留时间来提高安全性。

波哥大是拉丁美洲最大最现代化发展最快的都市之一，是哥伦比亚政治、经济、文化中心和交通枢纽，人口达800多万。但是，这里却没有地铁，只有BRC（快速公交系统），因为这里没有那么多钱修建地铁。城内景色秀丽，四季如春，名胜古迹多，保留着丰富的历史文化遗产，被誉为"南美的雅典"。

早上，我来到宾馆7楼餐厅吃早餐，在餐厅的露台上可以看到波哥大南部城区。这附近多为穷人居住，放眼望去到处是红砖建起的老房子。

我来到波哥大象征着自由和解放的玻利瓦尔广场，这里是城市的中心地带，附近有许多代表性的历史与文化景观。雨后的玻利瓦尔广场，显得非常清新，广场四周的建筑属于哥伦比亚的建筑瑰宝，承载着该国的历史。广场南边是哥国会大厦，国会后面是总统府，这里有不少持枪站岗的警察，他们并不拒绝为他们拍照，甚至可以和游客一起合影。广场上成群的鸽子，成为游客喂食嬉戏的对象，鸽子们已经习惯每天到这里吃免费的玉米。

我来到广场东面的首席大教堂，这里正在举行婚礼，新娘站在教堂门口。一会儿婚礼进行曲响起，新娘和她的父亲还有其他亲人走入教堂。此时我想起在欧洲旅行时数次遇到同样场景，婚礼进行曲由教堂内的管风琴现场弹奏出来，非常优美动听。而这里是用喇叭播放出来，缺少那种悠扬和隆重的氛围。

我沿着用红砖铺筑的道路向山坡方向走去，这里是波哥大城市的北部区域，不仅是波哥大的核心区域，也是富人居住区，可以看到不少持枪的军人。道路一直向蒙特瑟瑞特山上延伸，路两边是精美的哥伦比亚风格的建筑。这个区域整洁、漂亮，有不少博物馆，富有历史文化气息。

沿着坡道我一条街区一条街区地向上走，高原缺氧并不明显。我一直爬到城市与山体相接的地方，回首望去整个波哥大一览无余。这里有索道通往山顶，从山顶俯瞰整个波哥大的夜景一定非常漂亮。

第34天（12月4日）　环球一个月患上"饥饿厌食症"

今天，乘长途汽车由波哥大前往麦德林。

夜里睡得不实，可能与高原缺氧有关，这里的海拔有2650米。

早上赶往长途汽车站，旅馆值班的人问我："提前叫车了吗？"我说："没有。"他指着自己的脸示意：当心出租车对外来人绕路多收费。

我在路上拦了一辆出租车，然后向长途汽车站驶去。我发现行驶路线明显绕行，即使考虑单行线等因素，也存在明显绕行。加上当地人两次提醒我，我觉得波哥大出租车行业还处于低水准状态：路上跑的车几乎全部是低排量的微型轿车，车型档次低，车况比较差，收费标准高，服务不规范。

到达长途车站，司机要15 000比索（38元），计价器上没有里程显示，我估计走正常线路最多5公里。我表示存在绕行，不应该收这么多钱，并建议让路边的交警评判一下。我是想吓唬他一下，谁知他根本不在乎，于是把车开到警察旁边。我俩分别陈述，当然我是以比画为主。警察明白了意思，他向我解释：车站门口是单行线，不算绕行。门口是单行线没错，但也不能绕那么远吧，我觉得这个警察是多一事不如少一事，能糊弄就糊弄，或者这里绕行并不算什么大问题。我只好付费，这让我对波哥大的出租车没有好印象。

开往麦德林的长途汽车本应8：20发车，但到了8：30才开始上车，上了车却迟迟不走。又等了好长时间车站服务人员通知换车，这样所有人下车将行李再倒腾一次，足足晚点1个小时才发车。

大巴车刚开出几公里，就停在路边等人，这一等又是十几分钟，车上的人没有一个抱怨，好像应该如此，要是在国内，乘客早就投诉了。

大巴车驶出波哥大，一路开始下坡，在崇山中蜿蜒迂回。这里的山区公路相当于国内山区二级公路，路上车辆比较多，特别是载重卡车数量较多，我们的大巴车经常在双黄线外超车，即使这样平均车速仍然较低。我估计这么开，要到晚上九点钟才能到达。

一路上到处都是绿色，要么是森林，要么是草场，要么是农作物，当地人的房舍点缀其中，一派山野风光，令人赏心悦目。山路两边，有许多餐馆和旅店，风景好的地方还建有度假村，是哥国人休闲的好去处。

到达麦德林，找到预订的旅馆已经是晚上9点了，我赶紧放下背包，出去寻找晚饭。

一个多月下来，特别是到达哥伦比亚后，我有点患上"饥饿厌食症"，症状是：肚子已经很饿了，但是一看到当地的餐食又不想吃，特别是闻到奶酪就腻。哥伦比亚城市中的餐馆虽然数量多，但所经营的餐食不外乎烤鸡肉、炸鸡肉、各种烤肉、炸薯条、各种汉堡、比萨、面包、甜点等西餐，而具有当地特色的蔬菜肉汤和米饭，到了晚上很难找到。这么晚了街上只有酒吧和汉堡包店在营业，没办法，我只好买了一个小汉堡包来充饥，7500比索（19元）。我好不容易才把它吃下去，非常不习惯它的味道，再多吃一口就要吐了。

第35天（12月5日） 从毒品犯罪之都到文化教育之都

麦德林是哥伦比亚第二大城市，海拔1541米。这里曾因臭名昭著的麦德林贩毒集团和居高不下的犯罪率，成为世界上最不安全的城市。当然这是以前的事情，要不然我怎么会冒险来到这里呢！

怎样游览麦德林，一时缺乏相关信息，我临时上网查询。像哥伦比亚这样的国家，很难找到实用信息，因为到过这里的中国人太少。我在新浪微博上找到一些有用信息，然后在谷歌地图上确定要去的地点和位置，以及乘坐地铁相关车站站名。

我带上相机和饮用水利用脑中记忆的"地图"，向地铁车站方向走去。

　　首都波哥大那么大的城市都没有地铁，而麦德林却有高架地铁，这与这座城市的发展有关。麦德林留给人们的印象，基本上就是贩毒集团、犯罪、杀人等。不过那都是20世纪的事情。为什么这里会成为贩毒集团的所在地？为什么成为可卡因之都呢？原因如下：麦德林位于哥伦比亚西北，航空运输便利；这里四周被连绵的大山包围，为地下可卡因工厂提供了掩护；该城市传统上是个工业城市，容易取得制造可卡因所需的化学药品；70—80年代麦德林的重要支柱产业纺织工业不景气，使得许多年轻人失业，有的被贩毒集团吸收，成为贩毒集团的成员。

　　经过哥伦比亚政府的多年打击，盘踞在麦德林的世界上规模最大的贩毒集团终于覆灭。麦德林市政府提出要让过去的"杀人城"变成"教育之城""文学之城"。

　　麦德林地处崇山峻岭中的谷地，是一个南北狭长的城市，城市南部为富人和白领居住区，北部特别是圣多明戈地区，基本上都是低收入人群居住区，也就是贫民区。为了有效解决城市交通，该市投入巨资专门为依山而居的贫民区修建了缆车，并与地铁相连一同运营。这样很大程度上解决了低收入人群的出行问题，也有助于改善贫民区的生活状况，减少犯罪。

　　我来到Exposiciones高架车站，花2100比索（5.2元）买了一张地铁票，这里是一票制，进站后票就被机器收去了。

　　到达Acevedo车站后，下车不出站，可直接转乘缆车上山。随着缆车的上升，离贫民区越来越近。缆车刚到终点站，狂风暴雨和雷电就一同袭来，山上山下顿时什么也看不清。

　　这种天气没必要出站，那么大的雨，到处雨水横流，我身上还背着相机。此时，缆车全部停运，可能是暴雨所致。

　　山上的建筑几乎全部是用红砖和水泥建起，房屋看上去很简陋，有的高达四五层，却很少使用钢筋混凝土，抗震性较差。这里气候好，不冷不热，无须取暖和降温，能够栖身就行。

据说麦德林出美女，我在街上和乘车时都有所见。我乘缆车时，看到一群年轻漂亮的女孩坐缆车上山，如果她们生活在贫民区，足以证明一方水土养育一方美人。麦德林所在地域生态环境非常好，盛产美丽的花卉，自然也能盛产美女。

我乘上地铁返回市中心，看到街上挺热闹，就在San Aatonio站下了车，准备出站逛逛。这时有一位白领男士提醒我当心相机，我只好放弃这一念头。

第36天（12月6日） 不守时的长途汽车

今天离开麦德林前往卡利。

我今天乘坐"玻利瓦利亚人"公司的大巴车前往卡利市，该公司被认为是哥伦比亚最好的客运公司。发车时间为上午9：00，有人9：15才上车，直到9：20才开出，可能这里的人习惯了这种不守时的节奏，时间观念不强。这已经是我第二次遇到不守时的情况了，相比之下，墨西哥的"ADO"公司要优秀得多。

大巴车出城后，一路在云雾中盘旋下坡，不时左右摇摆，坐在里面非常不舒服，昏昏欲睡是应对的好办法。当我从浅睡中醒来时，大巴车已经行驶在相对平坦的河谷中。

下午一路相对平坦，公路也由双向两车道，变为有分隔带的双向四车道，但这并不是高速公路，因为没有封闭。这一路感觉最美的是这里的树，路中和路边的行道树，如同生长在植物园中一般，形态各异，非常优美。整个哥伦比亚就是一个绿色王国，到处鲜花盛开，这是上帝赐予哥伦比亚人的一块宝地。

傍晚，太阳西斜，天空下起了雨，一道彩虹出现在东边，其色彩十分靓丽，只是无法停车拍照，在车上拍的效果又不佳，非常遗憾。

晚上7：00，与我估计的时间一致，大巴车到达哥伦比亚西南部城市卡利，这里是哥伦比亚第三大城市。

第37天（12月7日） 哥伦比亚交通面面观

今天在旅馆里休息，准备晚上乘坐夜车，前往哥伦比亚最南部的小城伊皮亚莱斯。然后从那里出境，前往厄瓜多尔。上午买好长途汽车票，60 000比索（150元）。

哥伦比亚长途汽车客运市场，完全在资本主义自由市场经济环境中运作，各个汽车运输公司分别租用长途汽车站的设施，各自经营。因此显得有些乱：各是各的工作制服，有的发车前才能进入停车区，有的随便进入停车区，缺乏统一规范管理。哥伦比亚人已经适应了这种经营方式，喜欢乘坐哪家公司的车，就买哪家的票，喜欢设施好的就多花钱，喜欢省钱的就受点罪。尽管如此，总体上乘坐哥伦比亚长途汽车还是挺方便，随时都能买到车票，买票方便，价格也不算高，能够满足出行需求。

哥伦比亚有铁路，但是现在已经没有铁路客运服务了。

就航空运输而言，哥伦比亚比较发达，也比较方便，不论是国际还是国内，航空运输已经覆盖了许多地方。我查询了哥国许多近期国内航班，几乎没有便宜机票，除非尽早预订。哥伦比亚的航空公司深知：你不坐我的飞机，你就得忍受10个小时甚至更长的颠簸。

要说哥伦比亚在交通方面有哪些不足，那就是出租车，不仅档次低，车况也不算好，费用比较高，管理不到位，存在绕路多收费现象。

晚上9：00，我仍然搭乘"玻利瓦利亚人"公司的大巴车，前往伊皮亚莱斯，该公司的大巴车内部宽敞，舒适度好。当车上乘客全都坐好后，工作人员进行最后一道程序：用录像机为每个乘客录像，这无疑是为了出于安全考虑。这种做法我已经第二次遇到，上一次是在墨西哥。大巴车晚点15分钟开出，我在哥伦比亚坐了三次长途汽车，全部晚点发车。

第38天（12月8日） 不使用本国货币的国家

早晨7点，到达哥伦比亚南部小城伊皮亚莱斯，这里离哥厄边境有3公里左右。

我乘车来到位于边界哥伦比亚一侧的移民局，盖好出境章，然后走过两国界河上的桥梁，来到厄瓜多尔一侧。

这里是两国之间最大的陆路口岸，有许多车辆从桥上穿梭而过。我来到厄瓜多尔一侧的移民局，这里排队等待入境的人比较多，像我这样的游客很少。轮到我时，我有美国签证，可以免签入境，工作人员在电脑上操作一番，盖章放行。之前我看见有的人在填写表格，我索要时工作人员不给我，这时我才明白：我使用的是带有芯片的护照，在机器上一扫，信息就全部显示在电脑上，无须填表和人工录入。

顺利入境厄瓜多尔，非常高兴。我问移民局工作人员我该怎么坐车，他说乘出租车先到图尔坎，在那里再乘大巴车。这里并没有关卡，好像没办入境手续也能坐上出租车前往图尔坎，不知是人们已经习惯自觉办理出入境手续，还是有其他管控措施。

我来到出租车停车场，我不急于问价和上车，先到附近转转看看。等回来时，正好有一辆出租车司机说还有一个空位，我正好补了进去。到图尔坎有几公里的路程，到达后其他人陆续下车，我对司机说我要去奥塔瓦洛。司机立刻把我拉到了南边的长途汽车站，我看别人付了1美元，我就给了他1.5美元（约10元）。

厄瓜多尔是一个不使用本国货币的国家，实行经济美元化政策，始于2000年。当时为了稳定经济，抑制通货膨胀，化解利率风险，厄瓜多尔中央银行宣布本国货币苏克雷不再流通，全面使用美元作为流通货币。所以来到这里不需要将美元进行兑换，直接使用，方便许多。

在图尔坎长途汽车站，我花3.5美元（约25元）买了张开往奥塔瓦洛的汽车票，路程有一百多公里。上车后，刚开出几公里就停在一处检查站，警察上来检查护照和行李，原来厄瓜多尔是这样进行边境管控的。

这一路景色不断发生着变化，虽然都是高原山地，最初道路两边绿草满山，牛群在山上悠闲地吃草，路旁建有牛奶加工厂。继续行驶景色大变，山上没有了树木和绿草，山顶上是大片裸露的土石，此景有点像干旱少雨的西藏。临近奥塔瓦洛道路两边的景色再次有了生机，绿色、田野、村落连绵不断。如此的景观变化，与地形和海拔有关，只是变化得有点像放电影那样快。

我在奥塔瓦洛小城外下车，一时看不出公路两边哪边是小镇的中心区域，我询问两个放学的中学生。他们非常腼腆，一看就知道很少见到外国人，他们往前一指，立刻快步离开。

这里是厄瓜多尔土著人——印第安人聚居区，印第安人普遍身材不高，皮肤比较黑，很像亚洲人的长相，大多穿着自己的民族服装，一看就是比较淳朴友善的民族，使我增加了不少安全感。

我来到一家印第安人开的饭店，进去一看有牛骨汤和煮玉米，正是我喜欢的餐食。我要了一碗汤和一根玉米，外加一杯果汁饮料。玉米又嫩又香，吃完一根又要一根。这顿饭又好吃又有营养，绿色健康，一共2美元（约14元）。

在小镇的东北方有一座看上去很高的山，这座山叫因巴布拉山，是一座死火山，位于安第斯山脉之中，海拔高度4630米，突起高度1519米。

在小镇中心，有许多旅馆，我选了一家，房价10美元（约70元）一晚。这里经济欠发达，外来人员不多，住宿比较便宜。来到旅馆的天台上，这里可以看到整个小镇。因巴布拉山显得尤为突出，此时山顶已被云雾所遮挡，远处局地正在降雨，景色非常漂亮。

第39天（12月9日） 美丽的印第安人聚居区

上午，听到街上有吹奏管乐的声音，我拿起相机寻声而去，原来这里的人们为即将到来的圣诞节进行街上巡游。儿童们走在队伍的前面，后面是吹奏乐曲的成人，表现出圣诞节前的欢乐气氛。

中午来到镇上的汽车站，我看到一辆刚进站的大巴车，上面标有San Pablo，正是我要去的地方，我赶紧和一大群人上了车。这些人绝大多数是周末放学回家的学生，车上很热闹。大巴车一路按我事先查询的线路行驶，20分钟后就见到了美丽的高原湖泊——圣巴勃罗湖。海拔4630米的因巴布拉山成为该湖的背景，非常漂亮，遗憾的是，此时云雾遮挡了高耸的山峰。大巴车到达圣巴勃罗后，继续绕着湖开行，这是我希望前往的方向，直到来到一个村落的教堂前，才算到达终点，车费只有2元人民币。

下了车，我朝圣巴勃罗湖走去，一会儿便到达湖边的游览区。这里地图标出的是一个小公园，不需门票，少有游人，外国游客除了我没有别人。

我来到湖边，由于风很大，湖水掀起阵阵波浪。湖中的鸟儿在水中觅食，我刚接近一些，它们展翅就飞。湖边的游船码头，几个孩子冒着大风在湖中戏水，湖边生长着厚厚的草甸，孩子们在上面跳上跳下，玩得非常起劲，大风中的寒冷他们全然不当回事。如果与他们同龄，我早就按捺不住下水了。

湖周边有村落，有农田，但湖水并未受到污染，在明媚的阳光下，湖光山色非常漂亮。这里是4星级的美景，0星级的门票，比起一些大景点毫不逊色。

此刻乌云慢慢压过来，西边的山上好像已经下雨，因巴布拉山已经是乌云当头。我担心会遇上大雨，赶紧回到教堂前，此时开来一辆大巴车，上车后没多久就发车，在这偏僻的农村公共汽车既方便又便宜。

回到奥塔瓦洛小镇，天气又变得好起来，风也停了，高原天气就是这样多变。我来到小镇的中心广场，这里为迎接圣诞节搭起了圣诞树，并搭建了舞台。广场一侧是小镇的行政大楼，也就是镇政府。我看到当地印第安人随便进进出出，我也进去参观一番。里面大部分是木结构，木楼梯、木地板，虽然年代较久，但仍不显陈旧，有点古朴的感觉。我在每个楼层走走看看，担心会被请出，其实这里很宽松，有事办事，想参观随便看。我感到这里的印第安人非常和善、淳朴、低调，令人尊敬。

晚上，我在旅馆附近的一家中餐馆吃了一份盖浇饭，4美元（约28元）。我与老板聊了一会儿得知，在奥塔瓦洛小镇上一共有12家中餐馆，在首都基多有多达一百多家中餐馆。由此可以得出这样一个结论：世界上只要有生活环境稍微好一点的地方，就有中国人，越是安定富裕的地方华人就越多。

第40天（12月10日） 富有魅力的传统周末集市

奥塔瓦洛小镇每个周六都有传统集市，今天正好是星期六，其实我是特意安排在这个时候到达这里。

早上，我从旅馆往集市方向望去，许多摊位已经摆开，这里的人真勤快，7点钟就已经开始赶集了。

我随即来到集市，这里的饮食摊点早已开张，许多人正在吃早餐。我要了一碗热汤，将昨晚剩下的饭菜倒入汤里，一顿早餐就算解决了。

集市上的饮食摊点有许多当地大众化食物，有炖鸡、炸鸡、烤肉，主食有土豆、米饭、玉米以及各种豆类，配有各种肉汤、蔬菜汤等。其中烤猪饭挺吸引人：整只烤猪摆在摊位上，嘴里放个西红柿，两个耳朵上插着红辣椒。

比较引人的是当地人现场调配的饮料：先从植物上刮下透明黏液，然后与其他植物汁液混合，再往里面放入十种以上添加料，经过一番人工调和，这种"特制饮料"就可以喝了。当地人喝起来如同大补饮品，基本上一饮而尽。由于语言不通，无法得知都放了些什么、有什么功效，要说亲口尝一尝，我可没那个勇气。

集市上售卖水果、蔬菜和杂粮的摊位比较多，而且非常新鲜，这里到处是果蔬的清香，价格非常便宜，只是看上去卖的人多，买的人少。我买了一些新鲜木瓜和西红柿，想多买一点也拿不动。

逛了一圈下来，太阳从云中钻了出来，晒在身上有一种灼热感。我在路边一个饮食摊点的一角落座，边休息边观赏当地赶集的人。集市上有携家带口的，有奶奶背着孙子的，有步履蹒跚的，更有光着脚拄着拐棍的老人。只见这位光脚拄拐的老奶奶走到我坐的饮食摊位前，坐下后要了碗肉汤，然后有滋有味地吃了起来。从她的一举一动，我能够感受到赶集是当地人祖祖辈辈形成的一种生活方式，他们很多人几乎没有远离过这片故土，很少看到外面的世界，他们需要交流，需要通过赶集开开眼界，需要与别人进行交易，需要品尝家以外的美食，需要丰富一下生活。总之，每周六的大集市，与他们的生活紧密相连，是当地人生活的一部分。

在赶集的人群中，我发现来自农村的印第安成年男人，脑后扎着一条辫子，头上戴着黑色毡帽，不知道这里的男人为什么要留辫子。女人们着装多样，年轻的女子穿着宽松的白色绣花上衣，下身着黑色的长裙，头上戴着用大块布折叠成的头巾。成年女人脖子上挂着一串串金光闪闪的项链，项链的多少表示家境的富裕程度。虽然现代文明的影响无处不在，但当地印第安人仍然保持着原有的传统，这正是奥塔瓦洛小镇的魅力所在。

中午，我离开奥塔瓦洛，前往厄瓜多尔首都基多。大巴车到达基多长途汽车北站，我一时无法确定这里的具体位置，也不知如何到达预订的旅馆，可我又不想打车。我看到这里有快速公交系统，加之基多是山谷中狭长城市，可以乘坐快速公交车。这里采用的车型是沃尔沃超长公交车，一票制，票价0.25美元。

在车上，我一边欣赏城市风光一边观察街景，行驶了十几站后，路边出现了街心公园，我就在此下了车。我根据预订时的印象，往回走了两条街，然后按照门牌号码一下就找到了旅馆。我感觉比用手机导航还要快，内心十分得意。

今天天气非常好，城市两边的山景看得非常清楚，我决定利用好天气先去游览面包山，还能欣赏城市夜景。我再次乘坐公交车，来到面包山附近，此时已是下午6点，肚子已经饿了，只能吃过晚饭再上山。下车的地方就有一家中餐馆，我要了一份炒饭。在这里正巧遇上一对也在此吃饭的中国小伙，一个来自深圳，一个来自台湾。这是我在南美洲第一次遇到来自中国的游客，我们热情攀谈起来。他俩从南美洲的南面往北走，与我的方向相反。他们接下来要去哥伦比亚，然后去美国。谈到手机时，我说："我的手机在墨西哥被抢了。"深圳小伙说："我的手机也差点丢在汽车上，幸亏发现得早，及时找了回来。"我问："如果找不回手机怎么办？"他说："我只能回家。"我能理解，现在的年轻人都有手机依赖症，缺了手机难以旅行下去。随后我们相互交流南美洲旅行信息，愉快道别。

面包山在基多城市的南面，高度183米，有盘山公路通向山顶，山上有一座大型女神雕像，被誉为基多人民争取独立自由的象征。在高原地区，要想徒步爬上去纯属自找苦吃，为了减少体力消耗，我拦了辆出租车，一会工夫就开到了山顶，2.5美元。

山上非常热闹，旅游店铺一字排开，灯火通明，游人挺多。在山顶上俯瞰基多城市的夜景非常壮观，点点灯火布满整个山谷之中。

第41天（12月11日）　在"赤道之国"双脚横跨南北半球

今天来一次赤道一日游。赤道纪念碑公园在厄瓜多尔首都基多以北24公里的加拉加利镇。

厄瓜多尔是世界上首都建在赤道上的唯一国家，因此该国首都有"赤道首都"之称。

赤道经过的国家被称为"赤道之国"，世界上除了厄瓜多尔之外，还有巴西、哥伦比亚、印尼、马尔代夫、加蓬、刚果金、刚果布、乌干达、肯尼亚、索马里和瑙鲁。这些国家都建有鲜明的赤道标志，最有名气的要算厄瓜多尔的赤道纪念碑。

在七八百年以前的拉丁美洲，厄瓜多尔有个"基多王国"，这里的人们把太阳当作"最高的神"崇拜，他们根据太阳照射的投影分析并记录太阳的活动。经过年复一年的观察，认定在基多城以北的地方是太阳一年两次经过的"太阳之路"，他们就在这里立下了赤道标志。赤道长约4万公里，确切地说是40 076公里，是地球上最大的圆圈。

1736年，法国和西班牙的地理测量人员来到这里，经过历时3年测量，证明了当地人确定的方位是正确的，于是在1740年建造了一个简易的赤道纪念碑。1744年，在基多以北24公里的地方，再建了一座赤道纪念碑。后来，经过联合国教科文组织和世界测量协会对赤道线作了多次复测，发现原碑地址稍有误差。精确的赤道线位置应在原碑以南2000米处，于是1982年，厄瓜多尔在旧碑不远的地方再建造了一座更加宏伟壮观的赤道纪念碑，也就是现在的这座纪念碑。

从市中心去赤道纪念碑并不容易，因为没有直达汽车，乘出租车太贵。我昨晚从中国两位小伙儿那里得到一张乘车线路条，就按照纸条的指示走。先乘坐两次快速公交系统客车，到达基多西北边的一个郊区车换乘中心，从那里乘坐开往赤道纪念碑的公共汽车就可以到达。全部乘车费用2美元（约14元）。

今天天气非常好，晴朗少云，太阳晒在身上有些灼热感。到达赤道纪念碑已经是10点多了，买好门票（7.5美元，约52元），进入公园，里面的游人并不算多。

首先穿过一条宽阔的游览大道，两边是13位科学家的半身雕像。他们来自法国、西班牙和厄瓜多尔，都是曾经为测定赤道位置做出贡献的人。路的尽头是赤道纪念碑。该纪念碑高30米，通体是暗红色花岗岩，造型呈方柱形，四周刻有E.S.O.N.四个表示东、西、南、北的西班牙字母。碑身上刻有"这里是地球的中心"字样。碑顶是一个直径4.5米，重4.5吨的铝制地球仪。左边的碑座上刻着：西经：78度27分8秒，海拔：2483米；右边刻着：纬度：0度0分0秒，磁偏角：偏东6度38分。碑里有电梯，碑顶设有瞭望台。

我来到瞭望台上，从东、南、西、北四个方向俯瞰赤道纪念碑周围的景色。赤道纪念碑从远处看并不高大，但来到跟前，进入内部才发现它的高大。纪念碑内部是一个展览馆，展示该纪念碑建造历史，厄瓜多尔的地理和民俗，以及与赤道相关的地理知识。我在纪念碑内所设的体重称量仪器上称重，显示73公斤，果然轻了，如果在北极称重，将是73.7公斤。

我想在赤道标志线上留影，但所见到的人都是用手机拍照，我干脆自拍。好不容易找到放置照相机的地方，然后左脚踏在南半球，右脚踏在北半球，横跨赤道的照片总算拍成。

第42天（12月12日）　游基多老城感受历史中心

基多位于安第斯山谷中，平均海拔2852米，周边环绕着4座海拔4000以上的火山。尽管经历了1917年的大地震，这里仍是拉丁美洲保存最好、变化最小的历史中心城市。这里有许多精美的历史建筑，包括著名的修道院和教堂，可以说是高原上的明珠。这座城市在联合国"世界遗产名录"中赢得一席之地。

今天游览基多老城。基多老城显然比新城要有味道，历史文化内涵丰富，人气也要旺得多。老城的街道不宽，随着山势上下起伏，有的街道仍然保留着石头铺筑的路面。快速公交车开到这里，也不能任性，只能在狭窄的街道里穿行。

我沿着老城区内的道路由南向北行走，来到基多图书馆，这里随便进出，只要不进入书库没人拦你，似乎厄瓜多尔就是这样宽松。我在图书馆内上下转了转，里面展示着以往印刷用的老式机器，还有现代文化展览。在通往二楼的墙壁上，有许多厄瓜多尔人的照片，他们都是赤裸上身拍下的身份照，反映出每个人真实自然的面貌。

来到独立广场，这里不论白天还是晚上都显得非常热闹。我朝着著名的Basilica大教堂走去，这一路坡度很大，由于高原缺氧，轻装走起来仍然感到吃力。在高原上行驶的汽车时常燃油燃烧不尽，排出阵阵黑烟，街道上到处弥漫着汽车尾气。

Basilica大教堂从外面看上去非常高大，外立面非常精美高雅，进入教堂需要2美元的门票，这是为数不多的收费教堂。教堂内部的建筑材料与外面采用相同的石材，不加任何粉刷，体现出精美的建筑风格。为了弥补教堂内部昏暗的色调，所有窗户玻璃均采用富有宗教特色的彩色玻璃，烘托了整个教堂的气氛。

在基多还有很多教堂，密度非常高，这些教堂风格各异，既有西班牙建筑风格，又混合了印第安风情，极具艺术魅力，成为基多城市建筑的现实标本。

晚上，我来到旅馆对面的中餐馆吃晚饭。我问老板："听说基多有一百多家中餐馆，是吗？"老板："现在还不止，中餐馆太多了，生意不好做。"吃过饭，当地客人都走了，我和老板聊了起来。我说："这里的中餐好像都异化了，门外的照片是清一色的各种炒饭，当地人进来好像都点炒饭。"老板说："确实是这样，炒饭便宜。"他又说："这里也有中餐馆经营烤鸭等纯中国菜，但要贵一些。"我问："是中午生意好，还是晚上好？"老板："一般中午好一点，现在经济不景气，来吃饭的人比较少，你看现在晚上人不多。"我说："好像印第安人非常和善。"老板："是的，我们也觉得印第安人特别老实。"我说："可能正是因为这个原因，这里没有抢劫华人的现象，所以来这里经营中餐馆的华人比较多。"老板："其实这里做其他生意的中国人也不少。"我问："你去过基多的赤道纪念碑吗？"老板："没去过。"我问："那你一年休息多少天？"老板："一年365天，一天也不休息，周末和节假日正是生意好的时候，怎么能休息呢？"

中国人以勤劳而著称，不管在哪里都是如此，虽然他们能够赚到钱，但一年到头很少休息，缺少享受，也真够辛苦的。在国外打拼虽然机会多一点，但也不容易，遇到困难和遭受到委屈只有他们自己最清楚。

第43天（12月13日）　来到地球最厚的地方

今天乘长途汽车离开厄瓜多尔首都基多，前往中部小城里奥班巴。

一路上大巴车行驶在安第斯山脉中的高原之上，这一路没有穿越高山大河，公路修得非常好，虽然停车较多，但平均速度较快，不到12点，就到达里奥班巴。

里奥班巴坐落在雪峰环抱的钦博盆地内，海拔2750米，这座小城始建于1534年，是西班牙殖民者在厄瓜多尔建立的第一座城市。1830年在此举行厄瓜多尔第一次立宪代表会议，宣布共和国独立。随着时代变迁，这里早已被其他大城市所超越，现在成为该国贫困人口比例较高的地方。

位于小城西北方32公里的钦博拉索火山，是厄瓜多尔的最高峰，她是一座圆锥形的死火山，海拔6272米。在这里有一项世界地理之最，这就是：从该山峰峰顶到地心的距离这里最大，也就是说这里是地球最厚的地方。一般人们都会认为应该是珠穆朗玛峰峰顶到地心的距离最大，实际上珠穆朗玛峰比前者有2151米的差距。这是因为地球是一个椭圆球体，越接近赤道的地方离地心越远，钦博拉索火山正是沾了靠近赤道的光，才获得"地球上最厚"的称号。

钦博拉索火山峰顶常年积雪，在赤道阳光照耀下，山峰显得非常壮观，但能不能看到整个钦博拉索火山，还要看运气。我今天抵达这里的时候是多云天气，乌云早已将突出的山峰掩盖起来，不知明天能否见到她的美貌。

第44天（12月14日）　高原山路有美景也有十字架

早上起来向窗外望去，阴天，看来想看上一眼厄瓜多尔最高雪峰是没希望了。

今天，前往厄瓜多尔南部小城昆卡。我来到长途汽车站，买了一张车票，票价8美元（约55元），比基多到里奥班巴的车票贵了将近一倍。从地图上看，基多到里奥班巴与里奥班巴到昆卡距离差不多，是运输公司不同，还是有其他什么原因，一时搞不清楚。

大巴车行驶在路途中我才明白，原来里奥班巴与昆卡之间的山脉走向错综复杂，形成大山阻隔之势。这里的公路没有隧道，没有跨越峡谷的桥梁，只能沿着山势迂回盘绕，所以直线距离不太远，但实际路程却延长了很多。

翻越高山的公路景色不断变换，低海拔地区青山绿水，牛羊成群，一派田园风光，特别是临近昆卡的时候，大巴车一路向下行驶，道路两侧呈现出如欧洲一般的田园风光。高海拔地区山上光秃秃的，连草也难以生长。有不少印第安人生活在高山深处，在半山腰上开垦出农田。好在这里不缺雨水，不缺阳光，土地较肥沃，农作物生长较好。即使这样当地的印第安人依然比较贫穷，但他们像我国藏族人一样，顽强地生活在大山上。

这里的盘山公路坡陡弯急，有不少连续爬坡路段，一旦汽车制动系统出现故障，很容易发生交通事故，导致车毁人亡。在连续下坡路段，时常可以看到路边的十字架，表明这里曾经发生过车祸，有人在此遇难。每每看到路边的十字架，令人感到一些危险和不安，似乎行驶在夺命公路上。当别的大巴车每每超越我们的车时，我在想慢就慢点吧，一旦翻入深谷就全完了。

中午在一个名叫Guasuntos的小镇停车吃午饭，该小镇位于大山的半山腰，如果在这个小镇住上一晚也挺有意思。

下午4：00，终于到达昆卡，所用的时间也是从基多到里奥班巴的近两倍。下车后，在车站的信息中心要了张昆卡的市区地图，服务人员非常耐心地介绍了图中的主要景点。

第45天（12月15日）　人类文化遗产城市昆卡

昆卡是厄瓜多尔第三大城市，海拔2350米，四季如春，日均气温14度，每天的温差不超过10度。一家中餐馆老板说："这里一年四季穿的和晚上盖的都一样，中午太阳出来热一点，下起雨来凉一点，非常舒适。一回到广州就非常不适应，老是生病。"正是因为这里宜人的气候，许多欧美游客非常喜爱这个地方，许多美国退休老人来到这里养老，一住下来就不走，一住就是一辈子。

我来到昆卡的中心广场——卡尔德隆广场，该广场是以民族独立英雄，出生于昆卡的卡尔德隆命名的。广场中央建有卡尔德隆的纪念碑，围绕纪念碑的8棵参天巨柏是由前总统科尔德罗从智利带回来，并栽种的，谁能想到会长得如此粗壮、高大、挺拔。

午饭时间我在广场周围的餐馆看了看，好像都是给游客准备的，不实惠。我决定向小城外围走几百米，到当地人吃饭的地方去吃午餐。我找到一家小饭馆，这里提供当地人的"标准"餐食，我要了一份套餐：先上一份蔬菜汤，里面豆子比较多，再上一杯芒果汁，最后上一盘主食，包括米饭、牛肉、配菜。吃起来不油不腻，比较清淡，口味和中餐差不多。一顿饭共1.75美元（约12元），经济实惠，看来我的选择非常正确。

吃过午饭又回到广场继续游览。广场的西侧就是昆卡最著名的大教堂，该教堂的建设持续了近100年才完成，因为它确实够大的：长105米，宽43.5米，三座中央穹顶的高度为53米，直径12米。其外观朴实雄伟，外墙最大的特点是全部由红砖砌筑而成，工艺十分精致。内部豪华大气，采用粉红色的大理石进行装饰，堪称豪装，彰显精美教堂的典范，是我见过的最精美的教堂之一。我环绕内部一周，欣赏该建筑的精致，然后坐在教堂的长椅上，感受这里的氛围。

从广场向北走两个街区，就是昆卡的另一座漂亮的白色教堂——圣多明戈教堂。其实昆卡的教堂非常多，简直就是教堂之城。另外，该城内还保留了一些古典风格浓厚的19世纪西班牙殖民时期的建筑,显示出厚重的历史。

在老城靠近河边的一条街上,我看到一家生产传统巴拿马草帽(毡帽)的作坊。巴拿马草帽其实只是一个名称,并不是指帽子产自巴拿马,而恰恰是由厄瓜多尔生产。在这个作坊里,一位老师傅正在静心制作一顶红色毡帽,全部采用传统手工制作。在这家作坊里挂满了别人定制的巴拿马草帽,上面全都标有制作人的姓名。可见厄瓜多尔人非常注重保持自己的文化传统,并一代一代地传承下来。这些传承的多种多样的民族文化,为这座美丽的城市增添了迷人的风采。正是这些具有魅力的城市文化,使得该城市获得联合国人类文化遗产城市称号。

第46天(12月16日) 从白云之上驶入"香蕉之国"

今天前往厄瓜多尔最大城市瓜亚基尔。

大巴车离开昆卡以后开始连续爬坡,因为需要"爬出"所在的盆地。从早上开始雨一直在下,随着高度上升,外面气温明显降低,车窗凝结了水气。继续爬升,司机打开车内暖风,这是怕乘客受凉,因为多数乘客已经昏睡。我不想睡觉,我要看看外面的景色,看看从海拔4000米一直下降到接近海平面的变化。

厄瓜多尔的大巴车驾驶室与乘客之间相隔离,无法从前面观看到外部景色,我不断用纸巾擦拭侧面车窗玻璃。大巴车到达山脉最高处时,山上只有草本植物,还有苔藓这种低等植物,到处是光秃秃的岩石,这里的海拔已经达到4000米左右。

翻过山脉最高处,大巴车一路向下驶去,车速加快,左右摇摆,加上车内闷热,我有些犯晕,还是在车上睡觉舒服些。我短暂迷糊一下,不时还要看看外面的风景。美景终于出现,由于天空存在大面积云层,当从高山上往下看时,呈现出难得一见的云海。面对下方白茫茫广阔的云海,真想让司机停车,让我们下去拍照，一饱壮丽的风光。随着高度的下降，大巴车驶入云海之中，再过一会云层到了上面，云海之下是阴天。

不多时，来到了厄瓜多尔东部沿海平原，这里有连片的香蕉田，一眼望不到边际，不高的香蕉树上结着大串大串的香蕉。来到厄瓜多尔已经第9天了，一路上都是在安第斯山脉的高原上行走，今天来到低海拔的东部平原，立刻见识到这么广大的香蕉园。该国92%的香蕉产自沿海地区，这里的香蕉产量很高，饱满适中，品种丰富，品质好，使得厄瓜多尔成为世界上最大的香蕉生产国和出口国，产量的85%销往世界各地。因此，厄瓜多尔除了被称为"赤道之国"外，还有一个别称，那就是"香蕉之国"。厄瓜多尔香蕉深受中国消费者青睐，成为该国对华出口的第一产品。

此时气温升高许多，车窗上的水汽消失得无影无踪，司机打开车内的冷风。我们在两小时内，从海拔4000米降到接近海平面，从冬天变到夏天，从白云之上到仰望云天，变化幅度真大。这种经历我第一次遇到，感觉非常奇妙。

瓜亚基尔位于瓜亚斯河的入海口，这座城市相当于中国的上海。城市中心靠近瓜亚斯河是这里的中央商务区，有许多漂亮的建筑，传统与现代交织在一起。由于气候适宜，市内道路和广场上生长着许多非常粗壮的大树，美化了城市。

我来到瓜亚斯河河边，这里相当于上海外滩，此时已是傍晚时分，建筑物的泛光灯亮起，有点大都市的样子。市中心附近的河岸建设的非常漂亮，而且很有当地特色。这里有游船码头，一艘三桅旅游帆船正停靠在码头边，迎接夜游的游客。河岸上建有高高的观光台，游人可以登上去观赏城市风光。这里还有许多城市雕塑和名人塑像，代表着这座城市的文化和精神。

我坐在河滨的长椅上，感受习习的微风，非常舒适。此时的河水在海水涨潮的推动下，逆向流动，众多市民在这里享受着美好的时光。

第47天（12月17日）　陆路入境秘鲁创下最长通关记录

今天，离开厄瓜多尔前往秘鲁北部小城皮乌拉。

7：20，我乘上长途汽车一路向南，驶往厄瓜多尔与秘鲁的边界。大巴车左侧远处是连绵不断、巍峨的安第斯山脉，一路驶过的沿海平原是厄瓜多尔重要的经济作物产区。

行驶到马查拉时，这里的香蕉田沿着公路两侧望不到边际，成长中的香蕉都用塑料袋子套上，以提高品质。在马查拉小镇广场中央，树立着一尊男人的塑像，他右手拿着一把砍刀，左肩扛着一大串香蕉，显示出这里的主要产业。

11：50，大巴车开进秘鲁境内的边境检查站，司机让大家下车办理入境手续，全体乘客随即下车排队等候。前面等待办手续的人并不算很多，一个小时过去了，队伍没挪动多少，按照这个速度，等办好手续再去吃午饭，还不知道要到什么时候。我只好跟后面的人打个招呼，去找点东西吃。

在漫长的排队等待中，看上去人们并没有什么抱怨，在人家的地盘急有什么用呢？我在想怎么没有在厄瓜多尔那边盖出境章，就来到秘鲁这边。当我进入办手续的房间时才发现：一共有4个工作人员，前两个是厄瓜多尔移民局的人在办理出境手续，后两个是秘鲁移民局的人在办理入境手续，原来是联合办公。他们想的也算周到，而且一个接一个不停地办理手续，并没有拖拉。只是在办理手续时，需要往电脑里输入许多信息，花费不少时间。

等我办好手续看了一下时间，从下车开始一共用了3小时20分钟。等全车人全部办好手续，共等候了3小时40分钟。对我来说，入境秘鲁创下一个最长通关记录。

从进入秘鲁开始，明显感到这里降水量比较少，绿色已经很少见到，而且越往南走越显得干旱。原有的河床已经干涸，被这里的人工引水渠取代。在有水的地方，田里的水稻长势良好，农民正在收割、晾晒稻谷。没有水的区域露出一片片沙漠化土地，显得荒芜。

进入夜间，道路两侧一片黑暗，偶尔有村落向后掠去，从黑暗到一片灯光，再从一片灯火回到黑暗。在这能见度非常高的夜晚，仍然不缺乏美，同时还带着一些神秘感和一丝恐惧。

晚上9：40，终于到达秘鲁北部小城皮乌拉，大巴车进入小城时，我很难看出这里是个城市，更像个大村镇。

出了车站，我仍然不坐出租车，询问摩的司机市中心的方向后，就朝市中心方向走去。虽然是夜晚，人生地不熟，我觉得城市越小越安全。

第48天（12月18日） 车站保安配枪，上车须按指纹

早上，我询问旅馆服务人员到特鲁希略在哪里坐车，他非常热情，把车站名称给我写在纸条上。我拿着纸条乘坐三轮摩托来到汽车站，这里属于Ittsa巴士公司，我买好9：30唯一一班上午发车的车票。

秘鲁的长途汽车有个特点：各个汽车运输公司有各自的车站，每家的车站都不大，要坐哪家的车，就去哪家的汽车站。

这家长途汽车公司比较上档次，虽然车站很小，但却舒适方便，上厕所不再收费。上车时，先进行简单的安检，然后每位乘客在一张大的车辆座位表上，按上右手食指纹。我这是首次遇到，曾经在墨西哥和哥伦比亚遇到过发车前录像，现在连姓名带指纹一起留下，感觉比中国的实名制还严格。这里的保安携带有手枪，这又让我感到新鲜，有这个必要吗？中国的交通警察都不配枪。上车时，服务小姐在烈日下站在车门口迎候，我以为是车站的服务员，谁知她是全程随车服务员。我乘坐的是4轴双层大客车，非常豪华舒适，座椅间非常宽敞，而且很清洁。

9：30，大巴车准点发车，车内乘客好像不到一半。下层是一等座，车票要贵一些，我买的是上层二等座，车票35索尔（约70元），行驶里程大约450公里。这个价位对于这种高档车，对于如此长的行驶距离，算是非常便宜。车上

的服务非常好，大巴车发车后，提供一个小汉堡包和一杯果汁。行驶在路上只有中途下车的，没有半路拦车上来的。车内空调温度控制得非常舒适。中午到达途中的一个车站时，送上来午餐。这样可以在行驶途中用餐，节省时间。午餐是一盒凉菜，一盒热饭，一盒当地的果冻，餐后还有饮料，吃得比较舒服。我在想：乘坐率这么低，还提供餐饮服务，票价又不高，运输公司不亏本吗？原来这家公司大部分班次是夜班车，他们还有货运业务，是一个管理非常好的公司。

一路上，公路线形直顺，没有什么坡度，大巴车最高车速80公里/小时，平均速度并不低。道路两边的景色随着水而变化，没有水的地区，呈现荒漠化，最初是稀树沙漠，随着南下有些地方变得寸草不生。沿线居民显得比较贫困，住房非常简陋，有些是用土砖搭成，道路两边的垃圾被风吹得到处都是。有水的地方，一片绿意，甚至可以种植大面积的水稻，这时又像中国江南一般。

下午，大风刮起，狂风卷着细沙从黑色的路面上滚滚而过，转眼间又像到了中东地区。一路上的景观在跳跃着变化，坐在舒适平稳的车上欣赏这些景色轻松自在。对于当地乘客来说，这有什么好看的呢，他们几乎都在打瞌睡。

晚上，我在特鲁希略一家中餐馆吃晚饭。我要了一份饭，特别点了一份炒素菜，一共9索尔（18元）。老板娘来自广州，她说："这里几乎见不到中国人，你怎么会来这里？"我说："我也是路过这里，在这里停留一天。"

为了更好地生存，中国人奔波在世界各国，遍布世界的各个角落。

第49天（12月19日） 困难重重仍可游玩自如

今天前往昌昌古城遗址和万查科海滩一日游。

我通过网上查询，得知这两个景点的名称和所在方向，其他信息几乎一无所知。这样前去游览无疑困难重重：首先我不坐出租车，只搭乘公共汽车，这样没有出租车司机带路，全靠自己导航；二是语言不通，这里不是旅游城市，很难遇到懂英语的人，西班牙语我一点也不懂；三是没有手机为我导航，到达什么位置无法显示；四是连一张本地地图也没有，只能凭经验判断；五是没有电子翻译器，见到外文无法翻译。这些困难对于一般人来说几乎是寸步难行，根本走不出去。凭我的经验，我有信心玩转要去的景点，而且还要做到少花钱。

中午，再次到旅馆对面的中餐馆吃饭，我把要去的景点名称拿给老板夫妻二人看，他们都说不知道这些地方，看来他们也是只顾做生意，不知道出去放松游玩。

我来到街上，看到与我要去的方向一致的公交车就上，票价每人1索尔（2元）。开行一段时间后，发现车朝城市南边驶去，我赶紧下车。接着换乘一辆往西开的车，车费还是1索尔。这辆车行驶一段距离后拐向北边，我只好再次下车。这时我看到路口有一块昌昌古城遗址的指路牌，看来我估计的方向和线路是正确的。我在这条路上又上了一辆公交车，还是1索尔，行驶了三四公里后，路边车站又有个指示牌，指示昌昌古城遗址的方向，我立刻下了车。

这里是城外荒凉地带，周围空无一人，我沿着通向昌昌古城遗址的碎石路向前走去。走着走着迎面走来4个游客，我与他们打了个招呼。过一会儿又有两个游客和我相遇，我一问他俩来自玻利维亚。

今天天气多云，不晒不冷不热，挺舒服，走起路来也不出汗。到达景区后一看，这里的游客非常少，门口只停了几辆车，门票10索尔（20元），不算贵。虽然这里被联合国列入了世界文化遗产名录，但到这么偏远的地方来一次也不容易。

提起秘鲁，人们首先会想到马丘比丘和印加帝国，但是在印加帝国之前的奇穆王国及其首都昌昌，却没多少人知道。正是这个昌昌，于9世纪至15世纪间创造了秘鲁的文明历史，只是后来奇穆王国被印加帝国通过战争所灭。

昌昌城址占地很大，全城占地约36平方公里，中心地带6.5平方公里，包括10个长方形的城堡。还未进入景区,就能看到路边黄土色的高墙围成的区域,这应该就是城堡之一。15世纪末,奇穆王国被印加军队攻占,昌昌由此便成了沙漠里的残垣断壁。

进入昌昌古城的核心景区,看到的都是以黄土为材料的建筑,我想起了中国新疆的交河故城,他们之间非常相似,只不过交河故城的历史要早很多。

昌昌古城里没有用一块石头,全部由土坯垒成,这缘于此地石头难找,沙土遍地,因此就地取材,以土砖为材料建造房屋。当时的人们并不满足这"土"建筑,他们发挥美的想象力,美化他们的家园。在现存建筑物的墙面上,可以看到图案丰富、造型独特的浮雕装饰,有鸟,鱼、植物等图案。

参观完以后,原路步行返回大路上的公交车站。我又花了1索尔,上了开往万查科海滩的汽车。万查科海滩位于特鲁希略西面,邻近太平洋,这里每天都有来自太平洋的滚滚海浪,是该市一处旅游景点。

万查科不算大,但比较整洁,许多房屋沿着海湾而建,靠海边的基本都是旅馆、餐厅、冲浪用品店等。海边有许多小商贩,最具特色的是提供当地用草编制成的"冲浪板"。这种"冲浪板"立在海滩上,成为一道风景线,却不见有人尝试。此时的天气几乎是阴天,太阳偶尔显出光影,海面上雾气较大,掩盖了太平洋的美景。这里的沙滩是灰色的。海面上大浪一波一波卷来,冲浪的人并不多。

没有太阳,有利有弊,不挨晒,感觉舒适,想要观看太平洋上的落日就没戏了。我拍了一些照片后,决定抓紧时间返回市内,否则6点钟以后没有公交车就得打车。

乘上前往市区的公交车,车票1.5索尔(3元),我也不知道这辆车具体开往哪里,也没法问,谁知这辆车的行驶线路经过我所住的旅馆,早知道来的时候也这么坐车就太方便了。其实今天乘车也就多花了4块钱人民币,多走了一点弯路。在没有手机和地图,而且语言不通的情况下,不靠出租车顺利完成景点游览,我感到非常得意。

晚上，我再次来到中餐馆吃晚饭，老板娘听说我游玩回来就问："你懂西班牙语吗？"我说："不懂。"她说："不懂怎么去啊？"我说："看到向西方向的车就上，坐错了就换车。"老板娘觉得难以理解。对于没有出行经验的人来说确实难以理解，其实旅行和做其他事情一样，坚持10年就是行家，坚持20年就是专家，坚持30年就是达人。

第50天（12月20日）　坐大巴车有点像飞机头等舱

今天晚上离开特鲁希略，前往秘鲁首都利马。

特鲁希略是秘鲁北方最大的城市，虽然城市紧邻太平洋，但市中心离海边却很远。这里的市中心就是传统的老城，有许多精美的老建筑和教堂，街道比较窄，因此多数公交车不进入这里，而是绕着走。

我步行来到市中心，这里最显眼的建筑就是教堂。我走入教堂，里面有几个人在祈祷，我在里面静静地坐了一会儿，也一起祈求好运。

随后，我来到城市中心广场。此时整个广场因为即将到来的圣诞节被装扮得多姿多彩，在阳光的照射下非常艳丽，此时距圣诞节还有4天时间。广场上各种圣诞树、圣诞老人，以及各种节日装饰几乎占满了整个广场，可与中国的春节灯会相媲美。广场的正中央是一尊城市雕塑，最高处是一尊披着斗篷的裸体男士，右手高举着火炬，以此代表着这座城市源于历史的奋发精神。广场上人很多，绝大多数是到这里观赏的当地人，像我这样的外国人寥寥无几。

广场四周是富有历史传统的建筑，最具代表和最引人的是这些建筑物漂亮突出的窗户，和突悬于建筑顶层的"阳台"，给老城增添了厚重的历史感和精美的建筑艺术感。有些老建筑还展示了自身的历史老照片，彰显久远的过去。正对广场东北角是一条步行街，街上店铺一个接着一个，到处是欢快的当地人。逛过步行街，我又回到中心广场，在长椅子上边休息边感受这里圣诞节前的欢乐气氛。

我来到长途车站，取回暂存在这里的背包时，看到背包前后两面贴着易碎的标识，感觉车站的服务工作非常细致。

这里离发车前40分钟才能进入候车区，如果有大件行李，就像乘飞机那样提前交给该公司，他们会送上车。候车区非常整洁和安静，给人一种舒适的感觉。

发车不久，服务员发给每人一份面包和饮料，然后进入夜间行驶。车上为每位乘客准备有小枕头和毯子。车上的座椅宽大，可以倾斜很大角度，间距也比较宽，坐上去非常舒适。路上除了一些颠簸外，舒适度不比飞机差，有点像飞机的头等舱。这里往来特鲁希略和利马之间的班车，夜班车比白班车还多。

没想到在荒凉的秘鲁北部，遇到这么好的汽车公司，我觉得Ittsa汽车公司比墨西哥的ADO巴士公司还要好，前者不仅各方面服务周到，而且价格便宜，而后者似乎同样的运距，费用要高出一倍左右。

第51天（12月21日） 秘鲁首都是个"无雨之都"

早上6：00，大巴车已经行驶在秘鲁首都利马的郊区，路上的车辆非常多，显得很拥挤，越往市区走，交通越拥挤，到处是赶着上班的人群。看来这座城市的交通基础设施比较差，地铁修不起，只有快速公交系统。

7：50，经历10个小时，到达Ittsa汽车公司利马市内汽车站。这是我第一次接触这座大城市，我在车站里寻找城市地图，哪怕是示意图也行，可是一无所获。我打开笔记本电脑，想上网查询位置，可是电脑显示需要进行系统更新。没办法，我只好询问车站工作人员武器广场（市中心）和机场的方向，由此来判断目前所在的大致位置。

我离开汽车站向西走去，背着包走了两三公里，感觉有些累，决定就在附近找住的地方。转身一看正好有一家青年旅馆，单人间每晚40索尔，费用不高，但没有Wi-Fi，这可没法住。随后找到一家有Wi-Fi的旅馆，但房价是60

索尔（120元），为了能上网要多花40元人民币，可见这里的通信基础设施也欠发达。没办法，只得住在这里，就靠上网获取信息，并与家里联系。付了房费，我身上还剩下32索尔，这点钱要一直维持到明天晚上上飞机离开秘鲁。

利马所处的西部沿海地带，虽然离赤道并不太远，地理位置相当于菲律宾，按理说沿海城市应该雨量充沛。但是，由于受到太平洋秘鲁寒流的控制，沿海空气与海面接触，空气下层被冷却，形成了稳定的低温层，水汽只能形成雾，难以形成降雨云。而安第斯山脉又阻隔了来自亚马孙地区的水汽，这样导致这里降水非常稀少，少到可以忽略不计。因此，利马是世界各国首都中降雨量最少的一个，故有"无雨之都"的称号。

在这座城市里，街道上没有下水道，贫民区有的房屋甚至用纸板搭成，更有甚者，有的住房只有四周的墙壁，而没有房顶。利马市民从来不购置雨伞、雨衣等雨具。

随着城市人口的不断膨胀，利马先后开挖多条隧道从该国东部的亚马孙河上游直接引水供应城市，不仅解决了市民的日常用水需求，也使利马城市的绿化有了水源，使得这里的城市环境与周边沙漠形成鲜明差异。

第52天（12月22日）　一座贫困人口超多的城市

今天利用在秘鲁的最后一天到利马市中心游览一番。我在谷歌地图上将大致方向和线路熟悉了一下，考虑到距离不算太远，决定步行往返。

一路上街心广场不少，在这个几乎不下雨的城市里，街心广场的绿化很好，美化了城市。在每个广场里，秘鲁人都建造了各种雕塑，历史与文化气息非常浓厚。

位于市中心的武器广场又叫中心广场，当我来到这里时，感觉出乎意料地小，我怀疑走错了地方。当询问广场执勤的警察后，才确认就是这里。

这个广场有着400多年的历史，是利马的发祥地，周围环绕着政府宫、主教座堂、总主教宫、市政宫等著名建筑。武器广场是利马乃至秘鲁的精神与文化中心，最古老的和最有代表性的是广场中央的铜制喷泉，建于17世纪，现在仍在喷水。为了保护这些珍贵文物，将其整个圈了起来，不让人们触及。广场上为了迎接圣诞节的到来，布置了圣诞树、圣诞老人以及各种彩灯，晚上到这里来会更加漂亮。

利马大教堂在广场的东面，进入里面要收费，我在门口仔细往里看了看，内部既不高大，装潢也不精美，而隔壁的教堂可以免费进入。广场的北边是总统府，里里外外站岗的警察挺多，这里不能进去参观，只能在外面看看。广场上的其他建筑基本都是秘鲁传统的经典建筑，最具特色和观赏性的还是这些建筑物突出的"阳台"。这种"阳台"全部采用高档木材建造，外立面有各种技艺精湛、堪称精美的木质雕刻。

中午在旅馆里查询前往利马国际机场的线路，直到1∶30才离开，旅馆的老板和服务员很客气，把我这个外国人送到门口。

我大约行走了3公里，越往城市外围走，街道越显得嘈杂，交通也越来越拥挤。这个时间并不是上下班高峰，道路上车多人多，汽车开开停停，排起了长队。来到城市西北部小商品批发市场附近，这里显得更加混乱，到处熙熙攘攘，环境比较差，有一个人在马路上小便，不知是否脑子有问题。

秘鲁是拉丁美洲贫富差距最大的国家之一，贫富两极分化非常严重，全国1%的富人掌握了41%的财富，而99%的普通人和穷人占有59%的财富。首都利马拥有大量的贫困人口，约占总人口的三分之一，存在庞大的贫民区。利马郊区有一道3米多高、10公里长的"贫富墙"，将利马的贫民区和富人区隔离开来，被称为秘鲁的"柏林墙"，被当地贫民视为一种耻辱。我乘大巴车进入利马市区的途中，亲眼感受到这里庞大的贫民区和庞大的贫困人口。难怪秘鲁长途汽车公司的保安配枪，随处都能看到为了防盗而修建的高高的围墙。秘鲁这样一个民主自由的国家，应当努力向中国学习，加大力度脱贫。

来到通往机场方向的道路上，我随意上了一辆公交车，跟售票员说去机场，他让我行驶过几站后换乘另外一路经过机场的车。到站时售票员特别提醒我下车，我感觉这位售票员挺实在。

我采取步行加公交车的方式，只花了4索尔（8元）就赶到了机场。据说从机场打车到市中心，需要一百多元人民币。这种方式体现了穷游精神，就是辛苦一点，但可以看到不少街景。比起与出租车司机讨价还价，或者坐在出租车里看着司机是否绕路，要自在得多。

22：50，我乘坐阿根廷航空公司AR1365航班，由利马飞往阿根廷首都布宜诺斯艾利斯。

第53天（12月23日）　一天不到乘飞机入境两个国家

经过4个多小时的飞行，当地时间凌晨5点，飞抵阿根廷首都布宜诺斯艾利斯埃塞萨国际机场（EZE）。我有阿根廷电子签证，入境时很方便，移民局工作人员看了一下离开的机票，盖章放行。

来到这里是为了转机，继续搭乘阿根廷航空公司的飞机飞往智利首都圣地亚哥，这是环球机票自动形成的一段行程。然而，布宜诺斯艾利斯有两个机场，而且都是国际机场，飞往圣地亚哥的飞机在另一个靠近市区的霍尔赫纽贝里机场（AEP）起飞。所以要入境阿根廷，还要坐车穿过整个市区。

来到阿根廷航空公司服务台，我问有没有免费接驳巴士，回答两个机场之间有大巴车，费用自理。阿根廷航空公司是天合联盟成员，像这种国际联程机票理应提供免费转机服务，如此对待转机旅客既不合理，也显得小气。

我花了100比索（约45元），搭乘机场大巴车，横穿整个布宜诺斯艾利斯，来一次大巴车观光游。大巴车进入市区后，整个城市展现出刚刚进入夏天的景象，绿化很好，街上有许多梧桐树，有点像南京。虽然这里的纬度相当于哈尔滨，由于近靠大海，气候并不寒冷。

利用候机时间，我顺便游览一下布宜诺斯艾利斯。昨晚这里刚下过雨，空气非常清新，也很凉爽，走在外面非常舒服。机场紧邻拉普拉塔河河口，河水有点浑浊，岸边有不少钓鱼的人，钓上来的都是小鱼。我背着背包不想走多远，这附近景色也很美，绿化得非常好。

中午2：00，我乘坐的AR1284航班准点起飞，一直向西飞去。从空中往下看，最先映入眼帘的是阿根廷广阔的田野，然后是丘陵地带，随后开始飞越安第斯山脉。到达安第斯山脉的主峰时，山峰上白雪皑皑，高山湖泊有着翡翠般的绿色。飞过山脉主峰进入智利，由于受到高空气流的影响，飞机颠簸得很厉害。突然飞机快速下坠，产生可怕的失重感，有的女人吓得直叫。直到飞离山地时，飞机才平稳了许多，这种剧烈的下坠感我也是首次遇到，确实有点吓人。

经过两个小时的飞行，下午4：00准时到达圣地亚哥。入境时，移民局工作人员看到我有美签，什么话也没说，直接盖章。

今晚没有预定圣地亚哥的住宿，明天上午飞离这里，往返市内有点折腾，不如住在机场附近。当了解到机场附近旅馆很贵，而往返市区的大巴车单程车票为1700比索（约18元）时，决定进城住宿。

智利、阿根廷和巴西并称南美洲ABC三强（Argentina、Brazil、Chile），经济发展水平较南美洲其他国家都要好。智利是世界上地形最为狭长的国家，南北长达4300公里，东西宽度只有200公里左右，最窄处只有96公里。智利教育高度发达，人类发展指数获得较高排名，相对较低的贫困率，成为南美洲最稳定和繁荣的国家之一。

我在长途车站附近住了下来，便于明天前往机场。我带上相机正准备出门，旅馆的老板娘提醒我注意安全。在感谢的同时内心有些不安，智利应该算南美洲比较安全的国家之一，如果大街上也有人抢东西，那拉丁美洲还有几个治安环境好的国家呢？

靠近汽车站附近，人流来来往往，路边到处是摆摊设点的，显得杂乱无序。我看到路边有一家中餐馆，进去后点了一份蔬菜炒面，里面没有肉，4500

比索（约48元），那是相当贵，消费达到了发达国家水平，一时不适应这种"高消费"，因为之前一直在消费水平较低的厄瓜多尔和秘鲁旅行。

一天之内先后入境两个国家，折腾了一整天，昨晚只睡了3个多小时，确实有些疲劳，晚上抓紧时间睡觉。

第54天（12月24日）　来到麦哲伦首次环球经过的地方

由于昨天太疲惫，今天一觉醒来已经9：15，上午我要搭乘11：30的飞机，只剩两小时一刻钟。我仍在市内的旅馆里，这下可把我急坏了。我赶紧穿衣，整理东西，连走带跑赶到机场大巴车站，好在距离不远，正好赶上9：30这班车。

今天上午比昨天下午路况好很多，非常畅通，只用了25分钟就到达机场。办理登机手续的人似乎只剩下我一个，几分钟就办好了。这样从我起床到领到登机牌，只用了58分钟，这速度有点神奇。

上午搭乘智利Sky Airline航空公司SKU001航班，由圣地亚哥经蒙特港飞往智利最南端城市蓬塔阿雷纳斯。飞机沿着智利狭长的国土向南飞去，白雪皑皑的安第斯山脉就在下方。经过4个多小时的飞行，准时抵达蓬塔阿雷纳斯。

我走出机场，外面下着小雨，空荡荡的，有些阴冷。这里进入市区只有出租车和旅行车。我只好花5000比索（53元）坐旅行车进城，好在这种车直接将旅客送到要去的地方，方便许多。

在这边远的小城，道路非常通畅，车速较快，只用了20多分钟就到达我预订的旅馆门前。这家旅馆是一家家庭旅馆，房子外面没有任何招牌，只有通过门牌号码来确认。旅行车司机一直看到我敲开门后才离去，服务态度真好。

进屋后，我查了下天气预报，今天最高气温是9度。这里正值夏天，旅馆里却烧着燃气取暖器，因为这里是智利的"极地"。

来到小城的主要街道，先找地方换钱，昨天换的100美元全用完了，在这

高物价的地方钱真不耐用。然后买好后天前往阿根廷乌斯怀亚的车票，35 000
比索（约375元），距离是653公里。这个费用比秘鲁要贵很多。

我向海边走去，此时海上正刮着七八级的南风，这南风相当于北半球的北
风，那是真冷啊。好在海边有许多景观，我连跑带玩也就感觉不到冷了。

在小城海边建有麦哲伦率船队环球航行纪念雕塑，再现了当年麦哲伦环球
航行的壮举。这里的大海既不属于太平洋也不属于大西洋，而是连接两大洋的
一条曲曲折折，时宽时窄的海峡。正是在这次环球航行中，麦哲伦率领船队艰
难地发现了这条海峡通道，大大缩短了穿越两洋的距离。后来人们为纪念麦哲
伦，把这条海峡称为麦哲伦海峡。

从1519至1522年9月3年时间里，葡萄牙航海探险家麦哲伦率领探险船队，
首次完成人类环球航行，创造了世界航海史上的一大成就，他也成为第一个完
成环球航行的人。麦哲伦环球航行的成功不仅开辟了新航线，还通过他的探险
航行证明地球是圆的，地球是个圆球。

时隔500年之后，我开始借助现代化交通工具，用4个月时间完成个人环球
旅行。虽然不可相提并论，但探索世界、感知世界的精神是相同的，麦哲伦和
徐霞客成为我学习的榜样。

虽然天还很亮，但时间已经不早了，这里比中国的漠河北极村纬度更高。
来到小城中心广场上，这里的教堂正在进行平安夜祈福仪式，我没有多看，抓
紧时间找晚饭吃。走在街上我看到绝大多数店铺已经关门，我才意识到今天相
当于中国的大年三十，谁都要关门过圣诞节，得赶紧买点吃的东西。我在一家
面包店买了点面包和饮用水，又在街上买了点西红柿，就指望这些作为平安夜
的晚餐，似乎惨了点，不过可以用美好的感受来弥补。

晚上，天气转好，阳光照耀下的小城景色变得漂亮起来。晚上10点天仍然
亮着，此时却没有什么睡意。旅馆里的天然气炉子火力烧得很旺，房间里暖和
多了。

第55天（12月25日）　令人无奈的"圣诞大餐"

今天是西方人和信奉基督教、天主教国家的重要节日——圣诞节，相当于中国的春节。街上行人非常少，到处冷冷清清，几乎所有的店铺都关门放假。

上午，我来到海边，顺着海岸由东向西走去。我看到许多以往的机器设备被安放在路边，变废物为艺术品，成为城市雕塑，展示了以往的历史，这种做法富有创意，体现了智利人的艺术氛围。

海面上一座废弃的木质栈桥已经断开，残余的栈桥成了各种海鸟栖息的地方，密密麻麻落满了各种海鸟。

今天海面上停泊着一艘巨型邮轮，邮轮上的游客一批接一批上岸观光游览。乘坐这样的大型邮轮，可以到达南极附近海域游览，只能隔着一段距离观赏南极大陆或岛屿的自然风光，但无法上岸游览，所以乘坐大型邮轮游览南极并不是我所期望的方式。我想乘坐200人以下的游船，这样才能登上南极陆地游览，才能更加深刻地感受南极。

我来到蓬塔阿雷纳斯港口码头，这里停靠着一艘来自中国的科考船，船舷上标有"海洋六号"。这是一艘中国自主研制的可燃冰综合调查船，在遥远的地球另一边，能看到来自中国的船非常亲切。从"海洋六号"下来不少身穿"南极科学考察"字样的中国人，我想和他们聊上几句，可他们出入匆匆，因为他们经过漫长的海上航行，急切地要到岸上转转。

我来到位于远处海边的"老爷船"博物馆，这里有三艘老爷船头尾相连地搁浅于海边，周围用铁丝网圈了起来。此时入口处无人看管，门却开着，就当是圣诞节供人免费参观吧。

我进门后，上到第一艘老爷船。这是一艘钢质船，它太老旧了，已经深深搁浅在岸边，海水随着海浪涌入船舱，船舱底部满是泥沙。第一艘船与第二艘船之间用木板连接起来，我由此来到第二艘老爷船。这艘船腐蚀得非常严重，船体成20度角倾斜搁浅在海中。船内的蒸汽锅炉还在，只是被海水浸泡了一大半，但仍能感受到这是第一次工业革命时期生产的有动力船。来到第三艘船上，基本上还能看出它的原貌。我看了一下这些老爷船的制造工艺，船体钢板之间全部采用铆接工艺，比起现代造船采用焊接技术要落后许多。铆接需要事先在钢板上钻孔，然后将加热的铆钉穿过孔内，再由工人使用专用工具将铆钉铆接起来。这些长度不足百米的钢船，有成千上万颗铆钉，可想而知要建造一艘这样的船需要很长时间，耗费大量人工。

老爷车许多人都见过，但参观过老爷船的就很少了。通过参观有不少收获，从这一堆腐蚀严重的废铁中可以看出一些工业发展史的痕迹。

返回时，我一路穿城而过，街道上几乎见不到人。我特别留意一路上的餐馆，结果没有一家营业，也没有看到一家开门的食品店或者商店，看来我要挨饿了，令人无可奈何。

回到中心广场已经是中午1点整，教堂的钟声响起。我再次进入教堂，这里正在进行圣诞节圣诗礼拜仪式，人们唱着圣诞歌曲，曲调优美，我也跟着唱，感受西方文化。

回到旅馆，昨晚买的食物还剩下一点点，还没到弹尽粮绝的地步。我吃着最后一小块面包和一个西红柿，这就是我的"圣诞大餐"，虽然寒酸，但内心充满快乐。

第56天（12月26日） 来到世界最南端城市乌斯怀亚

今天离开智利，前往阿根廷乌斯怀亚。

早上8：00，我坐上开往乌斯怀亚的大巴车，一路向着麦哲伦海峡最窄的地方驶去，那里有汽车轮渡。来到轮渡码头，一下车就感受到强烈的北风，足有八九级，由于是北风所以不太冷。不一会儿渡轮驶来，此时太阳露出头来，景色立刻变得漂亮起来，红颜色的渡船，蓝绿色的海水，白色的云彩，共同构成美景。待渡轮满载车辆后，顺风驶往对岸的火地岛。海峡风浪很大，但渡轮航行平稳，半个小时就到达对岸。

南美洲大陆最南端的火地岛，被一条经线分隔成东西两部分，东面小部分属于阿根廷，西面属于智利。行驶两个小时后到达智利边境管理站，全体旅客下车，排队办理离境手续，虽然顺利，但也用了一个小时。行驶了十几公里后就是阿根廷的边境管理站，这次司机把每个人的护照收去，代为办理入境手续，但还是用了一个小时。这样整个行车时间比我预估的要长。

当大巴车驶出一处山口时，世界最南端的城市——乌斯怀亚展现在眼前。乌斯怀亚是一座漂亮的海滨小城，周边是美丽峻峭的高山，冬季山上白雪皑皑，进入夏季山上仍有积雪。晚上8：30，大巴车开到码头附近的广场上，这里没有长途汽车站。

到达乌斯怀亚，我被海上的风景所吸引，虽然大风使人感到非常寒冷。昨天停靠在蓬塔阿雷纳斯邮轮，此时已经停靠在这里的码头上，海边各种海鸟或觅食或追逐。

我之所以从智利首都圣地亚哥一路向南飞到蓬塔阿雷纳斯，然后乘大巴车南下来到这里，就是为了实现我长久以来的一个梦想——到访南极。由于前往南极旅游的船票非常昂贵，想要买到比较优惠的船票需要提前很长时间预订，还有一个途径就是在南极游船的始发地乌斯怀亚，购买"最后一分钟船票"。"最后一分钟船票"是游船公司将剩余船票或起航前收到的退票，以较便宜价格在开船前最后时刻出售的船票。结合这次环球旅行，我特意安排时间来到这里，争取买到"最后一分钟船票"，前往南极游览。

我在乌斯怀亚预定了名为"南极物语"的青年旅馆，我预定了9晚的住宿，目的就是在这里坐等南极旅游的"最后一分钟船票"。

办好入住手续，我询问旅馆服务人员有关经营最后一分钟船票公司的信息和地址，然后径直向隔着7条街区的这家公司走去。

该公司正在放假，里面没有人，门口贴着一张最后一分钟船票信息。我原先预想在这里等候9天时间，没想到一到乌斯怀亚就有船票信息。但是，一看船票价格，高得令我吃惊，8天的南极之旅船票要6500美元，比我预想的要高得多，这哪里是最后一分钟船票？几乎就是原价票，看来南极游非常热门，费用似乎越来越高。

我记录了相关信息，回到旅馆又进行了比较和分析，决定明天上午再到该公司咨询一番。

第57天（12月27日） 再遭挫折，与南极擦肩而过

上午9：00，我来到销售南极最后一分钟船票的公司。老板在电脑上查询后，打印出近期4班船票信息，实际上和门外贴出来的差不多。这4班船是：两班明年1月10号以后出发，对我来说时间等不起，而价格一点也不便宜，最低也要6500美元；还有一班是本月29日出发，南极8日游，也是6500美元，性价比太低，我无法接受；还有一班船是28日出发，包含马尔维纳斯群岛、南乔治亚岛和南极半岛19日游，票价8890美元。相比之下这班船虽然票价最高，但游览时间和游览点多，性价比高，有点"最后一分钟船票"感觉，我一咬牙决定就乘这艘船前往南极。

这艘船隶属于加拿大公司，这里销售最后一分钟船票的只是代理商。我表示要购买8890美元的船票后，该老板与加拿大公司取得联系，并对我说现在可以签订合同，然后让我填写一堆表格。老板特别问我有无保险，填表时需要相关信息，我赶紧跑回旅馆，拿来保险单。

与我同时购买这艘船票的还有一个德国人，看上去他的年纪比我大。最后就是付款，付款不是在这里操作，而是把我的信用卡信息传到加拿大，由那边游船公司人员操作。不知是效率低还是什么原因，老板让我们两人过一个小时后再回来。我只好到街上边转悠边等待，心里有一点不祥的预感。我在街上看到还有另外一家旅游公司也贴出最后一分钟船票信息，内容、价格几乎与我正在商谈的这家公司一样。

　　一个小时后我和德国人返回，老板告知：德国人支付成功，明天可以出发，而我支付未成功。我在想是不是只剩下一张船票，就卖给了德国人。我又想是不是一次支付数额太大（相当于6万元人民币），所以受限制。我提出先支付一半的费用，老板立刻打电话给加拿大公司，结果还是无法支付。我又提出："可不可以使用现金？"老板说："可以。"问题是我哪里有这么多现金呢，看来是没有什么办法了，我只能遗憾地离开。

　　这样，虽然我来到了南极的大门口，但游览南极的梦想却由于信用卡原因而破灭。我感到非常沮丧，能来到遥远的乌斯怀亚，对中国人来说已经非常不易，签证、金钱、时间等付出太多，面对这种结果还有什么好说的呢，南极确实"难及"。

　　晚上与家里取得联系，得知我的手机显示消费12 000加元未成功，银行信用卡相关部门也打电话询问此事，而我的家人当时并不知道我在阿根廷正在购买船票，答复银行说我现在不在加拿大。我立刻明白了：原来为了保护信用卡用户的用卡安全，当得知我并不在加拿大时，银行担心我的信用卡在境外被盗刷，立刻采取止付措施（锁住信用卡）。我查了一下我的信用卡美元额度，明显大于船票价格，只怪我的手机不在我身边，看来与手机被抢有很大关系。

　　南极没去成，我的信用卡又被银行锁住，手机又不在我身边，我无法向银行解释我的遭遇（为信用卡解锁），这是本次环球旅行我遭遇到的第二次挫折（第一次是遭遇抢劫）。我只有往开了想：虽然与南极擦肩而过，这为我节省了6万块钱，这么多钱可以到世界上很多地方去旅行，足够前往十几个国家。

　　在旅馆里与我同住一个房间来自德国的李女士，她是兰州人，通过在德国留学、工作，最终取得德国护照，算是德国华人。她此次利用6个月时间游览中南美洲，正好与我同时到达乌斯怀亚。她明天要去乌斯怀亚国家公园徒步游览，我忙于南极船票的事情，没时间了解当地旅游信息，正好与她明天一起去徒步。

第58天（12月28日） 地球上离中国最远的地方

早上，我来到青年旅馆的阳台上，这里正对着大海，码头清晰可见。今天出发前往南极的加拿大游船，已经停靠在码头上。可惜有钱、有时间、有机会，就是无法成行，令我非常遗憾。

吃过早餐，我在青旅前台买好前往国家公园的车票，往返票400比索（约192元），在旅馆门口上车。

上午9：00，我和李女士坐上游览车，来到码头附近的游客集散中心，再换乘开往国家公园的车，然后一路向西，驶往位于乌斯怀亚最西边的国家公园。到达国家公园大门口，我看了一下公园地图，这里离乌斯怀亚只有12公里。往返24公里花费近200元的车费，真是太贵了，这些费用在秘鲁乘坐长途汽车能行驶将近1000公里。公园门票210比索（大约100元），也非常贵。

我俩再次乘上公园里的汽车，来到公园里一处海湾，一般游客都是从这里开始徒步游览。

今天天气不算好，不时乌云满天，有时还下起雨来。我俩沿着一面是海湾一面是森林的曲折小路向西走去。由于天气不好，景色大打折扣，远处的山峰也看不清楚。不过这里的自然生态保护的比较好，海滩上有许多海藻类生物，特别是海带非常喜人，真想带回旅馆烧汤吃。海边礁石上生长着许多海贝，没有人打搅它们。海岸上是茂密的原始森林，为了保持原生态，任凭树木生死倒伏，任凭自生自灭，一派原始景象。

用了两个多小时，我俩走出了海岸森林，来到山谷的宽阔地带。这里湖泊、河流相互串联，景色漂亮许多，否则对不起国家公园的称号。这里野花盛开，最多的是白色野菊花，到处都是，只是一点也不艳丽。这里的青草长得非常好，适应了这里低温与潮湿的环境，如同绿色地毯铺在地上，走在上面又松软又舒服。山上融雪形成的河流和湖水非常清澈，湍急的河水不久流入了大海。谁知在欣赏美景的时候遇到了蚊子袭扰，这么低的温度，而且风还比较大，但蚊子仍然频频袭人，李女士的脸上被叮咬了两个大疙瘩。寒冷的地方好像蚊子更厉害，加拿大也是如此，因为我领教过。

我俩顺着公园内的道路一直走到了终点，前面再无道路，汽车开到这里只能掉头。此处有块大牌子，上面显示：这里到美国阿拉斯加有17 843公里。这里实际上是泛美公路的最南端，再往西步行一段距离就是智利。

地理学上有一个名词叫：对跖点。对跖点是指地球同一直径的两个端点，二者的经度相差180°，纬度值相等，而南北半球相反。对跖点的特点如下：①对跖点的两地时间相差12小时；②对跖点的季节相反；③对跖点相距20 000公里。

对跖点意味着地球上两个相距最远的点，如果有一个点在中国南京，那么它的对跖点就在阿根廷，所以可以认为阿根廷是离中国最远的国家。而乌斯怀亚是离阿根廷首都最远的城市，同时又是世界上最南端的城市，因此无论从地理概念还是实际上，乌斯怀亚都是离中国最远的城市。今天，我所到达的乌斯怀亚国家公园内泛美公路终点，更是离中国远之又远，所以说，今天我到达了世界上距离中国最远的地方。

下午3：00，我俩坐车返回乌斯怀亚，结束了一天徒步之旅，由于轻装上阵，所以感觉不是很累。

第59天（12月29日）　临时决定陆路纵贯南美洲

由于前往南极旅游的梦想破灭，这样就"多"出来十余天时间，如何安排这么多天的行程，需要细致考虑一番，我抓紧时间在网上搜集相关信息，制订新的行程。

之前我优先安排前往南极的行程，而像秘鲁马丘比丘这样的大景点没能安排在行程中，现在可以安排了。

南美洲有着壮丽的自然风光，所以我不想乘飞机。另外，在南美洲搭乘飞机一般比较贵，我情愿坐着汽车去颠簸，那样可以看到更多的美景。同时，我在想：如果能够全程陆路纵贯南美洲大陆，也可以创下一项个人旅行记录。基于这些考虑，我决定从乌斯怀亚开始一路乘汽车北上，一直抵达秘鲁的世界级景点马丘比丘，然后再乘车绕上一大圈回到智利首都圣地亚哥。加上之前我从秘鲁首都利马出发，一路深入亚马孙热带雨林深处，再到哥伦比亚、厄瓜多尔、秘鲁北部，最后回到利马这一大圈，从而实现全程陆路纵贯南美的目标。

下午，经营南极旅游"最后一分钟船票"的公司老板，来到青旅张贴船票信息。我一看船票总体价格又有所上涨，我分析：一是最近南极旅游旺季已经到来；二是轮船公司知道船票迟早会卖出去，所以已经没有以前真正意义上的"最后一分钟船票"了。看来南极旅游已经完全属于高消费，价格如此昂贵，已经不是穷游的人考虑的旅行目的地。

入住"南极物语"青旅的人，绝大多数是不打算去南极的，我问了几个来自中国的游客，他们都没有去南极的打算，其中船票太贵是最主要的原因。我在"最后一分钟船票"代理公司所看到的游客，都是年纪比较大的，有一定经济实力的人，似乎南极游成了"富人游"的代名词，我盼望着以后能够买到便宜一些的南极游船票。

傍晚，我在乌斯怀亚街上转转，明天就要离开这世界尽头。街上有一家中国人开的名为"世界尽头"自助餐厅，有许多诱人的美食，包括各种海鲜、烤全羊等，但是费用比较高，一个人要350比索（约170元）。由于还有昨天自己做的剩菜，我没舍得吃这170元的自助餐。

第60天（12月30日） 大巴车全体旅客坐等我一人

清晨5：00，我乘上大巴车，离开这座世界最南端的城市，一路向北驶去，前往阿根廷南部旅游小城埃尔卡拉法特。

今天天气非常好，没有风，没有雨，也不怎么冷。太阳出来了，照在还有冰雪的山峰上，呈现出金黄色的山峰，非常漂亮。继续行驶，路边的山景湖景一幕幕呈现在眼前，真是太美了，比前天游览国家公园时看到的景色还要美，可惜不能下车拍照。离开山区进入平原地区，蓝天、草原、羊群、羊驼等仍是一幅幅美景，坐在车上欣赏一路美景真是旅途中的享受。

这一路阿根廷与智利共设有4个关卡，每过一关都要停车办手续，行车效率很低，他们也不嫌麻烦。当再次入境阿根廷时，别人都很顺利，我却被卡住了。移民局工作人员要我等一下，先把大巴车上其他旅客手续办完，最后就剩下我一个。只见工作人员在电脑前查询着什么，迟迟不盖入境章。我的手续是完整的，之前两次入境很顺利，很可能是阿根廷移民局的系统存在问题，或者他们有人误操作，导致系统显示出现问题。随后，这个部门管事的人来了，他一边给他们的主管部门打电话说着什么，一边在电脑上操作，忙了半个小时才给我盖入境章。我和司机就一直站在那里等候，大巴车上的所有旅客也在等我一个人。中国人环球旅行比起西方国家的人来说，仍存在较大困难，主要就在签证上。

阿根廷消费水平很高，从长途汽车票价也能明显反映出来，乘坐大巴车的费用堪比坐飞机。如果坐汽车从乌斯怀亚到首都布宜诺斯艾利斯，车票和机票的价格差不多。所以从旅游花费方面来说，在阿根廷旅游比较烧钱，令人感到不爽。

午夜1：30，大巴车到达埃尔卡拉法特小城，此时天下起了雨，因为距离不太远，我决定步行前往预订的青年旅馆。我问了一下车站工作人员旅馆的方向，然后冒着小雨走出车站。一路上我看到有个刚下车的女游客拿着手机导航，走得挺慢，与我一同行走的一个背包客问我："你住在哪里？"我把地址给他看了一下，他说："我们住在同一家旅馆。"我说："你怎么不用手机导航？"他说："我来过这个城市。"

来到这家旅馆一看，我们同车一共有6个人预订了这家青旅。等我办好手续上床睡下，已经是下半夜2：30，这一天足足折腾了22个小时。

第61天（12月31日） 冰川奇观与跨年派对

虽然睡得很晚，早上7：10还是醒了，我看了一下窗外，晴天，对于游览冰川是再好不过的天气，我立刻起床。

我来到青旅前台，正好大厅里就有旅游公司广告，旅游车可以上门来接，这家青旅代为售票。我立刻预订今天上午8：00出发的一日游。此时离出发还有半个小时。

上午8：00，我坐上一日游的旅行车，朝着80公里外的冰川国家公园驶去。我们先来到一家牧场主开设的酒吧，这里四周开阔，景色非常漂亮。

牧场酒吧充满着自然与野性，屋内房梁上卧着一只豹子和一只巨鹰（标本）。靠墙一侧燃烧着木材，正在烤着羊肉，如果想喝点什么，可以坐在里间享用。我们都挺喜欢这家的牧场，三个来自美国的女孩让这家的男主人带她们去看马，我便跟在后面一起去观赏。这里饲养的马匹又大又壮，而且非常漂亮。我们抚摸着一匹马，它显得比较温顺，然后与它一起合影。牧场的小屋前面，一匹刚出生的小牛正在晒太阳，显得非常稚气。我们觉得这个"小景点"非常有趣，阳光明媚，微风和煦，给这里增色不少。

驶入冰川公园大门时，工作人员到车上售票，方便了游客。门票330比索（约160元人民币），再加上乘车的费用590比索（约280元），一日游的费用至少440元，而墨西哥一日游只需85元人民币。

随车导游给我们介绍了莫雷诺冰川蓝色、黄色和红色三条游览线路，安排3个小时自由观光游览。面对这样的美景，我决定3条线路逐一游览，从不同角度观赏这壮丽的冰川。

当我抵近莫雷诺冰川时，才真正感受到她的震撼力：莫雷诺冰川的前端好似一堵巨大的"冰墙"横亘在阿根廷湖上，冰舌宽度达5000米，冰川绵延30公里，有20万年历史，每天都在以30厘米的速度向前推进。莫雷诺冰川前端这堵巨大的"冰墙"，高度达50～70米，最高的地方相当于20层楼的高度，水下深度达160米。莫雷诺冰川是世界上少数活冰川之一，夏季时常可以看到"冰崩"奇观，一块块巨大的冰块坠入阿根廷湖时，发出一声声巨大的响声，如同开山放炮，又像一声声闷雷。有时只听到声音却看不到哪里有变化，之后一切又恢复平静，这样周而复始。我和许多游客举着相机，期待着冰川大崩塌的好戏到来，然而，等来的都是时常出现的小崩塌。

蓝色观光线路看到的是高大的冰长城，有许多乘客乘船游览，我觉得没有太大的意义，因为游船不敢靠近冰川，而是躲得远远的。黄色观光线路离冰川最近，可以纵观冰川的延绵，也可以俯瞰冰墙。红色观光线路可以观赏冰拱门或崩塌后的场景，而且从这里可以看到冰缝隙、冰洞、冰峰之间美丽的蓝色，这是由于光线照射冰体后，蓝色光滞留在其中所形成。

莫雷诺冰川不愧是世界级的自然景观，其视觉效果比起加拿大洛基山的阿萨巴斯卡冰川更具震撼力。世界上还有一个更为震撼的冰川，那就是格陵兰岛上的伊卢利萨特冰峡湾，冰川以排山到海之势倾入大海，气势磅礴，蔚为壮观。

下午3：20，我们愉快地乘车返回，导游说我们运气好，能够赶上这样的好天气，如果是下雨天，到处都是一片白茫茫的，什么也看不清。

今天是2016年的最后一天，晚上我想吃点好的，希望能遇到像乌斯怀亚那种170元人民币的自助餐，吃上一顿像样的"年夜饭"。可是这里酒吧多，一时没见到有中餐馆，好一点的餐馆又没什么人气，再说菜的口味不一定适合。我来到一家食品店，选来选去最后买了2个洋葱头，6个鸡蛋和一包面包，准备自己做饭吃。

回到青旅一看，整个厨房里忙翻了天，许多人在这里准备"年夜饭"。这家青旅的厨房条件不怎么好，食用油都没有。我抓住空隙，找到一个锅放到煤气灶上，将切好的洋葱倒入锅内，加了点盐和水，再放入两个鸡蛋一起翻炒，这样一个无油洋葱炒鸡蛋就做好了，比其他人快得多。虽然菜极其简单，但就着面包吃还是挺有味道，不比吃西餐差。

吃过晚饭我仍然留在餐厅里，因为只有这里可以上网。今天晚上是跨年之夜，青旅餐厅里聚满了人，足有四五十人，许多桌上准备了酒水。这些老外做的菜非常简单，最好的菜是荷包蛋、牛肉丸子、凉拌生菜。但他们吃起来却是非常热闹，一边做游戏一边喝酒。时间已经很晚了，没有一个人离去，就像中国除夕守夜一样，我也一直待在那里。

2017年新年到来的那一刻，餐厅里的人们或是喝酒或是相互祝贺新年，欢乐的气氛达到高潮。此时，外面响起焰火声，我走到室外欣赏这异国他乡的跨年之夜。

没有人组织，没有人号召，来自各国的年轻人相聚在一起欢庆新年的到来，这就是青旅的文化氛围。我这个心态比较年轻的人与他们一同享受跨年派对。

第62天（1月1日） 艰苦中度过元旦

今天是2017年元旦，我在离中国最远的国家阿根廷迎来了新的一年。

早上，在青旅的厨房里做了一份特别的汤，用料如下：一个洋葱、两个鸡蛋，外加水和一点点盐。虽然这份汤里只有一种调味料——盐，连一滴油也没有，但喝着汤就着面包也挺好吃，没想到只用一种调料做出的无油汤会这么好吃。

中午，我来到街上想买点东西吃，没想到由于今天是元旦，几乎所有的商店都关门，就连夜里还在营业的食品店也关门了。我知道在国外节假日购物比较困难，没想到这里的商家几乎全部关门。我一时不知道哪里能买到食物，在国外遇到节假日真是非常不便，与国内完全相反。

这时我看到远处有个加油站还在营业，我觉得可以到加油站里的小商店去看看。进去一看果然有食品，包括咖啡和各种糕点。我买了3个西式烤饺子和一听牛奶，这样午餐就算解决了，庆幸元旦还能买到比较可口的食物。

下午一直在青旅休息，查询下一步旅行线路和信息，一直忙到下午5点多才离开。

前往长途汽车站之前，还得解决晚餐问题，然而别无选择，我只能再次来到加油站。中午的饺子已经没有了，我只好买了一个三明治和一听牛奶。这元旦过得，不但没有吃到像样的正餐，连买点吃的东西都这么困难，艰苦啊。

我来到长途汽车站，乘上18：00开往阿根廷西部洛斯安蒂果斯的夜间大巴车，一路向北方驶去。行驶到阿根廷湖的最东面，湖水从出口处以很大的流量流出，形成一条大河向东蜿蜒流去。

一路上，道路两边的景色始终都是半荒芜半草原的景象，随着夜间的来临，外面气温下降了许多，我再次从包里拿出羽绒服当被子盖。

第63天（1月2日）　冒雨徒步跨过国境线

早上7：30，大巴车到达洛斯安蒂果斯汽车站，车站里空荡荡的，商店全都没有开门，不知哪里可以买到早点。

有一辆开往阿根廷与智利边境的车，司机不断招呼着，我赶紧上车，车上已经有两个老外。行驶了3公里来到阿根廷边检站，我们在此下车，车费50比索（约24元），合乘出租车还这么贵。如此高的消费是我想尽快离开阿根廷的主要原因，同样游山玩水，在消费水平低的国家旅行要爽快得多。

盖好出境章，我看到有不少人前往智利，都是年轻的背包客，可是并没有见到有车。有些人向智利方向走去，我不知道实际距离有多远，既然有不少人步行我也可以走上一程。

一路上下着小雨，空气非常清新，景色也不错。没走多久有人就做出搭车的手势，然而驶过的汽车没有一辆愿意停车。看来他们背的大包确实够沉重的，有点走不动的样子，此时显示出我背包比较轻的优势。不一会雨下大了，我赶紧穿上雨衣，在风雨中步行确实挺艰辛的。许多人慢慢地落在了后面，特别是一些女孩，我并未感到有多累，这就是轻装的好处。

大约用了一小时十分钟，终于到达智利边检站，我估计走了大约6公里。入境手续很简单，盖入境章，检查行李，放行。

这一早徒步穿越两国边境确实不容易：乘坐一晚上夜车，没吃早餐，身上背着背包，冒着风雨，穿着雨衣徒步行走6公里。

我不想再继续步行，因为要节省体力。这时正好有一辆送人到边境的汽车，我和其他3个人一起合乘。大约行驶了3公里，到达小镇中心，车费20智利比索（10元钱不到），顿时感到便宜不少。

智利这边的小镇名叫小智利，整个小镇掩映在绿色之中。卡雷拉将军湖是巴塔哥尼亚地区的一个大湖，由阿根廷和智利两国共有，洛斯安蒂果斯和小智利都紧邻该湖。正是卡雷拉将军湖给这个小镇增添了秀色。

街上人很少，我下车的地方正好有一个超市，我身上还有没用完的阿根廷比索。超市门口有一男一女两个背包客，他们来自西班牙，我问他们哪里可以换钱，他们也说不上来，他们告诉我这家超市可以使用阿根廷比索。这下好了，我赶紧进去买些面包和水果，直到上午11：00才吃上早餐。

下午准备乘船横渡卡雷拉将军湖继续北上，因渡船公司临时有变，取消了下午的渡船，只能乘明天早上8：00的船。这里的交通有些不靠谱，说变就变，来到相对发达的智利和阿根廷，乘车乘船并没有多方便，更困难的情况还在后面等着我。我只好买了明天的船票。在我后面买票的是个来自德国的小伙，他叫巴迪斯，他背了个很大的背包。

我向小镇中心走去，寻找今晚的住宿。我来到一家镇中心的青年旅馆，德国小伙巴迪斯也来到了这里。我们一问价钱，得知一个人一晚要200多元人民币，我们都觉得贵，然后继续寻找。他带着手机，手机上可以显示附近有哪些住的地方，这样我就跟着他一起寻找。后来在离湖边很近的地方找到一家家庭旅馆，双人间每人15 000比索（约140元）。新装修的房间，气味较重，晚上我俩只好开着一扇窗户睡觉。

第64天（1月3日）　智利的交通令人不敢恭维

早上，我和巴迪斯分别整理行装，我的背包与他的相比明显小很多，他让我提一下他的包，我感到是我的3倍以上重量。他背起背包时要用力才能站起来，然后用腰带紧紧扣在腰上，这样才会轻松一些。虽然他带的东西多，但没有相机，没有电脑，而我虽然东西少，这两样都有。

我俩一起朝码头方向走去，今天天气晴朗，但北风非常大。我俩一路走一路拍照，他用手机，我用单反相机。

8：00，渡船准时起航，顶着北风向湖的北岸驶去。昨天遇到的西班牙二人，还有一对厄瓜多尔情侣（以下称艾丽斯、艾丽斯男友），我们6人坐在一起。他们讲西班牙语的4个人英语说的也不错，这样聊得挺欢。

我来到客舱的观景台，美丽的湖光山色尽在眼前，湖水非常清澈，远处的山峦虽然没有多少植被，但美丽的湖水衬着白雪皑皑的山峰显得非常漂亮，不逊于瑞士风光。只是今天的风实在太大了，加之渡船逆风而行，瞬时风力有八九级，人都站不稳。大风卷起的大浪拍打在渡船前方，整个船体都在抖动。

航行近两个半小时，到达北岸伊瓦涅斯工程师港，我们6个人上了一辆开往科海丘的中国产旅行车。一路上行驶在山野之中，美丽的雪山、草场、河流像电影一样一幕幕掠过，盛开的紫色花朵随处可见，特别是盛开在河滩上的花朵，与卵石搭配在一起，更是难得的景色。

中午，我在车上吃着自带的面包和水果，错过了拍摄美景的机会，他们5个人虽然带的东西多，但能吃的只有薯片。坐在车上欣赏一路的美景，真是一种享受，要是能停车就更好了。我感到智利这边的风景比阿根廷那边漂亮多了，90公里的路程，没多久就到了。我们6个人在科海丘长途汽车站下车，车费5000比索（约48元）。

我们6个人都前往北面的蒙特港，但进度和路径不大相同，我想坐汽车尽快从陆路走。车站提供的信息是：从智利境内前往蒙特港的汽车3天之内没有票；绕行阿根廷的汽车明天下午有票，但需要行驶24个小时；还可以坐车先到北部200公里处的锡斯内斯港，然后乘船再转汽车到蒙特港。西班牙二人选择绕行阿根廷；艾丽斯二人选择到锡斯内斯港坐船；巴迪斯选择在此地住3晚，然后坐船北上；我选择与艾丽斯二人同行。

艾丽斯二人买好下午5：00到锡斯内斯港的车票，轮到我时车票正好卖完。我不想绕道阿根廷，如此又要两次出境两次入境，护照上又要多4个章，加速护照更换。如果从这里坐船，要等上3天，一时让我不知如何是好，以前来南美洲不容易，现在是移动不容易。智利交通如此不方便，我觉得原因在于：这些运输企业都是私营的，国家管不了，企业只想利益最大化，旅客能不能及时走并不重要。

艾丽斯二人又在船运公司买好明天早上6：00的船票，我想买船票又赶不到锡斯内斯港。巴迪斯买了3天后从附近港口出发的船票。这样只有我还没买到票，看来我要滞留在这里了。

下午5：00，艾丽斯男友上车前问大巴车司机可否增加一个人，司机同意了，这样我与他们二人一同乘车前往锡斯内斯港。我们6个人在车站相拥而别，都是背包客，都很善良，都很友好，能在智利相遇也是缘分。

从科海丘到锡斯内斯港，大巴车一路上蜿蜒于峡谷之中，虽然下雨，但美景依然可见。这里的山体多数是坚硬的岩石，山体稳定，雨水顺着山上的沟槽形成无数条高悬于山上的瀑布。峡谷中河流纵横，小溪到处有，大河蜿蜒流，河水非常清澈。山谷中森林密布，到处郁郁葱葱，智利森林密度较高，主要就在南部。接近锡斯内斯港时，公路一直沿着锡斯内斯河行进，越往下游汇入锡斯内斯河的水流越多，时而平静时而咆哮，是个漂流的好地方，只是由于偏远和气候寒冷，很少有人到这里漂流。当出了山口时，立刻来到滨海靠山的锡斯内斯港小镇。

我们三人找到一家家庭旅馆，含早餐每人12 000比索（约115元），两人间里只住我一个人，小城镇就是实惠。

晚上9点，我们来到小镇船运公司的售票点，早已没有人影。艾丽斯帮我在网上购买明天早上的船票，但不知什么原因无法完成，显示的信息是：这艘船有余票，可以不预订，看来只能明天早上现买船票。

第65天（1月4日）　我被赶下智利渡轮

早上5点，我们三人（我、艾丽斯及艾丽斯男友）冒雨前往轮船码头。此时轮船公司在海边的售票点仍然没有开门，船已经到了却无法买票，我只好决定先上船，期望在船上补票。

上船后，他俩帮我和验票人员解释，验票员让我们去找主管，主管一听不同意在船上补票，而且没有一点商量余地。渡轮就要起航了，我被船员赶下了船，与艾丽斯及她的男友就这么遗憾地分手了。此时，我心里真不是滋味：为什么有人上下船，售票点却无人售票？在售票点凌晨不开门的情况下，为什么不能在船上补票呢？太缺乏服务意识。

我冒着雨往回走，当初我看到这个美丽的小镇时，就想多住几天，看来这是为了满足我的心愿才让我留在这里。回到旅馆才6点钟，这家人还没有起床，我怎么好意思敲人家门呢，我只好在门口等候。风雨中的清晨，寒意阵阵，连个坐的地方都没有，我只能傻傻地站着，面对旅行中遇到的苦闷，只能用乐观精神去冲淡它。一直等到8：00，我看到这家烟筒冒出了烟，才按响门铃。

我想躺在床上睡一会儿，可一想船票还没有落实，只好决定先去把这件事搞定。我来到船票销售点一问，驶往北部克利翁的船要等到3天后才有，而且离港时间是22：00，没办法只能买这艘船票。我觉得这班船很可能就是巴迪斯将要乘坐的船，这样我们又能相遇了。当我询问售票人员上船后航行多少时间时，又让我吃了一惊，这个直线距离不太远的两地之间要行驶20个小时，原来这艘船要停靠几个地方。

我在小镇上转了转，这座小镇朴实无华，整齐、干净，富有文化气息，镇中心有座传统的小图书馆，里面不但有图书还有小镇发展历史的大幅照片，游人可以随便进去参观，感受这里的文化氛围。

由于木材非常丰富，这里的民居基本上都是木质结构，抗震和保温性能好，住在里面感觉比较温馨。这里即使在夏季也要烧火取暖，每家都使用烧木柴的铁制炉子，木头在里面燃烧得很充分，很快屋里就能暖和起来。每当我到外面转悠一圈，被大风吹得浑身发冷时，回到房间里顿时感到暖意融融，看着燃烧的炉火有一种古朴的生活气息。

第66天（1月5日） 一天之内三次搭车

今天独自游览锡斯内斯河峡谷风光。

我带上中午的食物，沿着智利X25号公路向峡谷方向走去。今天虽然是多云天气，但没有风，体感温度略带寒意。走在路上空气清新，不冷不热，不晒不吹，非常舒适。

行走在连续上坡的路段，使我感到有些费力，此时还看不到美丽的锡斯内斯河，我决定搭便车，这样可以减少体力消耗。我一边走一边做出搭车手势，一会儿一辆小货车停了下来，我向司机示意到前面游览拍照，司机二话没说就让我上了车。这位司机是位50岁左右的智利男人，好像刚在小镇上采购完东西往家里赶。热情的他对我说个不停，我听不懂他的西班牙语，只是看着他笑。行驶了几公里他拐入一条岔道，我要直行，只好在此下车。下车后他让我给他拍照，偏远之地的人就是热情朴实。

我继续沿着公路向前走去，此时公路已经与锡斯内斯河并行。由于智利属于资本主义国家，许多草场、山地属于私人所有，土地所有者就用铁丝网将土地圈了起来。这里的河边也同样被铁丝网围着，看着美丽的河景却不能到达河边，让我心有不甘，我决定再次搭车，继续往上游走，我不相信铁丝网能把这条河流全封起来。

　　前方的公路正在施工，汽车在路边等候通行。我走到一辆车跟前往车里看了一眼，还没来得及说话，车里的司机就主动喊我上车，连去哪里都不问。像我这种拿着相机的人一看就是来自亚洲的游客。我上了车，对司机说："这里的风景太美了，我要到前面游览拍照。"司机会一点点英语，他问我："你来自哪里？"我说："来自中国。"小车开出几公里后，路边有一个照相机的指示牌，表明这里是个观景点，我示意下车，并对司机的热情表示感谢。

　　这里的公路一边是陡峭的山体，一边是美丽的河景，锡斯内斯河在这里有一处大跌水，河流在此变得咆哮起来，如果乘坐皮划艇漂流到此一定非常刺激。我沿着河流逆流而上，接下来是一段宽阔弯曲的河道，河水变得温柔起来，清澈碧绿的河水平静地向下游流去。我坐在河边一块大石头上，拿出带来的食物，用清澈的河水洗了洗手，然后一边欣赏美丽的河景，一边听着哗啦啦的流水声，一边吃着简单的午餐。我感到在这美景之中吃什么都香，胜过在豪华餐厅里用餐。

　　吃完午饭，我向大跌水方向走去。大跌水处河水凶猛，奔腾咆哮，绿色河水卷着滚滚的白色浪花，产生出轰鸣的咆哮声。我在河边用三块圆形的卵石摆成了一个三层石塔，这是我从葡萄牙的马德拉岛上学来的，这是向河神祈福。河对岸的山上有三条细长的瀑布，如同挂在山上似的。旷野美景之中只有我一个人，我看着奔腾的河水，坐在石头上享受着大自然的美好。感谢智利渡轮没有让我上船，这才有机会欣赏这般美景，呼吸这里的纯净空气。

　　返回的时候必须坐车，我来到公路上，看到路边停了一辆双排座小汽车，车头朝向锡斯内斯港方向。我往车里一看，没有人，车上有公路管理人员穿的反光服。不一会儿来了两个人，我示意搭车，他俩立刻就答应了。

　　上了车，司机问我到哪里？我拿出写有锡斯内斯港的纸条，他们正好也去那里。司机问我："你有地图吗？"我说："没有。"司机不解，好像在说那你是怎么来到这里的？如何辨别方向呢？当汽车行驶到锡斯内斯河快要流入大海的一处河段时，司机主动停下车来，让我下车拍照，多么热心啊。

今天，在智利偏僻的安第斯山脉峡谷中，随意三次搭车，让我感到智利人特别是小地方的人非常友好、善良、质朴。我觉得：世界上任何一个地方或国家，只要当地人善良友好，并拥有优美的风光，那就是旅行者的天堂。

第67天（1月6日） 行走惯了难以在寂寞中久留

夜里雨声阵阵，似乎下了一夜，早上仍然未停。来到这里已经第三天了，每天都有雨，而将要前往的智利北部，却是世界上最干旱的地方，这个世界上最狭长的国家，有着奇特的气候特征。

早上起床后，围着火炉，独自一人悠闲地吃着家庭旅馆里的简餐：一杯牛奶，五片面包，一杯咖啡。

我经过上网查询，并收集有关信息，考虑到时间比较紧只得放弃前往玻利维亚的想法，同时确定了前往智利北部和秘鲁南部的具体游览方案。这个方案除了今晚乘坐渡轮外，全部都是搭乘汽车，南美的机票太贵。乘坐汽车除了时间成本高以外，还算比较舒服，重要的是可以看到一路的风景，一路的变化。

傍晚，从6点到8点外面狂风大作，再加上大雨，整个木屋外呼呼作响，不知渡轮靠岸会不会受影响。这家旅馆的男主人做出在船上呕吐的样子，我想这点风浪应该算不了什么。

虽然这里景色不错，只是太偏僻，太冷清，整日风雨交加，又没有可口的饭菜，连个聊天说话的人也没有，我有点被软禁的感觉，行走惯了难以在寂寞中久留。我不时从木屋的窗户向海上望去，期待着渡轮早点到来，这是踏上新旅程的唯一希望。晚上9点，已经能够隐隐约约看到远方的渡轮，我顿时心里充满了喜悦，滞留了三天终于可以离开这个交通不便之地。

我与房东道别，走出木屋，最后感受一下这雨后美丽的小镇。风雨之后小镇非常清新，背靠的大山仍然被云雾笼罩，我从照片上得知背后的大山非常高大巍峨。

渡轮靠岸了，我在买船票时就预感到和德国人巴迪斯能够再次相遇，一上船就看到他站在船舱外面，我们再次相见非常高兴。

站在船上观看锡斯内斯港小镇感觉更加美丽，海湾和大山之间是面积不大的小镇，夜色下是一种宁静的美，我喜欢这里，喜欢这里的人们，只是这里太清静，太寂寞了。

第68天（1月7日） 生活在智利的狗很幸运

早上，渡轮航行在宽阔的海域，由于风浪较大，渡轮上下左右起伏摇摆较大，我怕晕船呕吐，早餐只吃了一个面包，连水都没敢多喝。

中午渡轮停靠梅林卡，这里是智利西南部一个海岛上的小镇，有不少旅客在此上下船。渡轮的到来给这里带来了人气，平静的码头立刻变得热闹起来，就连码头上的几只狗也争相跑到渡轮上来看风景，似乎它们也是岛上的主人，码头上发生的事情少不了它们，而船上的工作人员丝毫没有阻拦它们登船。

这些狗上船后四处转悠，见了谁都想上去闻闻，凑凑热闹，对于正在上下船的汽车它们也不在乎，视而不见。当有的狗挡路或者碍事时，智利人很少呵斥，而是把它们赶到旁边。在智利狗的日子过得和人一样悠闲，当地人的文化传统认为，狗是人类的朋友，既然是朋友就应该善待，所以这里的狗活得非常自在，没有什么危险，生活在智利的狗很幸运。

下午6：00，渡轮准时到达智利西部奇洛埃岛的克利翁小城，从渡轮上看小城非常漂亮，整个城市围着弯曲的海湾而建。一上岸我和巴迪斯快步直奔300米外的长途汽车站，我们知道后面会有不少人。他要到奇洛埃岛的卡斯特罗市游览，我要继续北上前往蒙特港。正好车站有一班6：20开往北方的班车，我俩一起上了这辆大巴车。

奇洛埃岛上山地很少，多数是丘陵地区，到处是绿色，一路风景优美。该岛人口比较密集，小城镇一个接着一个，大巴车每到一个较大城镇都会开进城内的汽车站上下客，我利用大巴车进站的时间，买了智利的大饺子才算解决晚饭问题。

晚上11：30，大巴车驶入静悄悄的蒙特港长途汽车站，我想看看明天前往圣地亚哥的车票情况，车站售票大厅空无一人，只好明天再说。

第69天（1月8日） 适应了就不觉得旅途辛苦

早上，我来到长途汽车站，买好前往智利首都圣地亚哥的车票，票价16 000比索（约155元）。在车站里买了智利代表食品——肉馅大饺子和一瓶水，好多天没有吃到含有肉的食物了，吃着大饺子感觉很香。

中午游览蒙特港街景，我自西向东穿过中心城区，由于今天是星期天大多数商店不营业，街上显得冷冷清清。我喜欢在周末的时候在城市游览，这样能看到许多当地精彩的活动，怎么这里没有这种氛围呢？想在街上找家中餐馆也没能找到，只有几家正在营业的西餐馆，进去看了一下没有想吃的东西。

在中心城区的东面有一个很大的建筑，我进去一看是个综合购物中心，吃、喝、玩、乐、购等基本都有，这里面比较有人气。我上到购物中心3楼，这里有许多餐饮店。我点了一份清蒸三文鱼，外加蔬菜和米饭，西式做法，味道还可以，费用6500比索（约64元）。

下午5：30，我乘上大巴车离开蒙特港，前往圣地亚哥。一路上大雨不断，智利南部的雨水真多，带来的是满目苍绿。从蒙特港开始见识了智利的高速公路，由于这里少有高山，多是丘陵地带，所以公路线形平顺，路况良好，双层大巴车长时间以每小时100公路的速度行驶，因此平均速度较高。这里的大巴车不是一站直达，而是中途到达较大城镇就会驶入车站上下客。这里的高速公路有一个特别之处，就是在路边设有乘客上下车的车站，除了乘客没有其他人进入高速公路，并不影响交通安全，这与智利国民素质较高和人口少有关。

公路两边有很多漂亮的牧场，收获的牧草打成圆捆，星星点点分布在草地上。成群的牛羊冒着雨在草地上埋头吃草，下雨好像是在为它们洗澡。这些牛羊不管白天太阳有多么晒，晚上风雨中有多么冷都待在旷野里，不必担心它们的冷暖，它们早已适应了这种生活。像我这种连续数月奔波，生活非常不规律，冷热不断变换，对一般人来说也许很辛苦，难以适应，对我来说已经适应了这种旅行生活，不觉得有多辛苦，比起以往从事繁重的农活，熬夜在工地上，连续伏案加班工作等，旅行中的辛苦算得了什么呢，我感受更多的还是快乐。

夜深了，大巴车进入了睡眠模式，乘客都已进入了梦乡，越往北走气温缓慢升高，我带的羽绒服有点盖不住了。

第70天（1月9日）　行驶2100公里的长途汽车

早上6：50，大巴车到达智利首都圣地亚哥中心汽车站。下车后，我来到售票区，这里有60多个售票亭，分属不同公司。我好不容易找到经营智利北部线路的一家公司，买了一张下午开往智利最北部小城阿里卡的车票，费用40 000比索（约400元）。

我在街上看到有一家电话小店，我问可以打国际长途吗？得到肯定回答后，我就给国内交行信用卡中心打电话，希望解锁我的信用卡。可是怎么都拨不通，不知道是什么原因，现在用座机拨打国际长途电话已经很少了。

我在汽车站二楼就餐区角落里休息，这里座位很多，非常安静。这时从楼下跑上来一只狗，看上去挺可怜，它一定是想在这里寻找吃的东西，餐厅服务员却不允许它待在这里。智利人善待狗，又不能动粗，只能驱赶。这只狗连忙跑到我的桌子底下躲藏，我只能起身让餐厅服务员把它给轰走。据说圣地亚哥狗的数量非常多，我在火车站大门外就遇见几只流浪狗。在智利这些狗想办法与人亲近，希望能够获得一些食物。

为什么圣地亚哥有这么多流浪狗？这与智利人爱狗，从不伤害狗有关。这些流浪狗大多数并不是被遗弃的，而是自己跑出来后找不到家，在外面有了外遇生下一堆小狗。因为无法控制这些狗的生育，所以导致流浪狗越来越多，许多市民把家里吃剩的食物拿出来喂它们，久而久之，这些狗把路人当主人，不但不对着人叫唤，对谁都摇尾巴。

在蒙特港也是如此，大街上到处都是流浪狗，有的狗病了，智利人就想办法关照它。对流浪狗具有爱心的人，一定是善良的人，而见了狗就想吃狗肉的人，谁能认为他是善良的人呢？

我在超市买了面包、香蕉和饮用水，为接下来乘坐超级长途汽车做好准备。

下午1：30，我乘坐的开往智利最北部小城阿里卡的双层大巴车准时开出，这条线路长约2100公里，是我乘过的行驶距离最长的长途汽车。车上坐满了人，司机二人，服务员一人。服务员在正式登记前问我是不是到阿里卡，我感到有些奇怪，去阿里卡有什么特别吗？后来我才知道：到那么遥远的地方只有我一个人。随后，服务员开始根据每个人的车票在一张表格上进行登记，目的是掌握乘车人信息，夜里根据到站情况及时提醒旅客下车。

大巴车一路向北驶去，公路两边的山野植被越来越少，沙土色越来越多，生长着的植物也是耐旱植物。

我和一个小孩坐在一排，这样空间稍微大一点，可以将双腿抬起一点，减少类似长时间搭乘飞机可能出现的下肢浮肿。出现下肢浮肿有可能是下肢静脉血栓造成的，这被称为"经济舱综合征"。1974年，美国前总统尼克松因为政治外交需要，连续长途飞行于奥地利、中东埃及等地，结果引发了左腿深静脉血栓。"经济舱综合征"的危险性在于，乘客通常只会觉得腿部麻木，没有意识到血栓的发生，当发现症状，再进行救治，往往为时已晚。

大巴车上提供简单的餐食，晚餐是数量很少的盒饭，饭不够吃，我就吃自己带的食物。

晚上，到达雷塞那，和我相邻的小孩下了车，这样我可以享用两个座位。

整个晚上我要么斜靠着，要么斜躺着，尽量使双脚上抬，促进下肢血液回流，避免类似"经济舱综合征"的发生。

第71天（1月10日）　陆路穿越世界最狭长国家

早上，公路两边的景色更加荒漠化，很难见到植物，哪怕是非常耐旱的植物。

上午到达智利北部太平洋沿岸城市安托法加斯塔，乘客下的多上的少。这座城市是一座沙漠中的海滨城市，沿太平洋海岸有长长的海滩，吸引不少智利人来此度假。沿着海边有许多漂亮的酒店和城市雕塑，给这个荒漠之地带来了生机。

离开这座城市，大巴车继续在荒漠中行驶。车上有个腿脚不便的人，当她上过厕所后，整个车内弥漫着臭味，但无人吱声，车上的人对于这种小事比较宽容。一会儿服务员拿着一瓶类似"洁厕灵"的东西去清洁厕所。由于缺水，车内的厕所没有水冲洗，所以才会有如此大的气味。

中午到达伊基克，同样是下的多上的少。大巴车开出后，车内只剩下三分之一不到的人，除了我没有一个是从圣地亚哥上车的，怪不得刚上车时服务员对我前往阿里卡有一种特别的感觉，先确认我是不是前往阿里卡。看来智利首都以及智利南部的人，很少乘大巴车前往阿里卡。

大巴车绕过伊基克城市边上一座巨大的沙山后，驶入北部沙漠腹地。智利北部的荒漠地带并不平坦，山地沟壑一路相伴，显得更加荒凉。

已经是中午1：30了，还没有提供午餐的迹象，反正我有准备，我吃着自带的面包和香蕉，喝着瓶装水。看来除了我都是短途乘客，所以车上不再提供午餐，我这个搭乘距离最长的乘客却享受短途旅客的待遇，谁让我如此独一无二呢！

下午，天气变得阴沉沉的，好像要下雨的样子，这里多少年来几乎就不下雨，难道今天会下雨吗？似乎是异想天开。下午4点，由于道路施工车辆被长时间堵在路上，此时看到外面荒芜的沙漠和阴沉的天气，看到车内寥寥无几的乘客，再加上餐食不再提供，厕所难闻不愿如厕，我的心情也随之变得有点荒漠化，有种被困在死亡之地的感觉。我曾担心这么大的车只有很少乘客，会不会被"卖猪仔"转到其他车上。对于一个有决心进行环球旅行的人来说，有什么困苦不能承受呢！

经过整整29个小时的行驶，18：30，终于到达智利最北端的阿里卡小城，共行驶2150公里。两位司机看起来挺精神，他俩日夜兼程地开车，我们可以随时睡觉，相比起来他们更辛苦。回想起1999年，我曾经坐过最长时间的长途汽车是从拉萨开往格尔木，距离是1131公里，用时28小时。那时车上没有厕所，开一段时间就要停车如厕，或者吃饭。这次我刷新了乘坐长途汽车的记录，而且是在世界上最狭长国家智利创造的。

我来到附近简陋的国际车站，正好有一班车要发往秘鲁边境城市塔克纳，我当即决定不在这边停留，直接过境去秘鲁。

上车后买票2000比索（约20元），从这里到边境有20公里，车辆是中国产的客车。原以为通过两国边境又要耗费很长时间，而这里通关效率高，只用40分钟全车人顺利通关。从边境到塔克纳有32公里，由于车速快，总共用时1小时50分钟。在车上我把剩下的一个面包和一根香蕉作为晚餐，连着三顿面包加香蕉，看来吃不腻的只有我。

我原以为到达塔克纳会很晚，由于有两个小时的时差，到达这里又多出了两个小时。

第72天（1月11日） 看着比例尺为1：1的"地图"行进

今天前往秘鲁第二大城市阿雷基帕。

上午8：15，我乘坐的大巴车准点发车。从一开始就是连续爬坡路段，翻越许多秃山，这些山要么怪石遍布，要么沙化严重，几乎寸草不生，荒芜程度好像到了月球表面。偶尔也会出现一些绿洲，在沙漠里只要有水就会有生命。

根据地图上显示两地位置，我预估行车时间五六个小时，所以没有准备车上午餐。谁知越接近阿雷基帕坡道越多，行车速度随之变慢。我从上层车窗往外看，似乎大巴车车轮紧靠路肩行驶，而路肩外侧就是很深的陡坡，生怕一不小心翻入坡下。

下午3：45终于到达阿雷基帕，用时7.5个小时，平均车速相当慢。

阿雷基帕是秘鲁南部的大城市，人口约90万，是仅次于首都利马的秘鲁第二大城市。该城市海拔2380米，周边有密集的火山，共有大小80座，其中最著名的是米斯蒂火山，就在阿雷基帕边上，它曾在1438年和1471年期间强烈爆发。

我一时搞不清长途汽车站所在的位置，想在车站里查看一下城市地图，但无处可寻。我走出车站来到过街天桥上，根据多数出租车、大巴车和中巴车行驶的方向，判断出主城的方向后，步行前往市中心。我不想乘坐出租车主要出于三个原因：一是说不上来要去的准确地点；二是坐了几天汽车想多走些路活动活动腿脚；三是不知打车行情，怕被宰客。

走着走着来到一座立交桥上，我向主城方向望去，看着这张比例尺为1：1的城市"地图"。当我看到阿雷基帕大教堂两座尖顶时，主城中心方向就明确了，目测距离大约还有2公里，这样我朝着明确的方向走去。

当街道变窄，建筑物有了历史感，路面变成条石铺筑的时候，我知道阿雷基帕的历史城区到了。我再一次感到旅行经验有时比语言还重要，看来今后我的语言能力是难以提高了，不自觉地就会依赖于经验，懒得询问别人。

这里住宿的地方比较多，很快我就找到一家家庭旅馆，含卫生间的小标间每晚40索尔（约80元）。

我在网上查询明天天气预报，结果明天阴有阵雨。随后我来到离旅馆不远的武器广场附近，咨询一家旅行社有关游览科尔卡大峡谷的信息。这里一日游每天凌晨3点多出发,也太早了,加之阴雨天视线不好,影响观景效果,最后放弃明天游览科尔卡大峡谷的想法,改为城市游。

阿雷基帕主城有几家中餐馆,这下可以调整一下饮食结构,不必在饮食方面再吃苦。晚上在武器广场边上的一家中餐馆点了一份炒菜配饭,味道不错,吃得也舒服,餐费是9索尔(约18元)。

第73天(1月12日) 从饭店老板那里感受秘鲁文化

今天游览阿雷基帕市内景观,来一次非典型旅游,体验当地的风土人情。

我来到位于老城的大市场,我喜欢看吃的东西,首先来到卖鱼的地方。这里有各种海鱼和少量淡水鱼,其中有大个的鲨鱼,还有肉厚达2厘米的章鱼,而且都很新鲜,看得我想买回去自己做着吃。这里的水果非常丰富,与秘鲁的山地气候、水土有关,而且看上去很漂亮。卖水果的人把各种水果摆得从低到高,既有立体感又色彩丰富,非常诱人。这里的蔬菜种类也非常多,而且长得非常好,各种新鲜蔬菜透着清香。

我上到二楼,摊主们吆喝各种食物。该吃早餐了,我在一家羊肉汤摊位坐下,要了一碗羊头汤。汤里除了有羊头肉以外,还有各种当地出产的食物,有土豆、玉米等。吃过后,感觉口味比不上墨西哥瓦哈卡小城的羊头汤。

随后,我在水果摊上,买了一些橘子和葡萄,一尝都挺好吃,而且很新鲜。

下午,游览阿雷基帕老城。我来到武器广场,想拍一张阿雷基帕大教堂的全景,但广场上树木较多,于是我就来到广场西面老式建筑的二楼,在这里我遇上了在此经营餐厅的一位秘鲁老板。他用英语问我:"你来自哪里?"我说:"中国。"他一听来了精神,连忙给我一张他的餐厅广告,上面有他的照片和餐厅介绍。然后他带着我上到老建筑的屋顶上,从这里看整个广场、教堂以及这座城市要开阔许多。

　　拍了几张照片后，他给我介绍起这座城市：阿雷基帕大教堂背靠海拔5822米的米斯蒂火山，在大教堂的周围还有几座教堂，分别代表太阳、月亮、大地和火，在这些教堂举行的宗教仪式就是祭祀太阳、月亮、土地和火神。我感到古代的人们不管他们相距多么遥远，他们认识自然，敬畏自然，祈求大自然保佑的方式都是非常相似的。在北京保留至今的日坛、月坛、地坛和天坛，是中国古时祭祀太阳、月亮、大地和上天的地方。这两个地方相距非常遥远，却是如此相似，反映出古代的人们对自然界有着共同或相似的认知。只是这里毗邻火山，所以这里的人们优先祭祀火神而不是上天。

　　来到秘鲁老板的餐厅，我感到更像是一种饮食文化的展示，于是我就问："你这里是餐厅还是博物馆？"他一听来了兴致，把我带到他的厨房里参观一番。他的餐厅崇尚原始、古朴、自然、绿色。他所用的厨具只有陶土制成的砂锅和石板以及木制勺子，灶具是一个大的木炭烤箱和烧炭的炉子，调料仿照古法不用油，只用天然香料和粗盐，食材是当地出产的绿色食品，不用任何加工过的食品。我看了烤箱，里面炭火熊熊，尝了尝他准备的香料。

　　这里的特色菜大致有两种做法：一种是使用砂锅在木炭炉子上用文火煮食物；另一种是将食物放在石板上，然后放在烤箱中烤熟。看来都要耗费一些时间，如果做得好吃，那真是一朵秘鲁饮食文化的奇葩。我估计要在这里吃顿饭可能需要提前预订，否则现做不知要等多长时间。秘鲁老板问我："你能在这里吃顿饭吗？"我一没时间，明天早上要离开这里，二是一个人能吃什么呢？费用可能不低，于是婉言谢绝了。我对他说："我可以把你的特色餐厅介绍给我的朋友，让他们有机会来这里品尝。"他指着广场中心的喷泉说："喷泉上面那个铜铸的音乐家所朝的方向就是我这里，我们现在听到的背景音乐就是他的作品。"最后，他得意地说："我这里是文化与生活的汇聚点。"我对他所做的介绍表示感谢，为秘鲁的饮食文化所吸引，对这座城市有了比较深的认识。

　　我来到广场中央的喷泉，铜铸的音乐家朝着餐厅这边吹着长号。我进入大教堂参观，感觉从内到外建造得非常精美，成为这座城市的名片和为我指路的地标。

随后，我又来到北面代表土地的教堂，现在这里是一座博物馆，而南面代表火的教堂里面正在进行宗教仪式。

由于天气不好，从到达阿雷基帕后，米斯蒂火山连个影子也看不到，期盼明天能够见到它的雄姿。

第74天（1月13日） 秘鲁高原到处是美景

今天前往秘鲁历史文化名城库斯科，这里是前往世界级风景名胜区马丘比丘的门户。

早上离开旅馆，回头一看，米斯蒂火山全貌展现在眼前，虽然不是很清晰，但巨大的火山锥非常优美，山顶上白雪皑皑，显得高大和雄伟。

7：30，我乘坐的双层大巴车向库斯科驶去。随着海拔的升高景色也在发生变化，当海拔高度超过3000米时，公路两边的景色越来越像中国的西藏，天变得更蓝，云朵更白，山峰变得圆润，山上长满植被，绿色代替了荒芜。山下小河弯曲，到处是广阔的草原和牧场，羊群低着头吃着青草。

随着海拔的继续升高，最高的路段海拔超过了4000米，我已经能够感受到空气的稀薄，不时进行着深呼吸，后来头也感到有点不适，其实这都是正常的高原生理反应。这次秘鲁东南部的高原之行我有针对性地做出安排，先到2380米的阿雷基帕，再到3400米的库斯科，最后到3860米的普诺，这样逐级升高，使身体有一个适应过程，这样高原反应会轻一些，人会好受一些。

这里降雨量比西藏要大一些，水草显得更丰盛，到处是牧场。这里生长着南美特有的动物——羊驼，远远看去这种又像羊又像骆驼的动物非常可爱，成为南美洲标志性动物。

此后海拔有所下降，公路两边呈现半农半牧的景色，山上有树木生长，田野里一片绿色，只是这里的民居比较简陋，好一点的是用水泥和红砖建起的房屋，而多数是土砖坯建造的房子。从沿途住房情况看，秘鲁高原地区并不富裕，但这里田野、山水和人文景色却是一流的，似乎这里的景色是由一幅幅美丽的画卷拼接起来，非常养眼，令人赏心悦目。如果乘坐夜班车从这里经过，那真是浪费了免费观赏美景的机会。所以，充满美景的公路一定要白天经过，这样才不失旅行的意义。

晚上6：30，到达库斯科，整整行驶了11个小时。由于是山谷中的城市，库斯科长途汽车站显得非常狭小。一下车我正想寻找城市地图时，一个招揽住宿与旅游的人给了我一份介绍资料。我一看住宿在市中心，靠近老城广场，可以安排明天马丘比丘游览，而且住宿费用不算高，我可以与他一同打车前往，车费无须我付。考虑到高原城市不宜背包多走路，我决定前往这家旅馆。

到了这家旅馆才知道在车站揽客的原来是这里的老板，我赶紧与他商谈游览的事情。最终决定参加明天马丘比丘2日游，费用120美元（约800元），另外在此住宿两晚，每晚40索尔（约80元）。

如果参加一日游需要乘坐火车，费用是230美元，我觉得太贵了，所以选择乘坐汽车的二日游。看上去有点不可思议，同样是游览马丘比丘，一日游230美元，二日游120美元。我也顾不上了解具体情况，已经是晚上8点了，我们都还没吃晚饭呢，老板也显出疲态。

正当我准备出门吃晚饭时，外面下起了大雨，我只好就近来到隔壁一家秘鲁餐馆。这里没有菜单，来了就先上汤，后上饭，最后还有一种秘鲁的甜羹。吃完一结账才6索尔（约12元），真便宜，而且口味挺好。

第75天（1月14日）　高原负重徒步只为马丘比丘

早上7点，旅行社的车来旅馆接我，然后再到其他旅馆接人，坐满了游客以后，离开库斯科向西北方向驶去，我有点不解：车上怎么连个导游也没有？

今天的天气阴，远处的山峰笼罩在云雾里，一路上景色优美，路过一些观景点，司机一个也不停，只顾赶路。

行驶了两个小时，来到乌鲁班巴镇，海拔高度2870米，乌鲁班巴河从这里流过。再往前行就到了奥扬泰坦博小镇，这是一座旅游小镇，镇上有许多漂亮的旅馆，靠近河岸的地方就是乘火车前往马丘比丘的火车站。车站里停着一列旅游列车，许多旅行车往这里运送乘客。从这里乘火车前往马丘比丘是沿着乌鲁班巴河谷顺流行进，基本上是一条捷径。而乘坐旅行车前往马丘比丘必须翻越高大的韦罗尼卡山，然后再绕行一大圈，沿着乌鲁班巴河谷逆流行进，最后再换乘一小段火车才能到达。由于是捷径和绕大圈的关系，所以乘火车是一日游，坐汽车是二日游。

翻越韦罗尼卡山的公路修的很好，旅行车连续迂回非常平稳，一路上的山景也很漂亮，不时有清澈溪水从山上流下。继续向上行驶，韦罗尼卡山白雪皑皑的主峰显现在眼前，它的海拔高度是5682米。到达公路的最高点，这里的海拔高度为4380米，气温降低许多。山的那一侧乌云密布，正下着雨，许多路段山水横穿公路，到处是清澈的溪流。

下山后，行驶了十几公里后，拐到乌鲁班巴河谷，此时沿河谷逆流而上。这段公路是没有铺装的碎石路，路面狭窄而且不平整，公路一侧是没有任何防护的乌鲁班巴河，向下望去令人生畏，最深的地方达百米以上。我第一次遇到这么危险的公路，多亏司机驾车谨慎。

中午将近2点，我们到达圣特雷莎小镇，该镇位于乌鲁班巴河谷中，非常宁静，在这里我们休息吃午餐。

继续赶路，行驶了十几公里后我们到达公路的终点，汽车无法继续前行。这里有一座小火车站，这是通往马丘比丘的另一条铁路支线，可以在此乘坐一段火车或者沿着铁路徒步前往马丘比丘火车站。

司机用西班牙语说了一通话，然后大家拿着行李下车。我没听懂，也没有导游，具体情况事先也没有了解，我有些茫然。我决定采取跟随战术，我跟着两个来自哥伦比亚的男士，因为其中年轻一点的男士（以下称哥伦弟）会一点英语，对我会有些帮助，而另一个年纪较大的一点英语也不会（以下称哥伦兄）。他们两人是从哥伦比亚骑摩托车一路南下来到库斯科的，因为马丘比丘不通公路，要不然他们肯定会骑摩托车。哥伦兄看上去好像超过60岁，真不简单。

我们这一车人有些准备坐火车，两个来自法国的年轻女孩决定步行，哥伦比亚的两人也要步行，我看到徒步的人群中有女的还有老的，我也决定徒步。问题是我不知道有多远？路况如何？走到哪里集合？而且我带着此行的全部行李，属于高原负重徒步。两个法国女孩属于轻装，哥伦兄也是轻装上阵，这对我来说是一个考验。我准备将背包存在附近小店，但又不放心，只好负重前行。

最初是一段抄近的爬坡路，一会儿我就感到挺吃力，我真想退回去乘火车，但一看哥伦兄走在前面，我也只好努力坚持着。一会儿回到铁路上，这样坡度小了，不再感到很吃力。

沿着铁路徒步的人很多，绝大多数是年轻人，很多人背着大包，穿着专用登山鞋，有的还带着手杖，我毫无思想准备。两个法国女孩一会儿就走到了前面，哥伦兄也是一步不停地走着，我和哥伦弟走出了汗，不得不停下来脱衣服，待重新出发时前面的人早就没了影子。

铁路紧靠着乌鲁班巴河，汛期的河水流量很大，河水发黄，涛声阵阵。河谷两侧高大山体上到处是绿色植被或裸露的岩石，景色非常优美。我不时停下来拍照，欣赏一下美景，结果是不断地被落在后面，我与哥伦弟也拉开了距离。

这里的海拔有2000米左右，我身背8公斤重的背包，一路上坡，而且道路不平，年龄带来的体力下降更增加了困难。这些因素使我行走几公里后感到难以为继，腿有些发软，想停下来休息，但一休息又会落下很远，我越来越后悔不该徒步而应该坐火车。我转念一想：累了就歇，落到最后又能怎么样。我在路边停下来休息，这里正好有一对父女也在休息，父亲的年龄看上去与我相仿。继续行进时，我跟在他们后面，只听这位父亲用英语感叹道："真困难啊。"我会意地笑了笑。

在行走的人群中有一位身材非常胖的老外，走起路来显得非常沉重，我想他能走到目的地，我也能。我在跟着他走了一段后，感觉他走得确实太慢，就超过了他。

火车的声音传来，路上行走的人们都兴奋起来，等着与火车合影。火车隆隆而过，我的心情有点不是滋味儿，要是坐上火车就不会受这般苦。火车开了过去，直到声音全部消失，前面的车站似乎还很远，这使我很无望。

我觉得我们所围绕的乌鲁班巴河对岸高耸陡峭的山上可能就是马丘比丘（后来证明确实如此），可又看不到什么。为了马丘比丘，我从南美洲的最南端全程陆路来到这里，这种精神使我一定要走到底，坚持，再坚持。

前方是两座铁路隧道，行人只能从中穿过，黑暗、坎坷、潮湿、滴水，走在里面非常困难，有人打开手机照明，好在隧道并不太长。

继续前行，前方河边有一大片建筑，这里就是此行的终点——马丘比丘火车站，我庆幸这次真正意义的徒步旅行取得成功。到达马丘比丘火车站后，我让坐在地上休息的一个老外给我拍了张纪念照，记录这胜利的时刻。

接下来是怎样找到同车的人，哥伦弟早已不见踪迹，我什么信息也没有，要在这人流如织的小镇上找到同行人，不知是难是易。我一路沿着街道一家旅馆一家旅馆寻找，来到一处分岔路口，我决定先到左边寻找。进入岔路没多远就是一个小广场，这里到处挤满了游人，我四处张望，一眼就看到了哥伦弟，我们击掌相互祝贺，庆祝我们到达马丘比丘。原来所有散客都在这里汇合，等待当地导游安排吃、住和明天的游览。

不巧的是今天小镇停电，大宾馆有自备发电机，其他的就只能点蜡烛。其他人住宿都安排好了，我最后被安排在一家旅馆，和一位叫马丁的德国人住在一起。

吃饭前，导游召集大家介绍明天游览马丘比丘的情况，这一介绍就是一个小时。哥伦兄看上去非常疲劳，一直坐在地上不起来，谁让他徒步的路上也不停下来休息一下。

　　晚上，我们在饭店里吃西餐，由于没有电，到处点上蜡烛，有点烛光晚宴的味道，正和老外的意。吃过晚饭，导游才把明天游览马丘比丘的门票发给大家，而明天上山的车票却没着落。回旅馆的路上我看到巴士车站仍在卖票，我就排队买好了明天上山的车票，就这么简单的事情让导游说得挺复杂。有了门票主动权就在我这里，不用考虑跟着谁走，该怎么玩我做主。

　　回到旅馆已经10点多了，我估算了一下今天负重徒步的距离，11公里左右，已经很疲惫了，明天4：30就要到巴士车站排队。

　　我和马丁约好明天早上4点起床，一同去游览马丘比丘。没有电，什么也看不见，我什么都不洗，牙也不刷，上床就睡。

第76天（1月15日）　感受世界七大奇迹之一马丘比丘

　　早上4：20，马丁把我叫醒，说他夜里拉肚子，要休息一下再去游览马丘比丘。我祝他好运，将背包存放在旅馆以后，立刻赶往巴士车站。

　　夜里听到外面在下雨，可抬头一看，天空透过薄云能看到星星，心里大喜，看来即使在雨季我们的运气也不错。

　　旅游巴士车站已经排起40米的长队，我随之排了上去。我看到哥伦兄与哥伦弟两人正在排队买车票，他们有语言优势应该昨晚提前把车票买好，看来导游说了那么多，也没能说得很清楚。过了一会我看到马丁也在排队买车票，我示意他买好后直接到我这儿来。他昨天没带护照，所以无法提前买票。

　　早上6点开始检票上车，此时队伍已经看不到尾。马丁在我快要上车的最后一刻买好票，并与我一同上了车。

　　旅游车沿着盘山公路往山上开，路上有不少驴友徒步向上爬。清晨，白云悬浮在山谷中，慢慢地我们来到云团之上。20分钟后，我们来到马丘比丘大门，这里有山上唯一的宾馆，高档旅行团会安排入住在这里，以便早上第一时间进入马丘比丘公园。

我们基本上属于第一拨游客，进入公园采用实名制。一进入公园，马丘比丘的壮丽美景立刻展现在眼前：清晨时光天空被一层薄薄的云层所覆盖，没有一点风，空气既清凉又清新，四周高大的群山清晰地展现在眼前，满目苍绿，马丘比丘就在这群山环抱之中，清晰而宁静地展现在我们面前。真是太美了，我和马丁兴奋不已，拿起相机一边拍照一边四处观赏。此时核心景区内没有游客到达，马丘比丘似乎在展现她的原貌，我们起这么早第一时间抵达这里非常值得。马丁看着美景想听一下导游的介绍，我则抓紧时间用视觉去体验和感受。

景区里放养了一些羊驼，它们每天看惯了游人，当我接近它们时，抚摸它们时，它们感到很自然，于是我就与羊驼玩起了自拍。近距离观赏这安第斯山脉特有的生灵，它们确实非常可爱，把它们自然放养在景区里，为马丘比丘增添了灵气。

太阳从东面的山峰上升起，虽然有薄云遮挡，但照耀在马丘比丘仍然光彩夺目。云团也从山谷中慢慢上升、扩散、弥漫，展现的是不断变换的景象，每一分钟都有不同的景致，像一幅幅山水画卷，真是太美了，如果是万里无云反倒没有如此变幻的美景。

我不断向高处爬，视觉也在不断地变换，每个角度、每个高度都有不同的美感。我四处感受这高山之巅古印加帝国的风采，领略这石头世界的独特韵味。我坐在高处的石头上，居高临下，静静地凝望马丘比丘，欣赏人类新七大奇迹之一的魅力。

马丘比丘作为秘鲁著名的古印加帝国遗迹，位于库斯科西北方130公里处，整个遗址高耸在海拔2400米的山脊上，俯瞰着乌鲁班巴河谷。因为位置独特，风景优美，而且难以抵达，加之发现时间较晚（1911年），使得马丘比丘成为人们最为熟知的标志性景点。

马丘比丘是印加帝国统治者于1440年左右建造的，直到1532年西班牙征服秘鲁时都有人居住。当时库斯科作为印加帝国的首都，有一条道路通往马丘比丘城，绝佳的地理位置和地形，使马丘比丘成了整个印加帝国境内最美丽的一处天然"城堡"，成为印加贵族的乡间大型"别墅"。整个遗迹由140个建筑物组成，包括庙宇、公园和居住区。印加人那时就有环保意识，认为不该从大地上切割石料，因此从周围寻找分散的石块来建造住房。庙宇和各种石头建筑连灰泥都没有使用，完全靠精确的切割、堆砌、斜砌来完成，建成的墙体石块间的缝隙不到1毫米宽，连刀都插不进去，体现了当时非常了不起的建筑工艺与技术。其中"太阳庙"和"三窗之屋"是这里最主要的石才建筑瑰宝，还有"栓日石"，据说是印加人设计的天文时钟，现在被工作人员严加看护，游客不得靠近。

可惜的是印加人并未掌握文字，因此没有留下任何描述文字，我们所听到和看到关于马丘比丘的介绍，都是考古时后人的发现和认识，但是作为我们现在仍能看到的历史遗迹，足以显示她的辉煌和伟大。我觉得马丘比丘在当时的条件下能够进行绝佳的选址和设计，能够用精湛的技术进行建造，能够搬运重达20吨的石头，能够有如此丰富的建筑想象力，无愧于新世界七大奇迹。

在游览中，我遇到了来自中国目前在美国工作的小赵，他与我一样兴奋，面对马丘比丘，不断寻找拍摄角度，拍摄起来如同机枪，全是连发。他还要攀爬眼前有"死亡阶梯"之称的瓦纳比丘山，这座山峰海拔2720米，突起高度360米，山峰非常秀美，好似马丘比丘的背景墙。但不是想爬就可以爬，需要抽签，我如果年轻一些我也要爬，有人能够修建台阶，我还能爬不上去吗？

时间有限，我要赶到山下乘车返回库斯科，在游览了近三个小时后，恋恋不舍地离开了这里。到这里游览起早非常值得，最佳的游览时间我认为是早上6～8点，朝阳照射下的马丘比丘是最美的时候。

出了景区，我遇上哥伦兄，我们一起同行。下山省力，我们一路下得挺快，然而还有比我俩快的，一位来自浙江目前在智利留学的王小姐赶上了我们。我们一路走一路聊，一会就下到了乌鲁班巴河边，我们在悬索桥上合影留念。

拿上背包，我感到体力还挺足，干脆再徒步一次，这次是下坡。我扣紧背包带，迈开大步，和众多背包客再次徒步11公里。一路上尽情欣赏美景，不一会儿下起雨来，这老天真会眷顾我们，游览完马丘比丘后才开始下雨。

我用了2小时20分钟走完了这11公里的景观路，感觉比来时要轻松许多，一路上吃了两个香蕉和两个橘子作为午餐，减肥效果相当明显。

返程时，我上了昨天来时的那辆旅行车，司机没有换人，也就是说小伙子至少两天都在长时间开车。下午3：30离开这里，晚上11点才到达库斯科。这样司机从早上7点一直工作到深夜，连续工作16个小时。这可是在悬崖边上开车，在盘山公路上行驶，在雨雾的高山上穿行，真有些冒险。令我欣慰的是，这次充满艰辛的马丘比丘之旅取得了圆满成功。

第77天（1月16日）　实现陆路纵贯南美洲

上午，我背着背包游览库斯科历史中心城区。

我买了面包和酸奶，坐在市中心小广场的长椅上，边吃早餐边欣赏古城的景色。

库斯科是秘鲁东南方的城市，海拔3400米，坐落在山谷中，被安第斯山脉环绕，既是印加帝国的摇篮，也是印加帝国的首都。

作为前印加帝国的首都，理应能够看到印加风格的建筑，然而连一点影子都没有，这里所能看到的历史建筑全部是西班牙风格。欧洲殖民者有一个特点，这就是自认为从人种到宗教各方面都是最优秀的，而原住民都是"土人"，应当进行改造。殖民者为了能够实施统治，竭力消除当地文化，而消除当地文化和文明首先要消除最容易看见的历史建筑，因此，从那时起印加时期的历史建筑就被殖民者毁灭殆尽。幸亏有马丘比丘历史遗迹，才使我们感受到印加文明。

即使在当今，西方一些人依然存在殖民者心态，看到中国发展起来，有人就鼓吹"文明冲突论"，总认为自己的宗教、制度、人种优于非西方国家。不同文明理应相互欣赏，相互借鉴，怎么会冲突呢？西方某些人总是认为西方文明是普世文明，这种狭隘的心理从古延续至今。

在中心广场上，我遇到游览马丘比丘时认识的三个来自利马的朋友，我们相见很高兴，他们通过谷歌翻译和我聊天，然后一起合影留念。

马丘比丘之行取得圆满成功，对我来说有如下意义：一是看到了世界级风景名胜，感受到世界七大奇迹之一的精彩，这使得世界七大奇迹中只剩下巴西里约热内卢的基督像尚未游览；二是成功实现陆路纵贯南美洲，而且是沿着南美洲西部的安第斯山脉，这在10年前是不敢想象的；三是与各国驴友一起完成了一次艰难的徒步旅行，虽然路程不算长，难度不算大，但对我来说已经接近极限；四是考验了我的体能和毅力，我觉得如此艰辛的旅程，是一般同龄人难以做到的，体能、毅力、经验、适应性缺一不可。

我决定去长途汽车站，买好明天前往普诺的车票，然后住下来好好休息，消除两天来游览马丘比丘带来的疲劳。

第78天（1月17日）　来到马铃薯的故乡

今天前往秘鲁东南部小城普诺。

一路上大巴车行驶在高原上，我没有准备路餐，担心会挨饿，其实这是多余的。在秘鲁的大巴车上有一种销售文化，即在行驶的车上时常会有推销人员上车叫卖，他们分两类：一是"有文化"的推销人，二是小贩。"有文化"的人上车后口若悬河说上一大堆话，然后将商品发到乘客手中，谁看上了付钱，看不上的收回。销售的主要是药品、保健品、日用品和书籍等。小贩主要售卖食物和饮料，他们带着大包小包，有的把食品和饮料用绳子拴起来背在身上。

司机也很配合，到了一些地方就停车让这些人上来，售卖一段时间后就开门让他们下车。

中午，有不少小贩上车售卖食物，有卖面包的，有卖煮玉米的，还有一种称为"巧克力"的食物。我买了一塑料袋"巧克力"，其实就是水煮蚕豆和玉米粒，看上去有点像黑白巧克力豆。吃起来挺好，富有营养，都是当地农田里生长的农产品。

下午4：30，到达位于的的喀喀湖畔的普诺，我先查看车站里的普诺小城简图。车站里有不少旅游公司的柜台，的的喀喀湖一日游的费用50索尔（约100元），看起来挺便宜，但我剩余的现金不多，如果参加一日游必须再兑换一些秘鲁索尔。

我步行往市中心走去，路过这里的农贸市场，里面经营农产品的摊贩还没有收摊的迹象，路边经营土豆的店铺非常多，一个挨着一个，这里可是马铃薯的故乡。的的喀喀湖畔是人类最早种植马铃薯的地方，早在7000年前，这里的印加人驯化了野生马铃薯，从那时起拉开了人类食用马铃薯的序幕。伴随着印加人的生活，马铃薯在南美洲一直绵延生长了数千年，却不为外界所知。直到16世纪初，马铃薯离开故乡，随着西班牙人的船队，来到了欧洲。又过了上百年才传到大洋洲、亚洲，并传遍整个世界。马铃薯虽然土头土脑，饱含营养素的块茎没有蔬菜漂亮，也没有谷物来得厚重，但通过后人的科学培育，马铃薯单产量是稻谷、小麦、玉米的2～3倍，成为世界上一种流行的食物，炸薯条、薯片遍布世界每个角落。目前，中国已成为全球马铃薯第一大生产国，其中甘肃、宁夏出产的马铃薯，又大又漂亮又好吃。反而我看到这里出产的马铃薯，仍然土头土脑，其貌不扬，没有什么卖相。

我在市中心寻找兑换钱的地方，然后找旅行社预订明天的的喀喀湖一日游。然而在这座小城市里怎么也找不到换钱的地方。我决定不换钱了，也不找旅行社了，明天自助游湖。

高原小城的夜晚温馨又热闹，市中心的广场上有不少当地青年人在跳街舞，教堂在灯光的照射下显现出美丽的夜景。当我回到旅馆所在的大街时，到处是跳街舞的年轻人，他们成群结队，欢快的节奏表现出年轻人的激情，他们不知疲倦地一遍又一遍地跳着。他们是这里的原住民，根本不存在高原反应，虽然这里的海拔是3860米，比拉萨、日喀则还要高。我由于采取逐日升高的做法，所以到达这里基本没有难受的感觉。

第79天（1月18日）　游览高原湖泊体验淳朴民风

早上，天气阴沉，气温较低，并下着雨，这种天气游览的的喀喀湖会非常不舒服，幸亏我没有报团参加一日游，可以在旅馆里休息，等天气转好再说。

的的喀喀湖是世界上海拔最高的淡水湖之一，也是世界上海拔最高的可通航湖泊，位于玻利维亚和秘鲁两国交界的科亚奥高原上，被称为"高原明珠"。

我从网上选择前往普诺以东20公里的丘奎托游览，这座小镇紧靠着的的喀喀湖，太远的地方难以及时赶回来。

上午天气开始转好，但气温还很低，前天这里下过雪，我住的旅馆小院里还有积雪。我在长途汽车站买好今晚前往塔克纳的车票，然后在车站附近寻找前往丘奎托的车。我刚到这里正好有一辆即将坐满的车，我说到丘奎托，司机点头说是，我立刻上了车。

旅行车一路向东驶去，坐在车里在太阳的照射下身上才感到暖和一些，20多分钟后到达丘奎托。下车后路边一块牌子显示海拔3871米。我向着丘奎托镇中心走去，一路上坡，走在这样的路上有些气喘吁吁，我在想：如果和一个当地两岁的小孩赛跑，我都赢不了。

来到小镇中心广场，这里整洁而宁静。我问当地人镇上的古迹在哪里？他用手一指说："前面拐弯就是。"我顺着路走过去，路边有几家小餐馆，我看到这里有烤湖鱼，早就听说的的喀喀湖中的鱼好吃，我想点一条鱼尝尝。转念一想我身上所剩的索尔只能满足离开秘鲁前的花费，找兑换的地方可是件麻烦事。我只好放弃吃鱼的念头，留点遗憾吧。

来到这里的古迹，面积很小，门票很便宜，是西班牙殖民时期最初建造的。石头围起了一块长方形的露天场地，里面立有几十根不高的石柱，顶部如圆形的螺丝帽，石头围墙的建筑工艺与马丘比丘的庙宇建筑相同，一时看不出这是在祭祀什么。

我来到的的喀喀湖边一个小渔村码头，这里停着几艘小船，周围是大面积的香蒲草，几个渔民在整理渔网，一切显得静悄悄。这时有两个渔民准备到湖上捕鱼，一个扛着渔网，一个扛着操舟机。肩扛操舟机的人示意我一同去捕鱼，我担心回来晚了赶不上晚上的大巴车，转念一想这里六点多钟天就黑了，他们不可能抹黑捕鱼，我当即表示感谢，并一同上了小船。他俩安装好操舟机，发动起来朝湖中驶去，我坐在船头欣赏湖景。离岸边不远处的香蒲草中，野鸭繁衍出的小鸭已经会自己在湖中觅食，它们娇小的身材长着一身绒毛，非常可爱。

越向湖中行驶湖水越深，最初的湖底长满绿色水草，湖水呈现绿色。远离湖岸湖水更加清澈，更加迷人。我尽情地欣赏这美丽的高原湖泊，感受它特有的魅力。

的的喀喀湖的周边有许多雪山，冰雪融水形成的小河流入湖中，使得湖水不断得到补充，这样的小河有十几条，只有一条向外流出的河流，因此湖水不咸。湖的面积为8330平方公里，湖面海拔3812米，水深平均100米，最深处约256米。的的喀喀湖富产鱼和飞禽，湖中鱼虾众多。因此，印第安人把的的喀喀湖奉为"圣湖"。湖中有太阳岛、月亮岛等许多岛屿，大部分有人居住，只是时间有限不能前往岛上游览一番。

小船向湖中行驶了一公里左右就停了下来，关闭发动机后，他们一人划桨，一人下网，总共布下5张网，连起来有500米长。下好网只等鱼往上撞，撞上渔网鱼头就会卡在渔网上，任凭怎么净扎也无法逃脱。正常情况下，他们下好网就立刻返回，等到第二天收渔获。他俩为了能让我看到捕获的鱼，沿着渔网一路搜寻，发现一条不大不小的鱼，就把它取了下来。我问："捕捞到的大鱼有多大？"他比画了一下，大约有40厘米长。我又问："一次能捕到多少条？"答："十几条。"看来这里捕鱼挺容易。

我们迎着夕阳开始返回，他俩让我驾驶一下操舟机，体验驾船的感受，这种日本产的操舟机非常容易操作。分别时我向他俩表示感谢，并从所剩无几的秘鲁钞票中拿出20索尔（约40元）作为小费。一次意外的湖中捕鱼经历，即欣赏了美丽的湖景，又体验了当地的淳朴民风，令人非常愉快。

我继续沿着公路向普诺方向行走，来到一处公路边上的观景台，这里用香蒲草制成一把遮阳伞，即可遮阳又是一个小景。在夕阳的照射下，牛羊在草地上吃着青草，农民在田间劳作，各种农作物长势良好。从这里向湖的方向望去，农田、草滩、湖景、蓝天、白云美不胜收，令人心旷神怡，只有在这高原之上才能看到如此美丽的景色。

晚上9：30，我乘上夜班大巴车，离开普诺前往边境小城塔克纳。

第80天（1月19日）　沙漠腹地不寻常的旅程

早上6：00，到达塔克纳，我下车一看不像原来的样子。我询问工作人员，原来这个小城市有两个长途汽车站。我要赶到另一个车站才有开往智利的汽车，我只好乘出租车前往。到达后，有司机在揽客，我上了一辆合乘出租车，虽然比起乘坐大客车要贵一些，但通过边境的时间要短。

清晨的沙漠比较凉爽，小车行驶在空旷的沙漠公路上，一路向南驶往智利。到达关口时，准备过关的人不少，好在等待时间不长，一会儿就顺利地通过了两道关口。

我再次来到智利最北部的小城阿里卡，这里位于阿塔卡马沙漠北端，据说这里从来不下雨，整个城市靠来自安第斯山脉的引水管道供水。

在长途汽车站，我买好晚上开往智利北部沙漠腹地卡拉马的车票，12 000

比索（约120元）。我本想买白天的车票，但是白天没有车，又要连续乘坐夜车。前往卡拉马是一条绕行线路，之所以绕行，一是不走来时的重复路，二是到智利北部沙漠腹地游览一番，领略一下沙漠腹地风光。

为了能够好好休息，我在汽车站对面找了一家便宜旅馆，在这里待一个白天，费用6000比索（约60元）。入住后，洗澡、换洗衣服。将衣服晾在外面，不需要多长时间就能干。

中午房间被太阳晒得比外面还热，我只好打开阳台门通风，把屋内的热气散出去。

晚上9：30，我乘上开往卡拉马大巴车。开出没多久，车上的乘务人员来收护照，我不明白收护照干什么，我已经从南到北陆路纵贯智利，乘坐许多次汽车和轮船，从未遇到这种情况，我可不愿意把护照交给别人。我看到车上每个人都把身份证或护照交出后，只好拿出护照，但心里耿耿于怀：如果护照搞丢了，这环球旅行也就泡汤了。

大巴车开行一个小时后，停在路边不走了，没有见到司机有什么动作，不像是汽车出了故障，可又不知道是什么原因。后来连车内所有的灯都关了，汽车停在旷野的沙漠里，车里车外漆黑一片，别人都在车上睡着了，我却为这两件不寻常的事情而思索着：收护照干什么？是怕我们跑了吗？深夜把车停在沙漠里是因为这里凉快吗？真是百思不得其解。过了一个多小时，大巴车又重新行驶，我这才朦朦胧胧地睡着了。

第81天（1月20日） 世界"旱极"有着重要设施

凌晨5：00，一片黑暗中，大巴车驶入阿塔卡马沙漠中一处检查站。全体乘客下车，所有行李接受安检。我看到大巴车的乘务员在一个窗口办理乘客身份登记手续。随后，大巴车继续驶往卡拉马，这时乘务员才把护照和身份证发给大家。我在想沙漠里有金矿还是有铀矿？有军事基地还是有秘密试验场？在这个世界上最干旱的沙漠里，一定有重要设施。

阿塔卡马沙漠位于智利北部的大片地区，从北部边界开始，向南延绵约1000公里，东西宽约100公里，西面邻近太平洋。按理说靠海的地方应该不缺雨水，但是高大的安第斯山脉阻挡了东边亚马孙湿润的水汽，该地区常年由副热带高压控制，盛行下沉的离岸风，加之西边太平洋有寒流经过，海水温度较低，沿海空气与海水表面接触，使得空气下冷上暖，难以形成降雨云。这些因素导致阿塔卡马沙漠成为世界上最干旱的地方，被称之为世界"旱极"。据记载，这里有些地方长达400年几乎未曾下雨。研究该沙漠的美国地理学家表示：在南极、北极或其他沙漠，抓起一块土总能发现细菌。但在这里什么都找不到，连细菌也不能存活。但是，在这里却生活着100多万人，这就是人的力量，人可以适应自然。

由于这片沙漠拥有地球上最荒凉的自然环境，有着良好的天体观测条件和实验环境，因此，美国航空航天局在这里进行火星探测器测试。位于沙漠中的赛罗帕拉纳，被认为是世界上最好的天文观测地之一，美国和欧洲以及日本在这里建立了一系列天文台和射电望远镜。欧洲天文台的特大天文望远镜就建在这里，它被视为欧洲陆基天文学的当家之宝。在海拔2000米的帕拉纳天文台，安装有4台镜片直径为8.2米的巨型天文望远镜。看来，这些应该就是对到达这里的乘客进行信息登记，并对所有行李物品进行安检的原因吧。

出于好奇，我利用在智利的最后几天时间，探访有着神秘感的阿塔卡马沙漠，感受一下世界上最干旱的地方。

上午9：00，大巴车到达位于卡拉马的公司自营车站，我立刻买票，在同一车站上了同一辆车，前往圣佩德罗德阿塔卡马。

旅游小镇圣佩德罗德阿塔卡马位于卡拉马东南100公里处，位于沙漠的边缘地带。小镇的东南部是一连串的高耸的火山，许多山顶上白雪皑皑，终年不化，在小镇就能清楚地观赏到，非常漂亮。

我向小镇中心走去。来到小镇上，感到这里很有特点，用一个字来概括就是"土"。这里确实很土，道路是土路，为了降尘洒了不少水，围墙是土的，房屋多数也是土的，教堂也是土黄色，这里的主色调就是土黄色。

这附近有许多旅游景点，包括盐湖、盐沼、高山、湖泊、地热、沙漠，等等，吸引了许多背包客，小镇的街上到处都是来此旅游的人群。这里的旅行社也非常多，街道两侧几乎一个接着一个，我从未见过这么密集的旅行社。我在一家旅行社预订了今天下午月亮谷半日游，明天盐湖、盐沼一日游。

下午，乘车前往月亮谷游览。在阿塔卡马沙漠里，有一片区域地形地貌如同月球表面一般，因此被称为月亮谷。在导游的带领下，我们一车人往山上爬。这里很少有流动的沙丘，山地与沙漠呈现的是荒漠化状态，干燥、大风、寸草不生、红色的山石是这里的常态。没多久我们全部爬上山顶。这里最明显的感受就是风大，瞬时最大风力能够到达9级，把人吹翻都有可能，大家尽力保持立场坚定，姑娘们遇到瞬时大风，蹲在地上不敢动弹。

第82天（1月21日） 智利高原一日游

清晨，睡梦中忽然听到有人叫我，我立刻起床，开门一看是一日游的司机兼导游，我赶紧对他说："对不起，请等我5分钟。"导游对我说："我先去接别人，一会儿再回来。"我这一觉睡过了时间，都是由于没有手机带来的麻烦。

我以不能再快的速度穿戴好，并整理好出游的东西，其他什么也来不及做，只能将就将就。

参加一日游的人全部接上车后，旅行车一路向东南方向驶去。车上人不多，来自巴西的一家三口，男主人是英语教师，一位来自意大利男士，一位来自乌拉圭男士，还有我。

行驶了一个小时后，我们来到公路边的沙漠旷野，在这里停车吃早餐。导游在路边搭起一个小桌，摆上面包、黄油、果酱、咖啡，我们在这旷野之下站着享受独特的早餐。

　　继续行驶一段路程后，导游分别问每个人有无高原反应，因为我们要从住地的2000多米一路上升，接下来要去的景点最高海拔4300米。导游问到我时，我说："我刚去过秘鲁的的的喀喀湖，没有问题"。导游随身带着一个小布袋，里面是抗高原反应的一种植物的叶子，他分给每人一点，要求含在嘴里，这样会好受些。

　　我们继续前行，随着海拔的升高，道路两边的沙漠开始生长出密集的野草，比光秃秃的沙漠好看多了，再加上越来越近的高山，景色变得越来越美。导游把车停下来，我们高兴地下车拍照，在公路上站着、蹲着、坐着、躺着，各种姿势都有，快乐地享受这高原公路美景。导游从车上拿来一顶皮帽子，让每个人戴在头上，然后趴在草丛中装动物，我们一边笑一边拍照，每个人都很开心。

　　前方就是米尼克斯山，离我们越来越近，越来越显得高大雄伟。这座山峰的高度将近6000米，山顶上终年积雪，非常漂亮。绕过米尼克斯山，从高处就能看到我们要去的红石头盐湖，过了一会就开到了盐湖边上。红石头盐湖果真如照片那样，在阳光的照射下非常漂亮。我由于出发匆忙，忘记戴墨镜，强光照射下睁不开眼。我只好用手遮住脸，减少光线进入眼睛，从手指缝隙中观看耀眼的盐湖。在晴好天气下，这里呈现出鲜艳的色彩：湖中结晶盐呈现乳白色，湖水呈现淡绿色，石头呈现红色，远处的山峰呈现暗黄色，天空湛蓝，云彩雪白。来到这里的游客都在尽情地欣赏美景和拍照。我对别人帮我拍的照片基本都不满意，我就在人少的地方玩自拍。

　　游完盐湖我们开始往回走，行驶了十几公里后，拐向一条上山的道路，爬升了一段时间后，我们到达米斯坎蒂湖景区。该湖面积13.4平方公里，湖面海拔4120米，在它的南面还有一个小的高山湖泊。来到这里太阳已经被云彩遮住，米尼克斯山与米斯坎蒂湖的湖山美景立刻打了折扣。为了保护湖中飞鸟和脆弱的草地，这里只能走规定的线路，连湖边都去不了。此时，意大利帅哥已经有高原反应，赶紧坐上车低头休息。

中午，我们来到一家餐厅吃午餐。来自巴西的英语教师英语、西班牙语、葡萄牙语都会说，还会一点中文，他说中文最难学。午餐时我们边吃边聊，其乐融融。

下午，我们前往盐沼景点游览。在阿塔卡马沙漠地区有许多盐沼，而在圣佩德罗德阿塔卡马以南不远的地方就是一片很大的盐沼。我们进入景区后看到这里几乎没有任何植物，显得一片苍凉。导游带我们来到一处咸水洼，这里的水非常咸，但是仍有一种很小的鱼生活在水里。在盐沼里还有小蜥蜴等其他动物，最容易见到的就是火烈鸟，只是离得挺远。

返回的路上下起阵雨，为什么在干燥的沙漠里连续两天都有雨？原来这里位于沙漠边缘，东面高大的山峰具有拦截作用，即使是少量云彩也能被拦住，形成降雨。而在远离山脉的地方，即使有云，也是飘飘而过，不会下雨。

第83天（1月22日） 穿过世界最大的铜矿带

早上7：30，乘车前往卡拉马，然后再转车去智利首都圣地亚哥，这个小地方没有直达圣地亚哥的车。

上午利用在卡拉马的一段时间，我在这座沙漠中的城市转转。

卡拉马始建于1979年，是一座年轻的城市，海拔2260米，人口约15万人。今天是星期天，上午10点钟，整个城市仍然显得冷冷清清，街上没有什么人，只有流浪狗在街上乱窜。我想如果遇到理发店就利用这段时间理个发，然而好不容易找到一家，里面却没有人。

我围着市中心闲逛，来到市中心的教堂，进去一看里面没有人，礼拜天怎么没有人来教堂做礼拜呢？在空荡荡的街上转悠确实没什么意思，想找个餐馆吃完午饭再上车，可是遇到的餐馆都不开门，就连这里的中餐馆也跟老外一样周末不营业。我只好在小商店里买了智利大饺子、酸奶和瓶装水，来到街上的小公园吃午餐。这座小城，位于沙漠腹地，几乎不下雨，所以这座城市没有下水道。

中午12：00，开往圣地亚哥的大巴车准时发车。

这一路上全是沙漠风光，整个智利北部基本上都是这样，很难见到地面上生长有植物。但是，这里的地下却蕴藏着丰富的矿产，特别是铜和硝石的储藏量非常丰富，在南回归线北侧的楚基卡马塔有世界著名的大型露天铜矿。目前世界上最大的铜矿是智利的埃斯康迪达，该矿山也在这片沙漠中。自然资源的优势，使得智利不仅有着世界上最大的铜矿，而且还是全球最大的铜产国。中国目前是铜消费量世界第一大国，也是世界第一大铜进口国，智利是中国最大的铜精矿进口来源国。智利北部沙漠地区，还有闻名世界的天然硝石矿，硝石是生产火药的主要原料。

在智利北部，一百多年前就开始开采铜矿和硝石，现在已经形成了巨大的露天开采矿坑，成为人造景观，只是没有机会去参观。当大巴车路过铜矿开采区时，可以看到露天开采剥离的土石方整齐地一层层堆积在公路旁，形成巨大的人造山。以前开采时用过的挖掘机停放在路边，成为采矿历史的实物展。智利在这方面做得非常好，过时的东西就是文物，而不是当作废物处理。

下午3：00，到达智利北部太平洋沿岸港口城市安托法加斯塔，该城市大约有35万人口，处于阿塔卡马沙漠边缘，年均降水量不足4毫米。1866年沙漠中发现铜矿和银矿，该城市随之建立起来，成为各种资源的出海通道。

夜晚，大巴车进入夜间行驶状态，乘客陆续进入梦乡。接连乘坐夜间大巴车，我已经渐渐适应了坐在车上睡觉，如果不能适应这种生活，这种艰苦的旅程可能无法走下来。

第84天（1月23日）　智利也有个值得纪念的"9·11"

早上醒来，大巴车离圣地亚哥已经不远了，在智利北部每天都有太阳相伴。

上午9：00，到达圣地亚哥市内长途汽车站，十几天前，我就是从这里乘车前往智利北方，开始了一次艰辛的旅程，此时有一种亲切感。

今天利用在智利的最后一天，游览智利首都圣地亚哥，虽然这是第三次抵达这座城市，但还没有到过首都核心区域。

我沿着城市东西方向的主干道向市中心走去，这也是红线地铁的行驶方向。

我来到圣地亚哥城市中心广场，巨大的智利国旗在广场上空飘扬，周边是该国的政府机构。广场和大街上随处可见城市雕塑，反映了智利的历史和文化。在圣地亚哥一家高档酒店门前，矗立着复活节岛上特有的巨型石人雕像的复制品。我最初曾想去复活节岛游览一番，但往返机票太贵，最终放弃了前往该岛的想法。在智利从南到北纵贯途中，看到的风景同样令人震撼。

下午利用半天时间到市内的博物馆参观游览。我步行来到位于市内的金塔努玛尔公园附近，公园的东面是智利"记忆和人权博物馆"，公园里面有智利国家自然历史博物馆。我首先进入智利"记忆和人权博物馆"参观，这里免费，参观的人挺多，里面不允许拍照。

1973年9月11日，皮诺切特发动流血军事政变，推翻民选总统阿连德，自此智利进入恐怖黑暗时期。皮诺切特上台执政后，在全国范围内实行戒严和宵禁，终止实施宪法，解散议会，禁止政党活动，限制集会与新闻自由，对持不同政见者严加镇压。并且组建了一支特别警察部队，专门从事被称为"肮脏战争"的镇压行动。对前政府的残余支持者和一些公开反对的人士进行人身迫害，使用酷刑，关押囚禁，并对很多人实行"人间消失"，造成大量人员死亡，严重违反人权。这座博物馆就是对智利这段黑暗历史的揭露和展示，使人们知道智利历史上曾经有过这样一段悲剧，从而促进人类社会进步和发展。

随后，我来到智利国家自然历史博物馆参观，这里同样免费，参观的人也很多。我只看了一个小时就下班了。博物馆里展示了自然界的发展与演变，通过对动物、植物和人类知识的介绍，使不同年龄层的人们都会受益。

智利拥有非常丰富的矿产资源、森林资源和渔业资源，是世界上铜矿资源最丰富的国家，又是世界上铜产量和出口量最多的国家，享有"铜矿王国"的美誉。智利是世界上国土最狭长的国家，气候呈现多样化。智利人常称自己的国家为"天涯之国"，因为其国土处于世界的最南端，是距离南极最近的国家。智利人非常友好，平均素质较高，属于准发达国家，按照部分评判标准（例如人类发展指数）又可以算作发达国家。

明天就要离开智利，在南美洲足足游览了两个月，西班牙语听到许多，如果有心学习会学到不少。但就算我有心也没有时间和精力来学，但几句日常用语却是每天都要说：Hola（你好）、Gracias（谢谢）、adiós（再见）。

第85天（1月24日）　一个航班包含四项飞越

今天离开南美洲，前往下一个大洲——欧洲。

上午搭乘红线地铁，然后转乘机场大巴车来到圣地亚哥国际机场。

领取登机牌，把剩余的智利比索兑换成美元，办理离境手续，安检后等待登机。

中午在候机厅吃午餐，候机厅里全是西餐，我买了汉堡包、薯条和一杯可乐。可能是饿了或者是这里的汉堡做得好，今天吃起汉堡包感觉格外香，是不是出国80多天，中国胃开始变成西餐胃了。

下午2∶30，我搭乘的波音777宽体客机（法航AF401航班）准时起飞，由圣地亚哥飞往法国首都巴黎，然后转飞英国首都伦敦。这是此次环球旅行中航程最长的一段飞行，我特意在网上查询了一下本次航班的机票价格，为17 461元，那是相当贵。

本次航班很有特点，不仅飞行距离长，票价昂贵，而且包含着四项飞越：一是飞越东西两个半球；二是飞越南北两个半球；三是飞越大西洋；四是飞越冬夏两个季节。这是我第一次搭乘包含四项飞越的飞机，有点纪念意义。

法航是世界上大牌航空公司，机上服务设施比较完备，餐食也不错。晚餐时，我特意要了一杯红酒，边吃边喝，享受一番。

吃完晚餐，我开始享受飞机上提供的娱乐节目，我搜寻到一部中国电影，是由吴秀波和汤唯主演的电影《不二书信》。我平时很少看电影，因为很少能遇上我所喜欢的电影，我喜欢的是旅行中所看到的"自然美景大片"。今天在飞机上看到的这部电影，正是我所喜欢的影片，成为难得的飞行中的享受。

三、欧洲

第86天（1月25日）　来到曾经的日不落帝国

巴黎时间早上6：00（智利时间凌晨2：00），机舱内的乘务员开始供应早餐。这早餐来得太早了，生物钟还没有转过来，但吃起来口味不错，现在已经适应了这种时空不断变幻的生活。

7：50，准时飞抵戴高乐国际机场。由于是同航站楼转机，不用出关，所以转机比较简便。戴高乐机场有智能转机导引显示屏，旅客将登机牌在机器上扫描一下，转机的线路信息便会显示出来。

戴高乐机场航班很多，飞往世界各地的航班密密麻麻地显示在众多的显示屏上，繁忙而有条不紊。由于有众多中国旅客到达这里，机场里时常可以见到中文信息，非常方便。临近中国春节之际，这里也有了中国春节的年味，中国红、灯笼、祝福文字都能见到，如"鸡祥如意""共享鸡遇""鸡年快乐"等，显示出中国文化对这里的影响。

上午11：00，我登上法航AF1580航班飞往伦敦。飞机穿出云层上方就是蓝天，似乎大地盖上了一层无边无际的棉花被。飞抵伦敦希斯罗机场上空时，飞机盘旋在云层上方，下面机场起飞的飞机一架接一架穿出云层飞向远方。对于即将降落的飞机来说，此时完全看不到机场，全靠仪表飞行，这是考验飞行员技术的时候。只见飞机经过盘旋后，向下穿入云层，飞机立刻飞行在茫茫的云雾中，我瞪大眼睛期望能够帮助飞行员尽早看到地面。飞机一降再降，就是看不到地面，我有点担心，虽然这种担心是多余。当能够看清地面时，飞机已经接近机场跑道，随即开始着陆，这个过程非常短暂，要求飞行员有娴熟的操控技术。

走下飞机，我来到曾经的日不落帝国，一个曾经在历史上跨度最广的国家，目前欧盟三驾马车之一的英国。入境时，移民局人员问我在英国逗留多长时间？然后看了一下离开英国的机票，接着扫描指纹，加盖入境章，顺利入境。

随后校准时间，兑换英镑，熟悉伦敦城市地铁线路图，并在人工售票处买了一张前往维多利亚火车站的地铁票，6英镑（约52元）。驶往伦敦市区的地铁列车显得有点老，车内净空比较低，高个子都抬不起头，毕竟伦敦地铁有着悠久历史。换乘绿线地铁后，列车内部宽度和高度都变大了，乘坐在里面没有了压抑感。

走出维多利亚地铁站，我一时分不清东南西北，只能四处转转。维多利亚火车站是伦敦最大的火车站，有许多发往全国各地的列车，还有开往伦敦盖特威克机场的列车，加上地铁线路汇聚在这里，显得非常繁忙。由于是座老火车站，面积不大人流量却很大，列车到发密集，所以要弄清楚这里的交通情况需要花点时间，耐心观察，慢慢搞清楚。

明天将要飞往爱尔兰首都都柏林，我买好明天早上前往盖特威克机场的火车票，一张慢车票，15.7英镑（约137元），相当贵。

此时天已经黑了，气温明显下降，十分阴冷，我尚未穿上冬装，我需要抓紧时间找到预订的旅馆。出了火车站，问了三个人才找到，只怪今晚入住的这家青旅门口没有明显招牌，我从门口经过都没发现。

这家旅馆在伦敦市内一个传统建筑内，建筑外观挺精致，内部并不陈旧，显得整洁明亮，一晚的住宿费是18英镑（约155元）。晚上洗过澡，加上室内有暖气，才暖和起来，期望明天伦敦这种阴冷的天气能够有所好转。

第87天（1月26日）　翡翠绿岛爱尔兰

今天飞往爱尔兰首都都柏林。首次把羽绒服穿在身上，开启一段欧洲冬季之旅。

清晨的维多利亚火车站没什么人，我看了一下车站闸口前的火车信息，16站台6：17有一趟开往英国南部海滨城市布莱顿的列车，经停盖特威克机场，我立刻进站上了这趟车。火车上空荡荡的，车内很干净。

火车在夜色中准点开出，一路上经停的主要车站都在电子显示屏上显示，同时还有到站广播提示，不会坐过站。7：10，到达伦敦盖特威克机场，又方便又快捷，我为了省钱没有乘直达快车，选择正确。此时天还没有亮，因为这里纬度较高，加上又是阴天。

盖特威克机场是世界上第六繁忙的机场，清晨已经非常忙碌。我预订的是瑞安航空公司的航班，预订好机票后，登机牌随同电子机票一同发来，旅客自己提前打印出来，这家低成本航空公司已经将成本控制到家了。但我还是来到办理登机手续的服务台，确认在旅馆里打印的登机牌没有问题。

瑞安航空公司是一家总部设在爱尔兰的航空公司，是欧洲最大的廉价航空公司。像我这种穷游的人，就喜欢搭乘廉价航空公司的航班，图的就是便宜。

英国与美国相似，旅客出境时没有出境关口控制，旅客离境信息由航空公司提供给移民局等相关部门。

上午9：40，我搭乘的FR113航班准时飞往都柏林。

都柏林国际机场入境大厅分欧盟护照和非欧盟护照两部分排队，非欧盟护照持有人只有我一个，因此不用排队。移民局人员问我在爱尔兰逗留几天？回到英国逗留几天？什么时候离开？离开后去哪里？得到答复后盖章放行。爱尔兰属于欧元区，到达后先要兑换欧元，这里与英国没有时差。

我来到航站楼外，按照旅馆提供的乘车信息，登上一辆开往市中心的757路双层巴士，票价6欧元（约44元）。车上人不多，我坐在顶层第一排，全当乘坐观光巴士，游览从机场到市中心一路城市风光，只是天气不太好。大巴车从北向南穿过城市，使我初步领略了都柏林城市风光，整洁、漂亮是我对这座城市的第一印象。

我预订的青年旅馆就在市中心附近，条件较好，清洁卫生，两个晚上的住宿费用38欧元（约276元）。这个费用相对于都柏林的其他旅馆要便宜不少，但比起南美洲的秘鲁显得非常贵，在秘鲁50元可以住单人间（含卫生间），而这里138元只能住10个人的宿舍。

傍晚上街游览，此时的都柏林显得更加有魅力，双层大巴车往来于城市街道，道路两边各色店铺灯火通明，下班的人流充满街道，各种风味餐厅迎来了一天中的营业高峰。我来到一家旅行社门店，这里经营一日游等旅游项目，看了一些线路后，我问老板明天的天气情况，老板说"冷啊"。冬季的爱尔兰可不是旅游的好季节，这里的纬度相当于中国的漠河，天黑的非常早，我只好放弃了前往爱尔兰其他地方游览的想法，把有限的时间用在城市游。

我在街上看到一家不大的印度风味餐馆，进去后点了一小份餐食，主要是蔬菜、米饭，还有类似豆腐的食物，吃起来口味不错。我一直喜欢印度餐，这是在印度旅游时留下的喜好。这一小盘印度餐要7.5欧元（约55元），这已经是比较便宜的食物了，在欧洲旅行需要适应这里较高的消费。在青旅的厨房里自己做饭吃，可以减少费用支出，但那样会减少游览和休息时间。

爱尔兰有着"翡翠绿岛"的别称，这是由于全岛气候温和湿润，河流纵横，绿树成荫，草地遍布全国。夏季是爱尔兰旅游黄金季节，只是这次环球旅行正逢冬季，绿色打折，所以没有安排爱尔兰乡村游览，有些遗憾。

第88天（1月27日） 在爱尔兰迎来了本命年

今天游览都柏林城市风光。

爱尔兰属于温带海洋性气候，受北大西洋暖流影响，这里冬暖夏凉，气候温和，雨水充沛，加上爱尔兰重视保持自然环境，全国绿树成荫，绿色原野和农田遍布全国，是一个名副其实的绿岛。我刚走到街上就开始下起雨来，显示出这里冬天多雨的特点，不过一会儿就停了，西斜的太阳冒了出来，照射在城市中，色彩立刻由昏暗变得鲜艳起来。

我自由自在地在主城街道上游览，来到一处标志性建筑面前，一看这里是都柏林大学，于是决定进去参观一番。校园随便进出，我一进入校内立刻感受到这所大学的优雅气质，不愧为教育发达之国。校园内主要建筑风格大气而富有特色，虽然正值冬季，但草坪依然充满翠绿。校内生长着各种树木，其中不乏优美的大树，给校园增加了美感和历史感。校园里一处很大的绿地广场上，聚集着许多从海上飞来的海鸥，看来它们晚上准备栖息在这里，因为这里的环境非常好，没有人打扰它们，它们在这座城市里生活得很自在。

校园里很多师生进出于各个楼宇之间，我有些奇怪：这是一年中最冷的时候，他们怎么还不放假？还在忙什么呢？他们是留学生在抓紧时间学习吗？爱尔兰的大学教育体系非常成熟，首都都柏林自中世纪起就有了大学城，与美国、英国、澳大利亚等欧美国家留学相比，赴爱尔兰留学有着很高的性价比，因此，有很多中国留学生在该国学习。

走出都柏林大学的边门，我向流经市内的利菲河方向走去，这条河将都柏林城市分为南北两部分，河上有十几座桥梁连接起城市南北，包括著名的巴特桥和塔尔波特纪念桥。这些桥梁各有特色，为城市增添了漂亮的景观。

我来到利菲河北岸，这里显得更加繁华，主要街道上有很多城市雕塑和纪念碑。有一座从远处看像是一座旗杆的高耸建筑，下粗上细，非常均匀地由粗渐变为细，高达百米，由不锈钢建造，高耸而挺拔，我第一次见到这种独特的建筑。

这片繁华的商业区，有一条步行街，各色店铺整齐林立，繁华而不杂乱，显示出欧洲城市的特点。我属于逛街不购物的一类，是只看热闹不花钱的人，不感兴趣的商店我也懒得进去。

今天是中国传统节日春节，我在异国他乡迎接鸡年的到来，按照中国人的习俗，我又长大了一岁，鸡年是我的本命年，我在爱尔兰迎来了60岁。由于没有手机，我只能用笔记本电脑上网，通过QQ分别向单位的同事、家人和朋友发送春节问候，发出源自遥远的西半球的祝福。

第89天（1月28日） 爱尔兰给我的都是好印象

早上起来先上网，看到家人和许多朋友给我发来春节问候，感觉在遥远的异国他乡的冬天里，收获一份份温暖。

今天，都柏林的天气转好，抓紧时间出去逛风景。我先往城市的南边走去，地图上显示城市南边也有一条河，还有一个公园。

早晨的河边非常宁静，空气非常清新，虽然接近上午10点钟，由于这里纬度高，太阳升起的高度如同早上7点钟的太阳，对于摄影人来说到高纬度的地方寻找美景，应该是一个理想的选择。

河水清澈平静，两岸只有晨跑锻炼的人，而天鹅、海鸥、野鸭悠闲地在水中游弋。这时有人拿着面包来喂食，这下各种飞鸟一起围拢过来，纷纷争抢食物，河边一下子热闹起来。这里各种鸟类如同欧洲其他地方一样，受到当地人们的关爱，没有人去侵害它们，只有喂食的人，因此它们以这座城市为家，无忧无虑地生活在这里。河岸上、路边上、居民的楼前，此时成了天鹅们的休息地，人们从它们身边走过，它们视而不见，悠闲地梳理着羽毛。

我来到河边，几只天鹅向我游来，我向它们伸出手，一只天鹅就"亲吻"了一下我的手，只是有点疼。这里比动物园更能亲近动物，这样的生活环境令人羡慕，是一座宜居城市的真实写照。

我沿着河边向东走去，小河两岸生长着芦苇，冬日里已是一片枯黄，河边大树成排，在阳光的照射下景色宁静宜人。跨越小河的桥梁上行驶着长长的有轨电车，现代美与自然美在这里结合在一起。

　　我拐入优美的城市公园，这里不像是冬季，大片的草坪如同夏天一般翠绿，还有鲜花在冬日里开放。公园的池塘里各种飞鸟在水中嬉嬉、抢食人们带给它们的面包。游人在冬日的阳光里来到公园游玩，宁静中显得轻松、快乐和安逸。公园里有不少人物的塑像，反映了爱尔兰的历史和文化。

　　这个公园紧邻商业区，一座典雅、气派的大商场就在公园对面。我进去欣赏一番内部购物环境，十分优雅，打个卡。

　　我来到热闹的街上，此时已是中午12点钟，太阳依然只有早上七八点钟的高度，但在晴朗无云的天气下，阳光非常明媚，有着一丝暖意。我看到一家卖照相器材的商店，进去询问有没有尼康D3400数据输出线，结果真有。我花了15欧元（约110元）买了一根，虽然很贵，但是为了备份照片，为了环球旅行照片的安全，值得付出。

　　我来到市内最大的城市公园——凤凰公园，这里建有类似方尖碑的纪念碑，只不过比方尖碑更粗壮。碑的四面分别有铜质塑像，显示了爱尔兰历史上发生的战争和历史事件。

　　下午3：00，我在旅馆附近坐上双层大巴车，赶往都柏林国际机场。一路上下起了短暂的大雨，到达机场雨也停了，原本清新的空气被再次清洗了一次。

　　即将离开爱尔兰，三天两晚的到访，使我对爱尔兰有了初步印象，几乎都是美好的印象，令人回味。爱尔兰是一个高度发达的国家，并且是世界经济发展速度最快的国家之一，赢得了"欧洲小虎"的美誉。爱尔兰是一个永久中立国，奉行军事中立政策，不参加任何军事集团，因此有着良好的和平环境。几天来感到爱尔兰人纯朴、热情、文雅，乐于助人，在街上稍有碰擦，爱尔兰人会主动说声对不起，确实是一个文明的国度。

　　下午，我搭乘RF126航班用时一小时飞抵英国盖特威克机场。到达英国时，只是在下飞机的出口处有移民局的人员检查证件，没有盖入境章的程序，非常简单，可见两国之间的关系之密切。

在盖特威克机场火车站，我买了一张到英国南部海滨城市布莱顿的火车票。19：19，我乘上晚点的火车，一路向南驶去。

本想用不了一个小时就能到达，谁知一路上停靠的车站我在向南的线路图上怎么也找不到，我明明上了开往布莱顿的火车，怎么会出差错呢？我有些不解。此时车厢里空荡荡的，只有寥寥几个人，我想在英国这个不大的岛国乘火车，看你能把我拉到什么地方。原来这趟火车是绕着走的，比直接南下多走了一倍的距离，这样用了一个半小时才到达布莱顿。

布莱顿街上有许多中餐馆，我在一家中餐馆里点了一碗烧鸭面条。在这家中餐馆里有很多中国留学生，他们不仅在这里就餐，而且把这里当成了聚会的场所。看上去他们还带着稚气，属于来自中国的小留学生，从谈话内容可以看出他们正在这里学习英语。来到这里要花掉家里很多钱，可怜中国父母心，不知这样的孩子能不能专心学习，能不能学业有成，未必比在国内学习的人有更多更好的收获，可能不少人想的是在英国待满10年，获得英国国籍而已。

第90天（1月29日）　我一个人住一套英国房子

早上，外面风雨交加，冬季的英伦很难遇上好天气。

上午我背着包游览布莱顿小城，此时雨已经停了，算是给我点面子。

我来到距离旅馆只有一百多米的海滩上，遥望着著名的英吉利海峡，听着大浪拍岸的轰响。这里的海滩不是细细的沙滩，而全部是鹅卵石形成的海滩，海浪冲上海滩后，鹅卵石发出哗啦啦的声响。我对着一米高的大浪拍照时，一个大浪涌来，令我退让不及，两只脚全部浸入海水里，好在我穿的是塑料凉鞋不怕水，但袜子全部湿了，只能忍受寒凉。

海边建有长长的栈桥，深入海中，栈桥上全是各种游乐项目，是个海上游乐场。今天是周末，许多当地人举家前来游玩。

在布莱顿的城市中心有座豪华宫殿，叫作皇家穹顶宫，是19世纪摄政王即后来的英国国王乔治四世的海边隐居地，也就是夏宫。1783年摄政王首次来到布莱顿，他租下一间农舍，使用海水物理治疗痛风。1815年，建筑师约翰·纳西在这里重新设计了宫殿，现在所看到的就是他的作品。该建筑非常有特色，主要体现在屋顶上众多形似各种塔状的设计，显得非常独特和优美。现在这里是博物馆，只是门票有点贵，我没舍得买，因为伦敦有许多博物馆等着我去参观。

布莱顿城市不大，中心城区街道不宽，有许多商店、餐馆和酒吧，还有一些有特色的旅游商品店铺，逛起来挺有趣。这里的房屋也很传统，虽然许多房子年代已久，但仍然显示出独特的英伦风格。

中午1：30，我要赶往英国西部小城巴斯，但具体怎么走、需要多长时间、今天能否到达及今晚住在哪里，这些都是未知数，就连巴斯这个词的英文正确写法我都没有把握，原因就是昨天晚上无法上网进行查询。

来到布莱顿火车站售票处，我对售票人员说："我现在要去Bath。"他立刻给我打印出一份详细的行程单：先坐两次火车，再坐汽车，需要两次换乘，用时4个小时就可到达巴斯。我觉得可以，立刻花了51英镑（约合423元）买好车票，只是觉得相当贵，比伦敦飞往都柏林的机票还贵。两次换乘的时间间隔分别是10分钟和14分钟。我在想：这下要考察一下英国交通系统的管理水平，在这么短的时间内如何实现换乘，而且第二次是火车换乘汽车。

买好车票，离火车发车还有十几分钟，时间非常紧凑。利用这一点时间，我参观了一下这座古老而且现今仍在发挥作用的火车站——布莱顿车站。该车站建于1840年，这一年也是伦敦至布莱顿之间铁路开通的年份，比北京站早了118年。在2011年4月至2012年3月一年间，该车站有1610万人乘客上下车，是英国伦敦以外第七繁忙的火车站。这么老的火车站还能发挥这么大的作用，令人感慨，同时也反映出英国铁路设施有多么老旧。

14：00，我乘坐的火车准点发车，途中有些晚点，我担心赶不上换乘的火车。15：30，火车晚点8分钟到达Fareham火车站，下了火车，我一看同一站台

3分钟后就是我要换乘的列车,这样顺利地换乘上开往Westbury的火车。该列车行驶中也晚点,17:05,该火车晚点9分钟到达Westbury火车站。我赶紧下车,按照车站的指示标志,连跑带颠地出了火车站,按照指示方向没走多远,看到路边停着几辆大巴车,这里有专人指引上车。

17:12,大巴车比预定时间晚2分钟开出,一路上冒着雨在黑暗中行驶,司机开得又快又稳。17:55,提前5分钟到达巴斯汽车站。这下我算体验到英国交通的舒适和方便,即使晚点仍能衔接,特别是火车与汽车的无缝衔接,令人满意。

车站的一侧有一家四川面馆,进去后我要了一碗排骨面,口味不错,7英镑(约58元)。在这里遇到一些中国留学生,看来在英国留学的中国学生真多,中国餐馆也很多。

吃完饭找住的地方,因为没有提前预订,这下可费了我不少劲。之所以说费劲,主要是这里的住宿比较贵,很难找到便宜的住处。巴斯小城不大,我边逛街边寻找旅馆,一会儿就横穿整个小城。我问了几个人哪里有便宜的旅馆,都说不知道。好不容易找到两家旅馆,每晚都要60英镑(510元),难以接受。

有一家中餐馆招牌上显示有住宿,进去一问,老板说现在已经没有住宿了。不过老板说他有一幢家庭套房,经过讨价还价,最后以每晚50英镑(约415元)谈妥。这是此次环球旅行以来最贵的一晚住宿,但再贵也得住,因为要上网预订今后三天在伦敦的住宿,否则会像今晚这样被动。

这家饭店的韩老板在城外买了一幢二层楼的英国房子,我今晚就住在那里。老板开车把我送过去,因为天黑看不清周围是什么样子。屋内挺干净也挺暖和,周围非常安静。今晚我一个人睡在这幢英国传统房子里,感觉有点奢侈。

有句话是这样说的:世界上最享受的事情是住英国房子,用中国厨师,娶日本女人,拿美国工资。今夜,第一条就让我享受到了。

第91天（1月30日）　洗澡堂成为世界文化遗产

清晨，我从二楼的卧室窗户朝外望去，天气阴沉的，一片雾蒙蒙，这是英国冬季典型天气。这里非常宁静，听不到一点噪音，没有狗叫声，连鸟儿的叫声也听不到，从来没有遇到如此安静的地方。

早上才有时间参观一下这幢英国房子，后院里是绿色草坪，看上去非常舒服。一楼一进门是一个大客厅，与后面的厨房连接在一起，二楼几个房间全都是卧室，房主把这套房子全部用来短租。

9：00，韩老板开车来接我，一路上我们聊了聊。他来英国已经15年了，那时英镑对人民币是1：16，现在基本上降到了一半（1：8.5）说明中国的经济实力越来越强。谈到这里的天气，他说这里基本上一年有半年都是这种阴雨绵绵的天气，夏天天气比较好。他还说巴斯的房子很贵，因为这里的环境非常宜人。

我在巴斯汽车站下了车，火车站就在旁边，我分别看了一下开往伦敦的汽车和火车情况，火车比较多，无须提前购票。随后，我将背包存入一家咖啡店，开始了小城游览。

巴斯是英国唯一列入世界文化遗产的城市，距离伦敦156公里，这是一个被田园风光包围着的古典优雅的小城，虽然此时是冬季，雨雾掩盖了田园风光的美，但巴斯小城仍然魅力不减。

巴斯之所以被誉为英国最漂亮、最典雅的城市之一，它的典雅来自城市的建筑风格。虽然巴斯很小，但是这里却有着英国最高贵的街道和曲线优美的建筑。巴斯小城坐落在四面环山的低地中央，一条名为埃文河的河流绕出一个"U"形。这里的建筑几乎全部是用淡黄色的砂岩建造，因此小城呈现淡黄色调，色彩一致而典雅。小城主要的商业区靠近火车站附近，这里商店虽多但非常整洁，就连火车站和汽车站这样的地方同样非常干净，丝毫没有脏乱的痕迹。商业区的公共厕所可以比拟星级宾馆，而且是免费的。

　　我来到这里不是为了逛商场，这里最主要的景点是"罗马浴场"。这个景点听起来似乎有点俗，洗澡的地方有什么景致？其实非常有看头，非常有内涵，否则也不会列入世界文化遗产名录。

　　"Bath"在英文中的意思是"洗浴"，这个名称来源于小城中心的"罗马浴场"。在古罗马帝国统治英国时期，罗马人在这里最早发现了温泉，这也是英国目前唯一的温泉，水温保持在46℃左右。然后，罗马人在这里兴建了庞大的浴场。随着岁月的流逝，这些建筑大部分都被埋在地下，直到19世纪末，英国重新唤醒了这些沉睡在地下的古迹。现在大浴池池边的阶梯、石头基座都是罗马时代的遗迹。

　　"罗马浴场"之所以成为世界遗产，在于其建造时间早，建筑规模大，设计完善，建造精美，功能齐全，高雅华丽。就其建筑规模、高度、难度而言，堪比现在的大型浴场建筑。就其设计和功能而言，非常完善，进水、溢水、排水、热水池、冷水池、治疗池、熏蒸房、按摩房等应有尽有。就其建造的精美华丽程度而言，是当时能工巧匠们的非凡之作，有精美的石刻，有高雅的镀金塑像，还有精美的古罗马文字等内容。我参观过后才深刻感到"罗马浴场"不愧为世界文化遗产。

　　参观完以后，我喝了5小杯免费的温泉水，口感明显与自来水不同。如果要想在这里泡一下温泉，那可是一笔不小的花费。

　　巴斯之所以成为知名小城，还在于小城的总体布局，匠心设计，精心建设。城市的整体格局非常高雅气派，依山坡而建，一层一层错落有致，堪称城市建设的杰作。巴斯小城小巧玲珑，人口仅10万余人，小城的东面是著名的巴斯大学。

　　巴斯许多古老壮观的建筑都出自约翰·伍德父子之手，父亲老约翰·伍德在当初进行巴斯的城市规划时，设计建造了一座象征太阳的圆形广场和一座象征月亮的皇家新月楼，两者相距不远。我顺坡而上来到巴斯市内的圆形广场，广场中央是绿色草坪，中心生长着5棵粗壮的参天大树，广场周围是乔治式建筑。这些建筑始建于1754年，分为等长的三段，形成一个圆形的空间。接着我来到皇家新月楼，这里是巴斯最有气势的大型古建筑，始建于1767年，由连体的30幢楼组成，共有114根圆柱。皇家新月楼的道路与房屋都排列成新月弧形，尽显高雅贵族风范，被誉为英国最高贵的街道。

在巴斯城中，还有一座著名的古桥，这就是横跨在埃文河上的普特尼桥，这座桥成为巴斯城市建设的最佳范例之一，在这么多年风雨侵蚀下，仍然优美地屹立于河流两岸。

小城一圈转下来，我足足用了5个多小时，此时已经接近下午3：00，该抓紧时间赶往伦敦。我快步来到火车站，看到显示屏上即将有一趟列车开往伦敦，我赶紧买了一张票，30英镑（约250元）。我来到二楼的站台上，这时列车刚好进站，似乎成了我的专列。

一个半小时后，到达伦敦帕丁顿火车站。这座车站同样拥有悠久的历史，自1838年就是大西部铁路在伦敦的终点站。我来到地铁车站，在自动售票机上买了一张牡蛎卡，有了它在伦敦乘坐各种交通工具（地铁、巴士、轻轨、船等）就方便多了，不用每次花钱买票，而且还可节省一些费用。

第92天（1月31日）　双脚横跨东西两个半球

今天游览伦敦城市景观。

我首先来到伦敦威斯敏斯特主教堂，我围绕着这座砖砌的古老教堂外围转了一圈。作为伦敦的核心区，这里现代建筑与古老传统建筑协调地融合在一起，新建筑没有取代老建筑，老建筑也不显得破败，既有历史感又有现代感。进入教堂，这里正在举行宗教仪式，游人可以免费参观，大家自觉地保持安静。

继续向东，我来到威斯敏斯特大教堂，又叫西敏寺。这是一座大型哥特式建筑风格的教堂，是英国君主加冕登基或安葬的地点。作为皇家胜迹，1987

年被列为世界文化遗产。这座教堂外观看起来气派壮观，每天吸引着众多的游人。

西敏寺旁边就是国会广场，广场上有许多历史人物塑像，如南非总统曼德拉、印度民族独立领导人圣雄甘地，最显耀的是英国前首相丘吉尔。著名的英国国会大厦和大本钟也在这附近。英国国会大厦紧邻泰晤士河，在河景的衬托下显得更加大气。

我沿着泰晤士河上的威斯敏斯特桥来到对岸，首次观赏这条英国著名的河流，感觉河水颜色、宽度、过往的船只，以及蜿蜒于城市之中，有点像上海的黄浦江。

泰晤士河的南岸矗立着高大的伦敦眼，在这种天气情况下，花钱上去看不到什么美景。在这里有交通船码头，我来到码头边，没等多久船就来了，刷卡上船。

船内温暖舒适，航行速度一点不比陆上的公共汽车慢，而且还可以从水上欣赏泰晤士河上造型各异的桥梁，以及两岸的景色。没多久到达伦敦东部的格林尼治码头，下了船就是著名的格林尼治天文台所在的格林尼治小镇。格林尼治天文台是我在初中地理课上第一次听到的名字，今天总算来到这里参观一番。

格林尼治位于泰晤士河以南，距离伦敦市中心9公里。这里以其海事历史、本初子午线的标准点和经度的起点，以及格林尼治时间的命名而闻名于世，吸引着世界各地的人们前来参观。

这里有座小山，地势重要，扼守泰晤士河，风景秀丽，最初的天文台就建在上面，兼具历史和人文风情，是伦敦在泰晤士河上的东部门户。

我一下船就被这里的景色所吸引，1869年建造的大型远洋船卡蒂萨克号就在离码头不远的地方展出。紧靠河边的是格林尼治大学，我进入校区转了一圈，感受到这所大学厚重的历史，有不少中国留学生在这里学习。出了学校西门，就是格林尼治整齐的街区，我在街上看到一家中国餐馆，进去点了一份牛腩饭，牛肉分量很足，口味也好，7.9英镑（约66元）。

下午，开始游览格林尼治历史景点，首先来到格林尼治公园内的格林尼治天文台，这里有著名的本初子午线，是今天游览的重点。

格林尼治天文台的门票是9.5英镑（约79元），进入后先到室内展馆参观。这里早在15世纪就已建起了宫殿，设置了炮台和瞭望塔，守护着伦敦。1675年，国王查理二世决定将瞭望塔改建成英国皇家格林尼治天文台，以适应当时大航海时代的到来。

1884年，世界上20多个国家的天文工作者，在美国华盛顿召开会议，正式确定以通过该天文台中星仪的子午线为零度经线，向东称东经，向西称西经，各为180度。每15度为一个时区，相邻时区相差1小时。在天文台大门旁的砖墙上，镶着一台24小时走字的大钟，它所指示的时间，就是世界各国通用的"格林尼治标准时间"。从此，格林尼治驰名天下。

随后，我来到室外，这里有人们热衷拍照留念的本初子午线，许多人都是冲着它来的。这条线上的经度是0度0分，北京的经度是116度30分。可见谁的科技发达谁就可以制定标准，谁就处于世界领先地位，现在，由中国开始制定标准的时代已经到来。

我横跨在本初子午线上拍照留影，这意味着我横跨在东西两个半球上，从而实现了此次环球旅行既要横跨南北半球（赤道），又要横跨东西半球（0度经线）的目标。

我来到南面的彼得·哈里逊天象馆参观一番，由于时间有限只是一览而过。在这里我遇到几个来自上海的游客，他们用手机上显示的照片问我："本初子午线在哪里？"我感到奇怪，他们已经从天文台门前走过，怎么还不知道？我带着他们来到本初子午线跟前，但是只能隔着大门往里看。此时已经是下班时间，他们想进去拍张照片被门卫拒绝。看来他们经验不足，到这里来已经是下午4点多了，为什么不先参观本初子午线，这里才是重点。他们要么明天再来一趟补拍照片，要么带着遗憾而归。

返回的路上，我路过皇家海事博物馆，这里免费参观。我以为下班了，而这里的工作人员对我说："你可以进去看15分钟。"我立刻进去，利用这最后一刻钟，简单游览了一番，圆满而归。

返回城区时，我坐上188路公交车，这是有伦敦特色的双层大巴车，我在上层第一排一路欣赏伦敦城市夜景。

我预订了伦敦市内一家青旅，这是一家专门设计的青旅。我预订的是33人的大房间，创下了入住人数最多的房间记录，以前曾在柏林入住28人的房间。来到房间一看，还是让我有点意外，房间里全部是三层床，我被安排在最上层，高高在上。

第93天（2月1日） 大英博物馆荟萃世界文明

今天重点参观大英博物馆，因为大英博物馆是人类文明与智慧的宝库，而且又是免费参观，所以值得花上较多时间去游览。

我乘坐地铁前往大英博物馆，中间一次换乘，非常方便，省钱省力。到达后首先解决午餐问题，为了节省时间用来参观，我在食品超市买了一份盒饭和一瓶水，一共4英镑（约33元），又便宜又好吃。

伦敦有许多免费游览景点，在众多免费景点中，大英博物馆成为游客的首选，这里是感受世界文明不可多得的地方。作为热门景点，前来参观的各国游人非常多，其中中国人占有相当大的比例，有可能是来此参观的外国人中最多的。

大英博物馆又称不列颠博物馆，是位于英国伦敦市区的综合性国家博物馆，也是世界上规模最大、最著名的博物馆之一，与纽约大都会艺术博物馆、巴黎卢浮宫并列为世界三大博物馆。大英博物馆成立于1753年，目前博物馆拥有藏品800多万件，由于展览空间的限制，还有大批藏品未能公开展出。

大英博物馆1759年1月15日起正式对公众开放，博物馆藏品最初来源于英王乔治二世的御医、著名收藏家汉斯·斯隆爵士收藏的8万余件文物和标本。1823年，英王乔治九世捐赠了他父亲的大量藏书。

大英博物馆开馆后，英国人通过在世界各地的各种活动，攫取了大批珍贵藏品，使得馆藏不断增加，许多是绝世珍品。开馆以来的200多年间，相继收集了英国本国以及埃及、巴比伦、希腊、罗马、印度、中国等古老国家的文物。在大英博物馆中埃及馆是最大的陈列馆，珍藏7万多件古埃及文物，成为最负盛名的收藏，代表着古埃及的文明。但最引人注目的要数东方馆，该馆有来自中国、日本、印度及其他东南亚国家的文物十多万件。其中，中国陈列室就占了好几个大厅，展品从商周的青铜器，到唐代的瓷器、明清的金玉制品，仅来自中国的历代稀世珍宝就达2万多件，其中绝大多数为无价之宝。

我一直参观到博物馆快要关门，才基本上把各个展馆走完，许多都是走马观花，简单看看而已，如果想仔细了解，得花上几天时间。这里确实是世界文明与文化经典作品的荟萃之地。

英国是世界上第一次工业革命的发祥地，是最早的工业化国家，重视教育、科学与文化，特别是历代英国国王致力于科学技术、航海、文化等各方面的发展。英国人喜欢到世界各处去寻找文明，特别是到具有悠久历史的文明古国去"寻宝"。

第94天（2月2日） 一天之内穿越欧亚非三大洲

今天离开英国，经沙特飞往非洲，开启非洲之旅。

早上7∶20，我离开旅馆，直奔地铁车站，先乘坐地铁棕色线，然后转乘蓝色机场线。上了地铁我才发现这条地铁线路的末端分出两条支线，这趟车不是开往希斯罗机场的。我按照地铁线路图在分叉的前一站下车，然后在同一站台等了3分钟，上了开往机场的列车，避免了乘错站。在转车的地面站台，我终于第一次看到了伦敦的朝阳，真不容易啊。

　　这趟车直达我要去的4号航站楼，从电梯上去就是出发大厅，比来的时候顺利多了。在地铁出口我问工作人员："我马上要离开这里，这张牡蛎卡怎么退钱？"工作人员立刻带我来到自动售票机前，将卡贴近机器上，然后在屏幕上选择退款，剩余的钱就从出口出来了，非常快捷和方便。这时我才进一步感受到伦敦作为一个特大城市，交通非常发达，非常便捷，值得学习。

　　对于自助游的人来说，只要会一点英语，具备城市旅行经验，像伦敦这样的现代化大都市就可以畅行无阻，既经济又快捷地到达任何地方。环球旅行中每当我熟悉一个城市以后，也就到了该离开的时候，总是在不断体验新城市，感受新环境。

　　上午11：00，我乘坐沙特航空公司SV120航班飞往沙特首都利雅得。宽敞的波音777-300客机里，各项配置非常完备，特别是头等舱非常舒适，即使是经济舱也不错。只是乘客不多，我所在的这一排9个座位只坐了3个人。

　　起飞后不久，飞机上开始供应午餐，我要了一份以三文鱼为主的餐食。很多天没吃到鱼了，吃到新鲜的鱼肉感觉非常可口，看着飞机外面阿尔卑斯山美丽的景色，真是一种美好的享受。经过6个小时的飞行，当地时间晚上8：00，到达沙特首都利雅得。

　　利雅得机场候机楼豪华而漂亮，显示出中东石油富国的气派，我在里面转了一圈，欣赏这座阿拉伯风格的巨大建筑。想出去游览，没有签证。免税店里的阿拉伯女服务员身着一身黑衣，头上也用黑巾包裹起来，只露出两只眼睛，显得十分冷艳。

　　在停留两个半小时后，我继续搭乘沙特航空公司SV425航班，飞往埃塞俄比亚首都亚的斯亚贝巴。登上飞机一看，飞机中后部全部坐满了黑压压的非洲男青年，看来是非洲的打工族，机舱中充满了人体气味，十足的非洲感觉。我正要往后面找座位，空姐赶紧让我坐在前面的第一排，说这边舒适些，我这是第一次遇到不对号入座的情况。

　　凌晨2：30，到达亚的斯亚贝巴国际机场。我在埃塞俄比亚航空公司的服务台领取了飞往吉布提的登机牌，然后可以安心地找地方睡觉。

在机场第二航站楼候机厅里有一些躺椅，这是我首次遇到有躺椅的机场，这正是我所需要的。这一天之内乘飞机穿越欧亚非三大洲，折腾了一整天，能在候机厅睡在躺椅上，使我感到安全和舒适，可以安心地睡一觉。

四、非洲

第95天（2月3日） 此行住宿最贵的地方在非洲

早上7：30，我在嘈杂声中醒来，此时候机大厅里到处都是候机的旅客，昨夜的宁静早已消失。

因亚的斯亚贝巴机场中国旅客较多，以至于机场里有专门的中文服务台，并且充满着中国新年的气氛，令人感到亲切。

我的登机牌显示15号登机口，信息屏上显示17号登机口，而实际在16号登机口上飞机，这种情况似乎只有在非洲才会遇到，有几个人过了起飞时间才登机，不知是否跟登机口发生变化有关。为了避免出现意外，我时刻观察、询问或听广播。

上午9：30，我搭乘埃塞俄比亚航空公司的ET362航班飞往吉布提共和国首都吉布提，一小时后准时到达。这架飞机上有30多个中国人，多数是来吉布提从事工程建设的，包括我在内的几个人是来这里旅游的。

办理落地签手续的时候，吉布提工作人员不但要求我提供本航班的登机牌，还要求提供上一个航班的登机牌，这在以往从未遇到过。我不明白，沙特飞往埃塞俄比亚的登机牌跟吉布提有什么关系？我觉得这是为了索要小费找借口。在费了一些口舌说明前两段行程后，终于办好落地签。停留3天时间，签证费60美金，非常贵，我估计在世界上能够排进前三名。

在办理签证的时候，我遇到了来自上海的张先生，和来自深圳的许先生。他俩是在埃塞俄比亚旅游时认识的，这次专门来吉布提游览，看来吉布提的落地签能够吸引一些人，包括我在内。我们决定一同开启吉布提之旅，这样我和他俩一起坐上接机的汽车，来到他俩预订的住地。

他俩是通过朋友预订了中国建筑有限公司驻吉布提基地的旅馆。该公司在这里购置了土地，建造了主色调为红色的三层楼房。该楼俗称"中国红楼"，作为基地办公楼，三楼设有旅馆。入住这里每人每天45美元，可以在他们公司食堂用餐，只是这个价位有点贵。我们同公司的张经理进行了交谈，并在这里兑换了当地货币——吉布提法郎，这样我们就可以出游了。

中午，我们在该公司食堂就餐，每人5美元（约33元），虽然伙食简单，但这是纯正的中国大众饭菜，纯正的中国口味，我们吃得很香。

下午，我们三人结伴外出游览，在这个外国人消费昂贵的穷国，结伴旅行能降低人均费用。他俩想到正在建设的中国人民解放军驻吉布提海外基地看上一眼，我也有兴趣，这样我们三人打了一辆出租车，向正在建设中的海港码头驶去。

吉布提位于非洲东北部亚丁湾西岸，处在红海进入印度洋的要冲，是国际上重要的海上通道。作为一个负责任的大国，中国海军连续多年在亚丁湾海域承担防范海盗的护航重任。2013年中国决定在吉布提建设军事基地，也就是从这一刻起，吉布提这个大多数中国人未曾听说过的非洲小国，受到人们的关注。由于拥有特殊的地理位置，吉布提这个人口不足百万的小国，竟然拥有五六个强国的军事基地，包括法国、美国、意大利、日本和中国等，这是其他非洲国家不曾有的。

吉布提是联合国公布的最不发达国家之一，境内大部分为荒漠，自然条件差，资源匮乏，主要的自然资源是盐和地热。该国工农业基础薄弱，经济十分落后，几乎什么都生产不了，也不出产粮食，食物自给率相当低，因此被迫大量进口食品和工业制成品，所以这里消费很贵。近年来，随着中国与吉布提开展"一带一路"国际合作，吉布提把港口租借给中国。随着现代化的多哈雷多功能港口全面建成运营，以及亚的斯亚贝巴到吉布提铁路的开通，吉布提的经济也将得到很大发展。

到达正在建设的码头大门时，门卫不让出租车进入。张先生就跟中国门卫解释，说我们从中国远道而来，就是想看看中国的强大与发展。这位师傅能够理解我们，答应我们只能到码头上转一圈，但不能对着基地方向拍照。

我们来到即将完工的海港码头，这里正在进行最后道路的施工，一排大型码头门吊已经屹立在码头上，非常气派。这座码头全部是中国设计，中国施工，中国设备。

在港口附近不远处，是正在建设中的中国人民解放军首个海外后勤保障基地，高高的围墙形似长城，里面建成什么样一点也看不到。在吉布提早就有西方国家的军事基地，在吉布提国际机场就能看到许多国家的军用运输机，小小的吉布提因地理位置的重要，而受到大国的青睐。

吉布提是吉亚铁路的起点，我们看到建设中的铁路正在从吉布提火车站向港口方向推进，中国铁路建设者正在铺设铁轨，不久各种货物将通过港口和这条铁路运输至非洲腹地，吉布提将成为非洲具有重要作用的港口城市。

离开港口，我们三人继续乘出租车来到吉布提市中心的欧洲区游览，这里是前法国殖民时期的城市中心，有许多法式建筑，有一点像越南，只是这个区域很小，现在显得非常陈旧。

我们在这里转了一会儿，接着朝北边的城市半岛走去。这一路仍然没有看到作为首都的景象，很少有像样的建筑，只因该国太小太穷。作为伊斯兰国家，这里有不少清真寺，宣礼塔上的大喇叭播放的宣礼词各处都能听到。

我们来到一家靠近海湾的露天餐厅，点了一些简餐和饮料，然后欣赏这里的落日风光。在当下这个季节，白天太阳比较晒，傍晚太阳落下后气温并不高，比较舒适。

吃过简单的晚餐，我们三人步行游览吉布提的城市"夜景"。来到城市中心，这里热闹的街区不多，几乎没有什么像样的商场、餐馆和酒店。这里有汽车站，有大市场，但显得比较零乱，到处是灰尘，就像个农村集镇。下午我们前往港口的路上，到处是吉布提民众的棚户区，居住环境脏乱差，显得非常贫穷。吉布提如果没有军事基地的租用费用，没有一带一路带来的发展，贫穷程度可想而知，应该和邻国索马里差不多。

我在离机场不远的地方预订了一家网上最便宜的酒店，这里离"中国红楼"不远，单人间（带卫生间，含早餐），每晚67美元（约461元），真是太贵了。没想到此次环球旅行住宿最贵的地方不是在英国，不是在南美，而是在贫穷的非洲。

我住的房间非常一般，还有蚊子，好在配了电热蚊香。我只想在这里住一晚，后天准备搬到"中国红楼"去住。

第96天（2月4日）　来到地球上的"月球表面"

夜里的一场大雨使得餐厅前的院子积满了雨水，酒店的工作人员在努力排除积水。在这干旱地带如此大雨，让这里的人一时难以招架，只得搬来砖头先垫出一条路来，让旅客得以进入餐厅。

早餐极为简单，两个面包，一杯咖啡。我来不及喝热咖啡，想换成一瓶饮用水，结果酒店要另外收钱，谁知一小瓶500毫升的水要600法郎（约24元）。我享用了一瓶天价水，这家名为非洲村的酒店性价比太低，实在不适合入住。

我步行来到一公里外的"中国红楼"，和上海张先生会合。深圳的许先生因为时间原因要赶回国，不能继续在吉布提游览，这样他花了60美元的签证费只玩了一天，就当来吉布提打个卡。

上午8：20，张先生通过网上预订的吉布提一家旅行社的丰田越野车来了，车上除了司机还有一位年轻的吉布提导游。我俩上车后，导游大概介绍了这两天的行程，当得知我们来自中国时，他对中国大加赞赏，赞扬中国对吉布提的大力支持，同时对美国、法国、日本等国只在吉布提设立基地，不提供其他帮助表示蔑视。

我们沿着通往埃塞俄比亚的公路行驶，一路上有许多开往埃塞俄比亚的大型货车，有运送集装箱的，有运送石油的。这些车辆由于都是重载，加之由海平面一路上升到亚的斯亚贝巴海拔2400米的高原之上，一般都要行驶7天左右，所以运输周期很长。等吉亚铁路正式开通后，运输效率将大幅提高，运输时间、运输成本会明显降低。

公路两边到处是荒芜的碎石滩，由于干旱植物在这里很难生长，只能见到少数耐旱的树木。这里的人十分贫穷，当地的民居极其简陋，有的是用石头垒起来的，有的是用树枝搭建起来的。

中午，我们来到一处路边餐馆，在这里我们吃了一顿较为丰富的午餐。继续行驶，我们离开了公路，驶上了荒野碎石滩，这里可以说没有路，也可以说到处都是路。状况好时碎石滩坚硬平整，汽车可以开到每小时80公里，路况差时需要四轮驱动才能通过。一路上司机为了省油没有开空调，而是摇下车窗自然通风，这样路上的灰尘直往车内窜，弄得车内到处是灰尘，到处是尘土的气味，这就是非洲行车之苦。

下午4：00，我们到达阿贝湖景区，这里非常荒芜，不需要门票。阿贝湖是吉布提与埃塞俄比亚之间的一个边境湖，湖面海拔234米，长宽各约25公里，为咸水湖。该湖处于东非大裂谷谷底，为断层湖，湖的西岸有高1069米的死火山大马阿里山，西南部湖岸是宽10公里的盐原。地热将渗透到地下的水加热后涌出地面，在湖周围的盐原上形成许多热泉。热泉中溶解的碳酸钙到达地面遇冷凝结沉积，日积月累，形成形态各异、千姿百态的石灰质石林，就像一座座粗糙的塔林。最初形成的石林烟囱状的很多，是温泉热气的通道，许多蒸汽从烟囱顶上冒出来，所以又叫石灰石烟囱。由于在盐原之上，表面附着蜂窝状、土黄色、粗糙的硬壳。

阿贝湖虽然湖岸荒凉，但这里的景色却是独一无二，绝无仅有。一望无际的盐原上屹立着成百上千的石灰石烟囱，被称为"地球上的月球表面"，曾被美国《国家地理》杂志推介为地球十大绝佳自然景致之一。

看到这独特的自然景观，令我俩为之振奋，我们下了车，拿起相机四处寻觅独特的美景拍照。盐原上有很多热泉眼，在一处温泉，我用手试了一下水温，把我烫得缩了回来。导游将塑料瓶子插入温泉内，一会儿塑料瓶就被烫得变了形。在有泉水的地方就有绿草生长，形成了小面积的绿洲，衬托着周围如同假山般的独特景观。湖边的绿洲，成为当地人放羊的牧场。

傍晚，我们来到湖边的宿营地，这里用石头垒起了围墙，并用石头和草帘搭建了窝棚，显得原始又简朴。今晚这个营地一共来了5辆越野车，算上我们两人，一共有14个老外。

我们入住下来后，在这里观赏落日，干燥的沙漠环境下由于缺少水汽，太阳落下时天空不是呈现红色，而是呈现黄色，在这特有的地形地貌中显得非常壮观。

晚上，我们在宿营地的露天场地上，边聊天边吃着晚餐。天气不冷不热，微风吹拂，星光闪闪，除了宿营地的发电机声，四处非常静谧，我们感受着湖边无人旷野的寂静。

晚餐后，当地人为我们表演了民族歌舞，虽然舞蹈简单，但充满了当地的民族风情，大家度过了一个轻松快乐的夜晚。

第97天（2月5日）　踏上世界最咸的湖泊

凌晨5：30起床，在导游的带领下，我和张先生乘上越野车驶往阿贝湖盐原，再次欣赏大自然的杰作。

清晨的"月球表面"非常宁静，只有我们3个人行走在上面，独特的景致在清晨显得更具魅力。我们来到几处温泉涌出的地方，只见热气腾腾，水温都在90度以上，弥漫着硫黄气味。流出的泉水在盐原上汇成一块块水洼，此时太阳升起，我们从不同角度欣赏一座座土黄色的塔林。

吃过早餐，我们乘车离开这里，奔向吉布提另一个特色景点——阿萨勒湖。该湖是位于吉布提中部的一个盐湖，面积54平方公里。它有两个独特之处：一是湖面水位低于海平面以下155米；二是湖水盐度高达34.8%，是地球上盐度最高的湖泊，也就是世界上最咸的湖泊。为什么这个湖会是最咸的呢？原来阿萨勒湖的湖岸地带是非洲最低点，也是地球上陆地海拔第二低的地方，仅次于约旦的死海。这里又是地球上最热、最干旱的地区之一，湖水蒸发迅速。阿萨勒湖的湖底与附近的海湾之间存在地下裂隙，由于存在水位差，可以不断得到海水的补充。这样不断蒸发，不断补充，久而久之使得湖水成为地球上最咸的水体。

中午我们到达昨天吃午餐的餐馆休息一下，由于一路行驶在尘土飞扬的道路上，又是开着车窗，我们一直被灰尘所包围。下车一看，浑身上下都是灰尘，头发也吹乱了，用蓬头垢面来形容此时的我再恰当不过。我们用自来水简单冲洗一下，继续赶路。中午，为了节省时间，我们吃的是路餐，每人一个长长的热狗，喝的是瓶装水。

下午，当越野车开上一处高坡时，远远望去美丽的阿萨勒湖就在前方，蓝绿色的湖水非常诱人。一会儿我们来到湖边，到了湖边才感到阿萨勒湖的浩大。由于湖水含盐量太高，湖岸边结晶生成大量白色的盐。这些结晶盐呈现各种形状，有的像水晶，有的像珊瑚，有的像白色的花边。你可以采选其中一小块，留作纪念，盐花会重新结晶出来，取之不尽。只是要当心，许多东西怕盐，特别是电子产品。

我们继续前行，来到一处平缓的湖岸边，这里湖水结晶形成的盐已经与陆地连成一体，形成宽广平坦洁白而硬实的盐"广场"。我们走在盐面上，脚下发出咯吱的声响，有点担心盐层断裂，其实结晶盐非常硬实。我们尽情地在白如雪硬如冰的盐面上行走，从不同的角度欣赏这独特的景致，拍下难得的照片，不由得赞叹大自然的神奇。

　　湖边有小贩售卖盐制纪念品，洁白漂亮。还有加工过的食用盐，这种盐的外观与我们通常所见的不同，呈圆颗粒状，非常洁白干净。导游买了两袋分别送给我俩，这么好的盐我也不愿背在身上，回到旅馆就送给了这里的中国人。

　　这次吉布提二日游，全部由张先生通过手机在网上与当地旅行社联系，没有交任何定金，而且是先旅游后付款，全凭双方信任，我头一次遇到这种便捷的预订方式。当然这对语言能力要求较高，还要事先了解相关信息，这些都由张先生代劳，我对他的付出表示感谢。当初，张先生准备一个人参加此次游览，由于我的参与，600多美元的费用我承担300美元，这对我俩来说是双赢，我们在一起游览也很愉快。

　　二日游结束后，我返回"中国红楼"入住，张先生赶往机场连夜飞往亚的斯亚贝巴，然后转飞上海。分别时，我和张先生开玩笑地说："你将带着满身吉布提的尘土回到上海。"

　　来到房间我先洗澡，洗去一身的灰土，然后把衣裤都洗了一遍。

　　在吉布提旅游相当昂贵，停留三天的落地签证费60美金，二日游300美金，两晚住宿106美金，仅这三项就是466美元，平均每天大约1100元人民币，就算在英国旅行也要不了这么高的费用。所以，在非洲有些国家旅行费用相当高，不适合背包客，也不便于自助旅行。在吉布提根本就见不到背包客，但吉布提的景致却是世界罕见的，值得来此一游。

第98天（2月6日）　吉布提机场莫名其妙的遭遇

　　今天离开吉布提，飞往埃塞俄比亚首都亚的斯亚贝巴。

　　上午，中建公司有车经过机场方向，我正好搭车前往机场。来的时候没有注意看路，以为挺远，实际上只有两公里，步行前往也很方便。如果有国人前来吉布提旅游，我建议入住该公司的"中国红楼"，这里费用不是很贵，离机场近，可以在食堂用餐，各方面都比较方便。具体线路：出吉布提国际机场大门一直走，大约一公里后来到一处十字路口，向左转弯，继续直行一公里左右，在道路的左边有一栋较大的三层红色楼房，这里就是"中国建筑有限公司"所在地。

来到吉布提这座很小的国际机场，我为了留个纪念对着航站楼拍了张照片，这时守在航站楼门前的两个吉布提警察走过来，要看有没有拍他们，我把照片调出来，他让我把照片放大，如果放得很大会有他的影子，我一边放大一边将照片偏移了一点，结果他并未看到什么，这才完事。以后来非洲的朋友一定要注意，非洲人与其他洲的人不同，他们一般不愿意被拍照，遇到这种没事找事的警察可能会有麻烦。

进入航站楼时，我已经熟悉门口这两个警察，他们要我出示护照，然后对照今天上午搭乘飞机的旅客名单，有名字的才能进入。看起来吉布提机场管理挺细致，其实是因为机场候机厅非常小的缘故。

换好登机牌，准备出关，我递上护照和登机牌，边检人员正在全神贯注地看着手机，过了一会才查看我的护照和登机牌，然后向我要机票。我打开笔记本电脑，将电子机票给他看，他看过后依然要纸质机票，说让航空公司打印出来，我行走了那么多国家这是第一次遇到这种情况。

没办法我只好求助埃塞航空公司的人员，他们让我等一下。等了好长时间没人理我，我便到旁边的吉布提航空公司，请他们帮助打印，他们二话没说，帮我打了一份。我再次来到关口，刚才那个人在一边有事，这回是个女的。她只看护照和登机牌，然后盖章放行，看来我和航空公司给吉布提边检人员折腾了一下。

过了这一关通常出境手续就算完成，但是没走两步，在通往候机室的通道里坐着两个身着传统长袍的女人，用冷眼检查每个旅客的护照上是否盖有出境章，不知道这是在监督旅客，还是在监督他们自己人，旅客总不会未盖章就来到这里吧。

我住在"中国红楼"时，听公司的人员说，前几年乘飞机来吉布提，如果带的限制物品过多，只要给点钱，有人能私下把物品带出机场，不用过关。想到我在吉布提机场出入境时的遭遇，真是令人莫名其妙，明显是在找麻烦，看来另有所图，这就是非洲。

上午11：20，我搭乘埃塞航空ET363航班飞往亚的斯亚贝巴。到达后办理落地签手续，非常简单，费用50美元。紧接着飞往亚的斯亚贝巴以北780公里的埃塞俄比亚第三大城市默克莱。

在候机时，我遇到了来自新疆目前在默克莱从事电力建设的老李，他在这里已经三年了。我向他了解默克莱机场公共交通时，他热情地邀请我乘坐他的车。到达默克莱后，我只想让老李的车把我带到城内就行，结果他一直把我送到预订的旅馆门口，我非常感谢他热情相助。这一路环球之旅遇到过劫匪，但更多遇到的是像新疆电力老李这样善良的人。

我在城市南边预订的旅馆离市中心较远，但价格便宜，普通标间，免费Wi-Fi，每晚13美元（约97元）。

晚上，我想往市中心走走转转，可是高原上风挺大，感觉有些冷，我只好在旅馆附近找了家小饭店，吃了一盘意大利面条，费用是25比尔（约7元）。吉布提令人不快的"高消费"总算结束了，享受一下埃塞俄比亚相对便宜的物价。为什么这么偏远的地方会便宜呢？因为这里出产各种农产品，食物类可以不需要进口。

第99天（2月7日）　这里见不到中餐馆

这次环球旅行，安排在非洲的时间非常有限，连头带尾总共只有20天。在埃塞俄比亚只安排了5天时间，这么短的时间埃塞南部没有时间去，只能在埃塞北部和首都亚的斯亚贝巴游览。

原本打算参加埃塞北部三日游，分别前往火山和盐湖游览。从上海张先生那里了解到的信息是：去火山要步行4个小时，而且只能看到覆盖着冷却的岩浆的火山口，仅能从裂缝中看到炽热的岩浆，看不到滚滚流出的岩浆。以前我在太平洋岛国瓦努阿图看到的火山，岩浆和炽热的岩石每隔一段时间就会从火山口喷向空中，每次喷发都带着闷雷般的声音，并伴有大地的震动，这看上去才过瘾。

到达默克莱又听新疆老李说：他们同事去过火山的人都觉得走的路太长，费用也很高。加上前不久，我刚去过南美和吉布提的盐湖，都是非常漂亮和有特色的景观，如果再去埃塞俄比亚盐湖，有些重复花钱，意义不大。这样，我决定放弃火山和盐湖游览。

由于离开默克莱的机票已经买好，时间是2月10日飞往亚的斯亚贝巴，我想把有限的时间调整一下，留出时间多游览首都的一些景点，这样就涉及机票改签问题。因为没有手机无法与携程联系，所以决定今天上午到埃塞航空售票处，办理变更手续。

上午退了房，我背着背包从城市南边一路向北步行前往市中心，一路走一路逛。市区的路上跑着各种车辆，有卡车，有轿车，有三轮机动车，还有不少马车、驴车在从事运输，这种景象在中国好像是几十年前的事情。

到达市中心，我找到埃塞俄比亚航空公司的售票处，这里等候买票的人挺多。当我要求更改航班时，被告知今天、明天、后天的航班已经全部满员，我只好作罢。

我在市中心找到一家条件还算好的旅馆，标间每晚230比尔（约62元），比昨晚在网上预订的旅馆还要便宜，但是房间里没有Wi-Fi，只有大厅里才有，我只好勉强住下来。

我住的旅馆隔壁是一家汽车运输公司的售票处，我进去一看有发往亚的斯亚贝巴的大巴车，车票为一百多元人民币，车况看上去还可以。我想就算机票不退另外买一张车票，也比改签机票省钱，这样可以提前回到亚的斯亚贝巴。当我准备买明天的车票时，车票已经售完，买9号的车票没有多大意义。售票处的人员对我说："你可以到长途车站去看看。"

　　我拐了几个街区，来到不远处的长途汽车站，这里显得脏乱差，车站内外到处是尘土，不时被风吹起。我转了一圈看不出哪里是卖票的地方，再一看这里的大巴车，与南美洲的长途汽车相比完全不是一个档次。面对不良车况，乘车需要12个小时以上，还不知路况如何，我想还是算了吧，为了安全和舒适，等两天享受飞机的快捷吧。

　　回到旅馆一看，从入住开始一直没有自来水，洗个手都没办法，看来这里是个缺水的城市。到了晚上总算有一点自来水，但水量很小，无法洗澡，好在可以接水冲厕所。这使我感受到这座城市的落后。

　　默克莱虽然是埃塞俄比亚第三大城市，这只是相对而言，其实是一座贫穷的小城市。一天转下来没有见到中餐馆的影子，说实在的怎么会有中国人到这座贫穷的城市开餐馆呢？又有多少人到餐馆里消费呢？在有中餐馆的地方一定具备这样两个条件或其中之一：一是相对富裕，有钱可赚；二是相对安定，无人身安全之忧。两个条件都满足的地方，中国人必然多，中餐馆也就多；两个条件都不具备的地方，难觅中国人，中餐馆自然不会有。

第100天（2月8日）　感受原味的埃塞俄比亚

　　早上我在旅馆餐厅里吃早餐，看到当地人在吃英吉拉，我也要了一份。之前我在当地餐馆里吃饭时，经常看到这里的人们吃这种食物，并且都是用手撕下一块配着调料送入嘴里，看上去吃得很香，我也产生了尝试一次原味英吉拉的想法。

　　英吉拉是埃塞俄比亚的传统食物，它的原料来自一种叫作苔麸的长着小颗粒的农作物。苔麸的颗粒比芝麻还小，把这种小颗粒磨成粉，就成了苔麸粉。吃的时候，在苔麸粉中加水变成湿面，然后放在芦苇编的大圆筐里摊开，盖上盖子放两三天，待发酵后拿出来一蒸，就成为软软的、酸酸的、布满孔洞的大摊饼（英吉拉）。3000年来，埃塞俄比亚人一直吃英吉拉，这是埃塞俄比亚人心目中的传统美食。

我要的英吉拉端上来，有两卷英吉拉，一个面包，配上一盘嫩炒羊肉丁。我先尝了一口英吉拉，又软又酸，我只好把英吉拉和炒羊肉混在一起吃，这样才勉强吃下去。这份英吉拉75比尔（约20元），如果在街上的普通餐馆里只需7元左右。

上午退房，离开这家便宜但时常没有水的旅馆，然后到市中心各处走走转转。默克莱的市中心比吉布提好一点，不算繁华，但商店比较多，不算整洁，但也不算太脏，没有什么特色，但也有一些吸引人驻足的地方。

我来到市内的一处农贸市场，说是农贸市场实际上就是在大街上摆摊设点，售卖各种当地的农产品，虽然看起来比较乱，但更加有乡土味儿，更有看头。

这里很多人围着看上去像青草一样的东西进行买卖，看来就属这里热闹。后来我路过一些咖啡馆看到地面上铺撒着这种草，我觉得这应该是一种香草。我仔细看着买卖香草的人们，一位埃塞俄比亚农村男人也在盯着我，也就是在我稀奇地看着当地人的同时，也被当地人稀奇地看着。我觉得他很有传统气息，就转身关注起他。我对他示意拍张照片，才拍了一张准备拍第二张时，他有点不好意思，不让我继续拍，一看就是一个非常淳朴的埃塞人。

我继续在这里闲逛，看到有个非常年轻的小伙子，用棍子扛着几只鸡在叫卖，我准备趁他不注意时给他拍张照，他看到我时也把注意力转向我，我们互相观察对方，我赶紧给他拍了一张照片。

从他们俩的眼神里，我能够感受到他们都是淳朴的当地农民，没见过什么大世面，对外界充满着好奇。我很想到卖鸡的小伙子居住的村庄去看看，那里一定非常朴实，但我们之间无法交流，无法表达我的意思，不知道他住的地方有多远，而且还要等他把带来的几只鸡卖完。最终，我们只能相互看上几眼，满足各自的好奇。这时要是有个当地导游多好，而有了导游又会失去原味与淳朴，事情往往就是这样。

第101天（2月9日）　难为非洲女孩为我理发

环球旅行已经过去100天了，早在南美洲的时候我就想理发，可是时间总是一再错过。到了欧洲，由于行程紧凑，更没有时间理发了，而且欧洲的消费太高，在国内10块钱就能理个发，在欧洲要一百块钱左右，我可不能在欧洲装大款。这样一拖再拖，现在头发已经到了不得不理的状态，我从来没有这么长时间没理过发，这又创下一项个人记录。

在默克莱逛了几次街，我感到这里街上有四多：一是咖啡馆多；二是小商店多；三是小餐馆多；四是理发店多。

埃塞俄比亚是世界上最早种植咖啡和保持最古老的咖啡文化的国家，至今仍然保持着非常传统和古老的咖啡种植工艺。由于当地人非常喜欢喝咖啡，自然大街小巷到处都是咖啡馆，有些直接就在道路边上摆起咖啡摊。这里煮咖啡都是用木炭，几乎都是姑娘和女人们在煮咖啡和经营咖啡馆。在城市中心的许多街道上，能看到许多年轻人坐在街边的咖啡馆里，边喝咖啡边发呆，许多人好像并没有喝咖啡。这些年轻人很可能没有工作，这也反映了这个非洲人口大国经济发展不够景气，这样将会产生潜在的社会问题。

这里小商店多，反映了当地经济发展水平还比较落后，没有多少第二产业，许多人没有工作，特别是家里的女人。为了生活，当地人只好利用自己的房子，在家里开个小店。虽然每天卖不出多少东西，赚不了多少钱，但是，再少的收入也比没有强。因此，街道上小商店隔不远就有一个，买点东西倒是很方便。每当我这个外国人在小店里买东西时，小店的主人都会很高兴。

人们少不了一日三餐，开餐馆自然会有人上门，因此，要想谋生又不容易亏本，开餐馆就是一个不错的选择。埃塞俄比亚是全球人口最多的内陆国家，是继尼日利亚之后人口排名第二多的非洲国家，有近一亿人口。城市里人多，餐饮需求就多，所以在默克莱街上能见到许多餐馆，只是多数为家庭开的小餐馆。这里的餐馆大多数都有埃塞俄比亚的传统食物——英吉拉。

非洲人在漫长的人类进化过程中，长期生长在热带地区，为了适应烈日暴晒的环境，自然造就了非洲人的头发非常短，而且卷曲，很少往长了长，这样由头发形成空隙率很高的防晒层，由此来抵挡太阳光的强烈照射。非洲人不管男女都爱美，男人喜欢理出不同的发型，女人则不甘心于这种天然短发，用各种方式配上各种假发，以体现女人的美。理发这一行业是个低门槛行业，比起开餐馆投入要低得多，所以这里开理发店的人也比较多。

昨天我在街上转悠时，看到一家理发店里有一个非洲男人正在理发，我只是探头往里看了一眼，这个非洲男人就用中文和我打招呼，我感到很惊奇，在这里也能遇到会说两句中文的黑种人，可见中国人对该国的影响之大。我问他理个发要多少钱？他说："20比尔。"这相当于6元钱人民币，相当便宜。我觉得我的理发时机已经到了，不能再拖了，否则就会出现蓬头垢面的状况。

上午，我在街上寻找合适的理发店，看到许多店铺都是为女人做头发的，我只好一路找，最后走了不少路来到昨天那个男人理发的地方。理发员还是昨天那位女孩，我没法说出理发的具体要求，说出来她也不一定能听懂，于是我就拿出护照，让她按照照片上的发型来理。她看了又看，总算理解一点。但是，由于亚洲人的发质与非洲人完全不同，她理起来不大顺手，我让她剪短点，看来她也不知道如何才能理得好看，她一点也没有理亚洲人头发的经验。我只好由着她了，理成什么样算什么样，反正理不好还会再长。最后理得还算说得过去，总算把头发稍微剪短了一些。费用20比尔（约6元），小姑娘见了我这个外国人一点没多要。

昨天和今天在街上看到三起交通事故：昨天一辆双排座汽车在马路上掉头，一辆三轮摩托车来不及刹车，一头撞在汽车的侧面，三轮车损失不大，汽车侧面凹进去不少。今天在离理发店不远的地方，一辆轿车不知什么原因，撞上堆在路边的一堆石头上，结果四轮朝天。理过发返回的路上，突然看到一辆马车不知什么原因马匹受惊，沿着下坡路狂奔，一会儿就不见踪影，不知最终马车停下来没有，还是又发生了交通事故。默克莱的城市交通比较混乱，什么样的车都有，容易发生交通事故，但多数是小事故。

第102天（2月10日）　等不来的出租车与找不到的旅馆

早上6：50，我按照约好的时间来到旅馆门口等出租车，可是等到6：55车还没来。我让小老板打电话催一下，他放下电话说："再等两分钟。"到了7：05，离飞机起飞还有1小时50分钟，我觉得再等下去连一点余地都没有了，就果断地对他说："我自己打车走。"

我向机场方向走了一段，看到一辆三轮摩托车，就拦下要求去机场，司机说："机场去不了，只有出租车才能去。"我又拦下一辆三轮车，他依然说去不了机场。我说："那你带我去找出租车。"并说好费用20比尔。三轮车载着我驶往市中心，到了市中心看到一辆出租车停在那里，我问司机："到机场多少钱？"司机说："160比尔。"我顾不上还价，立刻上了车。这样摩托+出租车一共180比尔，比昨晚约好的出租车还要便宜20比尔。

这辆出租车是辆老爷车，根本就开不快，上坡的时候慢得不得了，好在只有十公里路程，路上也不堵，7：40到达机场，离飞机起飞还有1小时15分钟。

默克莱机场只有往返亚的斯亚贝巴的航班，我换好登机牌，飞机已经飞来了，准点到达准点起飞。一个小时后，也就是上午10点顺利到达亚的斯亚贝巴机场。

这个机场看上去非常繁忙，候机楼已经不够用了，这样就会出现旅客登机并不在预先显示的登机口，而是哪个登机口临时空出就在哪里登机。现在第二候机厅正在扩建，承担该工程的是中交集团。

我出了机场，按照预订旅馆的地址向市中心走去。路上看到一个巨大的广告牌，上面的文字显示：新铁路，新生活。这条铁路指的就是吉布提到亚的斯亚贝巴的铁路。这次来到非洲准备乘坐并感受一下这条铁路，但是，据说还有些矛盾没有解决，所以一时还不能正式通车。我走在名为非洲大道的大街上，道路两边有许多在建的高楼大厦，其中有名气的建筑许多都是由中国公司承建。

可是我怎么也找不到预订的旅馆，我来到一家商店向老板询问，结果他也不知道在哪里，于是他给旅馆打电话询问具体地址。放下电话他给我画了个图，让我打车过去。我觉得需要打车说明很远。离开这里我又找人询问，这个人也很热情，他打电话了解具体地址后，也给我画了张图，我一看与我要游览的市中心方向相反。我问："大概有多远？"他说："好几公里。"我向他表示感谢。根据这种情况，我决定不去这家旅馆入住，理由就是这家旅馆提供的地址错误，我找不到。

我立刻开始寻找住的地方，我看到一条小街，就朝里面走去，没走多远就有一家旅馆。进去一看条件不错，一问价格每晚350比尔，我说："300比尔可以吗？"对方说："可以。"就这样以300比尔（约90元）成交，比在网上预订的那家找不到的旅馆便宜40元人民币。这再次说明：在网上预订不一定便宜，像这种便宜的旅馆，为了降低成本，不愿在网上售卖。

入住后，我先上网，与booking.com联系，通过发电子邮件说明我要取消预订的原因。过了一会儿客服回复，同意取消预订，这样不算违约。

下午，我按照设想的游览线路开始了亚的斯亚贝巴城市游。我从住宿的地方沿着非洲大道一路向北，先到埃塞俄比亚国家博物馆，这里的门票10比尔（约3元），真便宜。只是这个国家级博物馆非常小，展出的内容也不多，所以才便宜。这里最具代表性的展览就是在埃塞俄比亚出土的古人类化石，这是地球上所有人种的祖先，该国以此引以为豪。其他的展品有该国古时帝王穿着用品，以及出土的古代生活用品、劳动工具，还有非洲原始动物化石等。

继续向北走，我来到亚的斯亚贝巴大学，门卫问我要证件，我把护照拿给他看，然后进入校园。此时的校园正在进行大规模基建，很多区域都在施工，良好的环境变成了工地，具有标志性的建筑只有大门。

我来到该市最大的城市广场，这里到处都是从事各种运动的人，有踢足球的，有跑步的，俨然成了一个运动场。在广场靠近马路一侧矗立着冠军奖杯的标志，以此激励人们努力锻炼，为国争取荣誉。许多年轻人在这里锻炼和跑步，说不定以后他们中的一些人就能出现在国际赛场上。这里有许多女孩在踢足球，成为靓丽的一景，令我驻足观看。

广场附近是由中国援建的城市高架轻轨，我来到高架车站，参观这里的设施和列车运营情况。这里的轻轨设计运量不大，因此站台不长，行驶的列车很短，在下班高峰时显得非常拥挤，而且列车间隔时间也比较长。此时太阳已经西下，长长的轻轨线路给这个城市带来了现代化气息。

第103天（2月11日）　来到坦桑尼亚立刻成为大款

今天离开埃塞俄比亚，飞往坦桑尼亚。

早上7：00，我离开旅馆，步行来到非洲大道，然后乘坐小巴车前往机场。我知道这条大道通往机场，当发现转弯时，我立刻下车，继续换乘其他车。这样乘了两次车，花费5比尔（约1.5元），用时30分钟到达机场，又快又省。我事先并没有询问公交车情况，仅凭经验。如此"盲目"乘车，一般要选择在主干道上，而且前往的方向或地点要明确，头脑里要有一张大致的地图，要能看出汽车行驶的大致位置。

来到机场候机厅，我想用剩下的最后70比尔吃顿早餐，谁知餐厅里的一块蛋糕就要80比尔（约25元）。我只好在商店里，买了一个小面包外加一根香蕉，花光了所有的埃塞俄比亚比尔。

中午12：30，在晚点两个多小时后，我搭乘KQ401航班飞往肯尼亚首都内罗毕，然后转飞坦桑尼亚的达累斯萨拉姆。

来到达累斯萨拉姆机场入境大厅，工作人员拦住我要看黄皮书（黄热病预防接种证书），我早有准备，她看了一下然后放行。

接下来办理落地签证手续，似乎所有外国人都要办理。先拍照，再留指纹，然后交纳50美元的费用，这是该国的一项外汇收入。拿到护照我一看哪有什么签证啊，只是在入境章旁边标上有效逗留日期。其实贴不贴纸质签证都一样，控制逗留时间就可以，还能节省制作签证纸的费用。

入关后兑换当地货币，我兑换了200美元，一下子得到440 000先令，我立刻成为拥有44万的大款，这么多先令使我的钱包根本就放不下，只好放在背包里。我需要尽快熟悉先令币值的概念，这样才能正确地使用这种大数字的钞票。

我在网上预订的旅馆离机场很近，这样方便明天凌晨搭乘飞机。这家旅馆的单人间每晚17 000先令（约54元），这里并没有如网上显示的那样有Wi-Fi，属于弄虚作假，使我无法上网查询信息。

第104天（2月12日） 感受非洲的互联网

今天由达累斯萨拉姆飞往坦桑尼亚西北部城市姆万扎。

凌晨4：00起床，我步行来到达累斯萨拉姆国际机场。这个机场很小，新的航站楼正在旁边建设中。

换好登机牌，我来到候机厅休息。明天准备前往卢旺达，此时我还不知道卢旺达及首都基加利英文名称的准确写法，这样会带来许多困难，正好可以在机场免费上网查询一番。可是网上去了，还没查到相关信息就掉线了，再也上不去了。我感到很无奈，抬头一看候机厅内的商店有卖书的，如果这里有地图同样可以查到。我进去一看果真有东非地图，这样才把需要的词汇查清楚。

早上6：00，我搭乘的Fastjet航空公司的FN141航班准时起飞，此时太阳刚刚露头。一个多小时后，飞机降落在姆万扎。这个机场建在美丽的维多利亚湖畔，只是机场很小。

我在飞机降落前，从飞机上看到机场外面的马路上有几辆面包车在待客，看来这里有通往市中心的公交车。出了机场我上了一辆即将开出的面包车，上了车我才发现这里停的车有不同的线路，我跟售票员说去长途汽车站，这辆车终点就是汽车站，车费500先令（约1.5元）。这辆车从头到尾大约有20公里，当地的交通工具真便宜。一路上与当地人坐在一辆车内，感觉这里的黑种人挺朴实，毕竟这里比较偏远，远离旅游胜地。

到达位于城南的长途汽车站，车门一开立刻围上来一帮黑种人青年，都是为了招揽乘客。这里看上去没有通常长途汽车站的样子，没有售票厅和候车厅，只有一排房子作为各家汽车公司的售票点，屋外的土场地上是大客车的停车位，乘客在这里上下车，看上去有点杂乱。

我进入一家汽车公司的售票房间，询问前往卢旺达的车，得到的答复是这里没有直达卢旺达的汽车。这下我必须查看一下地图，确定前往哪里，然后转车去卢旺达。我问："哪里有地图？"一个揽客的小伙主动带我去其他售票点，果然看到一张挂在墙上的地图。看过地图后，我决定先乘车到坦桑尼亚边境小城NGARA，一问今天没有车，只有等到明天早上。我问这个小伙："这里有便宜的旅馆吗？"他说："有。"我又问："一晚上多少钱？"答："15 000先令。"我一听就让他带我去。

来到这家旅馆，我一看条件不错，包含桌子和沙发的标准间，每晚20 000先令（约63元），于是决定入住这里。我付给旅馆20 000先令，旅馆给了这个小伙5000先令，这些费用是房价的四分之一，看来这个标间每晚只有45.7元，真便宜。只是这里没有Wi-Fi。我问旅馆的女服务员哪里有Wi-Fi，她不懂什么是Wi-Fi，一脸茫然，看来这里的人从来不上网，与互联网没有关系。旅馆里的男主管总算知道Wi-Fi，他说这一带都没有Wi-Fi，要到市中心才有。可见这里相当落后，当地人连手机都没有。

中午，我在这家旅馆的餐厅吃午餐，这里的环境挺好，关键是厨房比较干净，不像有的地方苍蝇满天飞。我要了一份羊肉和米饭，4000先令（约12.5元），口味挺好，在非洲能吃到这样的饭菜也挺不容易。令人印象深刻的是，这里有一项挺特别的服务：吃饭前女孩端着盆，拎着水壶和肥皂，来到客人座位跟前，一手拎着壶为客人浇水洗手，另一只手拿着盆接水。第一次这样洗手，我有一种被丫鬟伺候的感觉。

坦桑尼亚是联合国公布的世界上最不发达国家之一，是个以农业为主的国家。姆万扎是坦桑尼亚第二大城市，位于该国西北部维多利亚湖南岸，是一座湖港城市，经济发展尚可，但是基础设施比较落后。

下午，我要到姆万扎市中心，找个有互联网的地方上网，主要是给家人发信息，报平安，并告知家人我将前往非洲偏远的国家和地区，那里基本没有互联网，暂时消失一段时间。顺便上网查询信息，为接下来几天的旅行提供帮助。

我带上笔记本电脑和照相机就出发了。市中心在机场和长途汽车站之间，两边各将近10公里，不知道汽车站为什么隔着这么远。为了节省时间，我没有乘坐小客车，而是乘坐摩的，费用是4000先令（约12.5元）。

到达市中心，我先在街上转了转，这里虽然经济比较落后，但比吉布提好多了，城市比较漂亮，也比较干净，这与较好的气候环境有关。然后我开始寻找网络，我看到一家有赌场的酒店，进去询问Wi-Fi，答复只有客房才有。我又来到一家可能是全市最好的4星级酒店，这里大堂的咖啡厅有Wi-Fi，但要付费。我交了5000先令（约15元），酒店服务员给了我一个上网的密码，而且上网时间有限。

我既要跟家里联系还要查询信息，并且复制一些离线地图，时间非常紧。天已经黑了，我还要赶回10公里以外的旅馆，这段路可不是城市里有路灯的马路，而是乡村公路。

返回的时候，为了安全起见，我准备乘坐汽车，但此时已经等不到汽车，我只好再次乘坐摩的。夜晚，行驶在非洲农村公路上，光线非常暗，我不断提醒小伙开慢点。这小伙开得比较稳，始终没有开快，黑暗中平安返回旅馆。

第105天（2月13日） 热情相助的卢旺达人

今天离开坦桑尼亚，前往非洲小国卢旺达。

早上5：00，旅馆服务员敲门叫醒了我，昨晚我只是跟服务员说要早出门，旅馆就提前安排叫早，这家旅馆的服务挺周到。

我来到长途汽车站，这里早就热闹起来，许多大巴车停在车站内的场地上，各方旅客纷纷汇入车站，揽客的人更是东跑西颠。

我上了开往NGARA的车，6点一到大巴车驶出车站，向市内方向驶去，不一会就来到渡船码头。维多利亚湖在姆万扎这里有一处长长的湖湾，汽车从这里摆渡过去可以少走许多路。旅客自己买过渡的船票，1000先令（约3元）。

大巴车行驶在没有铺装的土路上，扬起的灰尘使路边的学生躲得老远。大巴车一路向西驶去，这里并不荒凉，到处生长着玉米和少量水稻，但是显得比较贫穷，特别是这里的民居又小又破，想必屋内没有什么像样的物品。这里的房子大多数是用土砖坯建造，还有用泥土建造的更为简陋的房子。

用没有烧过的土砖坯建起的房屋缺乏耐久性，这里的农户就自己烧砖：将土砖坯磊成中空的简易砖窑，点燃里面的木柴等燃料，这样烧制成颜色与质地非常不均匀的砖。用这些砖建造的房子，墙体的颜色都不一致，但房子相对结实耐用一些。这里连烧砖都需要农民自己动手，缺少必要的社会分工，生产力处于非常低的水平。

这里的人看上去很早结婚，许多年轻的女孩已经是孩子的母亲，而且连着生几个。这里的女人很辛苦，有不少背着很小的孩子在田里劳作，这些孩子跟着母亲一起在阳光下暴晒，晒晕了就倒在妈妈的背上睡觉。这样的场景挺多，看上去挺可怜，这里的孩子一定不缺钙。幼小的孩子能抗晒，成年男人就更不在话下，烈日下干体力活的黑种人，基本上不戴帽子，皮肤不用担心被晒伤。

由于大巴车比较旧，密封性不好，行驶在坑坑洼洼的土路上时，上下颠簸，车内弥漫着尘土。车窗上没有窗帘，烈日射入车内使人感到燥热。这与行驶在沙漠中同样炎热的智利和秘鲁相比，差别太大了，这就是非洲。

这辆车上包括我一共有6个外国人：两个丹麦人，两个德国人，一个日本人，一个中国人。下午2：30，大巴车到达离边境还有一段距离的小镇上，我看到这些老外下了车，我也跟着下车。我和两个丹麦人两个德国人一起拼了一辆车，直接开过边境，来到卢旺达一侧的检查站。

这个检查站设施比较好，比南美洲的智利、阿根廷的都要好。我们来到办理落地签的房间，墙上贴着办理流程，显得比较正规。这里是联合办公，先到坦桑尼亚的窗口办理离境手续，然后到卢旺达这边的3个窗口，分别办理递交网上申请回执单、缴费、盖签证章等手续。只是这里的办事效率较低，人很少却用了半个多小时。

卢旺达这边口岸有公共汽车，坐上车可以直达首都基加利，车型是日本丰田旅行车，车况很好。我当初以为这是为了接送出入境的旅客，实际上整个卢旺达国内都有这种客车在运营，显得比较上档次。上车买票时看到这里的售票员手上拿着类似POS机一样的售票机，这样可记录每一笔费用。由于我没有卢旺达法郎，就用10 000坦桑尼亚先令（约30元）买了车票。

卢旺达是非洲的一个内陆国家，位于非洲中东部赤道南侧，国土面积26 338平方公里，境内多山，有"千丘之国"的称谓。一路上景色优美，这里的山不算高，也不陡峭，岩石呈现红颜色，土壤多数也是红颜色，到处是绿色植被和农作物，山谷低地是大片的稻田。这里的住房明显好于坦桑尼亚，村子里有集中供水点，保障了居民饮水健康。这里的公路路况比较好，路面平整，车速比较快。每隔一段距离就有一个汽车站，汽车都要进站上下客，方便了乘车人，但车辆的平均速度不高，好在卢旺达面积很小，慢也慢不了多少。

卢旺达是个落后的农牧业国家，被联合国确定为世界上最不发达国家之一。农牧业人口占全国人口的92%。由于人口增长过快和战争影响，粮食自给不足，年缺粮30%左右。1994年的内战和大屠杀使得卢旺达的经济崩溃。我很早以前就知道发生在卢旺达的大屠杀，使得来之前对这里并没有多少好印象。

但进入卢旺达以后的最初印象比想象的要好，这里可以看到欧盟在援助该国，路边有德国援建的医疗机构，西方人的观念在影响着这里。

夜色中旅行车驶入首都基加利，这座城市处于山丘之中，只是黑暗中看不清城市的容貌。下了车，我没有卢旺达法郎，入境时没有看到兑换钱的地方，所以首先需要换钱。

在汽车站附近，我转了一圈，找不到可以换钱的地方。我看到一个穿着西装的当地人，就问道："请问哪里能兑换钱？"他很热情，带着我去找。需要搭乘一段摩的，他帮我付了摩的钱。到了一家银行，那里还未下班，顺利兑换到了卢旺达法郎。我又问哪里有便宜的旅馆，他带着我步行返回汽车站附近，找到一家不错的旅馆，每晚25 000法郎（约210元），虽然有点贵，但时间已经不早了，先住下明天再说。

我在旅馆的露天餐厅想请他一起吃晚饭，他不肯，他说："我们一起喝点啤酒我就回家，我家离这里很近。"我点了晚餐和两瓶啤酒，我陪着这位卢旺达朋友边喝边聊，我说："我感觉卢旺达在有些方面比坦桑尼亚要好，至少从一路上看到的情况是这样。"他说："一是目前卢旺达有一个好政府，二是卢旺达人比较努力。"确实如此，从卢旺达新政府成立后，采取了下放权力，发行新货币等一系列恢复经济的措施，经济逐年增长，国家重建初见成效，经济不仅超过战前水平，而且有了较大的发展。

我说起明天想去参观卢旺达大屠杀纪念馆，提到这件事，对有过经历的卢旺达人来说都饱含深深的痛，我从他的表情中就能看出来。他短暂地停顿后说："确实太惨了，当时是冲到人家家里杀人。"他给我在纸上写了纪念馆名称和地址，让我拿给摩的司机看。我对他的帮助表示感谢，也感受到现在卢旺达人的精神面貌，正是这样的卢旺达人，才使得卢旺达摆脱战争的影响，变得越来越好。

第106天（2月14日） 人类残酷的一面

清晨，我来到旅馆顶层的露台，欣赏基加利的风光。我住的地方靠近机场，山地城市景色比较漂亮，山上是连片的民居，山下平坦的地方是绿色的农田。

上午开始基加利城市游览，首先去参观卢旺达大屠杀纪念馆。我叫了一辆摩的，给他看写有纪念馆名称的纸条，他把我送到后一看，不是纪念馆。我给围上来的许多摩的司机看纸条，还有一个路过的女青年，他们都不知道这是什么地方。我又在纸上写下日期"1994.4.7"的字样来提示他们，他们还是弄不清楚。看来卢旺达的年轻人没有把大屠杀的事情铭记下来，或者根本就没想记住它，20多年前发生的悲惨事件，经历过的人都不愿意提及，更别说年轻人了。

又过来一辆摩的，这个司机一看便知道，开价700法郎（约6元）。我立刻坐上他的摩托车，来到并不远的纪念馆。

卢旺达大屠杀纪念馆位于基加利郊区的一座山上，与主城区所在的山头相对着。这里免费参观，当我要进入时，工作人员看我带着相机，说若要拍照需付20美金。我一想大老远来了，付就付吧。

进入纪念馆先看了一段录像，都是后来当事人的一些回忆，没有大屠杀当时的镜头。其实也不可能有当时的录像，这么穷的地方哪里有摄像机啊，再说谁能在现场摄像啊。

我先进入展馆的一层参观，这里大致分三个时间段进行展示和介绍：先是大屠杀之前卢旺达的状况，再介绍大屠杀发生的过程，以及大屠杀发生以后的情况。

卢旺达大屠杀是该国政治与民族矛盾激化而导致的，如此大规模的种族屠杀，展现了人类残酷的一面，是人类历史最黑暗的一幕，令卢旺达人不堪回首。卢旺达在两个多月的时间里，有将近100万人死于这场屠杀，这是最严重的人道主义危机。

　　纪念馆的二层展出了发生在世界各地的大屠杀事件，包括二战时期德国纳粹对犹太人的大屠杀，20世纪70年代，柬埔寨红色高棉进行的大屠杀，20世纪90年代，波黑内战发生的大屠杀。但是，这里却忽略了二战前期发生的侵华日军南京大屠杀。日本始终不承认南京大屠杀，西方人因为与日本有着所谓相同的价值观，因而有意无意地忽略南京大屠杀，他们选择性地忘记这段历史，采用的是双重标准，这本身也是人类残酷的一面。很可能受到西方的影响，这里的展览中没有展现南京大屠杀。如果有留言，我会提醒他们：不应遗忘侵华日军南京大屠杀这段悲惨的历史。

　　在这个展览馆外面，埋葬着25万卢旺达人的尸骨，留给人类深刻的历史教训：民族问题只能融合，只能和解，不能分裂，不能挑拨，不能激化矛盾。现在的卢旺达人忌讳谈论大屠杀事件，忌讳谈论民族问题，这段惨痛的历史是整个国家的痛。1994年后，为了消除大屠杀带来的民族隔阂，增强国家凝聚力，政府倡导民族和解，通过淡化民族观念来化解矛盾。现在卢旺达不再区分民族，统一称卢旺达人。

　　今天在纪念馆里正在举行一场国际会议，主题肯定与大屠杀有关。来这里参观的人并不多，主要是外国人，而当地人想的是早点忘掉这悲惨的一幕。

　　离开时，我叫了辆摩的，指着对面山上的主城说："去那里。"摩托车先下山再上山，转了几个弯后，来到主城区。这里是基加利的CBD，高楼大厦比较多，在这片区域里，道路整洁干净，绿化良好，有不少漂亮的建筑，有一些现代气息。

　　我继续向前走，越走越显得安静，这里有几家高档酒店，其中有华美达酒店。这家酒店对面就是中国驻卢旺达大使馆，此时正是休息时间，申请签证的地方关着门。继续向前是普通居民区，离开大路，我拐入一条小街，这里是贫民区，街道两侧房屋破旧，街道全是土路，下水道里传出阵阵臭气。

　　我叫了一辆摩的返回旅馆，接近住地时，看到路边有一家中餐馆，我感到有些惊奇，可能是这里良好的治安才有人来此开饭馆。

进入这家中餐馆，总算在遥远的非洲小国见到了中国人，我和老板用中文交流起来有种亲切感。我要了一份鸡蛋炒饭，3000法郎（约25元）。基加利看起来餐馆比较少，即使是当地人吃饭的地方也不多见，毕竟这里仍然比较贫穷。

基加利是个非常年轻的城市，是卢旺达的政治、经济、文化中心。这里有人口120万，其中70%住在郊区。这里气候宜人，市容比较整洁，交通有序，虽然摩的很多，但是一点也不混乱。人们朴实友善，时常有人向你问好。这里治安良好，被认为是非洲最安全的首都之一，并且在2008年成为非洲首个获得"联合国人居奖"的城市。

第107天（2月15日） 入境布隆迪遇警察索要小费

今天离开卢旺达，前往非洲小国布隆迪。

上午我来到基加利汽车西站，这里比汽车东站大得多，车站里停满了驶往各地的车辆，到处是熙熙攘攘的人群。我花了3200法郎（约28元），买了一张车票，坐上开往卢旺达与布隆迪边境口岸的汽车。

下午2：30，到达边境口岸，先在卢旺达这边盖出境章，再把卢旺达法郎兑换成布隆迪法郎，然后步行走过两国的界河，来到布隆迪办理落地签证。

我把护照递到窗口，警察看到我的中国护照后放到一边，对我说："你先等一下。"然后给我身后的人办理手续。我一看这般情形，就知道准没好事，肯定想索要小费。我看到有来自欧美国家的白人老外，顺利过关，看来有点专门针对中国人的意思。

等所有人都走了，这个警察把我的护照交给坐在外面的一个当官的。这个当官的看起来挺客气，他让我和他一起坐下，然后和我聊了起来。先问我到布隆迪来干什么、待几天、离开布隆迪后去哪里等一些简单的问题。接着转入主题，他说："我们国家很穷，我们的收入非常低，你们中国朋友应该支持我们一点钱。"我曾经遇到过索要小费的，但没有遇到这么温柔的。

我最讨厌这种索要小费的情况，只要能够拖，我都尽量拖，能不给就不给。今天遇到的情况有所不同：这里不是机场那种正规口岸，而是陆上边境口岸，再往后拖如果没有了过境旅客，剩下的全是这帮人，他们要想找点麻烦还不容易吗？或者不让我入境，或者查我有什么违禁品，说不定遇到抢劫他们都不管。另外，我要抓紧时间在天黑以前赶到一百多公里外的首都。

没办法，在这种情况下只能听他们摆布，可是这个当官的问我要30美元，我一听感到太多了，就跟他还价："我没有多少钱，20美元行不行？"他不同意。最后，只好由着他，全当交签证费吧。

由于我已经与这个当官的交谈过了，过关的时候，其他当兵的没有要求我开包检查，这就是给钱以后的待遇。

布隆迪这边没有公共汽车，只有出租车，可以四人合乘，这样便宜些。我在这里等了好久才凑足4个人，每人20 000布隆迪法郎（约50元），前往离这里有115公里的布隆迪首都布琼布拉。

布隆迪位于非洲中东部赤道南侧，北面与卢旺达接壤，东、南面与坦桑尼亚交界，西部与刚果（金）为邻。境内多高原和山地，国土大部分由东非大裂谷东侧高原构成，全国平均海拔1600米，有"山国"之称。

来到布隆迪后，立刻感到这里的山比卢旺达要高，公路路况还算可以，就是坡度要大一些，弯道多一些。这里仍然是满目翠绿，山间田野上长满了农作物，田里从事农业劳动的大部分是女人。虽然到处是绿色，但一眼看上去布隆迪明显比卢旺达更加贫困。

布隆迪是个农牧业国，是联合国宣布的世界上最不发达国家之一，发展经济的困难在于国家小，人口多，资源贫乏，无出海口。由于农业基础设施落后，抵御自然灾害的能力低。该国70%的收入来自农业，一路上看到许多农民将农产品摆在路边售卖，有水果、蔬菜等，但似乎很难卖出去，收入非常有限。

在布隆迪农村，许多男人依靠自行车进行货物运输，而女人则依靠头顶搬运各种物品，有时是很大一捆木柴。

一路上看到布隆迪的小伙子非常艰辛，非常能吃苦，用自行车运输各种货物，在到处是陡坡的公路上，骑自行车运输是非常困难的。我在布隆迪的公路上，见识了一幕幕非常惊险如同上演杂技般的自行车公路运输：这些骑自行车运送货物的小伙，坐在自行车的大梁上，一手扶着车把，一手抓住大货车的尾部，借助汽车的动力行驶在上坡路段。

我最初看到时，不敢相信这是真的，如果前面大货车一个急刹车，后面的人和自行车就会撞向大货车，那样会很惨。这时，前方出现三辆自行车同时抓在大货车后部行驶的场景，只见汽车一个减速，有两辆自行车立刻倒了下来。好在速度不快，旁边的人帮忙把他们扶起后，又继续抓在车尾骑行。看过这种惊险的场景，我才看出点门道，原来这些扒车场景都是在上陡坡的路段，而且卡车司机配合着自行车，怪不得这些小伙敢于这样玩特技。而下坡的时候，自行车就各自狂奔。

到达布琼布拉已经是晚上6点，在市中心，我很快找到一家酒店，单人标间，每晚81 000法郎（约205元），价格比较贵，条件一般，反正在这里只住一晚。

第108天（2月16日） 朴实善良的布隆迪人

早上我来到酒店顶层的阳台上，俯瞰布琼布拉整个城市，由于云层较厚，坦葛尼喀湖西岸的刚果共和国和火山都看不见，湖面上闪电不断，看上去大雨就要来了。城市东面的山景比较清晰，许多民房都建到了半山上。此时城市非常宁静，汽车和行人很少，整个城市绿意盎然，这都得益于坦葛尼喀湖提供的大量水气而产生的降雨。

坦葛尼喀湖是东非大裂谷中的一个湖泊，是一个非常狭长的湖泊，湖水最大深度达1600米，仅次于俄罗斯的贝加尔湖，名列世界第二，布琼布拉就建在湖边。

吃过早餐，我抓紧时间去游览坦葛尼喀湖。我步行大约一公里来到湖边，此时风很大，由湖中吹向陆地，大风使得湖面上浪花阵阵，吹在身上感觉挺舒爽。

我沿着湖边的道路向北行走，只见前方有车辆停在路边，一群人站在路边观望，我以为出了交通事故。走近一看，原来是湖中的一匹河马爬上岸来，正在岸边吃草。像我这种外国人看见这种场景感到很稀奇，而当地人同样非常稀奇，开汽车的，骑自行车的，还有行人纷纷聚在路边观赏，并用手机拍照，看来河马出现在市区非常罕见。

我从介绍资料中得知该湖中有河马，没想到刚刚来到湖边就遇上了。这匹河马个头挺大，属于成年河马，只顾低头吃草，全然不顾那么多人在一边围观，偶尔用眼睛朝人群看上一眼。这时天上突然下起大雨，这里没地方可以避雨，人群四散，我刚想离开这里，一辆小轿车上的男主人喊我上车。上车后，男主人对我说："先送小孩上学，再送你回旅馆。"我说："不用，我住的旅馆不远。"车没开出多远雨就停了，我致谢后下了车。车的主人看上去像是布隆迪的白领阶层，此举让人感动，还是那句话：这个世界上哪里都是好人多。

我又返回到河马吃草的地方，拍了一些照片，此时观看的人一拨接着一拨。由于时间比较紧，我今天还要赶路，无法继续在这里游览，只好离开湖边往回走。

布琼布拉城市不大，也不繁华，主城区比较安静，还算整洁，这里有好几座清真寺。我在街上走着，看见七八个青年在街边坐着发呆，全都在看着我，我就主动招手和他们打招呼。谁知他们几乎同时伸出手来也向我打招呼，如此同步，可见当地人内心很简单，很朴实，他们同时在注视着我这个外国人，回应我的方式几乎完全一致，没有一个爱答不理的。

来到旅馆附近，有个黑种人看到我背着照相机，就要求我给他拍张照片，拍完后他想要照片，我说你把电子邮箱给我，回去后我发给你。他一听就没办法了，其实我也是白说，这里有几家有电脑，有几个地方能上网啊，我因无法满足他感到挺遗憾。

在这个小而贫穷的国家，我准备逗留两天两晚，今天要赶往布隆迪最南部的小城马卡巴，在那里住一晚，明天再次前往坦桑尼亚。

我步行来到大市场，询问路人去马卡巴在哪里乘车，这个人非常热情，他带着我来到附近的小巴车站，告诉车上的售票员我要去乘长途车，前往马卡巴。我向他表示感谢，再次感到普通布隆迪人的热情和乐于助人。

来到一处不起眼的路边长途车站，我登上开往马卡巴的汽车。由布琼布拉到布隆迪最南部的马卡巴大约有180公里，大部分线路沿着坦葛尼喀湖行进。一路上左边是青山，右边是绿水，只是天气不大好，看不清湖对岸的刚果。

离开布琼布拉没多久，道路变得到处坑坑洼洼，破烂不堪，客车不时或左或右避让路上的坑洞，避让不过就刹车，令人非常不舒服。司机时常把车开到路的边缘，甚至影响到路边行人正常行走，吓得许多路人赶快避让。即使这样，几乎没有一个人骂骂咧咧或表示不满，可见这里的农村人本分、老实、善良。

一路上有个独特的"风景"，那就是沿线到处是持枪警察拦车检查，密度大的地方好像隔几公里就有一处。路上的警察有时挥手拦车，有时用绳子横在路中间，有时用带刺的铁丝网拦路。拦下车后一般查看司机的证件，或者打开汽车后厢盖检查，有的只是往车里看上一眼。像这样的检查，一路上至少遇到七八次，不知出于什么目的，这里很多年前曾经是个战乱的国家。

下午3：30，到达马卡巴，我一看这里不像个小城市的样子，就是个农村集镇，没什么可看的，找个住的地方可能都不容易，没必要在此停留。我一看时间还早，决定过境前往坦桑尼亚的基戈马。

基戈马是坦桑尼亚最西部的边境小城，我先到长途汽车站，买好明天前往姆迈扎的车票，票价31 000先令（约98元），并在车站附近找到一家旅馆，

15 000先令（约48元）。

　　我来到小城中心转转，这里有一个老火车站，对着火车站是一条主要街道，离开这里不管朝哪个方向，走不了多远就是农村。由于这里同样濒临坦葛尼喀湖，降雨较多，到处都是绿水青山，绿意盎然。我想在市中心找个餐厅吃晚饭，结果没有一个像样的餐馆，我只好在街边的小摊上吃了一份炸土豆条和鸡蛋。然后在水果摊上买了西瓜和香蕉，用水果来犒劳自己。

第109天（2月17日）　令人怜悯的非洲女孩

　　凌晨5：30，我来到基戈马长途汽车站，这个车站的客流量不大，早上6：00发出的大巴车不超过10辆。

　　这里的人们习惯于很早发车，基本上都是早上6点，有的还要早，朝发夕至。这里似乎还保留着一些原始农耕习惯，日出而作，日落而息。晚上偏远的农村没有什么娱乐活动，连电视也没有，天黑了就上床睡觉，因此这里的孩子特别多。

　　我乘坐的开往姆万扎的大巴车，在黑暗中向东驶去。太阳出来了，照射在满目苍绿的非洲原野上，广阔的绿野中一条暗红色的道路伸向远方，看上去非常漂亮。早上刚下过雨，红土道路处于湿润状态，汽车行驶在上面没有一点尘土。

　　我在车上边欣赏一路的美景，边享受着雨后充满植物芳香的纯净空气。虽然车内非常拥挤，大客车的座位间距非常小，坐在里面并不舒服，但看着美景，呼吸着清新空气，一切都融入在愉悦的旅行中。

　　坐在我旁边的是个黑种人女孩，好像不足20岁，但已经是孩子的妈妈了。她独自带着两个包，背着未满周岁的孩子，看上去身体瘦弱，脸上显得非常憔悴。这种场景在非洲很容易见到，十几岁当妈妈似乎很正常。

　　将近8点，我拿出自带的食物，并分给她一个面包，她来者不拒，接过来就吃，看来她已经很饿了。她很快就把面包吃完了，我又给她一个，她不再吃，而是把面包放入包里，似乎她要留到中午，或许给她的孩子吃一点。她怀里的孩子醒了，她立刻给孩子喂奶。孩子吸吮了没多长时间，就把她给吸干了，此情此景，让人心生怜悯。这种场景反映出非洲人的艰辛，特别是非洲女人生活的不易。她们生下很多孩子，让孩子带孩子，时常可以见到四五岁的孩子身上背着不满一岁的孩子。

在这个非洲女孩要下车的时候，我把上海张先生留给我的一包压缩饼干也给了她，这时在她没有表情的脸上才有了一丝笑容，下车时她跟我打了个招呼。

在坦桑尼亚的公路上，有时会有身穿白色制服的警察上车检查，他们比较文明礼貌，上车后对车内人先说一些文明用语，乘客予以回应。虽然这里的人们比较贫穷，但本分与文明礼貌程度并不差。

而在早上最初行驶中，却遇到不穿警服的"土警察"上车检查。我看到我身边的女孩提前拿出身份证，一个人检查到我们这一排，他扫了一眼女孩的身份证后，向我要护照。我把护照拿给他，并把签证页找给他看。他问我一些听不懂的问题，我说："听不懂。"他就把我的护照交给在大巴车前面他的上司，然后让我到前面去。在这拥挤的车内，我要站起来走到前面十分不便，身边的女孩需要抱起孩子给我让地方。我来到前面，这个身着普通服装的"土警察"问了我一些问题，无非就是从哪来？到哪去？来干什么？然后看看签证，就把护照还给我。我感到这个"土警察"就是想在其他人面前显示一下他的权威，过一把当官的瘾。这样的"土警察"与着装警察形成鲜明对照。

大巴车原定下午6点到达姆万扎，由于停车次数多，加上辆车比较老旧，有故障，车速慢，一直到晚上8：40才到达，全程用时14小时40分钟，我估计如果是小轿车，只需一半的时间就能赶到。在非洲旅行，要考虑这些因素，把时间放宽点，在这里你想坐夜车都没有，只能起早带晚。

第110天（2月18日）　体验坦桑尼亚低廉的生活

一觉睡到上午8：30，缓和了几天来早起晚睡带来的睡眠不足和旅行疲劳。

我来到姆万扎汽车站站前广场，在黄土地的广场上，当地人随地摆设了许多饮食摊点。妇女们有的在和面，有的在做米饭，有的在烧肉汤，有的在烙饼，有的在洗菜。虽然看上去到处是盆盆罐罐，但餐具用过后都用洗洁精洗刷，只要熟食不用脏手抓，没有苍蝇叮过，应该还算卫生。

见到我走过来，小摊的女主人对我说"Welcome"（欢迎），我顿时感到这里的黑种人妇女挺有礼貌，还会说英语，有了一些好感，随即决定在这里吃顿早饭。

我坐在不怎么稳的长木凳上，要了三张刚出锅的烙饼。这时一个妇女一手端着盆，一手拎着壶，来到我身边，她又浇水又接水，帮助我洗手，被伺候的感觉挺好。吃着松软的薄饼，这味道与中国北方的烙饼非常相似，非常可口。

虽然这里的环境不怎么样，汽车驶过时还会扬起灰尘，但这里感受到的是地地道道的当地饮食，是一次坦桑尼亚西部民间生活的体验，这与在餐馆里吃饭有着不一样的感受。吃完饭付钱，一共600先令（约1.8元），这比面包好吃多了（不是面包不好吃，而是吃得太频繁），而且非常便宜，体验到了当地人的低廉生活。

中午12：00退房后，我再次来到早上吃早餐的地摊上，想再次体验一下这里超便宜的餐食。女人们早已忙好了午餐，烧木炭的小炉子有的已经空下来，就等食客前来。这里所有经营餐食的摊点全部使用烧木炭的小炉子，这里没有液化气炉，所以在农村烧制、经销、运输木炭的人很多。

我坐在小桌跟前，要了份牛肉、蔬菜和米饭。饭菜上来后，一个妇女照旧端盆浇水帮我洗手，洗完手还帮我把吃饭的勺子用水冲了一下。在国内再高档的酒店也没有服务员端盆浇水帮你洗手，而这里小地摊上就有人伺候你。牛肉烧得不太烂，味道还凑合，蔬菜吃起来类似中国的苋菜，只是颜色是绿色的，挺好吃，总的来说不亚于中国的盒饭。

这时又来了两个当地人，不像是干体力活的，有点像做生意的。其中一个人要了饭菜后，妇女同样帮他洗了手，只不过他只洗了右手的三个手指。然后用勺子把米饭和蔬菜拌了一下，接着用三个手指抓起饭菜往嘴里送，看来用手抓饭吃比较香。另一个人，饭菜上来后，直接用手抓起来就吃，连手都不洗，丝毫不顾及卫生。

吃完饭，我问多少钱？一个妇女说2000先令（约6元），又有一个看上去像是当家的说3000先令（约9元）。我想：我这个外国人，早上已经享受了当地人的待遇，3000就3000吧，吃得舒服卫生就行。

下午，我乘坐面包车来到市中心，找到一家相对便宜的旅馆。老板看我是个外国人，开价40 000先令，我说："30 000先令可以吗？"老板答应了，这样单室间以95元成交，只是这里仍然没有Wi-Fi，已经连着好几天过着没有网络的日子。

放下背包，我向着城市西边美丽的维多利亚湖走去，这里有一个漂亮的湖滨公园。进入公园要付5000先令（约15.5元），但并没有售票处，而是付给这里的一个人。当地人进入公园不用付钱，我这个唯一的外国人无法再次享受当地人的待遇，谁让我的皮肤比这里所有的人都白呢。

我付了钱，进入仅用一根绳子拦着的湖滨公园。在湖滨公园的草地上，有许多大鸟——秃鹳，它们在悠闲地休息、发呆，只要你走近，它们就离开，只能与它们保持一段距离。只是这种大鸟长得有点丑，经常吃动物尸体和垃圾。晚上有的在树上睡觉，有的就在突出的高大石头上休息。湖边有黑种人在光着身子洗澡，除了这点不好看，其他都很美。

这里浑圆的花岗岩巨石，以各种外形、各种形态矗立在湖岸边和湖水中，显得非常漂亮。中国海南三亚的天涯海角景区，刻有"天涯"和"海角"的巨石，根本没法和这里相比。只不过这里是非洲的姆万扎，巨石奇石太多了，人们不以为然，没有人在巨石上刻字，这里没有这种文化传统，很少有专门到这里游览观光的人。如果放在中国，一定会充分利用这些形态各异的巨石，打造成一处五星级景点，吸引众多的游人。

在这里的岩石上，随时可见蜥蜴，有些是灰色的，有些是红色的。湖中不时有渡轮往返于湖湾两岸，各种飞鸟落在湖中的巨石上休息，湖水衬托着巨石，岸边是绿草和树木，整个湖滨风光非常诱人。

湖边有一些当地人在钓鱼，有划着草船钓鱼的，也有用一卷鱼线钓鱼的，不管是谁都有收获，因为这湖中的鱼太多了，非常好钓。只是这里的人们消费不了太多的湖鱼，要是在中国湖里的鱼早就被捕捞得差不多了。

这次环球旅行遇到两个维多利亚，一个是伦敦的维多利亚火车站，一个是非洲最大的维多利亚湖，这些都是以英国女王的名字命名的。夕阳西照，湖边的景色更美了。有人在这里拍婚纱照，有人在这里卖捕来的鱼，有来这里唱歌的年轻人，也有来这里休闲放松的当地人。

晚上，我在旅馆附近随便吃了点饭，然后买了一个西瓜，昨天晚上吃西瓜吃上瘾了。坦桑尼亚的地产水果挺多，价格非常便宜，要是当地人购买可能会更加便宜。

第111天（2月19日）　人生第一次享受头等舱

今天上午用半天时间，游览维多利亚湖湖边的鱼码头。

我来到湖边一看，原来这里是个综合码头，有货场、仓库、服务区等设施，只是非常简陋。整个大湖区范围的人们，通过成本较低的水运方式，以近似直线距离抵达姆万扎，实现人员与货物的流动，从而带动当地经济的发展。

在这里没有看到鲜鱼，全是咸鱼或者鱼干，许多漂亮的大鱼用盐淹过后已经发黄，一点新鲜感都没有，这与当地的运输能力和冷藏能力有关。由于经济与技术条件所限，渔民捕获的鱼不能及时运输到市场上销售，也不能及时进行冷藏储存，所以只能用盐把大量的鱼腌起来。看上去真可惜，那么好的鱼，腌了以后又不好看还有一股臭味，不知这么多没有看相的咸鱼卖到哪里去，我担心卖不掉。如果把这些鱼进行冷藏，会大大增加成本，可能更卖不出去。

这里同时也成了晾晒场，从湖中捕获的小鱼小虾，运到这里直接摊在场地上晾晒，制成干货出售。大量不足3厘米长的小鱼被捕捞上来非常可惜，为什么不能等这些鱼长大一点再捕捞呢？

秃鹳成为这里的常客，它们不怎么怕人，主要在于当地人的友善，基本上没人打扰它们，它们胆子越来越大，有的飞到案板上找食吃。近距离观看它们，那脑袋长得真丑，长长的嘴巴，它们渴了就到湖里喝水。虽然又丑又大，但它们的飞行能力并不差，翅膀张开有2米左右的翼展，只要向上一跃就能立刻飞起来。

这里同时是各种农副产品的转运中心，大宗的农产品是水果，尤其以香蕉为多。许多香蕉还未销售出去就已经熟了，农民们把这些熟香蕉一堆一堆出售，价钱极为便宜。我买了一小把香蕉尝了尝，自然熟的香蕉就是好吃，费用相当于几毛钱人民币，如果当地人在这里大量购买，一定极其便宜。有本事的尽管吃，尽管买，尽管带，只是这些成熟的香蕉能携带多少呢？

当地人烧火做饭使用的木炭也在这里卸船，销往城市各处。从事木炭搬运的黑种人非常辛苦，身背木炭的人身上满是汗水，这可是又苦又累又脏的活儿。

回到旅馆退房，然后乘面包车前往机场。我随手拦了一辆车，车内非常拥挤，没有空座位，站在里面腰都直不起来。我正打算换乘其他车时，一个人主动给我让座，这让我很感动，我向他致谢。在非洲的农村，淳朴的黑种人非常实在本分，虽然贫穷，但充满着善良。

中午11：55，我搭乘的FN144航班提前15分钟起飞，由姆万扎飞往达累斯萨拉姆。一路上天气晴朗，飞机下方的朵朵白云非常漂亮，就像漂浮在天空中的朵朵棉花。

今天的目标是要赶到坦桑尼亚桑给巴尔岛上的石头城，这是个理想目标。

由于很多天来无法上网，不知道每天有几班船，也不知道开船时间，只有尽快赶往码头。

来到码头得知，今天的快船只有下午4点最后一班，而且只剩下头等舱，要么就得等到明天。因为时间有限，我只得花钱买时间。这样我把往返船票一起买好，一共95美元（约合650元），虽然比较贵，但我在非洲的旅行计划可以全部实现，使得非洲之旅比较圆满。

开船后，服务人员来到我面前，询问需要什么饮料和食品，我要了水和点心。过一会儿服务员送来油炸素馅点心和饮用水，解决了我没有买水的问题。

船上头等舱的座位比飞机上的显得还要宽敞，半躺在上面看着电视，非常舒服。这是我人生第一次享受头等舱的待遇，以往乘坐那么多飞机和轮船，连一次商务舱也没沾过边，现在只需四百多块钱就能享受到头等舱的待遇，相对来说并不算贵。在船上的两个小时过得真快，还没充分享受就到了。

由于无法事先在网上查看桑给巴尔岛以及石头城地图，下了船，我无法确定具体位置，我询问一个当地人石头城的中心方向后，就朝那边走去。这个人一下就黏上了我，一直跟着我，不停地向我介绍这里的旅馆。

桑给巴尔岛的老城又叫石头城，这里房屋密集，街道狭窄，而且弯弯曲曲，第一次进入这里的人一时难以辨别方向。我看了一下太阳，即将落山，得赶紧找到住的地方，不能背着包去看海上落日，这么热的天会累出一身汗。我只好跟着这个人去找旅馆。他带我找到第三家才有空房，单人间，每晚20美元（约138元）。进入房间，放下背包，我要赶紧去看落日，这下还得让他尽快带我赶往海边。

他带着我七转八转来到海边，此时离太阳落入海平面还有5分钟。夕阳下的海滨到处是人，海中游泳嬉戏的孩子们玩得非常开心，海边等待观看落日或休闲的人们非常密集，外国人也不少。一会儿太阳接近海平面，由于这里空气非常洁净，太阳仍然很耀眼。这里位于赤道附近，太阳下落的速度非常快，短短一瞬间太阳就落入海中。

由于来时匆匆，没有来得及记下来时的路和旅馆名称，回去时还得需要这个人带一下路。路上他向我要20美元，我说太多了，他减到10美元，我还嫌多。到了旅馆，我付给他10 000先令（约31元），我觉得31元的带路费不算少。

桑给巴尔岛是穆斯林聚居区，岛上有不少清真寺，这里也有不少印度人。晚上我来到一家有点档次的印度餐馆，点了一份咖喱鱼和米饭，味道不错，价格比较高，19 000先令（约60元）。

第112天（2月20日） 独自享受印度洋的夜晚

早上7点，我来到石头城的农贸市场，本想欣赏一下这里的鱼市场，只是这里的鱼品并不多，很多摊位是空的，并没有见到别人游记中所说的大螃蟹之类的海鲜，可能这么早还不是时候。不过这里的牛肉生意非常红火，大量牛肉正在进入市场，各个摊位都在忙活着，满足当地穆斯林的需求。

我横穿整个石头城，白天随便乱窜不怕找不到地方，因为有足够的时间辨别位置。在一条小街上我看到一家早餐店，我进去要了两个油炸面球，一个煎鸡蛋饼，一杯咖啡，一共1600先令（约5元）享受到当地人的消费水平。

下午，我离开石头城前往桑给巴尔岛的东海岸游览。我先后坐了两趟公交车，行驶到PAJE这个邻近东海岸的村庄附近。这里看不到大海的影子，也看不出一点旅游度假区的迹象，连个广告牌之类的也没见到。司机停车后问我具体到哪里，我也说不出准确地点，我准备看见大海就下车。我说："我要去海滩，靠近海边的地方。"司机可能没听明白，然后转向北边开去。我在车里站着往外眺望，直到看见大海了，我才下了车。

下了车这里空荡荡的，根本不像旅游的地方，我朝着东边的村子走去，海滩就在穿过村子的方向。这个村子是个穆斯林聚居的地方，村里全是沙地，到处是白茫茫的。村里有一个小清真寺，喇叭里正播放着宣礼词。

穿过村子到达海滩，此时海水已经退潮，宽阔的海滩几乎没有人，这哪里是旅游度假的地方啊？我在谷歌地图上明明看到这里的海边有许多人家，还有旅馆、餐馆等设施，怎么看不到呢？在这贫困的村子里，连个吃饭、住宿的地方都没处找，这可咋办？

我朝着南北延绵数公里的海滩放眼望去，在南边两公里开外的天空上，隐隐约约看见许多滑翔伞在空中飘动。这告诉我那里就是PAJE游览度假区，住宿和餐馆等一定都在那边。后来我才知道在司机停车询问我的那个村庄下车，往里走就是，由于我没有手机定位，也没能看出来，所以没有及时下车，结果来到了北面两公里以外的海滩。既然已经看到目标，那就边看着海滨美景，边呼吸新鲜空气，边踩着洁净的沙滩，边唱着歌，来个两公里海滩徒步。此时海面风很大，吹的是东北风，大风吹着我走起来非常省劲，要是没有背包背在身上，那是非常舒适的徒步。

行走了两公里多，终于来到漫天飞舞小滑翔伞的地方，原来这些并不是滑翔伞，而是风筝冲浪，这里就是PAJE旅游度假区。

我来到一家看上去档次不算高的度假村，这里10个人的大房间每晚20美金（约合138元），含早餐，就是它了。来到房间里，已经有两个来自美国加利福尼亚的女士入住，加上我一共3个人。

入住后，我来到海滩游览，这里游客很多，相应的度假村、酒店也很多，沿着海滩从北向南延绵而去。这里最具特色的海上运动项目就是风筝冲浪，其他项目并不多。

我抬头望去，在七八级大风的吹拂下，天空中各色彩色风筝伞漫天飞舞，水面上操控风筝的人脚踩划水板，在海面上自由地滑行。这种运动看上去比单纯的冲浪更有加趣，借助风的力量在海面上快速往复滑行，高手在滑行中被风筝伞高高地拉上空中，技术好的还能在空中翻滚。这是一项集水上滑行与空中飞越于一体，非常有趣，非常刺激的运动。我看到技术好的人中有不少女孩，我心里也有点痒痒，我要是年轻10岁，我也会尝试一下，现在只有羡慕和拍照片的份儿了。

夜晚，我来到空旷的海滩，独自一人坐在面朝印度洋的椅子上，度假村的其他人也不知道躲到哪里去了。夜间的海上大风依然在刮着，温度适宜，不冷不热，如果风再小一点会更加舒适。天上没有月亮，只有满天的繁星，印度洋上一片漆黑，随风飘来的是淡淡的海腥味。我在这空旷黑暗的海滩上漫步，然后坐在椅子上朝着浩瀚的印度洋发呆。今晚，只有我一个人在这里独享大洋的浩瀚，仰望星空，耳听海浪，一切都是那么美好。

第113天（2月21日） 领略世界文化遗产石头城

早上6点，我早早起床，来到近在咫尺的海滩上，就为观赏印度洋上的日出。可是早上雾气较浓，海上日出没能第一时间观赏到，比没看到要好一点。

整个海滩空荡荡的，非常宁静，海风微微吹来。海滩上只有个别晨练的人，等到下午风大时，又会出现风筝冲浪的人群。

桑给巴尔岛的东海岸有广阔的珊瑚礁盘，延伸出去有一公里宽，印度洋上的大浪抵达珊瑚礁盘外围时就被消减，所以在海岸边能听到远处大浪的声音，而礁盘内显得相对平静。有珊瑚存在，使得这里的海边到处都是细而白的沙滩，脚踩上去非常舒服。

度假村的早餐是一盘配好的食物，另有牛奶、咖啡和茶。正吃着早餐，一只小猫跳上桌子，看着我的盘子，挺可爱的。我在四野开阔而凉爽的草棚餐厅里，迎着微微的海风，望着浩瀚的印度洋继续发呆，再次享受这难得的美好时光。

上午10点，我离开度假村，返回石头城。我步行穿过附近的村子，一会就来到了公路边，刚到这里就有一辆开往石头城的客车路过这里。上车后大约用时50分钟，到达大市场所在的城市中心，比来时顺利多了。

桑给巴尔岛非常平坦，没有一点山，大部分为丛林覆盖。岛上人口众多，特别是在城镇边缘住着很多人，这里显得脏乱差，到处乱哄哄的，不像其他旅游海岛那么干净漂亮。这里的海滩也算不上很美，没有其他著名海岛那种人少、幽静、原始的自然美景。都说桑给巴尔岛漂亮，对我来说去过的岛屿多了，感觉不算很漂亮。

路过大市场，这里的鱼市比昨天红火不少，各种鱼品挺多，但没有见到螃蟹。我在这里买了一个西瓜，3000先令（约9.3元）。在这日照强，出汗多的地方，多吃点西瓜又消暑、又解渴、又解馋。

下午，我来到石头城邻近海边的核心区域游览，这一带是最古老的城区，当年桑给巴尔帝国的石造城墙、塔形堡垒和原苏丹王宫珍奇宫都在这里，至今保存完好。一些古老的历史建筑、阿拉伯风格建筑、印度风格建筑、高档酒店都在离海边不远的范围内。海边几门过去的古董大炮排列在一起，反映出这座城堡的历史与沧桑。

作为世界文化遗产地，石头城是东非地区斯瓦希里人建造的许许多多海滨商业城市中比较杰出的一个，这里完好保留了古代的城镇建筑物，许多精美建筑反映出的是别具特色的文化。这里融汇了非洲黑种人传统文化、阿拉伯文化、伊斯兰文化以及印度文化等各种不同的文化元素，各地域文化在这里有机地融合在一起，成为这里的一大特色。这里没有文化冲突，没有西方所说的文明冲突，只有和谐共处。

海边的广场上，有许多当地特色的饮食摊点，许多海鲜食物看上去挺漂亮，但大部分都是用火烤制，没有中餐烹饪来的有味道，所以难以吸引我。

第114天（2月22日） 垂涎非洲的螃蟹

上午8：20，我离开旅馆，沿着老城的街道向渡轮码头方向走去。我尽量走得慢一些，即使这样到达码头后还是一身汗，这个季节这里又湿又热，整天身上潮乎乎的，非常不舒服。从环球旅行开始辗转到这里，感觉这里是最不舒服的地方，比英国阴冷的冬天还难受。

进入码头候船大棚前，要像刚来到这里一样，填写一张离境表。我把表格递给移民局工作人员，他只是扫了一眼，一个国家内还像两个国家似的办理进出关手续，真没有必要，只会增添麻烦，这里属于坦桑尼亚的"一国两制"。

9：40，渡轮离开了桑给巴尔岛，向达累斯萨拉姆驶去。

我来到达累斯萨拉姆的城市中心，城市CBD也在这里。我背着包在街上转了转，这里有几座刚建起的超高层建筑，看上去有点现代气息，只是这座城市并不大。

到了吃午饭的时候，天气也愈加感到炎热，我看到街上有一家中餐馆，就推门进去。此时餐馆里没有几个人，老板娘坐在餐桌的一角，独自一人吃着一个大螃蟹，看上去津津有味。

我点了一瓶可乐、一份清蒸鱼和一碗米饭，老板娘为我推荐这边海里出产的鹦鹉鱼。菜上来以后，色香味俱全，鹦鹉鱼不仅新鲜而且非常香嫩，中餐的清蒸做法充分发挥了这种海鱼特有的鲜美味道，不会出现油炸过火，烧烤焦糊的情况。只是餐费有些贵，一共30 000先令（约95元）。我在宽敞的餐厅里，一边休息，一边享受空调的清凉，一边吃着美味的午餐。艰辛的旅程中，总能找到享受的地方。

吃过饭，我问老板娘："达累斯萨拉姆市内有什么好玩的？"她说："这里没什么好玩的，只有博物馆。"既然没什么好玩的，加上天气又热，我决定提前赶往机场。如果时间再宽裕一些，能够来得及吃晚餐的话，晚上我会再次到这家餐厅来吃螃蟹。这里一份螃蟹两只，只需21 000先令（约66元），也就是33块钱一只大螃蟹，可见在海鲜市场上，可能只需十几块钱就能买到一只螃蟹，比国内要便宜很多。

我向城市西边走去，根据来时情况，只要往西走一段距离，就能到达城市的主干道，那里有很多开往机场方向的车。来到城市主干道，此时来了一辆当地的公交车，我对售票员说："去机场。"他挥手让我上车。车内人很多，也很热，但只用了25分钟就到达了机场，费用是850先令（约2.7元），比打车要便宜多了。我并没有咨询餐厅老板如何乘车，全凭自己的经验。

在通往机场的路上，我看见40多年前中国援建坦赞铁路时，修建的达累斯萨拉姆火车站。这座车站有一点像北京站的样子，主体建筑也有个拱顶，只不过要小一些。现在看上去没什么人气，该国的流动人口非常有限。

晚上9：30，我搭乘的肯尼亚航空公司KQ487航班提前10分钟起飞，如果从飞机推出停机坪开始算起，提前20分钟。此行，两次遇到飞机提前起飞的情况，都是在坦桑尼亚，非洲航空运输业的管理水平并不差。一个小时后，飞机平稳地降落在内罗毕国际机场。我原以为赶下一班联程飞机时间会很紧张，实际上非常宽松。

深夜11：59，我继续搭乘肯尼亚航空KQ860航班，由内罗毕飞往泰国首都曼谷，结束在非洲的旅行，即将开启亚洲之旅。

五、亚洲

第115天（2月23日） 全世界最酷的国王

一觉醒来，已经是肯尼亚时间早上7点多钟（曼谷时间11时余），飞机距离曼谷还有两个小时航程。

我搭乘的飞机是波音787-8型宽体客机，这是波音公司最新机型，也是世界上最新型的飞机之一。在预订环球机票时，当我看到这一航程是波音787机型时，从那时起就很期待，因为我还没有搭乘过这种富含高科技的机型。

波音787梦想飞机是航空史上首架超长航程的中型客机（相对洲际大飞机而言），最大航程可达16 000公里。波音787客机的特点是大量采用复合材料，使用材料按重量计：61%碳纤维，20%铝，11%钛，8%钢。具有低燃料消耗、较低的污染排放、高效益及舒适的客舱环境，以及较低的噪音。波音787客机可由洛杉矶直飞伦敦，或由纽约直飞东京。与其他客机相比，波音787客机拥有更大的窗户，窗户中用液晶体调节进入机舱的光量，减少窗外射入的眩光，维持良好的透明度。

我坐在飞机靠窗口的座位，确实能够感受到波音787飞机的一些特点：窗户确实高了很多，没有遮阳板，在窗户下面有一个调节进光量的按钮，可以控制进光量。机舱内噪音似乎是小了点。座椅的调节和舒适性也能够感受出来。客舱内显得更加漂亮，特别是配有各种色彩的灯光。

当地时间下午1：30，飞机准时飞抵曼谷素万那普国际机场。首先办理落地签证手续，由于办理签证的人非常多，我等候了两个多小时才办好。然后兑换泰铢，再到信息中心索取免费的曼谷城市交通图。

素万那普国际机场有往来于市内的轨道交通，搭乘非常方便，费用不高，约7元人民币。

乘上轻轨列车，一路行驶在高架桥上。曼谷的天气很好，虽然街上的车辆很多，但这里没有看到雾霾，能见度非常好，整个城市显得非常漂亮。曼谷的城市建设相比非洲来说要好很多，甚至超过许多南美洲国家的首都，既干净又富有现代化气息。

去年10月13日，泰国国王普密蓬去世，直到现在泰国人对他的悼念和缅怀之情到处都能感受到。在地铁车站里仍然设有悼念普密蓬国王生平经典照片展览。

普密蓬国王学识过人、多才多艺、乐善好施，这奠定了他在泰国人心目中的地位。他喜欢演奏钢琴和萨克斯，曾经与世界著名爵士乐大师杜克·埃林顿、莱诺·汉普顿等人同台演出。汉普顿在1987年出版的泰文杂志《你好》发表的文章中写道："他是全世界最酷的国王。"普密蓬国王还是快艇和风帆好手，曾代表泰国参加国际快艇赛得过奖牌，还曾驾风帆横渡泰国湾。普密蓬国王精通7门外语，绘画与摄影均达到专业水平，许多照片都能看到他携带单反相机出行。

晚上，我来到一家比较漂亮的泰国餐厅，点了一份泰国菜——鸡丁炒菜和米饭。泰国菜的味道不错，就是量太少，90泰铢（约18元）。然后又在街上看到一家餐馆有糯米饭，我要了一份糯米饭和芒果，糯米饭上浇有椰子汁，作为一道甜食非常好吃，只是有点小贵，300泰铢（约60元）。

来到泰国，这里消费水平不算高，餐饮非常丰富，口味也不错，海鲜、水果也很多，是享受美食的好地方。

第116天（2月24日） 理发需要翻译帮忙

一觉睡到上午10点多钟，连旅馆的早餐也没能来得及吃，这样时差就算倒过去了，因为肯尼亚与泰国只有4个小时时差。看来环绕地球一圈，以这种渐进式的旅行，除了飞越太平洋时差感觉明显外，其他各段感觉都不明显。如果出发的时候，在夏威夷能够停留几天，那么每段时差都不会感到很明显，整个旅程可以忽略时差带来的影响。

中午吃过午餐后，我到街上逛街，顺便找个理发店理发。在埃塞俄比亚理发的时候，由于非洲女孩没有理亚洲人发质的经验，只是把我的头发稍微剪短了一些，现在头发又变长了，又到了该理发的时候。

曼谷的华人非常多，从街上中国人经营的店铺数量就可以感觉到。曼谷街上的理发馆很多，但许多都是为女人服务的。我尽可能到背街小巷去寻找门面不大的理发店，只要能够理发，价钱便宜就行。

终于找到一家适合男人理发的小店，我进去后问理发的女士："我想理发，这里有没有照片？"她拿出手机，从里面找各种发型的照片，我大概看了一下，几乎没有适合我的发型。当我有些犹豫不决时，从外面走进来一个当地男人，他用中文问我："你要理什么样的发型？"我想这一定是她喊来的，是要给我当翻译。我一看他的发型比较适合我，就说："就按照你的发型理，可以比你的再短一点。"他把我的要求跟这位女士一说，她才明确，我们都觉得挺好笑的。

亚洲人自然熟悉亚洲人的发型，她一会儿就为我理好了，我挺满意，比在非洲理的发型要强多了，费用为80泰铢（约16元），这在曼谷算是比较便宜的。

傍晚，我到街上逛夜市，这里有各种饮食摊点，还有丰富的热带水果，想吃什么有什么，选择余地比较大，口味也比较适合中国人，这是其他大洲很难遇到的。

这次环球旅行，我计划在亚洲只到访泰国一个国家，为什么不多走几个国家呢？因为亚洲国家离中国比较近，比较容易前往，那些容易申请签证的国家我都已经去过，剩下的国家几乎都要申请签证，比较麻烦，而且这些国家相对比较难以抵达。另外，这次环球旅行持续时间并不算长，没有更多时间安排前往亚洲其他国家，所以最终决定亚洲只前往可以落地签且航班比较多的泰国。

第117天（2月25日）　铁道市场与水上市场

今天前往位于曼谷西南方向的夜功府美功镇游览。

我来到胜利广场一问，开往美功的发车点搬到湄南河西边去了，看来穷游锦囊上提供的信息有些过时。我在胜利广场搭乘小公共汽车，35泰铢（约7元），来到曼谷城市西边的郊区汽车站。在这里乘坐面包车，车费70泰铢（约14元），一个多小时后，到达夜功府美功镇。

美功之所以有名，之所以成为旅游热点，是因为这里有一个"铁道市场"，另外在9公里外还有一个安帕雅水上市场。所谓"铁道市场"就是沿着铁路线有一个大市场，铁路两边的商户不断扩大经营地盘，已经将售货摊摆到了铁路上。每当有火车通过时，火车站就会发出报警声，摊主们会立刻收起摊位。等火车通过后，一切又恢复到原貌。这里铁路与市场既相互影响，又相互包容，却也平安无事。这种看似十分危险、嘈杂混乱的铁道市场，全世界并不多见，因此，吸引了不少来自世界各地的游客。

我到达这里已经是下午1：30，我先来到与铁道市场相隔一条马路的美功火车站，这座车站是个断头式终点站，火车站的一端就是美功河，铁路到此为止。车站显示下一趟火车的到达时间是下午2：30，接下来从这里发车的时间是3：30。这时已经有不少游客来到火车站和大市场，组团来的也很多，此刻小小的火车站变得非常热闹。这座火车站，每天有4对往返美功和Ban Laem之间的列车。

我沿着铁路向"铁道市场"走去，只见这条窄轨铁路几乎被两边摊贩搭起的遮阳棚所掩盖,游客和顾客只能从1米宽的铁道上进入"铁道市场",有的地方两侧的遮阳棚几乎靠在一起,把铁路围成了"隧道"。这里售卖蔬菜、水果、肉类、海鲜等各种食物,铁路两边的货架下方安装有轮子,火车一来直接往后一拉,铁路立刻就能让出来。

没过多久,从喇叭里传出火车就要进站的警告声,沿路的摊主们纷纷收起货摊,一条铁路出现在眼前,两边是众多拿着相机和手机等待拍照的游客,似乎就像第一次见到火车一样。一会一列很短的客运火车缓慢驶过铁道市场,驶入美功火车站,刚让出的铁路又被商贩们给掩盖起来。

如此日复一日,无论是铁路部门还是当地人,都已经习以为常,相安无事。这一铁道市场的存在,在于大市场与美功火车站紧密连在一起,火车进出站时需要减慢速度,因此可以做到平安无事。如果市场与火车站是分开的,这个"铁道市场"可能就不存在了。

离开这里我赶往安帕雅小镇,我已经预订好今晚在那里的住宿。来到开往安帕雅的汽车站,实际上就是马路边的停车点,车辆是用货车改装的,从美功到安帕雅车费8泰铢(约1.6元)。在车上我遇到了来自沈阳的刘女士,她也是自由行,正好也去安帕雅。

汽车停在安帕雅水上市场附近,下车时已经接近下午5点。我俩来到河边,也就来到了水上市场,乍一看这里有点像中国的水乡乌镇。河流的两边是当地的民居,有许多商店、餐馆等。当地人划着小船,载着各种农副产品沿河叫卖,当然这已经是以往的情形。现在,随着泰国旅游业的发展,这里已经更加商业化:河上穿梭往来载满游客的游船,售卖农副产品的船现在大部分售卖各种旅游食品,有的小船几乎就是漂在水上的厨房,为岸上的游客提供各种美食。两岸的民居许多已经变成较为豪华的餐厅、咖啡馆,漂亮的建筑多了,质朴的建筑少了。

河岸两边到处是经销泰国食品的商店或餐馆,各种食物琳琅满目,令人品尝不过来,是食客的天下。傍晚,本想在这美丽的河上观赏落日,谁知太阳提前被云彩遮挡。

黄昏时分，河两岸的房屋和船上的灯光纷纷亮起，夜幕下的河景显得更加漂亮，更加富有魅力。我俩沿河边而坐，分别点了一些河中小船上制作的当地食物作为晚餐。

晚上7：30，我俩分成两路，她乘车返回曼谷，我打摩的前往当地的民宿。黑暗中好不容易才找到预订的民宿。这家位于乡下的民居挺漂亮，设施挺好，价格也较高，每晚1296泰铢（约255元，含早餐）。贵就贵吧，反正就住一晚，再贵也比吉布提便宜得多。

第118天（2月26日）　善良热情的泰国人

早上，我在这家泰国人家里吃早餐，鸡肉粥和面包，是广东口味与西餐的结合。

这户人家院子很大，长满了各种树木，院子里有水渠，不知从哪条河引来的水。房子又大又漂亮，多出来的房间用来出租。这附近的许多人家都有空房出租，这得益于附近的安帕雅水上市场吸引来的客人，否则谁会到这么偏僻的地方入住。

上午我乘车来到美功火车站，花了10泰铢（约2元）买了一张到Ban Laem的火车票（终点站），我看到火车是朝着曼谷方向开的，想当然地认为这趟火车是开往曼谷附近某个车站，只是觉得这火车票也太便宜了。

上午11：30，我乘火车离开美功，我从车上的角度再次观看"铁道市场"和车下的人群，只是头不敢伸出去，就怕碰到突出的遮阳棚。

一个小时后到达Ban Laem火车站，铁路在这里又被河流阻隔，没有跨河桥梁，这里是终点站，乘客全部下车。列车员见我一时没有下车，就问："你到哪里去？"我说："到曼谷。"他就让我跟着一对泰国男女一起走。他俩非常主动热情地招呼着我，我们走过一座泰国寺庙时，里面有上百人在聚餐，如同中国的婚宴。我特意跑进去看了一下，他俩就在外面等着我，要是在中国，引路的人可能早就不理我了。

我们沿着弯曲的街道来到一处渡口，每人花了3泰铢（约0.6元）乘船渡过了河。由于没有手机导航，我最初以为这条河是湄南河，谁知这条河叫"The Chin"，这里离曼谷还很远，大约才走了一半的路程。

这对泰国人问我要去哪里，我拿出地图说去曼谷市中心，并问他俩我们现在在地图上什么位置，因为我怎么都找不到。他俩看过地图后也不知道在哪里，问坐在路边的一个当地人，他看了半天也说不出所在的位置，原来我们所处的远郊根本就不在地图显示的范围内。

过河后，前往曼谷方向需要继续坐火车，15分钟后就有一趟车，看来两趟火车是衔接好的。我们一起来到火车站，我买了一张驶往终点站的车票，票价10泰铢（约2元）。这种简陋的郊区火车没有空调，车窗都是敞开的，中午车内很热，火车开出后才凉快一些。他俩坐了几站就下了车，临下车时还告诉我在最后一站下车，我向他俩致谢，并挥手道别。

这趟火车的终点站位于曼谷西南的郑王纪念碑附近，我准备搭乘轻轨和地铁前往旅馆。我问小商店的老板哪里有地铁站，老板叫了一辆摩的，对司机说明我要去的车站。我没有和司机谈价钱就上了摩托车，到达后他要15泰铢（约3元），他一点也没多要，曼谷摩的司机就是这样实诚，至少这个摩的司机是这样。

我先乘坐曼谷轻轨，再转乘地铁。走出轻轨站转地铁时，令我意外的是这里的轻轨与地铁并不是无缝衔接，我一时找不到地铁入口。当我在马路边上犹豫张望时，一位泰国女孩主动问我去哪里，并告诉我向后转个弯就是地铁口，多么好的热心人。

今天返回曼谷的线路完全没有事先查询，非常盲目。这一路经过多达5次换乘，在不知道火车开往哪里，不知道在哪里坐渡船，不知道在哪里继续乘火车，不知道地铁换乘站在哪里的情况下，一路上到处遇到热情、善良、耐心、细致的泰国人。

如果遇到一个热心人是偶然，遇到这么多热心人就不再是偶然，说明泰国人普遍善良友好。昨天遇到的沈阳刘女士，也有同样感受，她觉得泰国人比想象中漂亮、友好、热情。她找许多泰国人合影，人家都不拒绝，而是笑脸相陪。我在拥挤的水上市场游览拍照时，背包碰到了当地人出售的商品上，这里的老板仍然报以笑脸，没有抱怨和不满。

这次环球旅行中，我遇到很多热情、善良、友好的人，他们来自许多国家，除亚洲的泰国外，还有北美洲的加拿大，中美洲的古巴，南美洲的厄瓜多尔、秘鲁，欧洲的爱尔兰，非洲的卢旺达、坦桑尼亚等。如果让我推荐世界上哪些国家最值得去游览观光，我觉得应该满足两个基本条件：一是国民友好善良；二是有美丽风景和丰富的人文。其他国家也值得一去，即使是令人感到不安全的国家。

第119天（2月27日）　游览泰国第一大河湄南河

今天到曼谷中心城区游览，为明天回国购买一些东西，本来我是最不喜欢购物的，只是家人有要求，这是奉命行事。

我来到曼谷市中心的水门市场，和中央世界商业中心，这里高楼大厦比较密集，超高层建筑也有许多，各种档次的商店密集地分布在这里。这里人气很旺，来自中国的观光客也很多，许多都是组团来的。我来到这里的一家Big C大型超市，这家超市不仅规模大，而且整洁有序，里面吃喝穿用各种商品都有，毫不逊色于中国的大超市，甚至比中国的超市还要好。这里购物的中国人可真多，许多人推着购物车，里面装得满满的，真能买啊。我象征性地买了一些东西，买多了我可背不动。

离开这里我继续向南走去，一会儿来到了曼谷的著名景点——四面佛。这座四面佛在十字路口的一角，完全被周围的高楼大厦和高架桥所包围。来烧香敬佛的人很多，这里安装了很多摄像头，还有不少警察，之前这里发生了恐怖爆炸后，增强了相应的防范措施。

接下来我要去湄南河两岸看看，那里是曼谷的精华所在。湄南河是泰国的第一大河，孕育了泰国和曼谷，是泰国的母亲河，如同泰晤士河与伦敦、黄浦江与上海的关系。天气挺热，为了减少体力消耗，我花了50泰铢（约10元）打摩的来到湄南河边。

这里距离曼谷核心区域有一段距离，这里没有多少泰国风格的历史建筑，展现的是现代气息，沿河建有许多高楼大厦，正在建设的摩天大楼矗立在两岸。这里有一座大型建筑叫曼谷河城，集吃住游购玩于一体。有许多旅游团和游客从这里的码头上船，参加湄南河水上游览。

这里的河景确实很美，河水还算清澈，此时河水的颜色与伦敦泰晤士河很相似。由于河流不是很宽，两岸的建筑又比较高大，所以这里的河景就显得格外漂亮。这么漂亮的河景应该乘船，在水上游览一番才过瘾，可我一个人又不参团，咋乘船呢，自己租船又贵。

我看到附近有用于两岸交通的摆渡船，我决定乘坐摆渡船，这相当于乘坐观光船，而且超级便宜。我花了9泰铢（约1.8元），买了张往返船票，登上视野相当好的摆渡船。

这里的渡口，繁忙时两岸的船同时对开，我乘坐的船开到河中间时，对面的船还在上客，我们的船只好停在河中，我利用这个时候欣赏河景，随时变换不同位置，拍摄河中行驶的各种造型的游船，比在旅游船上还要自在。到达河对岸，我上岸买了杯果汁，享受一番清凉香甜后，继续上船，再次欣赏美丽的河景。

返回旅馆时，我乘上曼谷的地铁，非常快捷，非常舒适。曼谷的地铁与中国的有所不同，车体比较宽，各种设施都不错。城市轻轨也是如此，大大缓解了曼谷城市交通拥堵的状况。只是曼谷的机场轻轨专线，城市地铁，城市高架轻轨相互之间可能分属不同公司，它们之间不是无缝连接，而是相互独立，只是换乘的时候距离近一点。如果在它们之间换乘必须出站，然后再前往另一处车站买票后上车。看上去城市有一个轨道交通网，但这个网上的许多线路是不相连通的，这样给乘客带来一些麻烦。曼谷这种轨道交通状况挺特别，在其他国家没有遇到过。

晚上，我在住地附近找到一家中式海鲜餐馆，点了一只大螃蟹，一个炒素菜，一份米饭，一共花了1125泰铢（约225元），基本上花光了身上剩余的泰铢。这一餐是本次环球旅行中最贵的一餐，主要贵在螃蟹上。在坦桑尼亚33元一只便宜的螃蟹没时间吃，跑到泰国吃近200元一只的高价螃蟹，这也是没办法的事。以如此"高档晚餐"作为本次环球旅行临近尾声时，对自己的犒赏。

第120天（2月28日）　环球旅行取得圆满成功

上午10：20，我搭乘的上海航空FM854航班准时起飞，飞往上海浦东国际机场。中国的飞机到了国外变得准时了，看来国内航班的延误一是与旅客有关，二是和航空公司有关，当然还和其他因素有关。本次航班是这次环球旅行的最后一个航班，算起来这次环球旅行共搭乘飞机29个航班，只有一个航班延误，准点率到达96.6%，比国内航班准点率要高不少。

上海航空公司的服务人员比较亲切，飞机上的饮食也不错，毕竟是天合联盟成员。下午1：30，飞机准时降落在浦东国际机场。入关手续非常简单，只需加盖入境章，回国的感觉真好。

我来到上海虹桥火车站，买好开往南京南站的高铁车票，此时离发车时间还有25分钟。上车后没多久就发车，衔接得非常好。G1826次高铁列车在夜色中驶往南京，最高时速305公里，这是本次环球旅行中速度最快的火车。一路上沪宁线上的城市全部经停，夜色中的城市非常漂亮。晚上8点，我带着兴奋，带着快乐，带着风尘，时隔120天后安全返回南京。

相比英国的火车站，上海虹桥站和南京南站真是宏大和现代，英国铁路体现出的是悠久辉煌的历史，而中国的高铁展现的是当今中国的科技水平和经济实力。

梦一般的环球旅行到此圆满结束，充满艰辛与快乐的环球之旅取得圆满成功，我为之庆贺，为之高兴，为之振奋。

后　记

　　第一次写书，没有这方面的经验，写作效率不高。2020年初爆发的新冠疫情，迫使人们待在家里，这样使我有更多的时间投入到写作中。否则，我这个行走惯了的人可能又会出现在旅行的路上。在2020年的最后一天，在我完成第三次环球旅行整整两年以后，我才算完成了这本书的全部手稿。

　　新冠疫情的流行，使得出国旅行被迫按下暂停键，我庆幸自己抓住了机会，能够及时实现自己心中的梦想，这也提醒人们把握时机是何等的重要。现在，旅游已经成为人们的刚性需求，有环球梦想的人可以利用这段时间练好内功，做好相应准备。疫情终将过去，期待人们在2022年重启出国旅行的征程。

　　感谢我的家人对我环球旅行的支持和付出，感谢环球路上为我提供帮助的每个人，感谢为这本书的写作和出版提供帮助的每一个人。

刘　军